그대, 우리의 아픔을 아는가

노근리 이야기

그대, 우리의 아픔을 아는가

정은용 지음

"전쟁이란 인간이 범하는 최대의 죄악이다"라는 톨스토이의 말대로 전쟁 자체가 크나큰 죄악임에는 틀림이 없습니다. 전쟁이 치러지는 속에서 인간들에 의해 무수한 죄악이 저질러지기 때문입니다. 6·25전쟁 당시 우리를 도우러 참전했던 미국 군인들에 의해 엄청난 수의 무고한 우리 양민들이 무참하게 살상당한 '노근리 사건'도 분명 이러한 죄악 중의 하나입니다. 이 끔찍한 사건은 44년 동안이나 역사의 뒤안길에 감추어져 왔습니다. 수많은 피해자와 그 유가족들이 있었지만 가해자의 나라인 미국에나 우리 정부에조차 이 일을 감히 이야기하는 사람은 없었습니다. 나 역시 이 노근리 사건으로 나의 사랑하는 아들과 딸을 잃은 아픔을 가슴 깊이 안고 살아야만 했습니다. 어느덧 내 나이 고희古稀를 넘어섰습니다. 내가 지금 세상에 알리지 아니하면 이 사건이 영영 역사 속에 묻혀버릴 것 같아 글을 쓰기 시작했습니다.

NOGEUN-RI

책을 내면서
NOGEUN-RI

"전쟁이란 인간이 범하는 최대의 죄악이다"라는 톨스토이의 말대로 전쟁 자체가 크나큰 죄악임에는 틀림이 없습니다. 전쟁이 치러지는 속에서 인간들에 의해 무수한 죄악이 저질러지기 때문입니다. 6·25전쟁 당시 우리를 도우러 참전했던 미국 군인들에 의해 엄청난 수의 무고한 우리 양민들이 무참하게 살상당한 '노근리 사건'도 분명 이러한 죄악 중의 하나입니다.

이 끔찍한 사건은 44년 동안이나 역사의 뒤안길에 감추어져 왔습니다. 수많은 피해자와 그 유가족들이 있었지만 가해자의 나라인 미국에나 우리 정부에조차 이 일을 감히 이야기하는 사람은 없었습니다. 나 역시 이 노근리 사건으로 나의 사랑하는 아들과 딸을 잃은 아픔을 가슴 깊이 안고 살아야만 했습니다.

어느덧 내 나이 고희古稀를 넘어섰습니다. 내가 지금 세상에 알리지 아니하면 이 사건이 영영 역사 속에 묻혀버릴 것 같아 글을 쓰기 시작했습니다.

이 글을 쓰다 보니 여태껏 거의 공개되지 않았던 6·25전쟁 중의 다른 사건들과 전쟁 전후에 일어났던 인상적인 여러 사건까지도 기억 속에 떠올라 이 글 속에 담았습니다. 사상과 이념을 뛰어넘어 동포들이 서로 돕고 심지어 자신에게 닥쳐올 위험까지 무릅쓰며 동족의 생명을 구해준 감동적인 일까지 생생하게 되살아나서 새삼스럽게 남북통일의 필연성과 당위성을 느끼게 되었습니다.

또 이 글을 쓰면서 나는 '미국은 과연 우리에게 무엇인가?' 하는 점도 생각해보았습니다. 현재 미국은 분명 우리의 우방입니다. 그러나 이 글에서 언급되는 바와 같이 지난날은 그렇지만은 않았습니다. 과거 미국이 우리나라와 필리핀을 놓고 일본과 정치적 흥정을 벌인 결과 일본은 마음 놓고 우리나라를 삼킬 수 있었습니다. 그후에도 미국은 역사의 고비마다 우리의 운명에 치명적인 영향을 수없이 끼쳐왔습니다. 1910년 경술국치庚戌國恥 이래 85년간 우리들의 입술에서는 '슬픈 노래'가 떠난 적이 없었습니다. 그런데 그 이유의 많은 부분이 미국에 있었다는 사실은 너무나도 가슴 아픈 일입니다.

그러나 지금 우리는 미국이 앞으로도 우리의 변함없는 친구이길 원합니다. 그리고 우리 마음속에 응어리져 있는 아픔이 지워지도록 힘써줄 것과 아울러 노근리 학살사건에 대해서 양심적이고 성의 있는 조치를 취해줄 것도 바랍니다.

이 책이 나오기까지 많은 분들의 성원과 도움이 있었습니다. 특히 대전 알곡장로교회 김명천 목사님께서는 교회 일로 바쁘신 가운데에서도 초고草稿 때부터 열 차례나 되는 퇴고推敲 때까지 컴퓨터 작업을 해주셨고, 소설가 이건숙 선생님께서는 글을 만드는 과정에서 여러모로 지도와 편달을 아끼지 아니하셨습니다. 또 나의 장남 구도는 참고

문헌의 수집에 많은 노고를 쏟았을 뿐만 아니라 문장 하나하나에 이르기까지 신경을 써주었습니다.

도서출판 다리미디어의 강희제 사장님께서는 부족한 이 글의 출판을 기꺼이 맡아주셨습니다. 이 모든 분들께 깊은 감사를 드립니다.

끝으로 이 책이 나올 수 있는 여건과 글을 쓸 수 있는 건강을 허락하신 하나님께 감사를 드립니다.

1994년 4월
저자

다시 책을 내면서
NOGEUN-RI

    1994년 4월, 이 책이 출판될 때 추천의 글을 써준 소설가 이건숙 선생이 "한 권의 책이 출판될 때에는 책 자신의 운명을 지니고 태어난다"라고 말한 일이 있다. 책에 운명이라는 것이 있다면 그것은 책에 대한 평評의 호好, 불호不好와 책 판매량의 다과多寡 정도일 것이라고 생각해왔던 나는 요즘, 이 책이 해내고 있는 여러 가지 일들을 보면서 책의 운명을 헤아릴 수 있는 조건들이 더 많다고 생각하게 되었다. 초판에 겨우 수천 부가 팔리는 데 그치고 1년의 세월이 지나도록 그 이름이 세상에 알려지지도 않았지만 이 책이 그늘에서 작지 않은 일들을 해내고 있는 모습을 보고 있기 때문이다.

    이 책이 처음 출판되었을 때 먼저 관심을 가져준 것은 국내외 언론사 기자들이었다. 그 중에서도 특별히 AP통신사에서는 여러 명의 기자들이 한·미 양국에서 장기간의 열띤 취재 끝에 노근리에서 미군이 양민을 학살한 사건의 전모를, 사건 당시 사건 현장에서 작전했던 제대 군인들의 증언을 곁들여 보도함으로써 미국은 물론 전 세계를 경악시키고 퓰리처상까지 받기에 이르렀다. 그런데 이 기자들의 취재과정에서 이 책이 적지 않은 자료를 제공해주었던 사실을 아는 사람은 많지 않다.

    또, 한·미 양국 정부의 노근리 사건 진상조사팀이 반세기 전에 있었던 이 사건의 진상을 밝혀내는 데 고심하고 있을 때 이 책은 사건의 경위와 피해상황 등을 양국 조사관들에게 제시함으로써 조사의 진척을 도왔고,

최근에는 영화사 '천사일天赦日엔터테인먼트'에서 제작 중에 있는 영화 「작은 연못」의 원작原作으로 이 책이 선정되었다. 영화가 완성되는 날에는 사건의 잔학성과 그 비인륜성을 관객들 앞에 폭로함으로써 전쟁에 대한 혐오감, 나아가 반전사상이 전 세계에 확산될 것을 기대해본다.

끝으로 이 책은 6·25전쟁의 적나라한 모습을 그 안에 담고 있다. 강대한 외국들의 이해충돌을 대리하여 우리 남북한 동포들이 서로 적대하며 참혹하게 싸웠던 전쟁이 6·25전쟁이며, 남북한 동포들이 판이한 이데올로기로 무장하고 이들 강대국들이 제공한 무기로 상잔相殘한 전쟁이 그 전쟁이었다.

이방 항공기에 의해 한반도가 초토화되었고 외제 무기를 구사하는 동포들에 의해 350만 동포들이 처참하게 희생된 전쟁이 바로 6·25전쟁이었다. 이 책은 전쟁의 이러한 처절한 모습들을 후손들에게 길이길이 전해줄 것이다.

끝으로 이 못난 책의 재출판을 요청해온 많은 독자들에게 심심한 감사를 드린다.

2011년 6월
저자

추천의 글
NOGEUN-RI

　칠십대라면 우리나라 비극의 굽이굽이를 몸소 겪은 세대다. 해서 그분들의 삶 자체가 어마어마한 사연과 한恨을 간직하고 있다. 이제 하나둘 역사의 뒤안길로 우리의 선배들은 사라져가는데 유독 이 글을 쓰신 정은용 선생은 앙금으로 가라앉은 과거의 일들과 한을 이렇게 글로 남기게 됨은 차마 눈감을 수 없는 역사의 증인으로서의 자세가 아닌가 생각한다.
　저자는 우리 부부가 대전 중앙교회를 담임하고 있을 때 만난 분이다. 아주 깐깐하고 날카롭고 의지적인 분이라는 것이 첫인상이었다. 그렇기에 모두 두루뭉수리로 과거의 흔적을 삼켜버리는 다른 선배들과 달리 이런 글을 쓰지 않았나 생각해본다.
　처음에는 두 권으로 된 것을 다듬고 또 다듬어 역사적인 것들을 삭제하여 응축한 것이 이번에 출판되는 분량이다. 그 나이에 어울리지 않게 현대적인 감각을 지닌 글솜씨와 매끄러운 표현에 놀랐고, 또한 정확하게 과거를 기억해서 기술하면서 무섭게 물고 늘어지는 역사적인 시선에 감탄했다. 눈을 감기 전에 이 사실을 자손만대에 알려야 하리라 하는 집념이 이런 글을 쓰게 했을 것이다.
　특히 두 얼굴을 가진 미군을 다룬 '노근리 사건'에 관한 부분을 읽을 적에는 긴박감이 넘치기도 했다. '노근리 사건'으로 사랑하는 아들·딸을 잃고 방황하는 아내의 모습을 볼 때, 아아! 이런 역사의 뒤안길에 숨겨진 한恨이 이분으로 하여금 펜을 들게 했구나 하는 가슴 뭉클함에 한참 넋을 놓고 앉아 있었다.

이 글은 전형적인 소설 형식에 얽매이지 않고 쓰였기에 기승전결이 정확하고 논리적인 구조를 지닌 작품은 아니다. 그저 담담하게 살아온 과거를 할아버지가 화롯가에서 손자들에게 들려주는 식으로 서술했지만 오히려 이런 글의 진솔함이 우리의 마음을 더 파고드는 것이 아니겠는가.

이 글을 씀으로 해서 저자의 가슴에 두께를 알 수 없이 다져진 아픔의 덩어리가 어느 정도 녹았으리라 생각하니 이런 글을 기록으로 남기도록 역사하신 하나님께 감사함을 드린다. 저자와 같은 많은 우리 선배들이 가늠할 수 없는 슬픔의 언덕을 넘었기에 이 민족은 풍요롭고 자유로운 삶을 누리고 살아가는 것이 아니겠는가.

많은 젊은이들이 이 책을 읽고 조국이란 무엇인가, 왜 조국을 사랑해야 하는가 하는 고뇌에 잠시라도 빠진다면 이 책을 쓴 저자의 의도가 어느 정도 이뤄지는 것이 아닐까 생각해본다. 특히 6·25를 모르고 전쟁을 모르는 우리의 자녀들, 현재의 생활에 안주해서 불평하고 투덜거리며 미지근한 삶을 살아가며 방황하는 젊은이들에게 이 책을 추천한다.

1994년 3월 25일
소설가 이 건 숙

차례
NOGEUN-RI

책을 내면서 _ 4

다시 책을 내면서 _ 7

추천의 글 _ 9

1. 깨어진 청운靑雲의 꿈 _ 13
2. 피난 _ 55
3. 남쪽으로 가야 산다 _ 77
4. 슬픈 해후 _ 103
5. 두 얼굴의 미군 _ 137
6. 병사들의 합창 _ 179
7. 망향望鄕에 애타는 사람들 _ 205
8. 반격, 그리고 수복 _ 235
9. 흥남에 울려 퍼진 찬송가 _ 271
10. 교착된 전선 _ 299
11. 통한痛恨의 휴전休戰 _ 327

노근리 사건 희생자 위령탑과 '평화·화합·추모의 비碑' _ 363

1. 깨어진 청운靑雲의 꿈

1948년 12월 초 대구 주둔 국방경비대 제6연대의 일부 병사들이 두 차례에 걸쳐 반란을 일으키고 팔공산으로 도주한 것이 바로 그것이다. 경관이 수려하고 천고의 신비를 그 속에 간직한 한라·지리·팔공의 영봉靈峰들은 이제 1946년 9월에 월북 도주한 박헌영이 평양에서 내리는 지령에 따라 인근 도촌都村에 대해 살상과 약탈을 일삼는 공비들의 소굴이 되고 말았다. 그런데 공산주의자들의 준동은 이 세 곳의 산악지대에서만 벌어진 것은 아니었다. 여타 전국 각지에서도 백성들을 공산당원으로 포섭하려는 공작과 도촌에 대한 유격전이 이들에 의해 계속 전개되었다. 군경의 밤낮 없는 활동에도 불구하고 전국 각지에서 무고한 양민들의 희생이 늘어나고, 가난한 생활에 지친 많은 사람들이 저들의 감언이설에 끊임없이 유혹되어갔다. 그 결과 공산당원 수는 기하급수적으로 증가하고, 사회 불안은 그 도를 더해갔다. 이것은 도시와 농어촌을 막론하고 전국에 걸쳐 나타난 현상이었다.

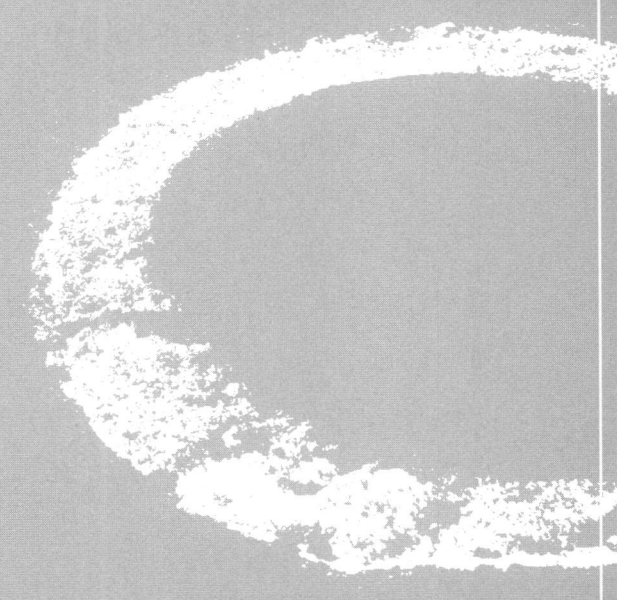

아내와 교회

내 아내는 1948년 겨울부터 교회에 다니기 시작했다.

나와 내 아내는 완고한 유교 가정에서 태어났고 그러한 분위기 속에서 성장해왔기 때문에 둘 다 기독교 신앙에 대해서는 생각한 일도, 서로 이야기한 일도 없었다.

그런데 아내가 갑자기 교회에 나가게 된 것이다.

1948년 12월, 내가 제주도 출동에서 돌아온 직후의 일이었던 것으로 기억된다. 어느 날 저녁식사 때 아내가 나에게 말했다.

"나 교회에 나가요."

"……"

나는 아내의 이 말을 귓전으로 흘려들었다.

"이번 주일부터 나가기로 약속했어요."

약속했다는 말에 나의 관심이 발동했다.

"누구하고 약속을 했다는 거요?"

"강燦 집사님하고요."

"강 집사님이라니?"

"은행동에 있는 대전 중앙장로교회 집사님이래요. 그분이 이번 주일 아침에 우리 집으로 오신다고 했거든요. 그분과 같이 교회에 나가겠어요."

아내는 강 집사와 만나게 된 이야기를 나에게 들려주었다.

그날 정오경, 그녀는 이웃의 젊은 부인들 서너 명과 사택 앞길에 나와 있었다. 이런저런 이야기를 하고 있을 때, 해맑은 얼굴을 한 초로의 남자 한 사람이 부인들 곁으로 다가왔다. 그리고 그는 "예수를 믿으세요!"라고 부인들에게 권했다.

"인간은 누구나 다 죄를 짓고 있어요. 그렇기 때문에 죽은 다음에는 지옥에 갈 수밖에 없는 존재들입니다. 견딜 수 없도록 뜨거운 유황불 지옥에서 영원히 고통스럽게 살 수밖에 없다는 겁니다. 그러나 예수 그리스도께서는 우리 인간들의 죄를 대속하시기 위해 십자가 위에서 못 박혀 죽으셨습니다. 이 예수 그리스도를 믿기만 하면, 그분의 대속의 공로로 인간은 죄 사함을 받고 천당에 가게 됩니다. 천당은 근심도 고통도 없고, 아픔도 죽음도 없는 곳입니다. 참 좋은 곳입니다. 예수 믿고 천당에 가십시오!"

그 남자가 이렇게 열심히 권했지만 부인들로부터는 아무런 반응이 없었다.

"잘들 생각해보시고 꼭 교회에 나가도록 하세요."

남자는 이렇게 말하고는 가던 길을 걸어갔다.

이때 아내는 갑자기 교회에 다니고 싶은 생각이 났다. 남편이 제주도 폭동사건에 출동해서 사선死線을 넘는 위험을 겪은데다가 공산주의자들이 경찰관과 그 가족까지 마구 살상하는 판국에서 극도의 불안을 느껴온 그녀는 자기 자신도 모르게 마음속에 신에게 의지하고 싶은 생각을 키워왔는지도 모른다.

그녀는 저만치 걸어가고 있는 그 남자를 불렀다.

"아저씨! 아저씨!"

멀어져 가던 남자가 뒤를 돌아보았다.
"……?"
"아저씨! 저 좀 보세요."
"믿어보시겠어요?"
그는 미소를 지으며 아내 앞으로 되돌아왔다.
"아저씨 다니시는 교회는 어느 교회세요?"
"중앙장로교횝니다. 저쪽 은행동에 있죠. 믿어보세요. 축복받게 됩니다."
"교회엔 몇 시에 가면 되나요?"
"주일날 오전 11시에 예배가 시작되지요."
"오전 11시라구요?"
"이번 주일 아침 10시쯤에 내가 댁으로 가겠어요. 같이 나갑시다."
"그러세요. 나가 보겠어요."
아내는 이렇게 교회에 나가기로 약속을 했다는 것이었다.
나는 교회에 별로 관심이 없었기 때문에 그녀의 이야기를 대수롭지 않게 들었다.
"허, 간단히도 믿게 되는군."
나는 이렇게 한마디 던진 다음 화제를 다른 것으로 돌렸다.

주일날 아침이었다. 그 남자가 우리 집에 찾아왔다. 현관 앞 노상에서 머뭇거리는 그를 가리키며 저분이 강 집사님이라고 아내가 속삭이듯 말했다.

"자―, 예배당엘 갑시다!"

그는 현관에 들어서면서 아내를 불렀다.

"예―, 가요."

외출 준비를 끝내고 기다리고 있던 아내는 아들 구필이를 앞세우고 현관으로 나갔다.

"아가, 업자."

강 집사는 구필이를 자기 등에 업고 앞서서 현관을 빠져나갔다. 아내는 갓난아기인 딸 구희를 가슴에 품고 그 뒤를 따랐다.

강 집사는 4,5주간 동안 주일 아침이 되면 어김없이 우리 집을 찾아왔다. 그리고 언제나 구필이를 업고 앞서서 교회로 갔다.

어수선한 속에서 겨울이 가고 다시 봄이 왔다. 들과 산에 꽃들이 만발하고 있었다.

대전 중앙성결교회에서 부흥집회가 있다면서 아내는 닷새 동안 매일 오전과 밤에 교회에 나갔다.

어느 날 밤 교회에서 돌아온 그녀의 커다란 눈이 엷은 분홍색으로 물들어 있었다.

"왜 울었소?"

나는 영문을 몰라 아내를 물끄러미 건너다보았다.

"세상에 그렇게 불쌍할 수가 어디 있어요."

"뭣이 그렇게 불쌍하단 말이오?"

"부흥 강사님의 아들들 말이에요. 작년 여수·순천 반란사건 때 그 아들 형제가 좌익 학생들에게 죽음을 당했대요. 중학교 5학년과 3학년에 다니던 부흥 강사님의 아들 둘을 좌익 학생들이 붙잡아다가 총살을 했다잖아요. 죽이기 전에 너희들 이제부터 예수를 안 믿겠다고 약속하면 죽이지 않겠다고 좌익 학생들이 말했지만 그 아들들은 죽어도 예수를 믿겠다고 의연하게 죽음의 길을 택했대요. 믿음이 얼마나 좋았으면 그렇게 죽었겠어요. 그러나 인간적으로 볼 때 얼마나 불쌍한 일이에요."

"저런."

나는 뒤통수를 한 대 호되게 얻어맞은 것 같은 충격을 받았다.

"그런데 말이에요, 강사 목사님이 얼마나 훌륭한 분인가 보세요. 반란군들이 도망쳐 달아난 다음 목사님 아들들을 죽인 좌익 학생 두목 안재선이 경찰서에 잡혀 있다는 말을 듣고 목사님께서 그를 내 양자로 삼을 테니 유치장에서 내보내달라고 경찰서장에게 부탁하셨대요."

아내는 목이 메는 듯 말을 끊었다.

"그래서?"

나는 그녀의 입을 응시하면서 다음 이야기를 재촉했다.

"자식 둘을 죽인 원수 놈을 어떻게 양자로 삼겠다는 거냐고 목사님 사모님께서 극구 반대했고 따님도 말렸지만 목사님께서는 '예수님께서 원수를 용서하라! 사랑하라! 하셨는데 이 말씀에 순종하지 않으면서 어찌 믿는다고 할 수 있겠느냐'고 말씀하시며 기어이 그 학생을 양자로 삼으셨대요. 얼마나 훌륭하세요."

"음."

나는 가슴속에서 끓어오르는 감동을 누를 길이 없었다. 그리고 기독교 신앙에 대해 풀 길 없는 불가사의를 느꼈다.

"목사님께서는 그 사건 이전부터 지금까지 복음을 전하시느라고 전국 방방곡곡을 두루 돌아다니고 계신데 하나님으로부터 거저 받은 말씀 거저 전한다면서 부흥집회에서 사례금 한 푼 안 받고 다니시다 보니 가족들을 말할 수 없이 고생시켰대요. 사모님은 추운 날에도 산에 올라가서 나무를 해다 땠고, 죽은 아들들도 나무지게를 면한 날이 없었다잖아요. 가족들에게 보리밥도 제대로 먹이지 못했다면서 죽은 아들 이야기를 하실 때에는 목사님도 눈물을 흘리시더라고요."
"어떻게 생긴 분인데 그렇게 훌륭하셔?"
"체구는 아주 자그마하셔요. 너무너무 작은 몸매여요. 그러나 그 몸은 사랑의 화신化身인가 봐요."
"성함이 어떻게 되는데?"
"손양원 목사님이셔요."
아직도 물기가 남아 있는 아내의 눈 속을 들여다보면서, 나는 '가정을 버리고 전도에 몸 바치는 목사, 아들 죽인 원수를 용서하고 양자로 삼은 그 목사'의 모습을 머릿속에 상상해보며 감동의 늪에서 한동안 헤어나지 못했다.

남한의 불안한 치안·정치·경제

해방 후 이 땅에는 이미 널리 알려져 있는 대구 및 제주도 폭동사건과 여수·순천 반란사건 외에도 작은 규모의 반란사건이 또 있었다.

1948년 12월 초 대구 주둔 국방경비대 제6연대의 일부 병사들이 두 차례에 걸쳐 반란을 일으키고 팔공산으로 도주한 것이 바로 그것이다.

경관이 수려하고 천고의 신비를 그 속에 간직한 한라·지리·팔공의 영봉靈峯들은 이제 1946년 9월에 월북 도주한 박헌영이 평양에서 내리는 지령에 따라 인근 도촌都村에 대해 살상과 약탈을 일삼는 공비들의 소굴이 되고 말았다.

그런데 공산주의자들의 준동은 이 세 곳의 산악지대에서만 벌어진 것은 아니었다. 여타 전국 각지에서도 백성들을 공산당원으로 포섭하려는 공작과 도촌에 대한 유격전이 이들에 의해 계속 전개되었다.

군경의 밤낮 없는 활동에도 불구하고 전국 각지에서 무고한 양민들의 희생이 늘어나고, 가난한 생활에 지친 많은 사람들이 저들의 감언이설에 끊임없이 유혹되어갔다.

그 결과 공산당원 수는 기하급수적으로 증가하고, 사회 불안은 그 도를 더해갔다. 이것은 도시와 농어촌을 막론하고 전국에 걸쳐 나타난 현상이었다.

우리 고향 마을에서도 100여 호의 마을 주민들 가운데 청소년 6명이 공산주의에 물들어 있었다. 이들 중에 세 사람은 산속에서 지내다가 그 중 한 사람은 유격활동 중 군경에 의해 피살되고, 한 사람은 체포되어 형무소에서 징역을 살았다. 그리고 나머지 한 사람은 6·25전쟁 수복시에 행방을 감춘 후 지금까지 종무소식이다. 나머지 세 사람은 산에 들어가지 않고 집에서 지내다가 경찰에 체포되어 조사를 받은 후 훈계 방면되었다. 이들은 보도연맹保導聯盟에 가입하였다가 한 사람은 병사하고, 두 사람은 6·25전쟁 발발 직후에 비명에 갔다.

 1949년, 봄이 가고 녹음기에 들어서면서 공산유격대의 은신과 산 생활이 용이하게 되자 저들의 경찰관서와 일반 공공기관에 대한 습격이 더욱 극성을 부렸고, 38도선 이남에는 평온한 날이 하루도 없었다.

 사세事勢가 이렇게 되자 경찰은 토벌대를 조직하여 산으로 올려 보내 공산유격대를 격멸케 하는 한편, 공산당원 검거에 힘을 기울였다.

 경찰토벌대가 첩첩산중을 누비면서 공산유격대원을 잡고자 노력했지만 험난한 지형과 녹음을 이용해서 피해 다니다가 기회를 포착하여 목표와 대상을 기습하곤 하는 공산유격대원을 격멸한다는 것은 결코 쉬운 일이 아니었다.

 그러나 도촌에서의 공산당원 검거는 비교적 잘 진척되었다. 날이 갈수록 수사가 진전되어 공산당의 세포 조직은 백일하에 드러났고, 이들 공산당 세포 검거로 그 조직들이 도처에서 파괴되어갔다.

 이렇게 되자 산속의 공산유격대원들은 식량 등의 공급 루트를 잃고 말았다. 이렇게 보급 루트가 두절되자 이들이 살아남기 위한 단 한 가지 길은 그 자신들이 산에서 내려와 보급 투쟁을 벌이는 것이었다. 마을을 기습하여 우익계나 중도계 농민 등 저희들에게 협조하지 않는 사람들을 반동분자로 몰아 살상하면서 그들의 식량과 가축 등을 약탈해 갔다.

 1949년 초여름의 일이었다.

 어느 날 오후에 경찰국 무전실에 들렀던 나는 충청북도 경찰국장으로부터 타전되어온 전보 한 통을 받았다.

한 청년이 공산유격대원에게 피살된 사건을 통보해온 전보였다.

사건의 발생지는 충북 영동군 심천면 금정리, 피해자는 민병선. 사건 개요는 그날 오전 10시경 산에서 내려온 공산유격대원들이 민병선 집을 기습하여 그를 집 밖으로 끌어낸 다음 곡괭이·쇠스랑 등으로 타살하고 식량을 약탈한 다음 집에 불을 질러 전소시켰다는 것이었다.

그 전보를 읽으면서 나는 적지 않은 충격을 받았다. 당시에는 흔히 있었던 일이기는 했지만 공산유격대원들이 사람을 죽이는 방법이 너무 잔인했을 뿐만 아니라, 희생된 청년이 내가 몇 번 만난 일이 있는 지면知面의 사람이었기 때문이다.

민병선―. 그는 8·15해방 전에 경성의 모 전문학교를 졸업한 사람이었다. 당시 그의 부친은 경성의 어느 소학교에서 교편을 잡고 있었고, 고향인 금정리에는 그들의 집과 전답이 있었으며, 그들은 부자 측에 속하는 사람들이었다.

민병선은 해방 후에도 서울과 금정리를 오가면서 자기 집 농사를 감독하고 있었는데, 마침 농사철을 맞아서 고향에 내려와 있다가 변을 당한 것이다.

그가 왜 공산유격대원들의 숙청 대상이 되었을까? 그가 교육을 많이 받은 것과 부자라는 점, 그리고 공산유격대원들의 보급 투쟁에 협조하지 아니한 것이 그 원인이었다.

단지 이러한 이유만으로 공산주의자들은 전도가 유망한 이 청년을 비참하게 죽였다.

금정리가 경찰관서에서 멀리 떨어진 산골 마을이긴 하지만 한낮에 공산유격대원들이 산에서 내려와 사람을 죽이고 약탈과 방화를 자행할 정도로 당시 공산유격대원들의 활동이 대담했을 뿐만 아니라 국내 치안이 불안했다.

더욱이 그 가해자들은 같은 마을에 살다가 산으로 올라간 청년들이었고, 그 속에는 피해자의 친척까지 포함되어 있었다고 하니 공산주의자들의 잔학성과 비윤리성을 엿볼 수 있는 또 하나의 사건이었다.

당시 공산주의자들은 저희들에게 협조하지 않거나 저희들 활동에 방해가 되는 사람에 대해서는 이와 같이 서슴없이 피의 보복을 가하고 있었기 때문에 도시·시골 할 것 없이 모든 사람들이 항상 극심한 불안 속에서 살고 있었다. 특히 시골에서는 공산주의가 싫어도 펴놓고 반공 의사를 드러낼 수가 없을 정도로 공산주의자들이 백성들을 위협하고 있었다.

1949년 8월 어느 날, 나의 고모부는 산에서 풀을 베고 있었다. 당시는 답작용畓作用 비료는 주로 퇴비에 의존하고 있던 시대였기에 일본에서 돌아온 후 소작하기 위해 빌린 몇 마지기 논에 넣을 퇴비를 만들기 위해서 그는 풀을 베고 있었던 것이다.

왕새와 억새, 기타 잡초가 어른들 키보다도 더 높이 자라 있고, 칡과 머루 넝쿨이 이 나무에서 저 나무로 마냥 뻗어나가 얽히고설켜서 시야를 가로막고 있는 수풀 속에서 그는 열심히 낫질을 하고 있었다.

별안간 고모부는 거친 숨소리와 요란스러운 발걸음 소리를 들었다.

낫질을 멈추고 허리를 폈다. 10여 미터 앞쪽 풀 속을 헤치면서 5,6명의 청년들이 도망쳐와 눈앞 능선을 넘어 달아났다. 풀 속에서 들려오는 그들의 숨소리는 한여름 무더운 날 짐승의 할딱거리는 신음 소리와 같았고, 그들의 발걸음 소리는 몹시 허둥대는 난조음亂調音으로 들렸다.

그 얼마 후 이번에는 10여 명의 경찰관들이 앞서 도망친 청년들이 달려왔던 방향에서 달려왔다. 그리고 그들은 고모부 앞에 멈추어 섰다.

"아저씨! 공비 놈들 어디로 갔죠?"

인솔자인 성싶은 경찰관이 고모부 앞으로 한 발짝 다가섰다.

"……."

고모부는 냉큼 대답을 하지 않았다.

"아, 조금 전에 이곳을 지나 도망갔잖아요?"

"그런 사람들 못 봤는데유."

"뭐? 못 봤다고? 이 새끼도 공산주의자구먼."

다른 경찰관이 고모부 앞으로 바싹 다가섰다. 그리고 총구를 그의 가슴에다 들이댔다.

"너 같은 놈은 쏘아 죽여버려야 해."

경찰관은 악을 쓰듯 소리 질렀다.

"……."

고모부는 얼굴이 금세 납빛으로 변했다. 온몸을 부들부들 떨었다.

"야, 놔둬라. 빨리 가자."

지휘자가 앞장서서 달리자 나머지 대원들도 그의 뒤를 따랐다.

점심때가 지나서 빈 지게를 지고 삽짝을 들어서는 고모부의 얼굴은 사색으로 변해 있었다.

"어데 편찮으세유?"

고모가 놀라면서 물었다.

"……."

고모부는 내동댕이치듯 지게를 마당에다 벗어놓고 방으로 들어갔다. 그리고 구들장을 지고 드러누웠다.

"왜 이러세유? 어데 편찮으시냐구유?"

고모부는 다 죽어가는 목소리로 산에서 있었던 일의 자초지종을 고모에게 이야기했다.

"아이, 본 대로 대줄 것이지, 왜 모른다고 했어유?"

"대주면 공비들이 불쌍하게 죽거나 잡힐 것 같아서 안 대줬지. 그리고 뒤탈도 염려되잖아."

"당신이 뭐 공산당이라도 되는 거유? 불쌍하긴 뭐가 불쌍해유. 걸핏하면 사람 죽이고 집을 불태우고 하는 놈들이 뭐가 불쌍하냔 말이유. 그놈들의 후환이 뭐 그리 겁날 것 있어유, 쯧쯧."

불덩이같이 달아오른 고모부의 이마를 짚어본 고모는 허둥지둥 읍내로 달려갔다. 그리고 한약방에서 몇 첩의 약을 지어왔다. 집에 돌아온 즉시 달여서 복용케 했다. 그러나 효과가 나타나지 않았다. 다음날 또 약방에 들러서 약을 지어왔다. 온 마을을 돌면서 물어물어 사약도 써보았다. 그러나 백약이 무효였다. 고모의 헌신적인 간호의 보람도 없이 고모부는 그해 8월 14일 가난에 찌들어 살아온 인생, 16년간을 일본 북규슈 탄광 막장에까지 들어가서 피땀 흘린 인생을 등에 지고 허망하게 세상을 떠났다.

연락을 받고 내 고종사촌동생 김복종이 청주에서 달려왔다. 그는 그때 충청북도 농사시험장에서 계장으로 근무 중이었다.

그는 방으로 뛰어 들어와 시신 앞에 무릎을 꿇고 한동안 말없이 아버지의 얼굴을 들여다보았다. 그러다가 창자를 쥐어짜는 듯한 음성으로 말했다.

"아버지! 아버지! 왜 이렇게 빨리 가셨습니까?"

닭똥 같은 눈물이 방바닥으로 뚝뚝 떨어졌다.

"빨리 돈 벌어 고생을 면하게 해드리려고 고심하고 있는 제 마음도 모르고 떠나셨습니까?"

그는 시신에다 얼굴을 묻고 하염없이 흐느끼고 있었다. 이때 고모가 손등으로 눈물을 닦으며 아들의 어깨에다 손을 얹었다.

"애야! 그만 울어라. 그만 울어! 고통 많은 세상을 떠나 편히 지낼 수 있는 곳으로 가셨으니 아버지에게는 잘된 일이 아니냐. 울음 그만 그쳐라, 그만."

이때 내 마음속에 '1945년 3월'이 떠올랐다. 그때 복종은 후쿠오카 농업학교(5년제)를 졸업하고 수원에 있었던 조선총독부 농사시험장에 취직이 되어 고향에 돌아와 부임하기에 앞서 우리 집을 찾아왔었다. 일본에서 자라면서 일본인들로부터 멸시를 받은 일이며 가족들의 사는 형편 등을 말하다가 아버지의 이야기에 미치자 '이제 탄광 일에는 힘이 부치는 연세가 되셨잖아요. 빨리 돈 벌어 탄광 신세 면하고 편히 지내시도록 해드려야 할 텐데요'라고 힘주어 말했던 그였다.

  그러나 그가 받는 봉급은 쥐꼬리만 한데다가 8·15해방과 더불어 가족들이 모두 고향으로 돌아와 남의 논 몇 마지기를 소작으로 빌려 고생스러운 나날을 겨우겨우 보내다 고모부가 갑자기 세상을 떠났던 것이다. 그때 내게는 고모 일가가 살아갈 일이 그저 막막하게만 느껴졌었다.

  그 당시 많은 국민들은 공산주의의 실체를 모르고 있었다. 공산주의자들은 이러한 국민들에게 감언이설을 동원해서 선전과 선동을 일삼았다. 그러나 많은 국민들은 이러한 공산주의자들의 주장에 다소 호기심과 기대를 가지면서도 쉽사리 그 '주의'를 받아들이려 하지 않았다. '가진 자' 측에 속하는 사람들은 말할 것도 없고 '갖지 못한 자' 측에 속하는 사람들도 매한가지였다. 그 '주의'에 붉게 물든 사람들은 전체 인구로 볼 때 많은 편은 아니었다.

  그럼 그 '주의에 붉게 물든 자'를 제외한 나머지 국민들이 모두 '자유민주주의'의 신봉자였던가? 그것도 아니었다. '자유민주주의'의 실체도 아직 정확히 모르고 있던 국민들이었기에 그 '주의'도 받아들이지 않고 있었다.

  그 당시 많은 국민들이 적색의 공산주의나 백색의 자유민주주의 그 어느 쪽에도 속하지 아니하고 무색 내지 회색의 의식 속에 살고 있다고 나는 보았다. 공산주의자들이 극성스럽게 날뛰고 있어 세상이 어떻게 될지도 모르는 불안한 가운데에서 무색 내지 회색의 의식 속에 살고 있는 국민들의 수는 의외로 많았다. 공산주의자들은 밤낮을 가리지 않고 이 무색 내지 회색의 국민들을 저희들 편으로 만들기 위해 열광적이었고, 경찰은 이러한 국민들이 공산주의자들에게 포섭되는 것을 막느라고 노심초사했다.

이러한 속에서 세월은 날이 갈수록 어수선해져만 갔다. 그리고 이 어수선한 세월은 국민들의 온갖 애환을 그 속에 묻어버리고, 또 정치·경제·사회 면에서뿐만 아니라 치안 면에서까지도 만신창이가 된 국가를 부둥켜안고 흘렀다.

공산주의자들은 만신창이가 된 대한민국에 마지막 비수를 꽂아 멸망시키려고 서두르고 있었다.

1948년 12월 초 제주도 출동에서 돌아온 후 한동안 나는 직장생활의 즐거움을 모르고 지냈다.

애월에서 공비들과 교전 중에 전사한 두 부하 김종석·손귀현 경위(전사 후 순경에서 경위로 2계급 특진되었음)와 그 가족들에 대한 아픈 마음, 미안한 생각, 자책감 등이 내 마음속을 떠나지 않았기 때문이다. 그리고 고통받는 제주도민의 모습, 특히 한라산 속에서 목격했던 참담한 광경—불타고 있는 보금자리를 뒤로하고 남부여대男負女戴하여 산을 내려가던 산간 마을 사람들의 비참한 행렬—이 눈앞에 떠오를 때에는 그 당시 그들에 대해 느꼈던 동정심이 마음속의 여러 가지 생각들과 복합되어 나는 형언할 수 없이 복잡하고 무거운 마음에 시달리곤 했다.

이런 마음은 곧 경찰지서 피습의 현장에서 공비들과 동족상잔의 비극을 연출하지 않을 수 없었던 내 직업에 대한 회의로 바뀌었으며, 이 회의는 어느덧 직업에 대한 싫증을 불러일으켰다.

1948년 말경부터 나는 마음속으로 경찰을 그만두고 새 직장을 찾아야겠다고 생각하게 되었다. 그러나 나라 안의 산업이 보잘것없고, 국가 경제가 지극히 유치한 시대였으므로 내게 알맞은 직장을 찾는 일은 수월치 않았다. 이러한 속에서 보내는 나날은 고민스러운 생활 그것이었다. 그러던 어느 날 나는 문득 공부를 하자는 생각을 하게 되었다.

서울 중앙대학에 입학

새로 태어난 국가는 앞으로 각 분야에서 많은 인재를 필요로 할 것이기에 대학에 진학해서 공부를 한 다음 다시 사회로 진출하면 얼마나 좋을까 하는 생각이 들었다.

그러나 나는 대학 입학시험에 응시할 수 있는 자격이 없었다. 해방 전 철도국에 다닐 때 틈틈이 독학을 해서 '전문학교 입학자 자격 검정시험'에 응시, 일부 과목에는 합격을 했었으나 일본이 전쟁에서 몰리게 되자 이 시험이 중단되었고 곧이어 해방이 되었기에 중학교 5학년 졸업자가 갖던 전문학교 입학시험 응시 자격조차도 나는 갖고 있지 않았다.

그렇지만 공부를 해놓으면 좋은 기회가 있을 것 같은 생각이 들어서 다락 깊숙한 곳에 보관해두었던 책을 꺼내어 먼지를 털고 공부를 시작했다.

직장에서는 근무 중 틈틈이 책을 읽었고, 퇴근 후에는 방에 틀어박혀 밤늦게까지 공부를 했다. 꽃 피는 봄도, 녹음방초綠陰芳草의 초여름도, 땀이 온몸을 흠뻑 적시는 무더위도 이런 생활 속에서 보냈다.

1949년 7월 하순의 어느 날 나의 사종형 덕용德溶이 집으로 나를 찾아왔다. 그는 해방이 되자 일본군(학병)에서 풀려나 그해 9월에 귀향, 경성으로 올라가 대학에 편입학하여 학업을 마친 다음 그때 대전 보문중학교에서 교편을 잡고 있었다.

그는 가져온 서류봉투 하나를 내 앞에 내놓았다.

"무엇이지요?"

나는 물어보았다.

"서울의 중앙대학 입학시험 요강일세."

"……?"

나는 그가 서류봉투를 내놓는 뜻을 몰라 말없이 그의 얼굴을 건너다보았다.

"동생 시험 한번 봐보라고 가지고 왔지."

"무슨 시험을요?"

"대학 입학시험 말일세."

"나는 자격이 없잖아요?"

"아녀, 동생도 응시할 수가 있어. 이 요강을 한번 읽어보라고."

그는 봉투 속에서 인쇄된 서류를 꺼내 나에게 건네주었다.

중학교 6학년 졸업자나 졸업 예정자 외에 중학교 4학년 수료자나 수료 예정자, 그리고 그와 동등 이상의 학력이 있다고 인정된 자도 응시할 수 있다고 적혀 있었다. 다만 뒤 조항에 해당하는 자는 일단 선과생

選科生으로 입학해서 학부 1학년 과정을 수료한 후 시험을 거쳐 본과 2학년에 편입할 수 있다고 적혀 있었다.

"다른 대학도 선과생을 뽑고 있다는 얘기야. 요즈음 대학이 여러 개 새로 생긴데다가 중학교 6학년 졸업생의 수가 많지 않아 입학시험 응시자의 범위를 넓혀 가급적 우수한 학생으로 정원을 채우려고 이러한 방법을 쓰게 되었다고 하는데, 동생에게는 참으로 좋은 기회 아닌가? 동생은 입학시험에 합격할 수도 있고, 입학한 다음에도 다른 학생들을 충분히 따라갈 수 있을 거라고 나는 보고 있어. 한번 용기를 내보라고. 요강에 대학 성적이 우수한 자는 학교 재단에서 미국 유학까지 시켜준다고 되어 있으니 누가 알아? 동생이 미국에 가게 될지."

사종형은 환하게 웃었다.

나에게는 뜻밖에 굴러 들어온 희소식이었다. 지금까지 8개월 가까이 밤낮을 가리지 않고 준비해왔으니 겨루어볼 만한 시험이라는 생각이 들었다.

그러나 용기가 나지 않았다. 26세라는 많은 나이 때문이 아니라 가족이 셋이나 딸려 있는데다가 학비를 조달할 자신이 없었기 때문이다.

내가 고개를 숙이고 생각에 잠겨 있을 때,

"학비가 걱정이겠지만 고학할 각오를 하라구. 신문 배달이고 뭐고 할 생각을 하면 되잖아. 잘 생각해서 결정하게. 내일 또 들르겠네."

이렇게 말을 하고 사종형은 돌아갔다.

그날 밤 나는 이 생각 저 생각을 하느라고 잠을 이루지 못했다. 몇 번이고 몸을 뒤척이며 밤을 새웠다.

다음날 석양 무렵에 사종형이 또 찾아왔다.

"생각해봤어?"

그는 자리에 앉자마자 이렇게 말문을 열었다.

"글쎄요."

내가 이렇게 애매한 대답을 하자 그는 말했다.

"시험이나 한번 봐보라구. 원서 접수 마감이 며칠 안 남았어. 근무가 바빠서 동생은 원서 내러 갈 시간도 없을 테니 내 작은처남 근순이를 통해서 접수시켜줄게."

사종형은 이렇게 나에게 응시할 것을 재차 권했다.

지금 영등포에 있는 충무병원 이사장의 동생인 이근순은 그때 동국대학에 다니고 있었다.

입학시험은 8월 초순에 있었다.

선과생이라 하여 특별 취급을 한 것이 아니고 수험번호도 일반 수험생과 혼합해서 원서 접수 순서에 따라 매겨나갔다. 또 시험도 그들과 같은 고사장에서 같은 과목, 같은 문제로 치렀다.

합격자 발표가 있던 날, 나는 발표 시각에 맞추어 학교로 갔다. 흑석동 고개에서 내려다보이는 학교 운동장에는 벌써 많은 응시자와 그 가족들이 모여 있었다.

교문을 들어섰을 때 길게 나붙은 방榜 밑에 사람들이 모여 서서 합격자 명단을 올려다보고 있었다. 무리를 비집고 들어가던 내 눈 속으로 내 이름 석 자가 들어왔다. 법학과 합격자 명단의 맨 앞에 쓰인 내 이름에서 갓 마른 먹이 엷은 광선을 반사하고 있었다. 나는 기뻤다. 정말로 기뻤다.

며칠 뒤 나와 지면이 있었던 이 학교 교육학과 왕학수 교수가 특별히 관심을 갖고 내 입학시험의 성적을 알아보았다면서 좋은 점수로 합격되었음을 축하해주었다.

그해 대학에 진학한 학생들은 중학생활 6년 중 2년간은 패망 직전의 일제하에서 근로 동원과 적성敵性 국어(영어) 경시 정책 때문에, 나머지 4년간은 해방된 조국 안에서 사회 혼란 및 교육 시설과 교사의 부족 때문에 내실 있는 교육을 받지 못했던 불운한 피교육자들이었다.

나 같은 독학자가 입학시험에서 좋은 성적으로 합격할 수 있었던 것은 나의 노력도 노력이지만 이러한 학생들이 경쟁자가 되었기 때문이라는 생각이 들었다.

시험에 붙고 나니 사정이 복잡하고 다급해졌다. 합격이 되리라는 기대를 별로 갖지 않고 응시했기 때문에 가족의 생활 문제, 학비 조달 방법 등에 대한 구체적인 계획이나 준비가 전혀 되어 있지 않았던데다, 8월 말까지는 등록을 하지 않으면 안 되었기 때문이었다.

'어떻게 할까? 어쩌면 좋을까? 학교를 포기해버릴까? 천재일우千載一遇의 이 좋은 기회를 어떻게 버린단 말인가?'

이러한 생각들이 차례로 꼬리를 물었다. 큰 고민이었다.

참으로 돈이 원수였다.

나의 머릿속 깊숙한 창고 안에는 돈이 없었기 때문에 분루憤淚를 씹을 수밖에 없었던 과거의 한 사건의 영상映像이 보관되어 있었다. 이 영상은 가끔 창고의 문을 불쑥 열고 기억의 통로 쪽으로 튀어나와 내 마음을 서글프게 하곤 했다.

철도종사원 양성소에 입학하던 해 3월, 나는 두 학교의 입학시험에 합격되어 있었다. 용산 한강로에 있었던 철도종사원 양성소 전신과 입학시험에 먼저 응시하고, 그 결과가 발표되기 전에 영등포 번대방동에 있었던 경성공립공업학교 건축과 3학년 편입시험을 보았는데 양쪽 다 합격이 된 것이었다.

나는 공업학교 쪽으로 가고 싶은 생각이 간절했지만 우리 집은 매월 50원씩이나 되는 학자금을 대주기에는 힘이 겨운 빈농이었기에 내 스스로 관비官費로 공부할 수 있는 양성소 쪽을 선택하고 공업학교를 포기하고 말았다.

양성소에 다니기 시작하고 한 달이 지난 4월 말경 휴가를 얻어 고향에 돌아왔을 때, 한 통의 편지가 나를 기다리고 있었다. '지금 와도 받아줄 테니 학교에 나와서 등록을 하라'는 공업학교 교장의 편지였다. 나는 그 편지를 불타는 아궁이 속에 던져 넣고 그것이 재로 변할 때까지 바라보면서 눈물을 씹었다. 그것은 '돈이 없음'을 통분해하는 눈물이었다.

그때로부터 10년 가까운 세월이 지났는데 그 원수 같은 돈이 또 나를 괴롭혔던 것이다.

괴로워하는 나를 아내가 달래주었다.

"여보, 그간 저축한 돈으로 이번 등록은 할 수 있어요. 당신은 서울 우리 친정집으로 가 있도록 해요. 나는 아이들과 영동 아버님 댁으로 가 있겠어요."

"어떻게 처가로 가냔 말이오. 그쪽도 지내시는 게 어려운데."

"괜찮아요. 우리 친정아버지나 어머님이 쾌히 받아주실 거예요. 내가 연락을 할게요. 학교는 다니고 봐야 하잖아요."

"……."

"복잡하게 생각할 것 없어요. 그렇게 하도록 해요, 네?"

아내가 며칠을 두고 보채다시피 나에게 권했다.

그 얼마 후 장인으로부터 연락이 왔다. 어려워하지 말고 서울로 올라와서 학교에 다니도록 하라는 것이었다.

나는 아내의 말대로 가정을 정리하고 경찰국에 사표를 냈다. 그리고 서울로 올라갔다.

그때의 학년 시작은 9월이었다.

나라가 독립은 되었으나 아직 우리의 교육법이 제정되지 않아 학제學制도 학년의 시말始末도 미군정 시대의 제도를 답습하고 있었다.

학교는 깊숙이 들어간 골짜기 가운데에 자리 잡고 있었다. 동쪽과 서쪽에는 학교 울타리 밑에까지 민가들이 옹기종기 모여 있었고, 남쪽에는 벌거숭이 동산이 한 채뿐인 학교 교사에 바싹 붙어 솟아 있었다. 그리고 북쪽에는 교문 앞을 지나가는 좁다란 도로 건너편에 동에서 서로 뻗어나간 산이 막아서서 시야를 차단하고 있었다.

석조로 된 3층의 건물 1층 중앙 부분에 학장실·교수실·서무과 사무실 등이 자리하고 있었고, 1층의 그 나머지 부분과 2층 전부는 강의실로 쓰이고 있었다. 그리고 여러 개의 방으로 나뉘진 3층은 전부 교수들의 연구실이었다.

학교는 교통 소음도, 장사치들의 고함 소리도 들리지 않는 조용한 분위기 속에 있었으며 나는 처음부터 공부와 연구에는 안성맞춤의 환경이라고 생각했다.

해방 전부터 중앙여자보육전문학교로 존속해오던 것을 교주校主 임영신이 그 전해에 4년제 대학으로 인가를 받아 전국적으로 통틀어 대학이 열 개 안팎밖에 되지 않던 그 당시 국내의 어느 대학에 비해서도 손색이 없는 학자들로 교수진을 구성, 운영하고 있었다.

함께 법학과에 입학한 학생들은 나와 같은 연배의 학생이 대여섯 명 있었을 뿐 거의 모두가 한참 손아래의 동생과 같았다. 이들 틈에 끼여서 공부를 한다는 것이 처음에는 어색하기도 했으나, 매일매일 교수들의 강의를 듣는 것에 재미를 붙이는 사이에 점차 학교생활에 익숙해져 갔다.

교수나 학생들 가운데 공산주의 사상을 가진 자가 다른 대학에 비해서 많다는 소문이 학교 내외에 떠돌고 있었으나 그런 티를 노골적으로 드러내는 교수도, 학생도 없었기 때문에 나는 어느 누가 그러한 부류의 사람인지 알 수가 없었다.

모든 교수는 열심히 가르쳤으며, 학생들도 학교 안에서나 외부에서 시위를 벌이거나 충돌·소란 등을 일으키는 일 없이 열심히 공부했다.

그러나 공산주의에 관련된 사건으로 구속된 학생은 더러 있었다. 국제공법학을 가르쳤던 강㶵모 변호사가 어느 날 강의시간에 늦게 들어왔다. 교단에 오른 그는 이마의 땀을 닦으면서 말했다.

"늦어서 미안합니다. 잃어버린 한 마리 양을 찾기 위해 아흔아홉 마리의 양을 버려두었답니다. 이 학교 학생의 재판 변호에 다녀왔어요."

그런 그의 모습이 지금도 간간이 눈앞에 떠오른다.

가장 인기가 좋았던 강의는 최호진 교수의 경제학 시간이었다. 그 시간이 되면 수강 신청을 하지 않은 학생들까지도 구름 떼처럼 모여들었다. 물론 교실 안의 책걸상은 빈 곳 하나 없이 꽉 찼을 뿐만 아니라 교실 뒤쪽의 공간에도 가득 들어찼다. 그러고도 설자리가 모자라서 복도와 운동장 쪽의 창 너머에까지도 입추의 여지없이 모여 섰다. 이렇게 모여든 학생들은 진지한 자세로 최 교수의 강의에 귀를 기울였다.

당시 학교에서는 이석범 교수의 경제학 강의도 개설하여 학생들로 하여금 두 교수의 강의 중에서 하나를 선택해서 들을 수 있도록 하고 있었다. 이 교수는 일본 규슈(九州) 제국대학을 나온 후 오사카(大阪) 상과대학을 거친 학구파로서 동지섣달의 혹한 속에서도 불기 하나 없는 학교 연구실에서 밤을 새워가며 책을 읽는 데 골몰한다는 말을 당시 그의 조카가 되는 내 친구로부터 들은 일이 있었다. 얼굴에 지나치리만큼 냉정함이 서려 있는 그였으나 교단에 서기만 하면 시간 가는 줄도 모르고 강의에 열을 올렸다.

그런데 재미있는 현상이 있었다.

제2외국어에서 독일어를 선택한 학생은 최호진 교수 강의시간에,

러시아어를 선택한 학생은 이석범 교수의 강의시간에 들어가는 경향이 있었던 것이다.

어느 날 교수실 앞 복도를 지나다 보니 서너 명의 학생들이 실내 쪽을 기웃거리고 있었다.

"무슨 일이야?"

내가 이렇게 말을 걸며 그들에게 다가가자 한 학생이 말했다.

"대단하구먼. 두 교수님이 불꽃 튀는 논쟁을 벌이셨어."

"두 교수님이라니?"

"최호진 교수님하고 이석범 교수님 말이야. 경제 이론에 대해서 장시간 논쟁을 벌이는데 서로 한 치도 양보를 안 하시는 거라. 정말 불꽃이 뚝뚝 떨어지는 것 같았어."

"어디, 어디."

내가 교수실 안을 들여다보려고 하자 그 학생이 말했다.

"이제 막 전쟁이 끝났어. 다음에 또 하자며 두 분이 악수를 하셨다고."

그 학생이 생긋 웃었다.

경제사와 러시아어를 강의했던 전용식 교수의 검은 테 안경을 걸친 얼굴은 항상 온화하고 침착해 보였다.

경성제국대학에 다니던 시절 수재라고 칭송을 받았다던 그는 강의에 특별히 성실한 교수였다. 한 학년 동안 한 시간의 휴강도 없었고 강의시간에 늦게 들어온 일도, 종료 시간 전에 일찍 나간 일도 없었다.

교과서도 노트도 갖지 않은 채 빈손으로 들어와 백묵 한 자루를 들고 교단에 서면 시간 종료를 알리는 종이 울릴 때까지 유창하게 그리고 이론 정연하게 강의를 계속해나갔다. 한마디의 잡담도 하는 일이 없었다.

학년이 끝나기 전에 예정된 강의를 다 마치고 남은 두세 시간에 1년 동안 가르친 내용의 요점을 정리해주는 친절까지도 베풀었던 그였다.

대학에 입학한 후에 나는 자유민주주의와 자본주의에 대해 많은 것을 배우게 되었다.

군사독재국 일본의 암흑 정치에서 해방, 독립된 국가가 자유민주주의와 자본주의를 섭취하며 밝은 미래를 향해 걷기 시작한 때였으므로 온 세상은 온통 이들 두 주의를 구가하고 있었고, 각 대학은 대학 나름대로 이들 주의의 선도자가 되려고 열을 올렸다.

어느 과목의 강의시간 할 것 없이 교단에 선 교수들의 입에서는 이들 두 주의에 대한 이야기가 으레 나왔다. 경제학에서는 자본주의에 대한 강의가 심도 있게 펼쳐졌고 문화사나 헌법 시간에는 자유민주주의에 대한 이야기가 장황하게 강술되었다.

특히, 정치학의 한태수 교수가 민주주의와 공산주의 이론에 대해 강의할 때 복잡한 대목에서 두세 번 되풀이 해설해주던 모습이 지금도 눈앞에 선하다.

그때까지 나 자신 역시 자유민주주의와 자본주의가 만개한 서구사회에 가보지도 살아보지도 못했던 터라 강의를 듣고 있노라면 이들 주의가 풍미하던 서구사회에 사는 사람들이 그렇게 부러울 수가 없었다. 물론 이들 주의가 과연 우리의 문화적 토양에 잘 적응하여 뿌리를 내리고 자랄 수 있을까 하는 염려도 없진 않았으나 서구와 같이 우리의 국운이 진흥하고 조국의 미래가 활짝 꽃피길 간절히 염원했다.

한국전쟁의 발발

그러나 이내 그것은 부질없는 생각이라는 체념에 사로잡히고 말았다.
한반도 북쪽을 완전히 적화시켜버린 상태에서 38도선에서뿐만 아니라 그 남쪽 깊숙한 곳에서까지 별의별 침략 책동을 격화시키고 있는 공산주의자들과 이에 맞서 힘겨운 싸움을 벌이고 있는 우리 군경들.
하나의 강토, 하나의 국가에서 서로 사이좋게 어울려 살아야 할 동포들이 이념과 사상의 갈등으로 이처럼 피를 흘리며 싸우고 있는 모습을 생각할 때마다 나는 숨이 막힐 것만 같았다.
그리고 누란지세累卵之勢와도 같이 위급한 상황임에도 불구하고 날로 심화되어가고 있는 이 나라의 부정부패에 생각이 미칠 때에는 이러다가 나라를 송두리째 공산주의자들에게 먹히지나 않을까 하는 두려움이 마음 한구석을 어둡게 덮어내렸고, 이상과는 너무나도 다르게 전개되는 현실에 절망감마저 느껴졌다.
경제적으로 자본주의가 성숙하고 정치적으로 자유민주주의가 완숙해져 가는 지금에 살고 있는 사람들의 안목으로는 위의 이야기들이 진부하게 느껴질지도 모른다. 그러나 반세기 전의 이야기를 써내려 가다 보니 그 당시에 대한 회상은 나에게 새삼스러운 감동을 불러일으킨다.

해방 후 이화여대와 숙명여대에서 교수를 역임했던 시인 정지용도 이때 우리 학교의 국문학과에서 몇 번 특강을 하여 수강생들로부터 호평을 받고 있었다. 그동안 파는 것도 읽는 것도 금지되었던 그의 작품의 일부가 얼마 전 해금됨을 보고 나는 색다른 감회를 느꼈다.

학장 임영신은 1948년 5월 10일에 실시된 국회의원 선거에 경북 안동에서 출마, 당선되었으므로 학교 운영은 그 여동생의 부군이자 부학장인 김태오 교수에게 맡기고 자신은 정치에만 몰두하고 있었다.

나는 친한 몇몇 친구들과 곧잘 운동장 가의 벤치에 앉아 임 학장의 얘기를 화제로 삼았다.

그가 선거에 출마했을 때 자신이 상공부장관으로 재직하고 있는 사실을 악용, 상공부의 감독을 받고 있는 업체 등으로부터 많은 돈을 끌어모아 선거 자금 등으로 썼던 일 때문에 세상에 물의를 빚은 일이라든가, 그가 범한 허물이 컸음에도 불구하고 재판에서 무죄 판결을 받을 수 있었던 것은 이 대통령의 신임을 받고 있었기 때문이라는 세간의 여론을 이야기하고, '임 학장이 정치하는 정력을 학교 운영에 쏟으면 얼마나 좋을까?' 하고 우리는 입을 모으기도 했다.

그리고 사회 구석구석 말단에까지 곪아가기 시작한 부정부패를 비판하면서 나라의 장래를 걱정하기도 했다.

내 또래 학생들은 모두 수년간 사회생활을 하다 대학에 들어온 터였기에 사회에서 일어나는 일들에 이와 같이 관심이 쓰였던 것이다.

그런 우리는 낭만적이기보다는 현실적인 안목으로 세상을 바라볼 때가 많았다.

그러나 나는 몇몇 친구들과 더불어 곧잘 하굣길에 명수대明水臺로 올라가 잔디밭에 모여앉아 한강을 굽어보고, 또 멀리 북악산을 건너다 보며 낭만적인 이야기를 교환하고 낭만적인 기분에 젖기도 했는데 이 때만은 나이를 잊고 학창생활의 즐거움에 흠뻑 빠져들 수 있었다.

내 숙소는 영등포구 도림동에 있었다. 서울 시내를 운행했던 전차의 종점은 노량진이었고, 시내버스를 운행하지 않던 시대였으므로 나는 걸어서 통학을 했다.

집 대문을 나온 후 비탈길을 걸어 내려와 지금의 크라운맥주회사 옆을 지나 철도를 횡단해서 영등포역 전면으로 나온다. 그곳에서 용산으로 가는 도로(그 당시에는 노량진을 지나 한강철교를 건너는 길이 용산으로 통하는 유일한 길이었다)를 따라 걷는다. 노량진역 앞에서 흑석동 고개를 넘어간다. 이 길이 내가 학교 다닐 때 거쳐 갔던 순로順路였다.

나는 학교를 오가면서 가난하고 불쌍한 사람들을 대전에서 살 때보다 엄청나게 많이 목격할 수 있었다. 내가 지나는 양쪽 정거장의 광장 양지바른 쪽에는 늘 많은 지게꾼들이 웅크리고 앉아 있었고, 동네 골목골목에는 남녀 행상들이 바쁘게 걸어다니고 있었다. 걸인들도 눈에 많이 띄었다.

정부 수립 당시 남한에는 350만 명 이상의 사람들이 집도 직장도 없이 살길을 찾아 방황하고 있었다.

많은 국민들이 우리 정부가 들어서기만 하면 모든 문제가 해결되고 모두가 잘살게 될 것으로 기대하고 있었으나, 정부 수립 후 1년 반이 되어도 국민들의 생활은 조금도 나아지지 않았다.

이러한 가운데 겨울이 깊어갔다. 그전 같으면 쌀값이 뛸 때가 아닌데도 초겨울부터 쌀값이 들먹이고 있었다. 가난한 사람들, 굶주리고 헐벗은 이들에게는 겨울을 사는 것이 지옥 생활만큼이나 고통스러웠다.

정부를 원망하는 소리가 점점 높아가고 있었다. 정부를 원망하는 소리는 곧 이승만李承晩 대통령을 비난하는 소리였다. 서울 사람들의 원망과 비난은 지방 사람들보다 훨씬 심하고 노골적이었다.

어느 날 옆집에 사는 청년을 집 앞 노상에서 만났다. 그는 물가고物價高, 공산주의자들의 만행에 대한 비난과 생활고生活苦에 대한 불평등을 늘어놓다가 내게 말을 던졌다.

"형씨! 사람들이 이 대통령을 뭐라고 말하는지 아십니까?"

"뭐라고 말하는가요?"

"외교에는 귀신이지만 정치에는 등신이라고 해요."

"그게 무슨 말이죠?"

"그 양반 그동안 외교 잘해서 우리나라를 오늘의 독립국가로까지 만들어내는 데 크게 공을 세웠으니 그 외교 수단은 귀신과 같이 능숙하다는 거죠. 그러나 막상 대통령이 된 뒤에는 정치를 통 못하잖아요. 지금 나라꼴이 뭐냔 말이에요. 물가를 제대로 잡았나요, 해외 귀환 동포들에게 방 하나를 마련해주었나요, 공산당들 씨를 말렸나요? 뭐 하나 제대로 하는 일이 없잖아요. 그러니까 정치에는 등신이라는 말을 듣는 거예요."

"대통령에 취임한 지 아직 1년 반도 채 되지 않았잖아요. 그가 정치 수완이 없다고 욕하기에는 아직 이르지 않은가요?"

"아니지요. 싹수가 없잖아요. 그 양반 어딘가 구멍이 뚫려 있어요. 지난여름의 얘기랍니다. 대통령이 맥고모자 하나를 산 일이 있었대요. 그때 그 양반이 비서들에게 시장 구경도 할 겸 맥고모자를 사러 나가겠다고 말했나 봐요."

"……."

"그랬더니 비서 한 사람이 먼저 화신백화점으로 달려가서 모자 파는 아가씨에게 말했대요. 각하께서 모자를 사러 오실 텐데, 값을 물으시거든 얼마라고 값을 낮추어 말해달라. 그리고 그 값으로 팔아달라. 차액은 내가 보충해주겠다. 이렇게 부탁을 했대요."

"그래, 대통령께서 그렇게 모자를 샀나요?"

"예, 샀대요. '값이 참 헐하구먼.' 이렇게 말하면서 만족해했다잖아요. 그 정도로 그 양반 어딘가 어리석고 멍한 구석이 있나 봐요. 그런 안목으로 정치를 하니까 안 되지요. 정치에는 등신이라는 말을 들어도 싸지요."

"그것은 그 양반이 등신이라기보다는 그를 둘러싸고 있는 측근들이 나쁜 거 아니에요?"

"그 측근들을 채용한 게 누군데요? 대통령이잖아요. 등신이니까 그런 측근을 채용해서 그들 손에서 놀아나고 있는 거잖아요."

이 청년의 언동에서 국민들이 대통령에 대해 갖고 있는 존경심이 종전에 비해 많이 감소되어가고 있음을 나는 느꼈다.

이러한 때에 놀라운 소식이 전파를 타고 날아왔다. 그것은 바로 1950년 1월 12일 미 국무장관 애치슨이 워싱턴의 전국 기자 클럽에서 발표한 성명이었다.

'한국은 알류샨 열도-일본 열도-오키나와-필리핀으로 연결되는 미국의 아시아 방위선 밖에 있다.'

이것이 그 성명의 요지이다.

애치슨의 이 성명은 '미국의 방위선 밖에 있는 한국에는 지상군을 파견하지 않겠다'고 그후에 되풀이된 미국의 공언과 함께, 한국은 공격을 받아도 미국의 지원을 받지 못할 것이라는 추측을 하게 했기 때문에 북한 공산주의자들에게 한국 침략의 충동을 야기케 한 결과가 되었다.

전년도의 미군 철수에 이어 미국의 이러한 성명으로 나라 안의 민심은 몹시 뒤숭숭했다. 기울어져 가는 국운을 괴고 있던 받침대가 빠져나간 듯한 위기감이 국내에 넘쳐흘렀다.

이러한 분위기는 나로 하여금 조선왕조 말에 우리나라에 대해 행했던 미국의 배신행위를 새삼 생각나게 했다.

'1882년에 맺은 조미통상조약朝美通商條約에서 미국은 조선과의 통상을 여는 반대급부로 만약 다른 열강들이 조선에 대해 부당하게, 또는 강압적으로 대할 경우에는 호의적인 중재를 할 것을 약속했었다.

그러나 미국은 이 약속을 그들의 국가 이익을 위해서 헌신짝처럼 버렸다.

제1차 한·일 협약이 체결되던 1904년에 미국에 건너간 이승만은

1. 깨어진 청운靑雲의 꿈 45

미국의 조야朝野에 일본의 한국 침략을 조미통상조약 정신에 입각해서 막아줄 것을 부탁하고 다녔으며, 1905년 7월에는 미국의 국방장관 윌리엄 하워드 태프트를 만나 이에 대한 탄원서를 미국의 루스벨트 대통령에게 제출하기 위해 소개장을 받기까지 했으나, 태프트는 이승만을 만난 그 길로 대통령 특사로서 도쿄로 건너가 일본 수상 가쓰라(桂)와 협상 끝에 미국의 필리핀 점령을 일본이 승인하는 대신 미국도 일본의 조선 침략을 승인하는 것을 내용으로 하는 태프트-가쓰라 밀약을 체결했다.

이 조약은 밀약이라는 명칭 그대로 비밀에 부쳐졌다가 두 나라가 제각기 볼일을 다 본 다음인 1922년에 가서야 세상에 공개되었다.'

실로 불행한 사건이었다.

이렇게 위기감이 고조되는 와중에서 이번에는 여간첩 김수임 사건이 국민들을 더욱 놀라게 했다.

당시 주한 미국대사관에 통역으로 근무하고 있던 김수임이 미군 장교와 동거생활을 하면서 자기 집을 공산당의 비밀 소굴로 만들고, 남쪽의 정보를 수집해 왕년의 애인인 북한 정권의 외무국장 이강국 앞으로 보내오다가 이번에는 빨치산 두목 이중업을 월북시킨 것이다.

이중업은 1946년에 체포되어 서울 서대문형무소에 갇혀 있었는데 이강국의 지령에 따라, 또 군부 내에 좌익분자가 잠입해 있는 것을 이용해서 김수임이 이를 몰래 빼내왔다. 그리고 자기 집 근처에 숨겨두었다가 미국인이 운전하는 미국 대사관 세단차에 태우고 자신도 동승

하여 개성으로 가 이중업을 북쪽으로 탈주시켰다.

개성으로 갈 때에는 두 사람이 탔었는데 돌아올 때에는 여자 한 사람만 탑승했던 점에 착안한 경찰에 꼬리가 잡혀 1950년에 들어와서 김수임은 체포되었다.

그녀는 1950년 6월 14일 군법회의에서 사형 언도를 받고 형장의 이슬로 사라졌다.

그리고 또 그해 3,4월에는 남로당 지하 조직의 3인 지도부를 형성했던 김삼룡·이주하·정태식이 경찰에 검거되었다.

이들 사건의 보도를 접한 국민들은 좌익 조직이 장소와 사람을 가리지 않고 깊이 침투되어 있는 것과 국가 기능과 기강이 해이해져 있는 상황에 대해 심한 충격과 불안을 아울러 느끼고 있었다.

물가는 천정부지天井不知로 치솟고 있었다. 쌀 한 말에 90원을 호가했다. 항간에는 쌀값이 100원을 넘어서면 난리가 난다는 말이 떠돌았다. 참으로 어수선한 세상이었다.

스산한 강산에도 봄은 찾아오고 있었다. 한강의 얼음이 녹아 떠내려가고 명수대에서 내려다보이는 강물은 눈이 부시게 푸르고 맑았다. 그리고 노들강변의 수양버들 가지에도 날이 갈수록 초록이 짙어만 갔다.

해방 후 미국을 본받아 9월을 학년 초로 잡아왔던 제도가 바뀌어 이 해부터는 4월에 새 학년이 시작되었다.

수업 시간을 채우느라 1월에 잠깐 방학을 한 뒤 강행군을 계속 해온 강의에 지친 학생들에게도 봄이 되면서 새 힘이 솟아나고 있었다.

서울 시내 각 대학 대항 연극경연대회에서 우리 학교 연극반이 「로미오와 줄리엣」을 공연하여 타 대학을 제치고 우승을 해 학교 당국과 학생들 모두가 기쁨에 들떠 있는 속에서 나는 편입시험을 통과하여 본과 2년생이 되었다.

학생들은 모두 새로 시작된 학년의 면학 계획을 세우며 바쁜 나날을 보내고 있었다.

4월이 가고 5월이 되었다. 이 달에 제2대 국회의원 총선거가 실시되어 무소속이 126명이나 당선되는 등 정계는 여전히 혼란했다.

5월 18일에는 미국의 전 국무장관 덜레스가 내한해서 한미 친선을 역설하고, 미국이 주도해서 소련과 더불어 만들어놓은 38선을 골고루 시찰해 우리 국민들의 비상한 관심을 끌었다. 시국의 움직임은 누가 봐도 심상치 않았다. 국제연합 한국 임시위원단 위원들이 북한 대표 3명과 38선 이북의 여현역礪峴驛 구내에서 만나는 등 정치적 또는 군사적 움직임이 날로 수상해졌다. 그런 중에 5월 위기설이니 6월 위기설이니 하는 말이 떠돌았고, 내무부장관도 인민군의 움직임이 수상하다고 발표했다.

이 무렵 38선을 사이에 두고 냉랭하게 대치하고 있던 남과 북 사이에 국민들의 숨통이 확 트이는 듯한 사건이 터졌다.

6월 6일에 북쪽에서 자기들이 억류하고 있는 민족 지도자 조만식과 남쪽에서 구속하고 있는 거물급 공산주의자 김삼룡·이주하를 맞바꾸자고 제안해오는가 하면, 6월 8일에는 그동안 그들이 극력 반대해오던 남북한 총선거를 실시하자고 제의해왔다.

국민들 모두가 숨을 죽이고 이들 제의의 귀추에 이목을 집중시켰다. 그러나 그것은 결국 실망으로 끝나고 말았다.

애당초 사람과 사람을 실제로 교환하기 위해서, 또 남북 총선거를 실시하기 위해서 저들이 들고나온 제안은 아니었다. 그것은 다른 일을 저지르기 위해서 연출한 하나의 연막극이었던 것이다.

급기야 북쪽 공산주의자들은 민족 전체를 처참한 비극의 도가니 속으로 몰아넣고야 만 불장난을 저지르기에 이르렀다.

1950년 6월 25일―. 그날은 일요일이었다.

시민들은 엿새 동안의 세상살이 피로를 풀기 위해 집안에서 한가로운 시간을 보내고 있었다. 마침 고향에서 올라와 있던 내 아내와 아이들은 11시 예배에 참석키 위해 교회에 나갈 준비를 서두르고 있었다.

이때 밖에서 들려오는 고함 소리가 있어 나는 대문 밖으로 나가보았다. 이웃에 사는 청년이 영등포역 쪽에서 마을로 올라오는 고갯길을 숨가쁘게 뛰어 올라오면서 외치고 있었다.

"난리가 났어요. 38선에서 인민군이 쳐들어왔대요. 지금 전투가 벌어지고 있답니다."

그가 몹시 헐떡거리고 있을 때 시내 쪽에서 비상사태를 알리는 사이렌 소리가 요란하게 울렸다. 그리고 국군 장병에게 원대 복귀를 호소하는 확성기 소리가 멀리 시가지 쪽에서 들려오고 있었다. 오전 10시 반경이었다. 인민군의 남침 첫 소식을 나는 이렇게 들었다.

라디오 스위치를 넣어보았다.

'오늘 오전 4시 북한 괴뢰군이 38선 지역에서 남침을 개시했습니다.

용감한 우리 국군은 이들을 격퇴하며 잘 싸우고 있습니다. 국민 여러분께서는 동요치 마시고 일상생활에 임해주시기 바랍니다.'

어딘가 불안함이 배어 있는 아나운서의 목소리였다.

오후 1시경 가족들이 교회에서 돌아왔다.

"목사님과 교우들 모두가 하나님께 기도드렸어요. 국군 장병들의 희생을 막아주시고, 우리 군인들을 도우시사 적을 물리치게 해주십사 하고 울면서 기도드렸어요."

이렇게 말하는 아내의 눈썹이 젖어 있었다.

방송국에서는 하루 종일 동요하지 말고 일상생활에 임해달라, 직장을 사수하라는 방송을 되풀이해 내보냈다.

이 무렵 38선을 돌파한 10만의 인민군은 파죽지세破竹之勢로 밀고 내려오고 있었다. 막강한 소련제 병기로 무장하고 전투경험이 풍부한 소련군 고문관의 작전 계획에 따라 전쟁을 개시한 이들 인민군은 거침없이 남침을 계속했다.

이에 반해 한국군은 너무나도 약했다. 빈약한 구식 미제 무기로 무장하여 허술하기도 했지만 방어 태세가 도무지 되어 있지 않았다. 시멘트·전선 등 전략 물자를 북한에 넘겨주고 그 대가로 명태를 받아 이를 팔아서 돈을 벌다가 1949년 10월에 육군 참모총장 자리에서 쫓겨났던 채병덕이 어찌 된 영문인지 이듬해 4월에 6개월 만에 다시 그 자리에 취임한 후 육군의 중요 직책에 대한 인사이동을 단행하여 지휘관들의 업무 파악이 제대로 안 된 상태에서 6·25를 맞았다.

6월 23일부터는 38선상에 배치되어 있는 국군 총병력 4만 명 중 3분의 1 이상을 농번기 휴가를 보냈다. 게다가 6월 25일 새벽에는 한국군의 중앙 지휘부가 완전히 마비되어 있었다. 채병덕은 전날 밤의 댄스파티로 술이 과해 곤히 잠을 자는 바람에 춘천 방면의 국군 제6사단에서 걸려온 '전면전 발발 보고'를 들을 수가 없었고, 신성모 국방장관은 아예 전화기를 내려놓고 있어 연락이 되지 않았다. 또 전군全軍의 작전 실무 책임을 맡고 있던 육군본부 작전국장 장창국 대령은 마침 며칠 전 이사를 해 전화번호도 주소도 알 수 없는 상태였다. 육군본부 명령 지휘계통은 6월 25일 오전 10시경까지 제 기능을 발휘하지 못하고 있었다.

이튿날 아침 일찍 나는 학교로 갔다. 교문을 들어서는 학생들의 수효는 평소의 절반에도 훨씬 미치지 못했다. 게시판에는 '당분간 휴강함'을 알리는 공고문이 나붙어 있었고, 서무과도 교실의 문들도 굳게 닫혀 있었다. 두세 명씩 모여 서서 수군대고 있는 학생들의 얼굴에는 수심과 긴장이 역력했다.

정오경에 귀갓길에 올랐다. 노량진역 앞으로 나왔을 때 10여 대의 트럭에 나누어 탄 국군들이 군가를 부르면서 한강철교를 건너갔다. 먼 남쪽에서 달려온 듯 차체에도 군인들의 몸에도 먼지가 뽀얗게 앉아 있었다.

그 다음날도 학교에 나가보았다. 학교에 나온 학생들은 전날보다 더욱 적었다.

몇몇이 학교 뒷산으로 올라갔다. 찌푸린 하늘에서 금세 빗방울이 쏟아져 내릴 것만 같았다. 먹장구름이 저 멀리 북쪽 산봉우리들을 누르듯이 덮고 있었다. 그 구름 밑으로 천둥소리와 같은 굉음이 쿵쿵 아련하게 울려오고 있었다.

"대포 소리 아녀?"

제천이 고향인 정택규가 입을 열었다.

"그렇구먼. 어제는 안 들리던 소린데. 전선戰線이 그만큼 남하했다는 것 아닌가."

음성에서 온 구용서가 맞장구를 쳤다.

"우리 형님도 고생하시겠다."

정택규가 말했다.

"형님이 어디 계신데?"

내가 물어보았다.

"군에 계시잖아. 정훈장교셔."

구용서가 대신 대답했다.

"형님의 무운을 빌어드리자구."

내가 두 친구의 얼굴을 번갈아 건너다보았다.

여의도 비행장은 텅텅 비어 있었다. 그 전날부터 한 대 두 대 하늘로 떠오르는 경비행기를 목격해왔는데 이제는 남쪽으로 완전히 철수했는지 한 대도 보이지 않았다.

오후 1시인가, 2시경에 북쪽에서 경비행기 두 대가 날아왔다. 인민군의 마크가 동체에 선명했다. 그 비행기는 서울 상공을 종횡무진 선회하고 있었으나 이를 요격하는 아군 비행기는 한 대도 떠오르지 않았다. 얼마 후 미군기가 나타나서 공격을 가하자 적기는 북쪽으로 달아났다.

"전세가 심상치 않구먼."

정택규의 얼굴에 검은 그림자가 드리워졌다.

"어쩔 셈인가?"

구용서가 정택규를 바라보았다.

"고향으로 내려가야지."

"내일 내려가세. 같이 가자구."

구용서의 말에 힘이 빠져 있었다.

"내일 오전 8시에 학교로 나오게. 같이 출발하세."

정택규가 먼 북쪽 하늘을 쳐다보면서 말했다.

"나도 나올게. 일단 셋이서 만나자구."

나는 두 친구와 고향 내려가는 방향은 다르지만 그들을 학교에서 만나 전송할 심산이었다.

"그리하자구."

"그렇게 하세."

두 사람이 거의 동시에 입을 열었다.

우리 세 사람은 평소보다도 더 힘을 주어서 악수를 하고 헤어졌다.

2. 피난

오산역 앞에 이르렀을 때, 마침 역 구내에 정차하고 있는 화물열차가 보였다. 우리는 많은 사람들 속에 끼어서 역 구내로 달려 들어갔다. 길고긴 열차였지만 차칸마다에는 사람들이 빽빽하게 타고 있었다. 화차의 내부에 입추의 여지없이 사람들이 꽉 들어차 있었고, 그 지붕 위에도 하얗게 붙어 있었다. 우리는 비집고 올라갈 공간을 찾아 열차의 앞쪽에서 뒤쪽으로, 뒤쪽에서 앞쪽으로 헤매며 다녔다. 그러나 도무지 올라탈 틈새가 없었다. 이렇게 헤매기를 수차례 하다가 열차의 중간쯤에서 사람들이 비교적 적게 앉아 있는 화차의 지붕 위를 발견했다. 선승자先乘者들의 양해와 협조를 구해 일행이 다 올라타고 나니 천만다행이라는 생각이 들었다. 열차는 무거운 마찰음을 내며 달렸다. 짙은 구름들 사이에서 빼꼼히 얼굴을 내어 놓았다가 감추곤 하던 해는 서쪽으로 한결 기울어 있었다. 조치원역을 지날 무렵부터 구름의 틈새들이 메워지기 시작하더니만 갑자기 세상이 밤중같이 어두워졌다.

석양 무렵부터 비가 내리기 시작했다. 보슬비로 시작하더니만 어두워지면서부터 빗발이 굵어졌다. 밤이 깊어져도 비는 그치지 않았다. 오히려 장대비로 변했다. 추녀 끝에서 줄줄 흘러내리는 낙수 소리로 비가 얼마나 많이 쏟아지고 있는가를 짐작할 수 있었다.

그 빗소리를 뚫고 포성이 쿵쿵 울려왔다. 낮보다도 한결 가까워진 거리에서 들려오고 있었다.

사람들은 잠을 자지 못하고 어둠 속을 들락거렸다. 나이 어린 구필이와 구희도 덩달아 안절부절못하고 있었다.

새벽 3시, 천지를 뒤흔드는 폭음이 울리면서 일순 파란빛이 온 누리를 꽉 메웠다. 창호지를 꿰뚫고 들어온 광선에 방 안의 물체들이 시퍼렇게 떠올랐다. 방바닥도 벽도 심하게 요동했다. 방 안에 있는 사람들의 몸이 위로 들썩 올라갔다가 내려앉는 듯했다. 나는 가슴이 철렁 내려앉았다. 구필이와 구희도 깜짝 놀라 아랫목에 깔아놓은 모포 속으로 파고들었다.

집 근처에 포탄이나 폭탄이 떨어진 것이 틀림없다는 생각이 들었다. 그러나 쏟아지는 비 때문에 바깥으로 나가서 어찌 된 영문인지를 살피려는 사람은 하나도 없었다.

비 내리는 흑암의 밤은 이렇게 지나갔다. 먼동이 터왔다.

멍청히 누워 있던 내 귓전에 밖에서 떠들어대는 음성들이 소란스럽게 들려왔다.

"아―, 저것 좀 봐요. 신작로가 하얗잖아요."

"엄청나구먼. 피난 가는 사람들 아냐?"

"위험하게 된 모양인걸? 우리도 빨리 떠납시다."

놀라며 불안해하는 사람들의 소리였다.

나는 후닥닥 일어났다. 자리를 박차고 대문 밖으로 달려나갔다. 정말로 놀라운 광경이 시야로 들어왔다. 멀리 바라다 보이는 경부간 국도 위를 사람들이 걸어 내려가고 있지 않은가. 아니, 사람들이 걸어 내려가는 것이 아니라 백색의 물줄기가 도로 위를 터질 듯이 서서히 흘러 내려가고 있었다.

이런 속에서도 라디오에서는 3일 전부터 되풀이해온 방송만을 계속 내보내고 있었다. '시민 여러분! 직장을 지킵시다. 서울을 사수합시다.'

내 가족과 처가 식구들도 백색의 흐름 속에 섞여 있었다. 뒤에서 밀려오는 사람들 때문에 멈춰 서려고 해도 설 수가 없었다. 발을 놀리지 않아도 몸이 저절로 떠밀려갔다.

도로변의 오이 밭도, 토마토 포기들도, 베다 만 보리밭도 사람들에게 무참하게 짓밟히고 있었다. 사람들의 흐름을 수용하기에는 도로가 너무 좁았다.

이 많은 사람들 하나하나의 모습은 너무나도 비참했다. 아들이 지고 가는 지게 위 보따리에 올라앉은 노파와 아버지의 등짐 위에 실려 가는 어린아이, 고개가 자라목같이 양어깨 사이로 눌려 들어가도록 짐을 무겁게 이고 가는 아낙네와 허리가 휠 정도로 무거운 짐을 등에 지고 가는 남정네.

이들 인파 속에 끼여서 걸어가고 있는 부상한 군인과 경찰관의 모습도 여러 명 눈에 띄었다. 팔과 다리 부분의 전투복 위로 배어 나온 유혈이 검정색으로 응결되어 있거나, 머리를 붕대로 감고 있는 이들은 M1 혹은 칼빈소총을 어깨에 거꾸로 메고 절뚝거리며 힘없이 걸음을 옮기고 있었다. 적과의 전투에서 몸에 상처를 입고 자신들의 소속 부대를 잃은 사람들이었다.

38선 근처의 촌락에서 가까스로 도망쳐 나왔다던 한 무리의 사람들은 아직도 악몽에서 깨어나지 못한 듯 공포에 질린 표정으로 발걸음을 옮기고 있었다.

비는 멈췄으나 구름은 여전히 하늘 낮게 내리덮고 있었고, 인파에 놀라 논과 밭에서 날아오른 종달새들이 피난 행렬의 머리 위를 가로질러 하늘 높이 솟아올라 구름 속으로 그 모습을 감추곤 했다.

영등포에서 2킬로미터도 채 벗어나지 못한 지점에 이르렀을 때, 뒤편에서 목쉰 마이크 소리가 들려왔다. 차량 지붕 위에다 확성기를 장치한 지프 한 대가 사람들을 헤치며 달려오고 있었다.

"친애하는 시민 여러분, 서울로 돌아갑시다. 지금 우리 국군들은 잘 싸우고 있습니다. 서울로 돌아가서 우리 손으로 서울을 사수합시다."

확성기에서 흘러나오는 소리가 구름 밑에서 계속 메아리치고 있었으나 피난민들은 멈춰 서지 않았다.

옆에서 함께 걷던 한 청년이 볼멘소리로 투덜댔다.

"제기랄, 뭘 믿고 돌아가란 말이야! 버얼건 대낮부터 양놈들과 어울려 술 처먹고 춤추기에 바빴던 작자들, 그러면서 국군이 북진을 시작하면 평양에서 점심 먹고, 신의주에서 저녁을 먹는다고 떵떵대더니만 이 지경을 만들어놓은 작자들인데, 어느 놈의 말을 믿을 수 있어?"

모래내에서 왔다던 그 청년의 말에는 노기가 가득차 있었다.

이때 또 다른 청년, 서울역 뒤편의 만리동에서 피난 나왔다는 청년이 입을 떼었다.

"아이, 말도 마슈. 난 한강에서 지옥을 봤어요. 한 치 앞도 안 보이는 칠흑 같은 어둠 속을 사람들에 떠밀려 걸어오고 있었죠. 한강 인도교까지 왔을 때 앞쪽에서 다리가 끊겼다고 아우성이 들려오며 앞서가던 사람들이 걸음을 멈추는 거요. 나도 그 말을 받아 다리가 끊겼다고 소리 지르면서 멈춰 섰죠. 그런데 뒷사람들이 서지 않고 계속 밀어붙이는 거라. 나는 나와 나란히 걷던 사람들과 함께 몸을 뒤로 젖히면서 소리를 질렀지만 당할 수가 있어야지. 난 필사적으로 사람들을 헤치고 옆으로 빠져나왔어요. 가까스로 빠져나오자마자 사람과 자동차가 눈앞 강물 속으로 떨어져 갔어요. 텀벙, 철벙, 계속해서 물에 빠지는 소리에다 떨어지면서 지르는 비명 소리, 그곳이 바로 지옥이었다구요. 하마터면 나도 죽을 뻔했는데……"

"한강다리가 끊겼어요?"

나는 그 청년에게로 얼굴을 돌렸다.

"아—, 이 양반 좀 봐. 어데서 오셨수?"

"도림동에서요."

그는 고개를 끄덕이며 말했다.

"새벽에 다리 끊는 폭음 못 들었수?"

"그 굉음이 다리를 폭파하는 소리였단 말이오? 난 폭탄이나 포탄의 폭발 소리로 알았지."

"그렇겠지요. 죽일 놈들이오. 강북 사람들, 북쪽 피난민들, 그리고 우리 국군들은 어떻게 하라고 그리 일찍 다리를 끊어버린단 말이오? 아직 서울역 앞에는 인민군 놈들 그림자 하나도 안 보이던데."

"그런데 댁은 어떻게 건너왔소?"

"마포로 달려갔어요. 나룻배에 매달려 겨우 건너왔죠. 정말로 구사일생으로 살아온 거라구요."

그의 얼굴에는 분개의 기색이 역력했다.

방송차는 저만치 앞쪽 길 옆 공터에서 목이 터져라 같은 말을 되풀이하고 있었다.

함께 걷던 중년 남자 한 사람이 길옆 묘뜨락으로 들어서며 등짐을 내동댕이치면서 벌렁 드러누웠다. 그는 손등으로 이마의 땀을 쓱 닦으면서 상의 단추를 풀어헤쳤다. 그리고 울부짖듯 내뱉었다.

"난 돌아가야겠어. 노부모, 처자 떼어놓고 혼자 나온 게 잘못이었어. 관리들이 저렇게 서울이 안전하다고 하니 믿어야지."

이때 30대의 청년이 이에 맞장구를 쳤다.

"나도 돌아가야겠다. 이 많은 인종이 어데 가서 뭘 먹고 살 수 있겠나. 남쪽에 간다 해서 저 살기에도 바쁜 놈들이 백성들을 먹여줄까? 글렀다, 글렀어. 몽땅 다 글러먹었단 말야. 공산당 놈들이 땅 먹으려면 다 먹어버리라지. 삼키려면 다 삼켜버리라지."

그의 말은 방향을 잃은 비난이었으며 저주어린 넋두리였다.

―들의 짐승들아, 삼림 중의 짐승들아. 다 와서 삼켜라. 그 파수꾼들은 소경이오, 다 무지하며 벙어리 인개라. 능히 짖지 못하며 다 꿈꾸는 자요, 누운 자요, 잠자기를 좋아하는 자니 이 개들은 탐욕이 심하여 족한 줄을 알지 못하는 자요, 그들은 몰각沒覺한 목자들이라. 다 자기 길로 돌이키며 어디 있는 자이든지 자기 이利만 도모하며 피차 이르기를 오라 내가 포도주를 가져오리라. 우리가 독주를 잔뜩 먹자. 내일도 오늘같이 또 크게 넘치리라 하느니라…….

옛날 이사야 선지자가 부패하고 불의한 이스라엘 지도자들을 책망하여 했던 이 말을 연상케 하는 상황 속에서 피난민들은 짐승 떼처럼 달려오고 있는 인민군의 위협을 느끼면서 나라의 파수꾼들과 백성들의 목자에 대해 원망과 비난을 마구 퍼붓고 있었다.

이처럼 북쪽으로 발걸음을 돌리는 자들이 몇 명 있었지만 대부분의 사람들은 남쪽으로 남쪽으로 발걸음을 재촉했다.

우리는 어둠이 온 누리를 덮을 무렵에 수원에 도착했다. 민가에서 흘러나오는 '서울을 사수하자'는 이 대통령의 육성방송의 소리를 들으며 초등학교(당시는 국민학교)로 향했다. 그리고 그곳 책상 위에서 하룻밤 신세를 졌다.

다음날 아침 일찍 길을 떠났다. 도로는 벌써 피난민들로 붐비고 있었다. 길을 걸으면서 사람들을 가득 싣고 남쪽을 향해 달리는 열차를 두세 차례 목격했다. 철도국에서는 북쪽 정거장이나 조차장操車場에 있는 객차와 유개화차有蓋貨車·무개화차無蓋貨車를 남쪽으로 소개시키고 있었는데, 이들 열차로 피난민들을 실어 나르고 있었던 것이다.

오산역 앞에 이르렀을 때, 마침 역 구내에 정차하고 있는 화물열차가 보였다. 우리는 많은 사람들 속에 끼여서 역 구내로 달려 들어갔다.

길고긴 열차였지만 차칸마다에는 사람들이 빽빽하게 타고 있었다. 화차의 내부에 입추의 여지없이 사람들이 꽉 들어차 있었고, 그 지붕 위에도 하얗게 붙어 있었다.

우리는 비집고 올라갈 공간을 찾아 열차의 앞쪽에서 뒤쪽으로, 뒤쪽에서 앞쪽으로 헤매며 다녔다. 그러나 도무지 올라탈 틈새가 없었다. 이렇게 헤매기를 수차례 하다가 열차의 중간쯤에서 사람들이 비교적 적게 앉아 있는 화차의 지붕 위를 발견했다. 선승자先乘者들의 양해와 협조를 구해 일행이 다 올라타고 나니 천만다행이라는 생각이 들었다.

열차는 무거운 마찰음을 내며 달렸다.

짙은 구름들 사이에서 빼꼼히 얼굴을 내어놓았다가 감추곤 하던 해는 서쪽으로 한결 기울어 있었다. 조치원역을 지날 무렵부터 구름의 틈새들이 메워지기 시작하더니만 갑자기 세상이 밤중같이 어두워졌다.

비가 내리기 시작했다. 이내 속옷까지 흠뻑 젖어버렸다. 열차는 정거장마다 멈추어 섰다, 떠나곤 했다. 정차하는 시간이 꽤나 길었다. 온몸이 흠뻑 젖은 어린것들이 덜덜 떨고 있었다. 가슴속에 품어봤지만 물에 젖은 내 몸으로 자그마한 그 몸의 떨림을 막아줄 수는 없었다.

열차가 대전역에 도착한 것은 날이 완전히 어두워진 뒤였다. 지하도

입구에서부터 집찰구 앞까지 경찰관과 헌병이 두 줄로 도열해 서서 그 가운데를 지나가는 사람들 속에서 수상한 자를 골라내고 있었다. 형무소에서 나온 성싶은 까까머리 여러 명이 어디론가 끌려갔다.

생쥐처럼 흠뻑 젖은 몰골을 한 일행이 형의 집 대문을 들어섰을 때, 형은 마루에서 내려와 달려 나왔다.

"그러잖아도 걱정을 하고 있었지. 정말 잘 왔구나, 잘 왔어."

그는 내 손을 꼭 잡았다.

"이곳 사정은 어떤가요?"

나는 옷을 갈아입으며 형에게 말을 던졌다.

"모두 제정신이 아냐. 정부가 대전으로 내려오는 통에 시내가 발칵 뒤집혔었지."

형은 내뱉듯이 말했다.

"정부가 대전으로 왔다고요?"

"그렇다니까. 엊그제, 그러니까 6월 27일이었구나. 정부 고관들과 국회의원들이 대전으로 내려왔어. 대통령은 도지사 관사로 들어갔다고."

"……."

나는 뒤통수를 한 대 호되게 얻어맞은 것 같은 충격을 받았다.

"형무소 공기도 온통 살벌하다고. 어제부터 군인들이 형무소 주변을 지키고 있는데, 오늘 아침에는 직원 한 사람이 군인 총에 맞아 죽었어."

"예? 왜 맞아 죽었어요?"

"정부가 도망 온다, 형무소에 군인들이 들이닥친다 하니까 그 사람은 대전에도 금세 무슨 일이 나는 줄 알았겠지. 여차하면 도망치려고 생각한지도 몰라. 다른 직원들은 다들 정상 출근을 했는데도 이 사람만은 사복을 입고 정문 앞에서 서성인 거야. 정문을 지키던 군인이 누구냐? 하고 소리를 지르니까 그 친구가 슬금슬금 물러갔다나 봐. 군인이 냅다 총을 쏜 거지."

"아, 그렇다고 총을 쏴요?"

"글쎄, 모두 제정신이 아니라니까."

형은 한숨을 내쉬며 방문을 열어젖혔다. 먹같이 새까만 하늘에서 비는 계속 내리고 있었다.

'도대체 이게 무슨 짓인가. 국민들에 대해서 서울을 사수하자고 그처럼 떠들어댔던 정부가 국민들에게는 비밀로 한 채 도망쳐왔단 말인가. 겨우 사흘밖에 버티지 못하고 서울을 적 앞에다 내어던진 무책임한 정부, 그러면서 국민들에겐 서울을 사수하자고 방송을 되풀이했던 정부, 이렇게 국민들을 철두철미하게 속이는 정부가 밝은 천지 넓은 세상 어느 곳에 또 있단 말인가? 정부로부터 버림받은 불쌍한 국민들이여. 아! 아!'

이렇게 탄식 어린 혼잣말을 흘리면서 나는 그날과 그 전날, 도로에서 열차에서 목도한 광경들, 아우성치며 살길을 찾아 남으로 남으로 향하던 사람들의 비참한 광경을 눈앞에 떠올려보았다.

이튿날 아침 일찍 우리는 형의 집을 나섰다.

10개월 만에 돌아온 고향 마을의 산천은 달라진 것이 하나도 없었다. 6월의 마지막 날을 보내는 계절의 따가운 햇볕과 풍성한 습기 속에서 초목草木들은 예전처럼 그 푸르름을 더해가고 있었고, 맑은 시냇물 속에서 피라미와 송사리도 전과 같이 한가로이 헤엄치고 있었다.

그러나 사람들의 세상만은 전쟁의 여파를 받기 시작하고 있었다.

그 여파의 하나는 보도연맹에 가입해 있던 마을의 두 청년 손석태와 정찬영이 경찰에 연행되어간 사건이었다.

보도연맹이란 공산주의 활동을 하다가 붙잡혀 징역을 살았거나 징역까지는 살지 않았다 하더라도 그 사상을 선도할 필요가 있는 자들을 연맹원으로 가입시켜 보호하기 위해 만들어진 단체였다.

이 두 사람은 공산주의자들과 연락을 가지면서 그들을 도왔다 하여 경찰에서 조사를 받은 후 훈계 방면되어 그동안 집에서 지내고 있었는데 전쟁이 터지면서 곧 연행되어갔다는 것이다.

내가 서울에서 귀향한 며칠 뒤에 찬영의 어머니가 집으로 나를 찾아왔다. 그녀는 입술이 부르트고 눈두덩이 푹 꺼져 있었다. 나이 오십 줄에 들어선 그녀의 몰골은 심뇌한 흔적이 역력하여 보기에도 측은했다.

"아저씨! 찬영이가 경찰에 붙들려간 지 이레나 되었는데도 돌아오지 않네요. 어찌 되었는지 알아봐줄 수 없을까요?"

내가 경찰관을 하다 나온 사람이라고 해서, 또 그녀 자신이 나의 먼 조카 며느리뻘 되는 척분이기도 해서 해온 부탁이었다.

"이레가 되었다고요?"

이렇게 질문을 던진 후 나는 생각해보았다. 조사를 해보고 집으로 돌려보내려고만 했다면 족히 귀가를 하고도 남는 일수였다. 어찌 된 영문일까? 생각에 잠겨 있을 때 옆에 있던 아버지가 말했다.

"오늘 장에서 들었는데 그 사람들 눈어치 골짝에서 일을 당했다던데?"

"눈어치 골짝에서 죽었다고요? 그게 참말이에요, 할아버지?"

"어느 장꾼이 그런 말 하는 것을 들었어. 허나 찬영이가 그 속에 들어 있기야 하겠어?"

긴장된 시간이 흘러갔다. 잠시 후 찬영 모母가 정적을 깼다. 그녀는 울부짖듯이 말했다.

"할아버지! 우리 찬영이도 혹시 잘못되지 않았나 불길한 생각이 들어요. 살아 있다면 여태껏 왜 안 돌아오겠어요?"

그녀는 연신 옷고름으로 눈물을 닦아내고 있었다.

"너무 상심 말게나. 그애 허물이 별거 아니니 무사하겠지."

"아니에요. 보도연맹원들을 죽였다면 찬영이도 도매금으로 당했을 거예요."

드디어 그녀는 훌쩍거리기 시작했다. 그러나 나는 무어라 할 말이 없었다. 아버지도 잠자코 있었다.

찬영 모가 또 말했다.

"세상에 그런 일 가지고 사람을 죽이면 어떡해? 산에 올라가 있는 친구들 몇 번 만나고, 그애들이 배고프다 해서 밥 몇 덩이 갖다준 모양이던데. 그 죄가 별거 아니기에 경찰에서 조사하고 집으로 돌려보낸 거 아녀?"

그녀는 혼잣말처럼 중얼거렸다. 나나 아버지는 그저 듣고만 있었다.

"큰 죄도 작은 죄도 가리지 않고 죄다 마구 죽이면 어떡해. 망할 놈의 세상, 싹 망해버려라. 하늘과 땅이 하나로 붙어버려라."

이제 그녀는 이성을 잃고 있었다.

나는 문득 엉뚱한 생각을 했다. 형사정책刑事政策에 나오는 사형폐지론자死刑廢止論者들의 주장이 기억났던 것이다. 사람의 생명은 신성한 것이다. 사람이 사람을 죽이는 것은 악이다. 만약 오판誤判으로 처형된 경우에는 억울하게 뒤집어쓴 누명을 벗는 것은 불가능하다…….

나는 꿈에서 깨듯 다시 현실을 생각하게 되었다.

'그 무슨 부질없는 소리냐. 재판도 거치지 않고 억울하게 죽음을 당하는 사람이 적지 않게 생기고 있는 판국에 무슨 천하태평 같은 소리냐.'

나라가 딱하다는 생각이 들었다. 나는 가슴이 메어질 것만 같았다.

그 여파의 또 다른 하나는 피난민들의 남하 러시rush 사태였다.

협곡峽谷을 비집고 달려와서 마을 앞을 지나 또 협곡 사이를 빠져나가고 있는 서울—부산 간의 철로 위를 달리는 모든 남행열차에는 피난민들이 하얗게 매달려 있는 것이 매일 목격되었다.

또 철로와 평행으로 만들어진 국도 위에도 밤낮을 가리지 않고 피난민들이 길이 터질 듯이 걸어 내려가고 있었는데 그 수는 날이 갈수록 늘어만 가서 이제 철로까지도 사람들의 통행로로 바뀌고 있었다.

이와 같은 엄청난 피난민들을 남쪽으로 밀어내리고 있는 것은 물론 인민군들이었다. 그들이 계속 남쪽으로 쳐내려오고 있기 때문에 사람들은 공산주의를 피해 남쪽으로 이렇게 내려가고 있는 것이었다.

우리가 피난길을 나섰던 6월 28일 인민군은 서울을 점령했다. 그리고 그들은 6월 30일까지 3일간을 서울에 머물러 있었다.

당시 전쟁을 직접 치른 사람들이나 전쟁사戰爭史 연구가들은 지금도 이 3일간을 '수수께끼의 3일간'이라고 말하고, 또 우리의 국운을 살린 3일간이었다고 일컫는다.

인민군이 그대로 내리밀 수 있었는데 왜 곧바로 한강을 건너지 아니했던가는 알 수 없는 수수께끼라는 것이며, 저들이 그대로 내리밀었더라면 국군이 방어선을 구축할 겨를도 없이 일사천리로 밀렸을 것이고 유엔군이 참전해서 도울 기회를 빼앗기고 말았을 것이라는 것이다. 저들이 서울에서 3일간을 머뭇거렸기 때문에 우리나라가 살아날 수 있었다는 것이다.

여하튼 서울 점령 후 3일간을 보낸 인민군은 7월 1일 새벽부터 한강 남쪽의 국군 진지에 대해 맹렬히 포격을 가하면서 도강 작전을 개시했다.

아군은 결사적으로 이들을 막으려 했으나 병력과 화력의 열세로 당해내지 못했다. 7월 3일 미명에 적 탱크가 한강철교(인도교만 폭파하고 열차용 철교는 그대로 남아 있었다) 위로 도강해 노량진역까지 밀고 들어왔다. 이렇게 해서 한강 방어선이 무너졌다. 참으로 어이없는 일이었다.

7월 초순, 농촌에서는 김매기가 한창이었다. 예년 같으면 찌는 듯한 무더위 속에서도 들녘에서 부르는 농부가의 구수한 가락으로 온 들이 신명나게 춤을 추었겠지만 이제 일하면서 노래 부르는 농부는 한 사람도 없었다. 초상집같이 침통한 분위기 속에 휩싸여 있는 들판에서 일꾼들은 입을 다문 채 힘없는 손을 마지못해 놀리고 있었다.

일하고 싶은 생각이 마음속에서 떠나간 지 여러 날이 되었지만, 농사란 제때에 손을 쓰지 않으면 안 되는 것이기에 마을 사람들은 억지 춘향이 격으로 들에 나와서 일을 하고 있었던 것이다. 김을 매면서도 그들의 마음의 반쪽은 전쟁이 한창 벌어지고 있을 북쪽으로 달려가곤 했다.

이러한 사람들의 마음을 더욱 무겁게 해주는 것은 북쪽 소식을 전해주는 피난민들이었다.

밤만 되면 매일같이 수많은 피난민들이 잠자리를 얻기 위해 마을로 들어왔다. 그리고 그들은 자신이 고향에서 겪은 난리 이야기를 흘리고 떠나갔다.

'인민재판'에 관한 이야기도 여러 피난민들의 입에서 종종 나왔으며 그때마다 듣는 사람들에게 큰 충격을 주곤 했다.

어느 날 밤 개성에서 왔다던 한 청년이 말했다.

"별안간 천지를 뒤흔드는 포성과 콩 볶듯이 들려오는 총소리에 놀라 잠에서 깨어난 사람이 정신 차릴 틈도 없이 개성은 인민군에 점령되고 말았어요. 아마 오전 8시도 채 안 된 시각이었을 겁니다."

그를 빙 둘러앉은 마을 사람들은 숨을 죽인 채 어둠을 타고 들려오는 그의 이야기에 귀를 기울였다. 청년의 이야기는 계속되었다.

"개성을 점령한 후 인민군 장교가 보도연맹에 가입해 있던 사람들을 모았어요. 그리고 지난날 대한민국에 전향했던 죄를 씻기 위해서라도 반동분자들을 숙청하는 데 앞장서라고 강요를 했다는 겁니다. 강요당한 자들은 곧 우익 인사와 군경 학살에 앞장선 것은 물론입니다. 그동안 변절했던 것에 대한 인민군의 보복이 두려워 살아남기 위해 그렇게 했겠지만 보도연맹 하던 놈들, 너무나도 악질적으로 놀았습니다요."

그 끔찍한 '인민재판'에 관한 이야기가 그 청년의 입을 통해서 또 나왔다.

공산주의자들은 군중을 한 광장으로 모이게 했다. 그리고 수많은 사람들이 보는 앞에서 재판장은 심판대에 오른 사람을 가리키면서 "여러분! 반동분자 저자를 인민의 이름으로 사형에 처합시다. 어떻습니까?"라고 외쳤다. 이때 군중들 속에 들어가 있던 공산당 세포들과 보도연맹원들이 "옳소, 옳소!" 고함을 지르면서 선동적인 찬성을 표했다. 그러면 곧바로 심판대 위에 섰던 사람은 사형장으로 끌려갔다. 이렇게 죽어간 사람이 헤아리기 어려울 정도로 많았다.

절차도 밟지 않고 이렇게 죽음을 당한 사람도 부지기수였으며, 여기에도 보도연맹원들이 설쳐댔음은 물론이다.

이러한 이야기를 마을 사람들이 처음 들었을 때에는 공포에 몸서리치며 '설마 그러했을까?' 의심도 했지만, 같은 이야기를 각 지방으로부터 피난 온 여러 사람들로부터 듣게 되자, 그 '야수와 같은 잔학성'이 공산주의자들의 속성이라는 것을 알게 되었다.

7월 5일 오후, 정확하게 말해서 2시 30분경, 오산 북쪽 죽미령에서 미군 선발대 스미드 부대가 인민군에게 참패를 당했다.

이 부대는 보병 406명과 포병 134명 도합 540명에, 대전차무기로 75밀리미터 무반동포 2문, 2.36인치 로켓포 6문, 105밀리미터 곡사포 6문을 가진 대대 병력이었고, 이 미군 부대가 포진하고 있던 죽미령을 향해 공격해왔던 인민군은 서울을 제일 앞서 침공한 인민군 제4사단

주력 부대였다.

　인민군 탱크 33대가 스미드 부대에 접근해왔을 때, 미군들은 화력을 총동원해서 포격했지만 포탄은 적 탱크를 하나도 파괴하지 못했다. 적 탱크들은 포탄을 헤치면서 유유히 미군 진지에 육박해왔다. 미군의 화력이 너무나도 약했던 것이다. 게다가 비까지 내려 공군기의 지원도 받을 수 없었다.

　적 탱크 33대가 죽미령을 넘은 후, 적 보병 부대가 개미 떼처럼 몰려왔다. 적 탱크 부대와 보병 부대 사이에 낀 미군 부대는 지리멸렬되고 말았다. 오후 2시 30분경 스미드 중령의 후퇴 명령으로 전투는 미군의 참담한 패배敗北로 끝나고 말았다. 한국에서 미군 정보 장교로 다년간 근무한 바 있는 하우스만이 말한 대로 당시 일본에 주둔하고 있던 미군은 대부분이 게이샤(기생)집에나 드나들던 훈련이 잘 안 된 신병인데다 이 미군 선발 부대는 인민군을 얕보고 약한 화력으로 무장했다가 개전 초에 소련제 T34 탱크에게 창피를 톡톡히 당한 것이다.

　미군이 참패하자 그들을 하늘같이 믿었던 민심이 심하게 동요하고 후방의 혼란이 가중되었다. 남하하는 피난민이 엄청나게 늘어나고 천안 이북으로부터의 남행열차는 5일 오전에 천안역을 떠난 것을 마지막으로 그 운행이 끊기고 말았다.

　미군 패전의 소식을 들은 내 부모들은 대전의 형 가족에 대한 걱정이 태산 같았다. 어머니는 걱정 때문에 밤에 잠을 제대로 이루지 못했다. 며칠 전 형이 관물官物 수송차 트럭을 타고 대구로 갔기 때문에 대전에는 형수 혼자서 어린 조카들 넷을 데리고 남아 있었는데, 필시 대전도 위험하게 될 판국이어서 형수 혼자서 어떻게 피난을 하겠느냐고 부모들의 걱정이 컸던 것이다.

그러나 기차도 버스도 운행을 하지 않는데다가 인민군은 대전을 향해 매우 빠른 속도로 진격해오고 있는 터여서 나는 형 가족을 데리러 백리 길을 걸어갈 용기가 나지 않았다.

"어머니, 너무 걱정하지 마세요. 요전에 형이 잠깐 집에 들렀을 때, 급한 상황이 되거든 가수원 누이동생 집으로 가 있으라고 형수에게 일러놓았다고 말하지 않던가요. 그리로 피난을 할 테니까 걱정 마세요, 어머니."

내가 이렇게 말을 하자 어머니는 나직하게 한숨을 쉬었다.

"어찌 걱정이 안 되겠냐. 열 살짜리를 위로 하여 어린것들이 내리 넷이나 되는데 그것들이 어떻게 삼십 리 길을 피난할지 걱정이다."

"어머니 왜 못 가요? 갈 수 있어요. 고생스러워도 갈 수 있으니까 걱정하지 마세요."

"……."

어머니는 방문을 열고 먼 북쪽 하늘을 바라보았다.

그런데 7월 12,13일경이었던가.

형의 가족이 오후 늦게 고향으로 찾아 내려왔다. 1948년 가을부터 청주에 살고 있던 복종이가 자전거 뒤에다 네 살 먹은 조카딸을 태우고 들어오는 그 뒤를 따라 젖먹이 조카를 등에 업은 형수가 열 살과 일곱 살 난 조카딸들을 데리고 걸어 들어왔다.

마루에서 이들을 본 어머니는 맨발로 마당까지 뛰어 내려갔다.

"아이고, 왔구나. 왔어. 참 잘 왔구나."

어머니는 서 있는 두 손녀를 가슴에 두 팔로 싸안으며 기뻐했다.

"청주에서 피난 오는 길에 대전 형님 댁에 들러봤지요. 온 마을 사람들이 피난 가느라 야단법석인데 형수님은 아이들 때문에 꼼짝달싹 못하고 있었어요. 제가 영동으로 가자고 권했죠."

복종이가 얼굴의 땀을 닦으면서 말했다.

"참 고생들 많았구먼. 그래, 먼 길을 어떻게 왔어?"

나는 빨갛게 익어 있는 복종의 얼굴을 건너다보았다.

"애 좀 먹었어요. 모두 걸음을 못 걷잖아요. 어젯밤은 이원伊院 일가 집에서 자고 오늘 아침 일찍 나섰는데 이제 겨우 도착한 겁니다."

그는 지친 얼굴에 미소를 지어보였다. 그의 온몸은 물에 빠진 사람처럼 땀에 흠뻑 젖어 있었다.

스미드 부대의 죽미령 패보敗報는 미군과 국군, 그리고 우리 온 국민에게 던진 큰 충격인 동시에 비극이었다.

그러나 신은 우리를 버리시지 않았다.

7월 7일에 유엔 안전보장이사회에서는 '한국을 돕기 위한 유엔군 창설안'이 가결되었다. 소련은 유엔 안전보장이사회에서 미국·영국·프랑스·중국 등과 더불어 상정된 의안에 대해 거부권을 행사할 수 있는 상임이사국이었다. 때문에 소련이 거부권을 행사하면 유엔군 창설안은 결의될 수 없었다. 그런데 어찌 된 영문인지 소련 대표 말리크는 이 회의에 참석하지 않았다. 위 안건은 아무런 방해를 받지 않고 수월하게 통과되었다.

천우신조天佑神助였다. 참으로 우리나라를 살리시기 위한 신의 섭리였다.

이어 맥아더 원수가 유엔군 총사령관으로 임명되었으며, 7월 13일에는 미 제8군 사령부가 도쿄에서 대구로 이동 설치되었다. 7월 14일에 트리그브 리 유엔 사무총장이 유엔 회원국들에게 한국 파병을 정식 요청했으며, 7월 13일부터 그달 17일까지의 한·미 양국교섭으로 한국군의 작전 지휘권이 유엔군 사령관에게 이양되었다.

이미 출동한 딘 소장 휘하의 미 제24사단에 이어 오사카에 주둔 중이던 미 제25사단이 7월 15일 부산에 도착했고, 도쿄에 주둔 중이던 미 제1기병사단이 7월 22일 포항에 상륙할 예정이었다.

7월 초부터 미 극동군의 일부로 출격을 시작했던 호주 공군의 '쌕쌕이'(제트jet기, 다시 말해 분사 추진식 고속도 비행기로 하늘을 날 때 제트 엔진에서 '쌕쌕' 소리가 난다고 해서 6·25전쟁 당시 우리 국민들은 '쌕쌕이'라고 불렀다)들이 우리 마을 상공을 통과, 남과 북 사이를 뻔질나게 왕래하는 것이 목격되었다.

이들 육군과 공군이 남하 중인 인민군을 막으면서 후속 유엔군이 도착할 때까지 부산 교두보를 확보하려는 것이 유엔군의 전략이었다.

우리 고향 마을 사람들은 이제 일손을 놓고 있었다.

김매기가 끝났다고 해서 농촌이 휴가에 들어가는 것은 아니었다. 가축들에게 먹일 건초乾草 만들기, 퇴비 만들기 등 뙤약볕 밑에서도 쉴 새 없이 일을 해야 하는 것이 농촌이 아닌가. 그런데 마을 사람들은 모두 일손을 놓았던 것이다. 물론 아군에게 불리한 전쟁 탓이었다.

사람들은 낮에는 마을 앞 둥구나무 밑 그늘로 모여들었다. 두세 명만 모여도 전쟁 이야기로 꽃을 피웠다. 모두가 닥쳐올 자신들의 운명을 생각해서 불안한 마음으로 시간을 보냈다.

7월 14,15일경부터였을 게다.

미군의 탱크와 트럭·지프·대포 등을 만재한 길고긴 화물열차가 북쪽을 향해 달려가고, 군인과 물자를 가득 실은 미군 트럭과 지프가 장사진을 이루며 도로 위를 북상하는 것이 목격되었다.

이들 열차와 차량의 행렬은 하루에도 수차례씩 수일간을 두고 계속되었는데, 그 광경은 보는 사람들로 하여금 남하해오는 인민군을 능히 격멸시켜줄 것이라는 신뢰감을 갖게 하기에 충분한 것이었다.

둥구나무 밑에 모여 앉은 사람들은 이들 열차와 차량 행렬이 지나갈 때마다 박수갈채를 보내며 기뻐하고 있었다.

그들 마음속에는 유엔군이 인민군을 쳐부숨으로써 고향 마을이 전화戰禍를 입지 않게 되리라는 안도감과 머지않아 남북통일이 이룩되리라는 새 희망이 솟아나고 있을 것이었다.

그러나 미군의 악전고투는 계속되었다.

7월 18일 현재 금강—소백산맥 선에서의 지연작전도 한계점에 달하고 있었다.

인민군은 보병 2개 사단, 포병 2개 연대, 1개 탱크 연대로 대전 공략을 서두르고 있었는데 그것은 미 제24사단에게는 너무나도 과중한 부담이었다.

미 제8군에서는 포항에 상륙 예정인 미 제1기병사단 선발 연대를 7월 20일까지 대전에 투입, 기존 부대와 합동해서 인민군의 공격을 막을 계획이었다.

미 제8군 사령관 워커 중장이 전선 시찰차 대전에 도착했을 때 미 제24사단장 딘 소장은 20일까지 대전을 방어하겠다고 말했다. 그러나 대전 방어가 한계점에 도달해 있는 전황을 간파한 워커는 무리하지 말고 병력을 영동으로 집결토록 하라고 지시했다. 그것은 대전을 버리고 낙동강 방어선까지 유엔군을 철수시키고자 하는 워커의 단안의 표시였다.

20일 새벽 5시 30분경부터 대전 시내에 적 탱크 부대가 나타났다.

열세에 있던 미군들은 혼신의 힘을 다해서 싸웠다. 그러나 역부족이었다.

7월 20일 오후 5시 30분, 영동의 미 제24사단 사령부 무전기에서 한 통의 메시지가 수신되었다. '탱크가 아쉽다. 적이 대전 시내 동쪽 길을 막아버렸다. 사단장 딘.' 딘 소장으로부터의 마지막 통신이었다.

딘 소장의 소식이 끊긴 20일 오후 6시, 대전 방어는 끝장이 나고 말았다.

3. 남쪽으로 가야 산다

해질 무렵부터 비가 내리기 시작했다. 집을 얻어들지 못해 마을 앞 느티나무 그늘과 실개천 곁 풀밭에 앉아 있던 사람들은 비를 피해 마을로 몰려왔다. 방에도 마루에도 사람들이 넘쳐났다. 추녀 밑까지 사람들이 꽉 들어찼다. 황급하게 챙겨온 짐들은 나무 밑과 풀밭에 방치된 채로 비에 젖어 을씨년스러움을 더해주고 있었다. 우리 가족은 일찍이 디딜방앗간을 얻어 들어 있었다. 밤이 깊어가면서 빗방울은 굵어지고 비 내리는 밀도도 커졌다. 어른들은 벽에 기대어 앉아 밤을 새기로 하고 어린것들만 바닥에 눕혔다. 새근거리는 약하디약한 숨소리만이 들릴 뿐 인기척이라고는 들리지 않았다. 뒤뜰 감나무 잎을 두들기는 빗소리가 심란하게 들려올 뿐 세상은 적막했다. 이런 가운데에서도 시간은 칠흑 같은 어둠 속으로 마구 흘러갔다. 얼마를 지났을까, 동이 터왔다. 드디어 날이 샜다. 빗방울이 명주실같이 가늘어지고 안개가 마을을 희뿌옇게 에워쌌다. 아침 일찍부터 산록에서 피어오르는 안개가 골짜기를 덮으면 그날은 영락없이 쾌청한 날씨가 되는 것이다.

무기 수송열차와 자동차의 행렬은 밤낮을 가리지 않고 철로와 도로 위를 북상해갔다.

그 군력軍力은 인민군을 일거에 쳐부숴버릴 것처럼 보였다.

그런데 어느 날 갑자기 이변이 일어났다. 이 열차와 자동차 행렬의 달리는 방향이 바뀌어 남쪽으로 내려가기 시작한 것이다. 열차가 지나가면 자동차 행렬이 달려오고, 자동차 행렬이 몇 차례 지나가고 나면 열차가 달려 지나갔다. 때로는 열차와 자동차 행렬이 철로와 도로 위를 평행해서 지나가기도 했다. 여러 날을 두고 북상했던 미국 군인들과 무기가 모두 남쪽으로 빠져나가는 것같이 보였다.

아침나절이었다. 남하해온 일진―陳의 미군 포병대가 마을 앞 냇가 모래밭으로 들어와 진을 쳤다. 이 포병대 때문에 둥구나무 그늘에 가지 못하게 된 마을 사람들은 동사洞舍로 모이게 되었다. 마을 사람들이 모여서 회의도 하고 한판 어우러져 놀기도 하는 마을 공유의 건물을 사람들은 동사라고 불렀다. 이 동사가 자연히 시국담을 나누는 이야기의 교환 장소가 되었다.

밤이었다. 동사 마당에 사람들이 제법 빡빡하게 앉아 있었다.

"미군들이 또 인민군에게 지고 있는 모양이지?"

한 청년이 말했다.

"그런가 봐. 허 참, 엄청나게 싸우러들 가던데, 그래도 인민군을 당할 수 없단 말인가. 인민군이 되게 센 모양이여."

다른 청년이 이렇게 말을 받았다. 두 청년의 대화는 계속되었다.

"미군들 대포 포문이 북쪽 하늘로 향하고 있던데."

"인민군이 접근하면 포탄으로 볶아댈 모양이구먼."

"그럴 테지. 그런데 말여, 미군들 여러 명이 대포 옆에 앉아서 화투놀이 하고 있더라구. 해거름판에 송장골 논물 대러 가다가 봤어."

"화투놀이 한다구? 미국 사람도 화투를 치나?"

"아아, 있잖아. 도람뿌라구 하든가, 그 서양 화투 말여."

"쌈에 져서 도망치면서도 트럼프 놀이를 할 만큼 여유가 있다는 건가?"

"여유는 무슨 여유. 인민군은 안 보이고 당장은 대포 쏠 일도 없으니 심심해서 하는 짓이겠지."

"심심해서 한다고? 미국이 당한 게 아니니까 심심해서 트럼프 칠 마음도 나겠지. 하여튼 재미있는 사람들이여. 오늘 점심때 미군 둘이 앞동산 밑 상엿집으로 들어가더라고."

"상엿집엔 왜? 누가 죽기라도 했나?"

"죽긴 누가 죽어. 그자들 애들같이 장난치고 있었어. 녀석들이 들어가더니만 가마를 들고 나오더라구. 두 녀석이 앞뒤에서 메고 한 동안 그 근처를 돌아다니다가 길바닥에 내동댕이치고, 또 상엿집으로 들어가더라구. 이번에는 요령을 들고 나오잖아. 두 녀석이 번갈아가며 마구 흔들어대면서 낄낄대던데."

"저래 가지고 어디 쌈을 할 수 있겠어?"

"글쎄 말여. 우리는 저들을 하늘같이 믿고 있는데, 저들은 놀러온 기분인가 봐. 한심스럽군. 인민군한테 또 당하겠어. 이곳도 **빼앗기겠는걸?**"

"어디로 피난하지?"

"난 큰 산으로 갈텨. '나무달미'로 들어가서 난리가 가라앉을 때까지 피난할 거야."

"나무달미?"

"피난하기에 참 좋은 곳이라고. 숲도 물도 그렇게 좋을 수가 없어. 숲이 하도 우거져서 하늘이 안 보일 정도지. 그 안에 들어서면 낮에도 어두컴컴해서 앞이 잘 안 보여. 한여름에도 가을 날씨처럼 썰렁해서 더위를 모르고 지낼 수 있어. 바위틈에서 흘러내리는 물은 맑고 얼음같이 차갑지."

"……"

"계절 따라 각종 열매가 그 일대에 지천으로 달린다네. 그것들만 따먹어도 굶어죽지는 않을 거야. 그곳에 푹 파묻혀 있다가 세상 가라앉은 다음에 나오면 되는 거라고."

"그렇게 좋은 곳이면 나도 같이 갈까? 그런데 말여, 우리 국군은 다 어디 갔지? 한 사람도 안 보이잖아. 보이는 건 전부 미군뿐이라고."

"참 그러네. 우리 국군은 다 어디서 싸우고 있을까?"

두 사람의 대화는 밤이 이슥해지는 것도 모르고 계속되었다.

모여 있던 사람들 중 더러는 집으로 돌아가고 더러는 땅바닥에 뒹굴며 코를 골기도 했지만, 몇 사람은 두 청년 곁에서 그들의 대화에 귀를 기울이고 있었다.

밤은 더욱 깊어만 갔다. 뒷산에서 뻐꾹새가 흐느끼듯 구슬피 울고 있었다.

7월 23일의 일이라고 기억된다. 정오 무렵에 미군 지프 한 대가 우리 마을로 달려왔다. 그 차에서 미군 장교와 병사, 그리고 경찰 간부 한 사람이 내렸다. 4킬로미터 떨어진 영동 읍내에서 온 사람들이었다. 이들 세 사람은 마을 골목을 누비면서 소리소리 질렀다.

"이 마을이 전장戰場으로 될 위험이 있으니 전 부락민은 금일 중으로 멀리 피난을 가시오!"

적막했던 산골 마을은 삽시간에 소란해졌다.

"어디로 가야 하나?"

"재를 넘세. 임산으로 가는 게 안전할 걸세."

"너무 멀어. 산막골로 가지."

"안 돼, 안 돼. 거기도 위험할 걸세."

"멀리 갔다간 굶어 죽는다."

당황스럽고 걱정 어린 말들이 마을 공기를 뒤흔들었다.

짐꾸리는 소리, 지게에다 물건을 올리면서 지르는 고성, 달구지 바퀴 굴러가는 삐걱 소리, 주인 손에 잡힌 돼지와 닭들의 비명 소리……, 온갖 소음 속에 마을은 온통 북새통을 치르고 있었다.

예로부터 전쟁으로 인한 환난을 경험하지 못하고 살아온 마을이었다. 고려 말기에 자주 있었던 왜구倭寇는 해안 지방에서만 날뛰었다. 병자호란 때의 청군은 서울 이북의 땅만을 유린했으며, 임진왜란 때 왜군은 부산에 상륙해서 세 갈래 길로 북상해갔으나 우리 마을은 비켜서 지나갔다. 청일전쟁도 멀리 아산 부근에서 있었던 일이었다. 따라서 이 마을에는 전쟁에 관한 전설이 없었다. 이 고을 사람들은 전쟁이 얼마나 무서운가를 너무나도 몰랐다.

게다가 피난을 어디로 어떻게 가라고 지도하는 사람도 없었다. 정오쯤에 미군과 경찰관이 다녀간 후로는 피난을 독촉하는 사람은 더 이상 나타나지 않았다. 경찰관들도 다른 공무원들도 난리를 피해서 바삐 직장을 떠나가고 있을 것이었다.

마을 사람들은 너무나도 가난했다. 돈이 없었다. 겨우 며칠 동안 먹을 보리쌀이 그들이 가진 것의 전부였다. 모두는 고향을 떠나 타관으로 가면 굶어 죽는 줄로만 알았다.

그리고 그들은 또 공산주의를 몰랐다. 해방 후 5년 동안 귀가 따갑도록 들어온 '빈한 자도 부한 자도 없이, 고루 갖고 고루 잘살 수 있는 주의'라는 말이 공산주의에 대해 그들이 가지고 있는 지식의 전부였다. 그러하기에 아군의 패색이 짙어지자 공산주의 세상이 되어도 괜찮겠다고 생각하는 사람이 눈에 띄게 불어나고 있었다. 무색 내지 회색적인 의식을 가진 사람들이 적지 않았다는 증거였다.

마을 사람들은 멀리 가려 하지 않았다. 아니, 멀리 갈 수가 없었다. 누가 인도하는 것도 아닌데 그들은 큰 산 밑으로 들어가고 있었다.

멀리 남쪽에서 솟기 시작한 소백산맥이 지리산, 백운산, 덕유산을 징검다리 삼아 속리산을 향해 뻗어 올라가다가 민주지산께에서 가지를 만들어 왼쪽으로 살짝 밀어 올린다.

이 지맥은 본맥에 뒤질세라 험준한 산세를 만들며 추풍령 코앞까지 뻗어가는 것이다.

　우리 고향 마을에서 남쪽으로 2킬로미터 남짓 떨어진 곳을 지나가는 이 소백산맥의 지맥을 마을 사람들은 큰 산이라고 부른다.

　산세가 웅장하다 하여 그러한 이름을 붙였을 터이지만, 이 산은 그 이름에 걸맞은 광대한 품속에서 헤아릴 수 없는 자원들을 생성하여 그것들을 포용하며 유구한 세월을 지나왔다.

　봄이면 고사리·두릅·취나물·도라지·더덕·잔대 등 별의별 산채가 이 산의 골짜기와 등성이에서 그 풍성함을 과시했고, 가을에는 송이·표고·싸리버섯 등 각종 버섯과 머루·다래·산배 등 갖가지 열매가 이 산의 숲속과 나뭇가지에서 그 완숙을 자랑했다.

　사람들은 이것들을 채취하기 위해 따스한 봄날에도, 햇볕이 엷어져 가는 가을날에도 온 산을 누볐다.

　여름에는 무성한 풀이 그대로 가축들의 먹이가 되었고, 퇴비의 원료가 되었다. 하늘을 찌르는 아름드리나무들은 마을 사람들에게 목재와 연료를 아울러 제공해왔다.

　사람들은 이 산과 뗄 수 없는 인연을 맺으면서 태고 적부터 살아왔다. 때문에 이 산은 우리 마을 사람들에게 어머니와도 같이 포근하고 친밀한 존재였다.

　마을을 등진 사람들은 큰 산을 향해서 양쪽에 솟아 있는 산 사이의 좁은 골짜기를 걸어 들어갔다.

　큰 산 기슭에 모여 선 30여 채 초가집의 취락, 임계리. 이 작은 산골 마을은 해가 지기 전부터 사람과 짐승들로 폭발 직전이었다.

해질 무렵부터 비가 내리기 시작했다.

집을 얻어들지 못해 마을 앞 느티나무 그늘과 실개천 곁 풀밭에 앉아 있던 사람들은 비를 피해 마을로 몰려왔다. 방에도 마루에도 사람들이 넘쳐났다. 추녀 밑까지 사람들이 꽉 들어찼다.

황급하게 챙겨온 짐들은 나무 밑과 풀밭에 방치된 채로 비에 젖어 을씨년스러움을 더해주고 있었다.

우리 가족은 일찍이 디딜방앗간을 얻어들어 있었다.

밤이 깊어가면서 빗방울은 굵어지고 비 내리는 밀도도 커졌다. 어른들은 벽에 기대어 앉아 밤을 새기로 하고 어린것들만 바닥에 눕혔다. 새근거리는 약하디약한 숨소리만이 들릴 뿐 인기척이라고는 들리지 않았다. 뒤뜰 감나무 잎을 두들기는 빗소리가 심란하게 들려올 뿐 세상은 적막했다. 이런 가운데에서도 시간은 칠흑 같은 어둠 속으로 마구 흘러갔다.

얼마를 지났을까, 동이 터왔다. 드디어 날이 샜다.

빗방울이 명주실같이 가늘어지고 안개가 마을을 희뿌옇게 에워쌌다. 아침 일찍부터 산록에서 피어오르는 안개가 골짜기를 덮으면 그날은 영락없이 쾌청한 날씨가 되는 것이다.

나는 지난밤부터 우리 가족의 피난 문제를 골똘히 생각하고 있었다. 부모와 동생 둘에다 형네 식구가 다섯, 그리고 우리 식구가 넷, 도합 13명이나 되는 대가족이고, 이 속에는 젖먹이와 잘 걷지 못하는 어린것들이 5명이나 끼여 있다. 탈것이라고는 도무지 구할 수 없어 온전히 걸어야만 하는데, 덥고 무더운 날 이 거창한 가족들이 도대체 어디로 가야 한단 말인가. '재를 넘자.' 이렇게도 생각해보았으나 영嶺이 구름같이 높고 길이 절벽처럼 험해 도저히 될 수 있는 일이 아니었다.

'대구, 부산 쪽으로 가야 한다.' 이런 생각도 들었다. 그러나 '그 먼 곳을 어떻게? 안 된다, 안 된다.' 이내 나는 머리를 좌우로 저었다.

"여보! 우리 모두 피난 가야 하잖아요. 남쪽으로 가도록 해요. 네?"

내 속도 모르는 아내가 내 귀에 대고 속삭였다.

"……."

나는 그녀를 물끄러미 건너다보았다. 우수나 초조의 빛은 보이지 않고 오히려 담담한 기색이 얼굴에 넘쳐 있었다.

"이것 좀 읽어봐요."

아내는 짐 속에서 성경을 꺼내 펼친 후 내게 건네주었다. 그녀의 손가락이 '마태복음'의 한 구절을 가리키고 있었다. 깨알같이 작게 박혀 있는 글자들이 내 눈 속으로 들어왔다.

―그러므로 내가 너희에게 이르노니 목숨을 위하여 무엇을 먹을까 무엇을 마실까 몸을 위하여 무엇을 입을까 염려하지 말라. 목숨이 음식보다 중하지 아니하며 몸이 의복보다 중하지 아니하냐.

공중의 새를 보라. 심지도 않고 거두지도 않고 창고에 모아들이지도 아니하되 너희 천부天父께서 기르시나니 너희는 이것들보다 귀하지 아니하냐.

너희 중에 누가 염려하므로 그 키를 한 자나 더할 수 있느냐.

또 너희가 어찌 의복을 위하여 염려하느냐. 들의 백합화가 어떻게 자라는가 생각하여보라. 수고도 아니하고 길쌈도 아니하느니라. 그러나 내가 너희에게 말하노니 솔로몬의 모든 영광으로도 입은 것이 이 꽃 하나만 같지 못하였느니라. 오늘 있다가 내일 아궁이에 던지는 들풀도 하나님이 이렇게 입히시거든 하물며 너희일까 보냐.

믿음이 적은 자들아. 그러므로 염려하여 이르기를 무엇을 먹을까 무엇을 마실까 무엇을 입을까 염려하지 말라. 이는 다 이방인들이 구하는 것이라. 너희 천부께서 이 모든 것이 너희에게 있어야 할 줄을 아시느니라……

"여보, 떠나요, 네? 온 가족이 타관에 가도 절대로 굶어 죽지 않아요. 이 말씀 믿고 떠납시다요."

아내는 내게 하소연하듯 속삭였다. 그러나 불행하게도 그때 나는 기독교 신앙을 갖고 있지 않았다. 조금 전에 읽은 성경 구절이 내게는 실감 있게 받아들여지지 않았다. 고향을 떠나면 온 가족이 굶어 죽을 것만 같았다. 나는 벽에 기대어 눈을 감았다. 그리고 또 생각에 잠겼다. 서울에서 고향까지 내려오는 도중, 그리고 고향 마을에 도착 후 이십여 일을 지나면서 피난민들로부터 들은 말들이 생생하게 내 귓전을 울렸다. '빨갱이들이 눈에 불을 켜고 경찰관을 잡아 죽이더라' '경찰관을 지낸 사람은 단 하루만 했어도 인민재판에 걸어 총살했다'는 등등의 말들이 너무나도 또렷하게 기억되었다. 나는 내 자신이 도저히 고향에 남아 있어서는 아니 될 위치에 있음을 새삼스레 깨달았다. 그러나 나 혼자만 피난을 떠날 수는 없었다.

나는 아버지 앞에 무릎을 꿇었다.

"어서 떠날 준빌 하시죠."

"어델 가?"

아버지는 걱정에 잠긴 표정으로 이렇게 반문했다.

"대구 쪽으로 가야겠어요."

"대구? 안 된다, 못 간다. 저 어린것들을 데리고 이 염천炎天 속에 어떻게 가냐? 너나 떠나거라. 어서 채비를 해라!"

"저 혼자 떠나라 말씀하셨습니까? 안 됩니다. 저 혼자서는 못 갑니다. 가족들 모두 함께 가야 합니다."

"참 딱도 하구나. 저 어린것들 땜에 안 된데두 그러는구나. 공산당도 사람인데 네가 경찰관 했다 해서 설마 늙은이나 부녀자, 어린것들까지도 죽이겠냐. 그렇게는 안 할 것이다. 걱정 말고 너나 떠나거라. 어서."

유교적 분위기 속에 살면서 젖어온 근엄함이 아버지의 말끝에 배어 있었다.

이때 방앗간 출입문 밖에서 포천抱川에서 왔다던 청년의 목청 굵은 소리가 들려왔다. 그는 엊저녁 느지막이 이곳으로 걸어 들어온 길손이었다. 뒤늦게 피난길을 떠나온 바람에 도중에서 죽을 고생을 했다던 그였다. 그 청년이 4,5명의 마을 청년들을 향해 힘주어 말하고 있었다.

"젊은 남자들은 남쪽으로 가야 삽니다. 이곳에 남아봤자 온전치 못할 테니까 남쪽으로 가시오."

그 청년은 열을 올려 말했으나 듣는 사람들은 묵묵부답이었다.

청년은 이내 괴나리봇짐을 걸머메고 훌쩍 떠나갔다. 그러면서 그는 내뱉듯이 말했다.

"사정이 아주 급해요. 미군들로 길이 막히기 전에 대구까지 들어가야 합니다."

이 길손의 발걸음 소리가 멀어지자 아내가 내 곁으로 다가왔다.

"여보, 아버님 말씀대로 하세요. 당신만 나가세요. 난 부모님 모시고 이곳에 남아 있겠어요. 어서 떠나세요, 네?"

그녀는 울먹이고 있었다. 조금 전까지도 나와 함께 피난 가자고 했던 아내가 나 혼자 떠나라고 말했다. 나는 그녀의 마음을 읽을 수가 있었다. 부모와 동생들, 형네 가족을 뒤에 남겨놓고 남편 따라 자기만 나선다는 것이 도리상 안 된다고 생각하고 있는 게 틀림없었다.

"얘야, 에미 말대로 하거라. 빨리 떠나거라."

아버지는 성화같이 독촉을 해댔다.

"빨리 출발하세요. 서방님! 서徐씨네 남정男丁들은 어제 남쪽으로 떠났대요. 마을 젊은이들이 더 이상 떠나려 하지 않으니 혼잣길이 되시겠어요."

형수도 끼어들어 아버지와 아내를 거들었다.

이때 내 머릿속에 하나의 상념이 떠올랐다. 그것은 미국의 전력戰力에 대한 신뢰와 기대였다.

'제2차 세계대전에서 무적황군無敵皇軍을 자랑하던 일본군을 격멸했던 미군, 군국주의 일본을 그들 앞에 무릎 꿇게 하고야 말았던 미군, 이 큰 세력이 지금 북쪽의 작은 인민군에게 몰리고 있다. 저들은 패퇴하여 이 땅에서 완전히 떠나가고 말 것인가? 아니, 그렇지는 않을 것이다. 지금의 후퇴는 작전상의 후퇴일 것이고 저들은 머지않아 인민군을 괴멸시키며 다시 북진할 것이다.

그렇다면 그 시기는 언제쯤이 될까? 넉넉잡아 3개월이면 족할 것이다. 3개월 동안만 가족들이 이곳에서 피난을 잘 해준다면 남쪽으로 가는 것보다 훨씬 나을 것이다.'

나는 이런저런 생각 속에 깊이 빠져 있었다.

아내가 내 팔뚝을 잡아 흔들었다.

"여보, 뭘 그리 곰곰이 생각하세요?"

내 정신으로 돌아왔을 때 어머니는 배가 불룩한 배낭을 들고 왔다.

"쌀 한 말에 속내의 상하 두 벌씩 넣었다. 간장병과 냄비, 밥공기와 수저, 젓가락도 들어 있다. 피난 잘 하고 돌아오너라."

이렇게 말하는 어머니의 입술이 하얗게 타 있었다.

아버지는 노자에 쓰라면서 백 원짜리 지전 여남은 장을 내 손에 다 쥐어주었다.

나는 배낭을 짊어지고 맥고모자를 눌러썼다. 반소매의 흰색 셔츠에다 쑥색의 반바지, 흡사 등산이라도 떠나는 차림새였다.

"다녀오겠습니다. 전쟁이 이곳까지 미치거든 이 산속 깊이 숨어들도록 하세요. 넉넉잡아 석 달이면 미군이 밀고 올라올 테니 그때까지 잘 피난하도록 하세요."

나는 아버지와 어머니 앞에 고개를 깊숙이 숙였다.

마을 어귀까지 아버지와 어머니, 그리고 아내가 따라왔다.

우리 마을로 통하는 길에서 갈라진 소로小路가 나락 논 사이를 지나 자그마한 고개 위로 뻗어가고 있다. 이 길이 경부간 국도로 연결되어 있는 것이다.

나는 아내의 손을 꼭 잡았다 놓은 뒤에 소로로 들어섰다. 이때 갑자기 구필이의 소리가 들려왔다.

"아빠! 나도 가아. 나도 피난 가ㅡ."

저 멀리 마을께에서 조그마한 몸이 쏜살같이 달려오고 있었다. 그는 이내 내 앞까지 당도했다. 숨을 헐떡거리면서 울어댔다.

"아빠! 나도 같이 갈 테야."

그의 앞을 막아선 아버지는 작은 몸을 불끈 안아 올렸다.

"아가, 넌 할애비하고 남자. 여기서 피난하자."

"싫어, 싫어. 아빠 따라갈래."

가느다란 두 다리가 아버지의 배를 마구 차댔다.

"구필아! 이럼 못 쓴다. 아빠 길 늦으신다. 엄마하고 이곳에서 피난하자."

아내는 아버지로부터 구필이를 받아 안으면서 그 작은 가슴에다 자기의 얼굴을 묻었다.

나는 무엇인가에 쫓기듯 서둘러 고개를 넘었다. 구필의 울음소리가 들리지 않게 되자 걸음을 멈추었다. 고개 쪽을 올려다보았다.

그때 울부짖는 내 영혼의 소리가 들려왔다. '이 비겁한 놈아, 너 혼자만 살려는 거냐? 저렇게 울어대는 네 자식을 떼어놓고 너만 도망가는 거냐?' 나는 이 음성에 가책을 느꼈다. 마을로 되돌아가려고 발끝을 돌렸다. 이번에는 아버지의 환상이 나타났다. 그 근엄한 얼굴이 빨리 길을 가라고 꾸짖고 있었다. 나는 아버지의 그 소리에 밀리듯 무거운 발걸음을 옮겼다.

국도 위에는 피난민들이 널려 있었다. 4,5명씩 떼 지은 사람들이 북쪽 산모퉁이에서 남쪽 고개 위까지 연달아 걸어가고 있었다. 비에 흠뻑 젖은 도로의 검은색 흙 위에 햇살이 포근하게 내리쬐고 있었고, 저편 산을 넘어온 산들바람이 도로를 가로질러 전답들 위로 빠져나가곤 했다. 길가에 늘어선 포플러나무에서는 가끔 늦잠에서 깨어난 매미들이 이슬에 젖은 날개를 푸드득거렸다.

태양은 중천에 떠올라 대지를 달구기 시작했다. 몸에서는 쉴 새 없이 땀이 배어나왔고 배낭에 눌린 등가죽이 후끈거렸다. 포플러나무 그늘을 따라 걸었지만 여전히 무더웠다.

한참을 걸어 황간 가까이에 당도했을 때 왼쪽 철도 밑으로 휑하니 뚫린 쌍굴이 시야에 들어왔다. 굴속이 무척 시원스러워 보였다. 나는 무엇인가에 끌리듯 그 속을 향해 걸어 들어갔다.

돌짝과 자갈·모래 들이 불규칙하게 깔려 있는 바닥의 오른쪽 터널 벽 밑으로 가느다란 물줄기가 흐르고 있었다. 나는 배낭을 벗어던지고 상의 단추를 따고 가슴팍을 풀어헤쳤다. 그리고 그 물줄기에 세수를 했다.

얼굴에서 떨어지는 물방울 소리와 나의 헛기침 소리가 이끼와 습기로 우중충한 콘크리트 벽에서 미세하게 메아리쳤다.

나는 허리춤에서 수건을 빼서 얼굴을 닦았다. 그런데 웬일일까? 이때 갑자기 온몸에 소름이 끼치고 오싹해짐을 느꼈다. 공포 같은 것이 온몸을 엄습해왔다.

나는 서둘러 배낭을 짊어지고 터널을 빠져나왔다. 입구에서 안쪽을 돌아봤을 때 왠지 모르게 어둠침침하고 괴기스러운 느낌마저 들었다.

그런데 나는 미처 몰랐었다. 이 굴이 며칠 후 피로 물든 저주의 장소가 되리라고는.

황간 시내로 들어가기 직전의 철로 터널 앞에는 피난민들이 인산인해를 이루고 있었다. 철로와 나란히 달리고 있는 도로 양쪽과 터널 입구에서 경찰관들이 한 사람 한 사람에 대해 몸과 짐을 샅샅이 뒤지고 있었기 때문에 이처럼 사람이 밀려 있었던 것이다.

"지도는 모두 압수하라는 상부의 지시가 있었어요."

내 배낭 속에서 우리나라 전국지도 한 장을 빼어든 경찰관이 말했다.

"우리는 피난민 가운데 숨어들 수 있는 간첩을 철저히 색출하라는 엄명을 받고 있소."

검색을 하는 자와 받는 자 그 모두의 얼굴은 더위로 홍당무같이 빨갛게 익어 있었다.

이곳에서 시간을 많이 빼앗겼기 때문에 추풍령 고개 위에 다다랐을 때에는 이미 해가 지고 땅거미가 발밑으로 밀려 들어왔다.

그동안 길을 걸어오던 사람들은 날이 저물자 하나둘씩 가까이 보이는 마을과 연도의 인가로 헤어져 들어가고 어느덧 나는 외톨이가 되었다.

고개 위에서 남쪽을 내려다보았으나 인가가 전혀 시야에 들어오지 않았다. 잔뜩 찌푸린 하늘에서는 빗방울이 뚝뚝 떨어지기 시작했다.

무거운 발걸음을 옮기고 있던 내 눈 속으로 길 오른편 저 아래 실개천가에 서 있는 외딴집 한 채가 들어왔다.

나는 비탈길을 따라 내려갔다. 담장도 마당도 없는 일자형 집 앞에서 주인을 불렀다.

"계십니까?"

방문이 삐거덕 열리고 청년이 얼굴을 문밖으로 쑥 내밀었다. 마침 내외가 겸상하여 저녁식사를 하고 있는 중이었다.

"하룻밤 묵고 가게 해주십시오."

"아이고, 어떡하지요. 방이 하나밖에 없는데요."

"뜨락에서 자겠어요."

"뜨락에서? 어떻게요?"

내외는 난감해하며 시선을 서로 교환했다.

"괜찮아요. 처마 밑에서 자면 돼요."

내가 배낭을 내려놓자 남자가 창고에서 가마니 한 장을 꺼내 왔다.

"이것을 깔아요."

그는 이렇게 한마디 던지고는 방문을 닫았다.

비는 그쳤다 뿌렸다 하면서 새벽까지 계속되었다. 추녀에서 떨어지는 물줄기는 바람이 불 때마다 흩날려서 얼굴과 팔다리의 노출된 부분을 차갑게 때렸다.

　동이 트기가 바쁘게 나는 그 집을 나섰다. 비탈길을 기어올라 도로 위에 섰을 때, "헤이, 헤이" 하고 부르는 소리가 들려왔다. 저만치에서 비옷을 뒤집어쓴 미군 병사 둘이 M1 소총을 거머쥔 채 내게로 다가왔다. 그리고 그 중 한 사람이 주먹으로 내 배낭을 툭툭 쳤다.

　"무엇이냐?"

　그가 물었다.

　"쌀과 옷가지다."

　내가 이렇게 대답하자 두 병사의 시선이 머리 위에서 발끝까지 내 온몸을 훑어내렸다. 그리고 그 중 하나가 큰 소리로 "오케이" 하면서 손을 번쩍 들었다.

　'밤사이에 미군이 또 밀린 게로구나. 가족들은 어떻게 되었을까. 피난을 잘 하고 있을까?' 나는 습기 머금은 새벽 공기를 가슴으로 가르며 이러한 생각을 했다. 불안이 파도처럼 내 가슴속으로 밀려 들어왔다. 그리고 가족들을 고향에 남겨놓고 혼자 떠나온 데 대한 후회가 끝없이 그 불안의 뒤를 따르고 있었다.

　김천 시내에 들어서자 이곳 분위기에서도 어수선함을 느낄 수 있었다. 길거리마다 짐을 실은 달구지며 리어카가 달음박질을 하고 있었고, 사람들도 이리저리 황망하게 뛰어다니고 있었다. 전세가 급박함을 알아차린 시민들이 피난을 서두르고 있는 것이었다.

우시장牛市場 근처에 있는 먼 친척 정공삼의 집에 들어섰을 때, 그 집 식구들도 짐을 다 싸놓고 그 다음날 집을 떠날 채비를 하고 있었다.

여장을 풀고 거리로 나갔다. 초등학교 옆을 지나다 보니 학교 운동장에 군용트럭이 가득 들어서 있었고, 교실 안과 창밖에 미군들이 가득했다. 북쪽에서 후퇴해온 군인들로 보였다.

다음날 새벽 일찍 나는 밖으로 나갔다. 그전날 밤 가족들에 대한 걱정으로 잠을 이루지 못하면서 생각한 대로 북쪽에서 시내로 들어오는 길목을 향해 달렸다. '혹시라도 전란에 밀린 우리 가족들이 이곳을 향해 피난을 오고 있을지도 모른다'라는 막연한 기대에서였다.

길이 터져라 하고 사람들이 시내 쪽으로 몰려오고 있었다. 나는 사람들이 잘 보이는 높은 곳에 서서 군중들 속에서 가족들의 얼굴을 찾고 있었다. 그 많은 얼굴들 하나하나를 눈이 빠지게 내려다보았지만 우리 가족의 얼굴은 하나도 나타나지 않았다.

오전 11시경 나는 가로수 그늘로 내려와서 더위를 식히고 있었다. 바로 그때였다.

"아저씨!"

앳된 소리가 들리며 작은 몸이 내 앞으로 달려들었다. '엇?' 놀라면서 내려다본 내 가슴 밑에 소년 하나가 서 있었다. 땟국으로 얼굴이 흠뻑 젖은, 먼 조카뻘 되는 정구식이었다.

"야! 구식아, 어찌 된 일이냐, 응? 어떻게 여기까지 왔지?"

나는 그를 얼싸안았다.

"도망 왔어요."

구식이는 손등으로 눈언저리를 쓱 닦았다.

"도망?"

"미군들이 동네 사람들을 많이 죽였어요. 우리도 죽을 뻔했어요. 간신히 도망쳐왔어요."

그 말을 듣는 순간 나는 망연자실하지 않을 수 없었다. 나는 한동안 벌린 입을 다물지 못했다. 우리나라를 구하려고 파병된 미군이 설마 무고한 양민을 살상까지 할 리가……? 구식의 말이 도무지 믿겨지지 않았다.

"구식아! 지금 네가 한 말이 정말이니?"

나는 이렇게 반문했다.

"네, 틀림없어요."

구식은 그 옆에 서 있는 두 소년, 함께 도망쳐온 그의 친구들을 바라보았다. 세 소년의 얼굴 위에는 겁에 질린 표정이 아직도 지워지지 않고 있었다.

그들은 마을 사람들이 미군에게 당한 이야기, 미군 비행기의 폭격으로 철로 레일이 엿가락같이 휘었다든가 레일에 고삐를 매어놓고 있었기 때문에 피난 짐을 실은 소들이 많은 사람들과 함께 몰살을 당했다든가 구식이가 땅에 납작 엎드렸다가 폭격이 끝난 뒤 일어섰을 때 어린아이의 목이 그의 등에서 굴러 떨어졌다든가 하는 등의 비참한 현장 이야기를 중구난방으로 떠들어댔다. 어린 소년들의 이야기라 사건의 정확한 상황을 파악하기에는 부족했지만, 그래도 많은 마을 사람들이 미군들로부터 엄청난 살상을 당한 사실만은 알 수가 있었다.

무엇보다도 우리 가족들의 안부가 걱정이었다.

"구식아, 우리 식구들은 어찌 됐냐?"

나는 두근거리는 가슴을 누르면서 물어보았다.

"괜찮으셔요."

"모두 무사하다고? 할머니, 할아버지도 괜찮으시다니?"

"예, 대전 작은아주머니만 팔꿈치에 조금 상처를 입으셨어요."

대전 작은아주머니란 내 아내를 이르는 말이다.

"뭐라고? 작은아주머니가 다쳤다고?"

깜짝 놀란 나는 그의 앞으로 반걸음을 다가섰다.

"마을 사람들이 철도 위에 모여 있다가 미군 비행기의 폭격을 받았거든요. 아저씨네 소도 폭탄을 맞아 즉사했는데 그때 날아온 파편이 대전 작은아주머니의 팔꿈치에 맞았다고 하대요."

"어느 쪽 팔꿈치에?"

"오른쪽이든가? 왼쪽이든가?"

그는 눈을 깜빡거렸다. 무리한 질문을 했다고 생각했다.

"알았다, 알았어."

나는 그의 등을 손바닥으로 가볍게 두드렸다.

가족들과 헤어지던 순간부터 마음 한구석에 늘 붙어다니던 불안과 염려가 현실로 나타난 것이다. '아아―, 이럴 수가, 이럴 수가.' 하마터면 소리를 지를 뻔했다. 나는 심한 현기증을 느꼈다. 감당할 수 없는 통한痛恨이 심장을 파열시킬 것만 같았다.

"구식아! 가자."

한참 후 나는 그의 손목을 잡았다.

"……."

그는 나를 물끄러미 쳐다볼 뿐 움직이려 하지 않았다.

"나하고 같이 남쪽으로 피난 가자."

"싫어요. 집으로 가겠어요."

"안 된다. 남쪽으로 가야지."

"어머니가 보고 싶어요. 가족들이 걱정돼서 못 견디겠어요. 집으로 가겠어요."

"돌아갈 것을 뭣하러 여기까지 왔어?"

"어머니가 굴속에서 너나 도망쳐 살아남으라고 하도 독촉하는 바람에 엉겁결에 저애들하고 도망쳐왔거든요."

"굴속이라니?"

"철도 굴속 말이에요. 비행기 폭격에 살아남은 사람들이 철도밑 굴속으로 도망쳐 들어갔는데 미군들이 굴속 사람들에게도 총을 쐈어요. 거기서도 마을 사람들이 수없이 죽었거든요. 그래서 우리는 도망쳐왔어요."

점점 복잡하고 끔찍한 말이 터져나왔다. 터널 속의 이야기도 알고 싶었지만 지금 당장 중요하고 급한 것은 이 소년들을 데리고 피난하는 일이었다.

"그러니까 우리라도 살아남아야 하잖아. 남쪽으로 가자니까."

"싫어요, 싫어요."

"지금 미군과 인민군이 그곳에서 전쟁을 하고 있는데 어떻게 집엘 가냐? 위험해서 안 된다."

"갈 수 있어요. 산길로 오니까 군인들이 없던데요. 그 길로 돌아가면 괜찮을 거예요."

소년들과 헤어져 나는 그곳을 떠났다. 그리고 정공삼 집으로 돌아왔다. 사람들도 짐도 다 피난길을 떠나간 집 안은 너무나도 고적했다. 텅 빈 방바닥에 벌렁 드러누우면서 나는 소리소리 질렀다. '말도 안 된다. 말도 안 된다. 피난 가는 사람들을 왜? 무엇 때문에 죽였단 말인가. 비행기까지 동원해서 죽이고, 터널 속으로 피한 사람들까지 왜 죽였단 말인가.' 나는 주먹으로 방바닥을 몇 번이고 내리쳤다.

불현듯 아내 생각이 났다. 그녀와의 5년 반 결혼생활이 주마등처럼 머릿속을 지나갔다.

어수선한 세월 속에서만 살아온 결혼생활이었다. 그렇기에 평안한 날보다는 고통스러운 날이 더 많았던 세월이었다.

이러한 속에서도 아내는 나를 아끼고 도와주었다. 그리고 자신을 희생하며 참아주었다. 속상하는 일이 있어도, 피로해도, 병이 나서 고통을 받으면서도 그저 참고 도와주었다.

귀엽고 사랑스러운 내 아이들―, 다섯 살 난 구필이는 어린아이답지 않게 얼마나 의젓했으며 얼마나 재롱을 떨었던가. 고사리손으로 곧잘 내 등을 두드리며 업어달라고 애교를 떨던 두 살 난 구희.

그런데 이러한 내 아내와 아이들이 지금 불 속에 있는 것이다.

어쩌면 미군들에 의해 죽음을 당했을지도 모른다.

나는 몸부림을 쳤다. 치고 또 쳤다.

밤중 내내 악몽 속에서 헤매다가 눈을 떴을 때, 밖에는 신선한 아침이 찾아오고 있었다.

나는 또 시가지의 북단, 전날의 그 장소로 달려갔다. 오늘만은 꼭 가족들을 만나게 되기를 기원하면서. 그러나 그곳에는 사람의 그림자 하나 보이지 않았다. 남하해오는 피난민들의 발길이 뚝 끊겨져 있었다.

소개령이 내려진 시내에는 사람들이 거리 가득히 남쪽으로 남쪽으로 빠져나가고 있었고 도시는 점점 비어갔다. '젊은 남자들은 남쪽으로 가야 삽니다.' 포천에서 왔다던 그 청년의 말이 생각났다. 나는 역을 향해서 달렸다.

정차하고 있는 긴 화물열차 지붕 위에는 사람들이 하얗게 붙어 있었고, 플랫폼에도 사람들로 입추의 여지가 없었다. 역 직원들이 사람들 사이를 뛰어다니면서 "마지막 차편이 될 테니 빨리 올라타세요" 하며 소리소리 지르고 있었다.

한 시간 남짓 달린 후 열차는 대구역에 도착했다. 대구가 그 열차의 종착역이었으므로 사람들은 모두 열차에서 내렸다. 그러나 역 구내 밖으로 나갈 수가 없었다. 역 직원과 경찰관이 대합실로 나가는 출입문을 막고 있었기 때문이다.

"이봐요, 왜 이러는 거요?"

성미 급하게 생긴 한 청년이 역 직원을 향해 버럭 소리를 질렀다.

"지금 대구는 사람이 하도 많아서 터질 지경이래요. 그래서 피난민들을 다 밀양으로 보낸답디다. 조금만 기다리소."

역 직원의 대답이었다.

"언제까지 기다리라는 거요?"

"우리도 모르오. 지금 열차를 준비하는 중이니 조금만 기다리소."

"그 조금이 언제까지냐고 묻고 있지 않소?"

"……"

역 직원은 귀찮다는 듯 눈을 딴 곳으로 돌려버렸다. 그 청년이 아무리 소리쳐도 쳐다보지도 않고 대꾸조차 하지 않았다.

"왜 대답이 없어, 엉?"

"왜 우리를 무시하는 거야."

"건방진 자식."

다른 사람들도 역 직원에 대해 이렇게 왁자지껄 떠들어대다가 이내 조용해졌다.

사실 대부분의 피난민들은 꼭 대구 시내로 들어갈 필요가 있는 것은 아니었다. 어디를 가든 상관이 없는 떠돌이 신세가 된 사람들이었다. 그들은 플랫폼에 보퉁이를 내려놓고 그것에 기대어 앉거나, 그것을 베개 삼아 누워 대기 태세로 들어갔다.

이렇게 분위기가 가라앉았음을 보고 나는 자리에서 일어섰다. 배낭을 짊어지고 출입문께로 걸어갔다. 그리고 역전 광장으로 빠져나갔다. 경찰관도 역 직원도 나를 저지하지는 않았다. 그 길로 나는 대구형무소로 형을 찾아갔다.

형은 '피난 형무관 및 가족 수용소'에서 기거하고 있다고 했다.

형무소 담장 밖 정문 앞에 있는 무도장武道場을 수용소로 쓰고 있었는데 서울·춘천·청주·대전 등지에서 온 형무관과 그 가족들로 넓은 무도장은 초만원을 이루고 있었다.

이들 피난 형무관들은 전세가 호전되어 직장으로 복귀할 수 있을 때까지 대기하고 있었으나, 돌아갈 수 있는 날이 언제가 될지 막연해서 이들 모두는 정말로 무료하고 지루한 나날을 보내고 있었다.

한낮에도 이곳저곳에 모여앉아 화투를 치거나 트럼프 놀이를 하는 사람, 신문이나 잡지를 읽는 사람이 몇 사람 있을 뿐, 거의 모두가 낮잠을 자거나 그저 빈둥빈둥 뒹굴고 있었다. 그러다가 식사 때가 되면 이곳 형무소에서 제공하는 음식을 받아다가 배를 채웠다. 이것이 이들 생활의 전부였다.

4. 슬픈 해후

전쟁이 위급한 고비를 오르내리고 있는데도 신문은 발행되고 있었다. 타블로이드판 크기 한 장으로 된 신문은 전쟁에 관한 기사가 지면의 많은 부분을 차지하고 있었다. 매일 오후 2,3시경에 나이 어린 소년 판매원들에 의해 신문은 그 모습을 거리에 나타냈다. 소년들은 신문지 뭉치를 겨드랑이에 끼고 "내일 아침 신무운!"이라 외치면서 거리를 누볐다. 신문의 발행일자가 그 다음날로 찍혀 나왔기 때문에 이렇게 '내일 아침 신무운'이라고 외쳐 호객呼客을 했던 것이다. 신문팔이 소년들의 외치는 소리가 나기가 무섭게 수용소 사람들도 거리로 달려 나가 신문을 사들고는 전쟁 기사부터 읽었다. 언제쯤이나 고향으로 돌아가게 될 것인가 점쳐보기 위해서였다. 신문지상으로는 전선은 낙동강에서 교착되어 있었다. 피아간 일진일퇴를 거듭하고 있었으며 큰 변동을 보이지는 않고 있었다. 많은 유엔군들이 전쟁에 가담했는데도 전세가 좀처럼 호전되지 않아 우리 모두를 불안하게 했다.

1950년 7월 25일, 한국군과 유엔군은 대체적으로 하동河東 · 거창巨昌 · 김천金泉 · 함창咸昌 · 안동安東 · 영덕盈德을 잇는 선에서 인민군의 진출을 저지하는 데 성공했다. 이로써 최고조에 달했던 지연전의 난국을 일시적이긴 하지만 일단 타개할 수 있었다. 그러나 이 선은 방자防者의 입장에서 볼 때, 지형상 공자攻者의 진출을 효과적으로 저지할 수 있는 선이 되지 못했다.

이에 미 제8군 사령관은 방어에 유리한 낙동강洛東江 — 반변천半邊川 — 오십천五十川으로 연결된 지역에 새 방어선을 형성하여 이 전선에서 인민군의 공세를 막아내면서 반격을 위한 준비 태세를 갖추어나가기로 작정하고, 낙동강 전선으로의 철수 명령을 하달했다. 이때, 그는 미군 장병들에게 '이 이상의 후퇴는 있을 수 없으며, 이제는 더 물러설 수 있는 곳도 없다. 우리는 끊임없는 역습을 감행하면서 끝까지 싸워야 한다'는 요지의 훈시를 했다. 이것이 널리 알려진 워커 중장의 생사기로生死岐路의 명령이었다.

이에 한국군과 유엔군은 8월 1일부터 철수를 개시하여 대략 마산馬山 · 왜관倭館 · 영덕으로 연결된 약 240킬로미터에 달하는 방어선을 형성하게 되었다.

이 전선의 내곽지역은 부산을 기점으로 하여 남북으로 약 140킬로미터, 동서로 90여 킬로미터가 되는 긴 네모꼴을 이루고 있었으며, 당시 국군 5개 사단과 미군 3개 사단이 연합하여 방어 작전을 펴는 데 소요되는 기동 공간이 보장된 지역이었다.

한국군과 유엔군은 8월 1일부터 3일 사이에 왜관을 중심으로 한 남쪽의 남·서부전선에는 미군 3개 사단을, 그 이동以東의 중·동부전선에는 한국군 5개 사단을 각각 배치한 후, 이 전선 외곽지대에서 공세작전을 전개하게 될 인민군과 맞서 내선 작전으로 싸울 태세를 갖추어 나갔다. 이에 비해 인민군은 8월 1일부터 4일간에 낙동강 전선 외곽일대에 1개 전차사단으로 증강된 10개 보병사단을 전개하고 2개 사단의 예비 병력을 확보한 후 낙동강 전선 외곽에서 낙동강 방어선을 돌파하고 그 후방으로 진출하게 되는 외선 작전을 펼칠 준비를 하고 있었다.

그 즈음, 인민군이 점령한 지역에서 온 많은 피난민이 한국군과 유엔군의 작전 지역으로 몰려들고 있었다. 이리하여 7월 중순경부터 하순까지 사이에 낙동강 이남 지역으로 남하한 피난민은 약 38만 명에 달했으며, 7월 말부터는 하루 평균 2만 5천여 명의 피난민이 낙동강을 건너 대구 일대로 모여들고 있었다.

이때 인민군은 한국군과 유엔군이 이들 피난민들을 인도적으로 맞아들이는 틈을 이용하여 피난민 대열 속에 편의대便衣隊와 첩자들을 침투시켜 후방 지역을 교란시키는 일이 자주 일어났으며, 이보다도 이들은 전투 간에 수백 명의 피난민을 지뢰 지대로 몰아넣거나, 한국군 또는 미군 방어선 정면으로 걸어가게 한 다음, 총부리를 겨눈 전투 부대가 그 뒤를 따라 전진하는 악랄한 행동을 서슴없이 자행함으로써 작전상 차질이 빚어지는 사태가 일어나기도 했다.

이러한 상황을 방지하기 위해 미 제8군은 낙동강 전선이 형성된 이후에는 피난민의 남하를 제한했으며, 이로 인해 상당수의 피난민이 피해를 입었다.

내가 대구에 도착한 지 4,5일 후인 8월 1,2일경에 복종이가 그 동생 복희와 함께 수용소로 나의 형을 찾아왔다.

두 사람은 몰골이 말이 아니었다. 불과 7,8일 사이에 얼굴이 눈에 띄게 검고 수척해진데다가, 머리 위에서부터 발끝까지, 등에 지고 있는 배낭에까지도 먼지가 뽀얗게 앉아 있었다. 일견해서 그들이 대구까지 오는 동안 고생을 얼마나 많이 했는가를 짐작할 수 있었다.

"제기랄, 죽을 고생했네."

복종은 내어던지듯 배낭을 마룻바닥에다 내려놓으면서 투덜댔다.

"어찌 된 일이야?"

나는 한동안 그들 두 사람을 물끄러미 쳐다보다가 복종에게 물어보았다.

내가 고향을 떠나오던 날 '남쪽으로 가자'고 권했을 때 '형님 먼저 떠나세요. 저는 남아서 형편을 좀 보겠습니다'라고 말했던 그가 이렇게 갑자기 대구에 나타난 것은 틀림없이 김천에서 구식으로부터 들은 적이 있는 고향 사람들의 비극과 관계가 있을 것이라는 생각이 순간 뇌리를 스쳐 지나갔다.

내 말에는 대답도 하지 않고 복종이는 벽에 기대어 앉아 목덜미와 가슴팍의 땀을 열심히 닦고 있었다.

"어떻게 된 거냐구?"

복종이에게 대답을 재촉했다.

"고향 사람들 양키놈들에게 절딴 났어요."

그는 성난 음성으로 내뱉었다. 나는 마음속으로 '역시 그랬었구나'

생각하면서 또 말을 던졌다.

"그런데 대구까진 어떻게 올 수 있었지? 벌써 길이 막혔을 텐데."

"고령으로 해서 왔어요."

"고령으로?"

반문하자 복종은 그가 간직하고 온 끔찍한 이야기보따리를 풀기 시작했다.

내가 임계리를 떠나온 다음날인 7월 25일 해질 무렵에 10여 명의 미군들이 트럭을 타고 임계리 동구洞口 밖까지 들어왔다. 그때 동구 밖 느티나무 밑에서는 복종을 비롯한 5,6명의 청년들이 더위를 식히고 있었는데, 미군들은 청년들에게 남쪽으로 피난시켜줄 테니 사람들을 다 불러 모으라고 말했다.

연락을 받은 사람들이 마을과 산속에서 내려와 모여들기 시작했다.

그런데 미군들은 모여들고 있는 사람들 중에서 젊은 남자들 10여 명을 골라 인솔하고 걸어서 골짜기를 빠져나갔다. 그러곤 우리 고향 마을에서 황간 쪽으로 국도를 6,7백 미터 가량 행진해서 새재(鳥峴) 마을 앞에 이르자 이들 모두를 경부선 철로 너머로 끌고 갔다.

미군 장교 한 사람이 일본인 통역을 통해서 명령을 내렸다.

"모두 저기 움푹 파인 곳으로 들어가라!"

복종은 불길한 예감이 들어서 통역에게 말했다.

"왜 이러는 거요? 미군들이 우리를 오해하고 있는 것 같은데 우리는 공산주의자가 아니오. 모두 다 선량한 사람들이오. 이 가운데에는 대학생도 있고 공무원도 있소."

"……."

통역은 냉랭한 표정으로 듣고만 있었다. 복종은 통역에게 계속해서 말했다.

"나는 일본에서 자라난 사람이오. 후쿠오카 농업학교를 졸업하고 고국에 돌아와 농사시험장에 근무하고 있는 공무원이오. 이 사실을 미군들에게 말해주시오."

"통역하기가 참 거북한데……."

"뭐가 거북하단 말이오? 당신은 이쪽에서 말하는 것을 그대로 미군에게 전하기만 하면 되잖소? 잘 말해주시오."

통역이 미군들에게 한참 동안 영어로 이야기하자 그 장교가 말했다.

"그렇다면 모두 그곳에 한 줄로 엎드려라. 고개를 들어서는 안 된다. 만약에 고개를 드는 자에 대해서는 총을 쏠 테다. 내일 아침까지 엎드려 있다가 날이 샌 다음에는 집으로 돌아가도 좋다."

그로부터 10여 분이 지난 후 미군들과 통역은 철로를 넘어 국도 쪽으로 사라져갔다.

"저런."

내 입 속에서 무의식중에 탄성이 튀어나왔다. 복종이는 얼굴에 솟아나온 구슬땀을 또 닦아냈다.

"짧은 여름밤이 그처럼 길고 지루할 수가 없었어요. 날이 밝자마자 우리는 철로를 넘어 새재 마을 앞으로 내려왔죠. 미군들은 남쪽으로 후퇴한 뒤였고, 새재 마을에도 우리 동네에도 사람 그림자 하나 보이질 않았어요. 완전히 죽음의 세계였다구요. 전쟁 중에 이러한 순간, 이러한 공간이 있다는 것이 신기하게 생각되었어요.

우리는 임계리로 달려갔습니다. 그곳도 죽음의 마을이었어요. 넋을 잃고 우두커니 서 있을 때 부인 한 사람이 나타났어요. 이 마을에 있던 모든 사람들이 엊저녁에 미군들에게 인솔되어 남쪽으로 피난을 떠났다고 일러주더군요."

"음, 그랬었구나."

"그때 미군들로부터 풀려난 우리 일행 중에서, 가족들이 지금쯤 직지사나 김천 근처를 가고 있을 테니 쫓아가자고 말하는 사람이 있었어요. 어떻게 그들을 따라잡을 수 있겠느냐고 제가 말했더니, 그 친구가 마을 사람들 중에는 부녀자와 어린아이들이 많이 끼여 있어 보행이 더뎌서 그리 멀리는 못 갔을 테니 지름길로 가면 따라붙을 수 있다고 장담을 하더군요."

"임계리에서 직지사로 가는 지름길이 있던가?"

나는 복종이에게 물었다.

"있어요, 있더라구요. 큰 산의 재를 넘어간 다음 산길을 따라 동쪽으로 달음박질을 했어요. 쉽게 직지사에 닿을 수가 있었어요. 그날 오후 석양 무렵에 직지사 앞 국도 위에서 복희를 만났습니다."

"어허, 기적 같은 만남이었구나."

"참 우연이었어요. 반가웠어요. 어떻게 너만 여기에 있느냐고 복희에게 물어봤습니다. 그때 동생으로부터 동네 사람들이 양키들에게 비참하게 당한 이야기, 특히 철로 밑 터널 속에서 양키들의 무차별 총격에 많은 사람들이 죽어가고 있는 가운데 어머니께서 너만이라도 살아남아야 한다면서 복희를 밖으로 내보냈단 말을 들었습니다. 복희는 어둠 속을 필사적으로 기어서 위험 지대를 벗어났다잖아요."

"야, 복희야!"

복종의 이야기를 듣다 말고 나는 복희의 손을 덥석 잡았다.

"너 참, 운 좋게 살아왔구나. 그런데 너희 식구나 우리 가족들 가운데 희생자는 없었냐?"

나의 가장 큰 관심은 가족들의 안부였다.

"네, 형님. 제가 나올 때까지는 우리 가족도 외갓집 식구도 다 괜찮았어요."

나는 일단 안도의 숨을 내쉬었다. 복종은 하던 이야기를 계속했다.

"형님! 복희와 저는 김천을 향해 걸었어요. 온종일 물 한 모금, 밥알 하나도 입 속에 안 넣었지만 죽자 사자 걸었습니다. 날이 어두워진 다음에야 김천에 도착했습니다. 길가의 빈집에서 잠깐 눈을 붙인 후 동틀 무렵에 큰길로 나왔습니다. 피난민들이 고령 쪽으로 몰려가고 있더라구요. 그 중의 한 사람에게 물어보았어요. 왜관 쪽으로 안 가고 무엇 때문에 고령으로 가느냐고요. 그 사람의 대답이 그쪽은 미군들로 길이 막혔다는 거였어요. 우리도 고령을 향해서 열심히 걸었습니다."

"참 고생들 했구나."

나는 이 말 외에는 할 말이 없었다.

"우리는 드디어 고령에 도착했습니다. 낙동강을 건너는 다리가 폭격을 당하지 않고 아직도 남아 있다는 거였어요. 우린 그 다리가 있는 곳을 향해 서둘러 달려갔습니다. 저만치 앞쪽 다리 위를 많은 피난민들이 건너가고 있었어요. 그런데 말입니다. 미군 비행기가 갑자기 날아와서 다리를 폭격하지 않겠어요? 다리는 순식간에 폭파되고 많은 피난민들이 희생되었습니다."

"아아, 저런."

나의 입에서 긴 탄식이 흘러나왔다.

"다리가 폭파될 때 피난민들이 희생당하는 광경이나 다리가 끊긴 후 사람들이 강을 건너는 상황은 그야말로 아비규환이었어요. 다리가 폭파되자 피난민들이 벌떼같이 강물로 달려들어 건너려고 아우성을 쳤는데 소를 물속으로 몰아넣은 다음 그 꼬리를 잡고 건너가는 것은 행복한 편이었고요, 갓난아기를 안고 물에 들어갔다가 위험하게 되니까 그 아기를 물속에다 버리고 혼자서 강을 건너가는 부인이 있는가 하면, 강 중간까지 건너가다가 허우적거리며 익사한 사람도 있었어요."

"너희들은 어떻게 건넜지?"

"우리요? 강가를 여러 차례 오르내리며 수심이 얕고 건너기 쉬운 곳을 찾아냈죠. 그러곤 헤엄을 쳐 건넜어요."

두 형제는 그야말로 천신만고 끝에 대구까지 온 것이었다.

복종과 복희도 우리와 같이 수용소에서 지내기로 했다.

전쟁이 위급한 고비를 오르내리고 있는데도 신문은 발행되고 있었다. 타블로이드판 크기 한 장으로 된 신문은 전쟁에 관한 기사가 지면의 많은 부분을 차지하고 있었다. 매일 오후 2,3시경에 나이 어린 소년

판매원들에 의해 신문은 그 모습을 거리에 나타냈다. 소년들은 신문지 뭉치를 겨드랑이에 끼고 "내일 아침 신무운!"이라 외치면서 거리를 누볐다. 신문의 발행일자가 그 다음날로 찍혀 나왔기 때문에 이렇게 '내일 아침 신무운'이라고 외쳐 호객呼客을 했던 것이다.

　신문팔이 소년들의 외치는 소리가 나기가 무섭게 수용소 사람들도 거리로 달려 나가 신문을 사들고는 전쟁 기사부터 읽었다. 언제쯤이나 고향으로 돌아가게 될 것인가 점쳐보기 위해서였다.

　신문지상으로는 전선은 낙동강에서 교착되어 있었다. 피아간 일진일퇴를 거듭하고 있었으며 큰 변동을 보이지는 않고 있었다. 많은 유엔군들이 전쟁에 가담했는데도 전세가 좀처럼 호전되지 않아 우리 모두를 불안하게 했다.

　내 마음속엔 고향에 남아 있는 가족들에 대한 걱정이 하루 한시도 떠나질 않았다. 구식과 복희는 우리 가족들이 다 생존해 있었다고 전해주었지만, 이들은 미군의 총격이 터널 속으로 치열하게 가해지고 있는 속에서 그곳을 탈출했기 때문에, 그 뒤에도 전가족이 무사하리라는 보장이 없다는 불길한 생각이 들었다. 정말로 속타고 애끓는 나날이 계속되었다.

　이러한 가운데 세월은 흘렀다.

　8월 16일 오후, 신문팔이 소년들로부터 신문을 산 사람들은 목이 터져라 하고 환성을 질렀다. 미군의 B29 중폭격기 대편대가 그날 정오에 약목에서 구미에 이르는 넓은 지역에 융단폭격을 가해 적에게 일대 손실을 입혔다는 호외가 신문에 끼여 있었던 것이다.

만나는 사람마다 희색이 만면했고, 수용소 사람들 가운데에는 곧 고향으로 돌아가게나 되는 듯 부푼 가슴에 어쩔 줄 몰라하는 사람도 있었다.

8월 17일도 아침부터 수용소 안에는 이렇게 들뜬 분위기가 넘쳐흘렀다. 점심식사가 막 끝났을 때였다. 대구형무소 서무과 직원이 수용소로 형을 찾아왔다. 부산에서 장거리 전화가 걸려왔으니 서무과에 가서 받아보라는 것이었다. '부산에서 전화? 전화 걸 사람이 부산엔 없는데.' 이렇게 혼잣말을 흘리며 형은 궁금해하는 표정으로 형무소 안으로 들어갔다. 그리고 한참 뒤에 돌아왔다.
"형님! 누구 전화였어요?"
수용소 안으로 들어서는 형을 향해 나는 목청을 높였다.
"제수씨 전화더라."
"예? 제 처의 전화라고요? 어떻게 부산에서? 무슨 말을 하던가요?"
"다치셨다. 토성국민학교에 설치된 육군병원에 입원중이시란다."
"육군병원에 입원중이라고요? 어찌해서 부산까지 갔대요? 어딜 다쳤대요?"
어찌 된 영문인지 몰라 나는 가슴이 몹시 답답하고 당황스러웠다.
"모르겠어. 그걸 물어봤는데 대답을 들을 사이도 없이 전화가 끊겨 버렸어."
"다른 가족들 안부는 안 물어봤어요?"
"글쎄 전화가 끊겼다니까."

형의 표정이 굳어 있었다.

우리 네 사람을 둘러싼 분위기는 침통했다. 제각기 상상이 되는 대로 사건을 추리하며 말을 주고받았다. 그러던 중에 형이 내게 말했다.

"동생, 내일 아침 일찍 부산으로 내려가지."

"예, 그렇게 해야겠네요."

"군인과 경찰관·형무관 이외의 사람은 기차도 자동차도 탈 수 없으니까 걸어야 한다고."

"예, 알았어요. 형님."

"나도 며칠 후에 내려가겠으니 부산에서 만나자고."

"그렇게 하시지요."

이렇게 대화를 끝냈지만 나는 마음이 몹시 불안했다. 밤에도 깊은 잠을 이루지 못하고 뒤척였다. 그러다가 새벽녘에 천지를 뒤흔드는 폭발음에 눈을 떴다. 여러 발의 포탄이 터지는 소리였다.

날이 밝기가 무섭게 새벽의 폭발음에 대한 이야기가 수용소 안에 무성하게 떠돌았다. 형무소에서 관계 당국에 알아본 결과 인민군이 금호강변에서 대구역을 향해 박격포를 발사, 그 포탄 여러 발이 역 구내에 떨어진 사실이 밝혀졌다는 것이었다.

삽시간에 수용소 안이 동요하기 시작했다.

나는 예정대로 부산을 향해 떠나기로 하고 준비를 서둘렀다. 막 출발하려고 하는데 복종과 복희가 같이 가겠다고 따라나섰다. 우리 세 사람은 수용소를 나와 시내를 향해 걸어갔다.

온 시내가 발칵 뒤집혀 있었다. 대구의 전 시민이 쏟아져 나왔다고 생각될 정도로 거리에는 온통 사람들로 넘쳐났다. 그리고 이 사람들의 홍수는 남쪽으로 남쪽으로 흘러갔다. 6월 28일 한강교가 폭파되었을 때 서울에서 벌어졌던 혼란이 이곳에서 그대로 재현되고 있었다.

좁은 팔달교는 그 위를 건너가는 사람들로 금세 내려앉을 것만 같았는데 시내 쪽 다리목에서 헌병과 경찰관이 건너가는 사람들 중에서 군에 입대시킬 청년들을 추려내고 있었다.

다리를 건너 우리 세 사람이 한참 걸어왔을 때 지붕 위에 확성기를 설치한 승용차 한 대가 시내 쪽에서 달려오면서 외쳐대고 있었다.

"여러분! 대구는 안전합니다. 직장으로 가정으로 돌아가십시오."

우리는 대구에 가정도 직장도 있지 않은 몸인데다 부산에는 병상에 누운 아내가 우리를 애타게 기다리고 있을 터였으므로 남쪽을 향해 계속 걸음을 재촉했다. 해가 서쪽으로 한결 기울었을 무렵에 겨우 도착한 곳이 경산이었다. 온 들을 덮은 사과밭 사이사이에 끼여 있는 논배미에서는 벼이삭이 뾰족뾰족 올라오고 있었고, 논둑에 심어져 있는 콩 포기에는 버선 모양의 노란색 꽃들이 달려 있었다. 그간 내가 살아온 도회지에 비하면 너무나도 조용하고 아름다운 풍경이었다.

다리가 아파 더 이상 걸을 수가 없었다.

"오늘은 이곳에서 쉬고 가자."

이렇게 말하며 나는 끝없이 이어져나간 사과밭들의 어느 샛길로 앞장서서 들어갔다. 우리 세 사람은 꼬불꼬불 돌고돌아 정인식鄭仁植이라는 이름의 문패가 걸려 있는 초가집 앞에서 멈추어 섰다.
　나는 집 안쪽에다 대고 주인을 불렀다.
　"계십니까? 계십니까?"
　나이 예순이 조금 넘었을 성싶은 선비형의 노인이 걸어 나왔다. 노오란 안동포安東布 중의적삼에다 새하얀 맥고모자를 쓴 그는 우리 앞에까지 다가와서 부드러운 음성으로 말했다.
　"내가 주인이오만?"
　"피난 나온 사람들입니다. 하룻밤만 묵고 갈 수 없겠습니까?"
　"그러시지."
　그는 즉석에서 쾌락을 한 다음 자기를 따라오라며 앞장서 들어갔다.
　"이 방에다 짐을 푸시오."
　그가 미닫이문을 열자 장판을 새로 한 지 며칠이 안 된 듯 구수한 콩댐 냄새가 콧속으로 스며 들어왔다. 그리고 노란빛 장판 위에는 노란 저녁 햇살이 포근하게 쏟아지고 있었다.
　우리들은 지고 온 배낭을 베개 삼아 드러누웠다. 노인은 보릿짚을 한 아름 안아다가 미닫이문 아래 아궁이에 불을 지폈다.
　"통 쓰지 않는 방이 돼서 찰걸."
　혼잣말처럼 흘리는 그의 음성이 탁탁 보릿짚 타는 소리 사이로 들려왔다.
　잠깐 단잠에 곯아떨어졌던 나는 여인의 통곡 소리에 눈을 떴다. 대문 밖으로 나가 울음소리가 들려오는 쪽을 쳐다보고 있을 때 정 노인이 밖에서 돌아왔다.

"웬 통곡 소립니까?"

나는 노인에게 물어보았다.

"세상에, 저런 비극이 있나……. 오늘 오전에 군인들이 저편 솔밭에서 훈련을 하고 돌아갔지. 그때 그들이 수류탄 한 개를 흘리고 갔던 모양이라. 저 집의 아들 녀석 하나가 그걸 주워왔다나. 즈 에미가 그걸 다듬잇돌 위에다 놓고 망치로 톡, 톡 깐 모양이야. 그 집 어린 아들 3형제는 좋은 것이라도 나올 줄 알고 즈 에미 주위에 쭈그리고 앉아 바라보고 있었는데, 그만 쾅 하고 터진 거라. 네 식구가 다 폭사해버렸어. 방·마루·마당에까지 온통 피바다라. 팔·다리·창자·살점 들이 방과 마루에 즐비한 거여. 에이, 끔찍도 해라."

노인은 몸을 부르르 떨었다.

"아아, 그런데 울고 있는 저 여인은 누구죠?"

"죽은 부인의 여형이라. 참, 사람 많이도 죽는구먼. 공비한테 죽고, 전쟁에서 죽고, 저런 일로도 죽고. 우리 백성들이 전생에 얼마나 큰 죄를 졌기에 이토록 저주를 받는지, 쯧쯧."

한참 뒤에 정성껏 차린 저녁상이 들어왔다. 몹시 시장했지만 마을에서 일어난 그 비극 때문에 도무지 밥맛이 나지 않았다.

이튿날 우리가 길을 떠날 때 노인은 소쿠리에다 소복이 사과를 따가지고 왔다.

"이걸 바랑에다 넣어요. 이제 맛이 들기 시작했으니 먹을 만할 기요. 놔둬봤자 인민군이 들어오면 죄다 저들의 밥이 되고 말긴데."

"고맙습니다."

"원래 집 떠나면 어려움을 겪게 마련인데 앞으로 얼마나 고생이 되겠소. 부디 몸조심하고 피난 잘들 하소."

우리는 깊숙이 고개 숙여 인사를 하고 삽짝을 나섰다.

여러 발짝을 걸어 길이 꼬부라지는 모퉁이에서 뒤를 돌아보았을 때도 노인은 삽짝 밖에 서서 우리를 바라보고 있었다.

벌써 44년이 지난 옛날의 일이지만, 그해 7월 24일 피난을 나간 후 10월 2일 환향還鄕할 때까지 68일 동안 온돌방에서 잠을 잔 것은 이 사과밭 집과 부산의 여관, 그리고 귀로에 왜관의 여인숙에서 각각 하룻밤씩 3일 뿐이었기 때문에 지금도 당시 정 노인이 우리에게 베풀어 준 친절이 잊히지 않는다.

이날도 날씨는 맑게 개어 있었다. 구름 한 점 없는 하늘에서 쏟아져 내리는 햇볕으로 세상은 찔 듯이 더웠다. 길가의 풀들은 힘없이 땅에 깔리고 언덕의 칡넝쿨에 달린 잎새들은 금세 물에서 건져 넌 빨래처럼 축 늘어져 있었다.

걷노라면 땀이 쉴 새 없이 솟아나와 옷이 살갗에 붙어버렸다. 그리고 목이 타서 견딜 수가 없었다.

어느 소도시 가운데를 지나가고 있을 때 마침 장이 서고 있었다. 장터의 상점에 들어가서 큼직한 미제 빈 깡통을 하나 샀다.

"길 가면서 물을 잡수시려는 기요?"

상점 주인은 재빨리 눈치를 채고 이렇게 물었다.

"그렇소."

그는 친절하게도 깡통 위쪽에다 구멍 두 개를 뚫은 후 철사를 꿰어 손잡이를 만들어주었다. 나는 그 집 안마당 우물에서 깡통 가득히 물을 채웠다. 우리는 이 물을 마시면서 길을 걸었다. 세 사람이 목을 축이며 걷다 보니 깡통 물은 어느새 바닥이 나버렸다.

며칠 동안은 맑은 날이 계속되었다. 극성을 부리기 시작한 더위로 한낮에는 도저히 길을 갈 수가 없었다. 하는 수 없이 아침 일찍, 그리고 저녁나절에 길을 가기로 하고 낮에는 나무 그늘에서 더위를 피했다. 때로는 물에 들어가 목욕도 했다. 낙동강의 맑은 물은 우리가 가는 곳마다 천혜의 피서처가 되어주었다. 시장기가 들면 길가에서 돌짝을 쌓아올리고 냄비를 건 다음 마른 나뭇가지를 주워다가 불을 살랐다. 우리는 매일 이러한 여행을 계속했다.

극도로 줄어든 대한민국의 영역 안 방방곡곡에는 피난민들이 넘쳐 흐르고 있었다. 길이라고 생긴 길 위에는 어느 곳이고 이들이 떼 지어 유랑하고 있었고, 나무 그늘이라고 생긴 나무 그늘에는 어느 곳이고 나그네들로 가득했다.

민심은 극도로 메말라 있었다. 깡통을 채울 우물물을 주면서도 우거지상으로 마지못해 허락하고, 잠자리를 얻어드는 것은 아예 생각조차 할 수 없는 고약한 세상으로 변해 있었다. 우리 세 사람은 남들이 하는 대로 나무 밑에서 땅을 요로 삼고 공중에 뻗어 있는 나뭇가지들을 이불삼아 잠을 잤다. 비가 오는 때에는 잿간이나 물방앗간에서 하룻밤을 보내기도 했다.

이러다 보니 등가죽으로 스며드는 땅의 냉기 때문에 잠을 이룰 수가 없었다. 나는 어느 농가에 들어가서 가마니 한 장을 샀다. 그것을 뜯어 배낭 위에다 말아 얹었다. 노숙할 때 땅바닥에 깔 요량이었다. 더위 속을 걷다 보면 몸을 엄습하는 피로가 지팡이를 생각나게 했다. 길가 포플러나무에 올라가 알맞은 가지 하나를 골라 꺾어 그것을 짚고 걸었다.

이제 나는 완전히 거지꼴로 바뀌어 있었다. 생각해보라. 색이 바랜 맥고모자와 때에 찌든 상·하의, 거기에다 태양에 감둥이처럼 그을린 깡마른 얼굴, 짊어진 가마니와 손에 든 깡통, 나뭇가지로 만든 지팡이―, 이만하면 손색없는 거지 차림이 아니고 무엇인가.

우리는 어느덧 남성현 땅으로 들어섰다. 그날은 점심때부터 하늘에 구름이 끼기 시작했다. 후텁지근한 대기가 곧 비라도 한 줄기 내릴 것을 예고하고 있었다. 비가 내리기 전에 인가人家가 있는 곳까지 가야겠다고 우리 세 사람은 발걸음을 재촉했다. 마침내 도달한 곳은 철로 터널의 전면이었다. 두 줄의 레일이 휑하니 뚫린 터널 속으로 빨려 들어가고 있는 것이 멀리에서 보였다. 우리들이 밟고 있는 길은 그 터널을 덮은 동산 오른쪽 등성이로 뻗어 올라가고 있었다. 이 등성이를 넘으면 남성현 역전에 이른다는 것이었다. '그곳에는 인가가 모여 있을 것이다. 비가 오면 그 마을에 들어가서 피하도록 하자.' 이런 생각을 하며 걸음을 서둘렀다.

그런데 이게 웬일인가. 터널 입구의 바로 옆쪽 도로 위에 사람들이 가득 모여 있는 게 아닌가. 남행하는 일체의 사람들을 그곳에서 막고 있다는 것이었다. 무장한 경찰관이 터널 입구와 도로가에 버티고 서 있었다. "상부의 엄명이라면서 고집불통이여." 피난민들 속에서 누군가가 말했다. 북쪽으로부터 사람들은 계속 내려오는데 앞길은 막혀 있었다. 날이 어두워지기 전에 모여든 사람만도 5,6백 명은 족히 되어 보였다. 이곳에서 영락없이 밤을 보내게 되었다고 생각한 사람들은 길 왼편, 철로 아래쪽의 개울 바닥으로 내려갔다.

모래사장과 자갈밭 이곳저곳에 밤나무 여남은 그루가 띄엄띄엄 서 있을 뿐 그 부근에 인가는 한 채도 보이지 않았다. 이 들판에서 사람들은 삼삼오오 떼를 지어 앉기도 하고 드러눕기도 하며 피로를 풀고 있었다.

하늘은 너무도 무심했다. 이 고달픈 나그네들 위에 비를 뿌리기 시작했다. 처음에는 보슬비더니 시간이 흐름에 따라 빗방울은 점점 굵어져갔다. 옆에서 돌을 고이고 냄비를 걸어 저녁밥을 짓던 한 젊은 친구는 비에 불이 꺼지자 신경질을 내며 자갈밭에다 냄비를 엎어버렸다. 대부분의 사람들은 저녁도 굶은 채 말없이 앉아 있었다. 우산이나 우의를 갖춘 사람은 불과 몇 사람일 뿐 대부분의 사람들은 빗속에 몸을 내맡기고 있었다. 나는 배낭 속에서 우의를 꺼내 입었으나 헛일이었다. 목 부분으로 흘러 들어오는 빗물로 이내 옷이 젖어버렸다. 저녁마저 굶은 나그네들은 모두 물에 빠진 생쥐처럼 되어 앉아 있었다.

밤 10시경이었던가. 그곳 경찰 지서주임이 순경 한 사람과 함께 나타났다. 그리고 호각을 불며 모든 사람을 자기 앞으로 모이라고 했다. 키가 유달리도 작은 지서주임은 어둠 속에서 군중을 향해 거수경례를 붙였다. 그리고 소리를 높여 인사를 했다.

"저는 남성현 지서주임 도종환이올시다."

시끌시끌하던 들판이 조용해졌다. 모든 사람은 그의 말에 귀를 곤두세웠다.

"여러분에게 너무 고생을 시켜드려서 대단히 죄송합니다. 부산으로 사람들이 너무 많이 모여드는 통에 그곳 사정이 매우 곤란해졌다고 합니다. 그래서 어느 누구고 간에 남하하는 것을 이곳에서 막으라는 상부의 엄명입니다. 양해를 바랍니다."

그의 말이 채 끝나기도 전에 이곳저곳에서 불평이 터져 나왔다.

"이봐, 지서주임! 이런 빗속에 허허벌판에서 밤을 새우라는 거여? 도대체 그 엄명을 내린 자가 누구여, 엉?"

"빌어먹을 녀석들, 즈들은 방 안에서 편히 쉬고 잘 처먹으니까 피난민들 고생을 모른단 말여. 여보, 지서주임! 우리를 인가 있는 곳으로 빨리 보내주쇼. 우리가 이렇게 비 맞고 있다는 걸 상부의 그자에게 보고하란 말여. 엉, 알겠어?"

연달아 터져 나오는 불평에 지서주임은 "네, 네. 알겠습니다. 상부에 보고하겠습니다"를 연발하면서 어둠 속으로 사라져갔다.

비는 계속 내렸다. 줄기차게 내렸다. 바람마저 불기 시작했다. 풍세風勢가 몹시 사나웠다. 밤나무 가지들이 바람에 밀려 부러질 듯이 몸부림을 쳤다. 추위가 몸속으로 스며 들어왔.

문득 내 머릿속에 학창 시절에 들었던 칸타타「순례자의 노래」가사가 생각났다.

이 세상 나그네 길은 지나는 순례자.
인생의 거친 들에서 하룻밤 머물며
환난의 궂은 비바람 모질게 불어도
......
천국의 순례자 본향을 향하네.
이 세상 지나는 동안에……
괴로움이 심하나 그 괴로움으로 인하여 천국 보이고
......

나는 가사에서 스스로 감동을 느꼈다. 그 감동이 뼛속 깊이 파고 들어왔다.

인생의 거친 들에서 하룻밤 머물며
환난의 궂은 비바람 모질게 불어도

나에게는 그 밤의 나의 현실이 순례자의 위치인 양 착각되었다.
피난민들은 모두 입을 굳게 다물고 있었다. 들리는 건 비바람 소리일 뿐 사위는 죽음의 벌판같이 적막했다.
사람들은 이런 속에서 하룻밤을 보냈다.

하늘은 심술쟁이였다. 우리 모두를 흠뻑 적시고 덜덜 떨며 밤을 꼬박 지새도록 한 다음에야 비를 멈추게 했다.

다음날 아침은 언제 비가 왔더냐는 듯이 활짝 개었다. 상쾌한 아침이 찾아온 것이다. 시간이 지나면서 태양은 우리의 젖은 옷들을 말려주었다.

정오가 가까워질 무렵이었다. 지서에서 연락이 왔다. 남쪽으로 가도 좋다는 것이었다. 만수滿水의 봇물이 둑을 터뜨리고 분류奔流하듯 사람들은 등성이를 향해 앞을 다투어 내달았다.

남성현역 앞 광장에도 모병소가 설치되어 있었다. 맨땅 위에 책상 하나를 놓고 그 옆에는 '모병소'라고 쓴 팻말을 세워놓고 있었다. 책상 저편에 육군 중위 한 사람이 앉아 있었고, 사병 두세 명이 그 곁에 서서 그를 돕고 있었다.

입대를 원하는 청년이 다가가면 사병은 그를 장교 앞으로 인도했다. 중위는 그 청년에게 몇 마디 질문을 던진 다음 책상 위의 종이를 청년 앞으로 밀어냈다. 청년은 책상 앞에 엎드려 글씨를 몇 자 적었다. 아마 본적·주소·성명·나이 정도를 적었을 것이다. 이러한 광경을 바라보며 나는 모병소 앞을 지나가고 있었다.

그런데 복종이가 돌연 내 손을 꽉 잡았다.

"형님! 저는 군에 입대하렵니다."

그의 입술이 미세하게 떨리고 있었다.

"……"

갑작스러운 그의 말에 나는 큰 충격을 받아 할 말을 잊고 말았다.

"형님, 고향에 돌아가거든 어머님께 말씀 잘 드려주세요. 복희도 잘 부탁합니다. 부산 가서 아주머니 만나 피난 잘 하세요."

복종은 괴나리봇짐을 벗어 복희에게 건넸다. 그리고 뚜벅뚜벅 모병소 쪽으로 걸어갔다. 이내 입대 지원자 대열 속으로 들어섰다. 이곳에 올 때까지 '군 입대'에 대해 말 한마디 않던 복종은 이렇게 훌쩍 군문으로 들어간 것이다.

나와 복희는 한쪽 팔을 잃은 기분으로 그곳을 떠났다.

그날 밤은 어느 작은 시골 마을에서 맞았다. 동네 청년들이 올벼를 베어낸 논 가운데로 피난민들을 인도했다. 그곳에서 밤을 새라는 것이었다. 피난민 속에 간첩이 섞여들 수 있으니 특별히 경계를 잘 하라는 관청의 지시가 있어 그리 하는 것이라고 한 청년이 말했다. 죽창으로 무장한 청년 대여섯 명이 지키는 속에서 사람들은 잠자리를 보았다. 나는 가마니를 깔고 복희와 나란히 드러누웠다. 그리고 우의를 꺼내 얼굴부터 내리덮었다. 가을을 눈앞에 바라보고 있던 계절이라 일교차가 심해 차가워진 밤공기는 내 몸에서 발산되는 온기로 우의 안쪽에서 응결되었다가 얼굴 위로 뚝뚝 떨어졌다.

'이래서는 안 되는데, 이래서는 안 되는데. 전쟁이 아무리 위급하다 해도 사람을 이렇게 마구 대해서는 안 되는데.' 나는 마음속에서 몇 번이고 이렇게 되뇌었으나 참을 수밖에 별 도리가 없었다. 2,30명의 사람들이 다 묵묵히 참고 있는데다가 나는 갈 길이 바쁜 몸, 시비를 걸어봤자 이득될 것이 하나도 없을 것이라는 생각이 들었기 때문이었다.

부산이 가까워지고 있었다. 나의 발걸음은 가벼워졌다. 어느 산모퉁이를 돌았을 때 오른쪽으로 넓은 들이 질펀히 퍼져 있었다. 바람이 불

적마다 풍요를 전주前奏하는 황록색 물결이 파도치는 논밭 저 건너편 야산 밑에 초가집 네댓 채가 아스라이 보였다. '아아, 축복받은 땅이여.' 나도 모르게 장탄식이 터져 나왔다. 나는 부지런히 걸었다.

그때 굵직한 목소리가 귓전을 스쳤다.

"쉬었다 가슈."

나는 소리가 난 쪽을 돌아보았다. 산 밑 팽나무 고목 아래에 10여 명의 청년들이 앉아 있었다.

"쉬었다 가요."

서른이 조금 넘어 보이는 사나이가 얼굴에 미소를 띠어 보였다. 나는 발끝을 돌려 그들이 있는 곳으로 걸어 들어갔다.

"어델 가시오?"

그 사나이가 앉은 채로 나를 올려다보았다.

"부산에요."

"아이고-, 맙소사."

그는 양손을 자기의 이마 앞까지 쳐들고 살래살래 흔들었다.

"왜요?"

나는 배낭을 벗어던지며 털썩 땅바닥에 퍼질러 앉았다.

"정부에서 피난민을 막고 있소. 구포 삼거리에서 말이오. 우리도 그곳까지 갔다가 허탕을 쳤단 말이오."

천신만고 끝에 이곳까지 왔는데 정작 부산에 들어갈 수 없단 말인가. 나는 하도 어이가 없어 하늘을 올려다보았다. 면양같이 생긴 흰 구름 떼가 남쪽으로 남쪽으로 가볍게 흘러가고 있었다.

그때 여러 명의 피난민들이 남쪽에서 걸어 올라왔다.

"저 사람들 보슈."

나에게 말을 걸었던 사나이가 말했다.

"도무지 안 들어먹습디다."

나무 그늘로 앞장서 들어오는 키 큰 청년의 얼굴에 화가 넘쳤다.

"부산에 가봤자 반겨줄 놈 없구, 난 깨끗이 단념했어."

그 뒤를 따라 들어서는 청년이 괴나리봇짐을 팽나무 뿌리 근처에다 휙 던졌다.

"내 뭐랍디까?"

나하고 이야기하던 사나이가 싱글싱글 웃었다.

"대구 쪽으로 되돌아가는 거여."

앞장서서 걸어 들어온 청년의 말투에 아직도 화가 남아 있었다.

나는 일어서면서 그 키 큰 청년에게 물어보았다.

"여기에서 구포가 먼가요?"

"조금만 더 가면 되오. 저 모퉁이를 돌면 바로 구폰걸. 헌병과 경찰이 지키고 있어요. 아 글쎄, 개미 새끼 한 마리도 못 들어가게 하잖아요."

그 청년이 풀 위에 벌렁 드러누우면서 대답했다.

밀짚모자를 눌러쓰면서 나는 신작로로 나섰다. "킥킥" "히힛" 뒤쪽에서 웃음 소리가 들렸다.

김해 쪽에서 뻗어나온 길이 다리를 건너와 여남은 채의 초가집들로 이루어진 마을 앞에서 그곳을 지나는 경부간 국도와 합류하는 곳이 바로 구포 삼거리였다. 휘발유 드럼통을 두 동강으로 쪼개어 삼거리 한복판에 엎어놓고 한쪽에는 경찰관이 다른 쪽에는 헌병이 올라서서 자동차가 지날 때마다 호각을 불며 손짓·발짓을 신명나게 하고 있었고, 피난민들 2, 30명이 멀찌감치 모여 서서 두 사람의 동작을 지켜보고 있었다.

어깨에 삽을 멘 청년이 마을에서 나왔다. 드럼통 옆을 지나가며 그는 꾸벅 머리를 숙였다. 드럼통 위의 헌병이 눈웃음을 보냈다. 청년은 유유히 다리를 건너갔다. 이번에는 아낙네가 다리를 건너왔다. 포목 보따리를 머리에 이고 있었다. 부산 쪽으로 발길을 돌렸다.

"봐요, 봐요."

경찰관이 큰 소리로 말했다. 여자가 흠칫 멈춰 섰다.

"신분증 좀 봅시다."

여자는 품속에서 조그마한 종이때기를 꺼내보였다. 경찰관은 삑— 호각을 불면서 남쪽으로 손을 흔들었다. 아낙네는 부산 쪽으로 총총히 떠나갔다.

피난민들 속에서 청년 세 사람이 나섰다.

"가보자."

그들은 고개를 푹 숙이고 길가를 따라 걸어갔다. 등 위의 배낭들이 머리보다 높은 곳에서 춤을 추고 있었고 맥고모자의 챙이 세 사람의 얼굴을 가리고 있었다.

"이봐, 이봐. 삐익— 삐익—."

날카로운 음성에 이어 호각 소리가 높았다. 세 사람이 멈춰 서서 고개를 번쩍 들었다.

"어델 가아?"

헌병의 눈초리가 매서웠다.

"부산에요."

세 사람의 입에서 거의 동시에 말이 튀어나왔다.

"안 돼, 돌아가."

헌병은 대구 쪽으로 되돌아가라고 손짓했다. 세 사람은 머뭇거렸다.

"빨리, 빨리. 삐익— 삐익—."

돌아서는 얼굴들 위에 불평이 가득했다. 그들이 모여 서 있는 피난민들 쪽으로 접근해가자 경찰관이 또 언성을 높였다.

"뭣들 하고 있소. 빨랑 다들 돌아가잖고. 삐익— 삐익— 삐익—."

피난민들은 왔던 길로 되돌아갔다.

그러나 나는 그 자리에 남아 있었다. '눈앞에 부산을 보고 돌아설 수는 없잖아.' 혼잣말로 중얼대면서 나는 경찰관 앞으로 걸어 나갔다.

"뭐야?"

경찰관이 소리쳤다.

"부산 좀 보내주소."

나는 가야만 하는 사정을 이야기했다.

"안 된다니까요."

"난 꼭 가야겠소. 어찌 안 갈 수가 있소?"

"뭣이?"

경찰관의 안색이 변했다. 그는 드럼통에서 내려서서 내 앞까지 걸어왔다.

"돌아가라는데두."

"꼭 가야만 할 사정을 말했잖소."

나와 그 사이에 시비가 벌어졌다. 그때 등 뒤에서 내 소매를 잡아끄는 사람이 있었다.

"저리 갑시다."

이렇게 말한 그는 마흔 살 가량 되어 보이는 사복 차림의 사나이였다. 그가 앞장서서 들어간 곳은 다리 입구 옆의 작은 초소였다.

"난 형사요. 부산엘 꼭 가야 한다구?"

날카로운 눈초리로 나를 쏘아보았다.

"아내가 육군병원에 입원해 있다는 연락을 받고 만나러 가는 길이오."

"신분증을 좀 볼까요?"

그는 들었는지 못 들었는지 내 말에 대해선 아무 대꾸도 하지 않고 손을 내밀었다. 나는 도민증을 꺼내어 그의 손바닥에 얹어주었다. 그는 도민증의 사진과 내 얼굴을 번갈아 쳐다보았다.

"이 속에 있는 것, 죄다 내놔봐요."

이번에는 그의 손바닥이 내 배낭을 두세 번 가볍게 쳤다. 나는 손에 잡히는 대로 배낭 속에서 물건을 주섬주섬 꺼내어 먼지투성이의 책상 위에다 늘어놓았다. 누렇게 변색한 칫솔, 다 찌부러진 치약 껍데기, 때 투성이의 러닝셔츠와 팬티, 거무죽죽하게 녹슨 수저와 젓가락……. 이 모두가 피난생활에서의 고생이 너무나도 역력하게 배어 있는 물건들이었다. 그는 내의를 집어들고 펼치려 했다. 그때 종이 한 장이 초소 바닥으로 떨어졌다.

"이건 뭐야?"

형사는 그것을 주워 올렸다. 그 종이는 내가 이곳까지 오는 동안, 어느 나무 그늘에서 아내의 부상에 괴로워하는 심정을 생각나는 대로 시로 적어보았던 쪽지였다. 그는 숨을 죽이고 그 내용을 읽어 내려갔다.

"부인이 걱정되겠구려……. 빨리 가서 만나보시오."

형사는 다 읽고 난 다음 종이를 책상 위에 놓으면서 부드럽게 말했다. 나는 내 귀를 의심했다. 한동안 그의 얼굴을 쳐다보고 서 있었다.

"요 앞의 초가집 샛길을 빠져나가면 저기 높은 철도 밑으로 가게 되오. 철도 밑으로 나 있는 길을 쭉 따라가면 부산 시내로 들어가게 되어 있소."

형사의 손가락이 토담 밑의 길을 거쳐 경부선 철로의 높은 둑을 가리켰다.

철로 둑 밑의 소로는 며칠 전까지만 해도 피난민들이 어지간히 지나다녔던 모양으로 잡초들 뿌리 위에 윤이 반질반질 나 보였다.

길에 연해서 줄지어선 전봇대마다 헤아릴 수 없이 많은 종이때기가 어지럽게 붙어 있었고 그 종이마다에는 '김수길 피난민 수용소로 오라, 형 수철' '춘천 이상국 범일동 숙부 댁으로, 父' 등 갖가지 사연을 담은 글들이 적막한 길을 향해 가족을 애타게 부르고 있었다.

고갯마루 위에 올라섰을 때 부산 시내가 한눈에 들어왔다. 이때 미군 탱크와 대포·지프·트럭 등을 가득 실은 길고긴 화물열차가 우렁찬 기적 소리를 울리며 발밑의 철길 위를 북쪽으로 달려가고 있었다.

우리 두 사람은 고갯길을 내려와서 거리를 열심히 걸었다. 걷고 있는 동안에 날이 저물었다. 땅거미가 밀려오는 길 양쪽에는 전등이 하나둘 켜지기 시작했다. 언덕길을 중간쯤 올라갔을 때 눈앞에 여관이 보였다. 우리는 그 현관으로 들어섰다.

"어서 오시이소."

소년이 사무실 문을 밀고 고개를 내밀었다.

"방 있나?"

"예, 있심더. 올라오시이소."

방으로 들어가자마자 소년은 숙박계를 가져왔다.

"여기에다 주소와 이름을 써주시이소."

"허허, 어지간히 서두르기도 하는구나."

나는 쓴웃음을 지었다.

"관청에서 단단히 받아놓으라 합디더. 간첩을 조심하는 모양이래요."

저녁상을 물릴 때 나는 소년에게 말했다.

"내일 아침은 안 먹는다."

"왜요?"

"그럴 이유가 있어."

나는 또 쓴웃음을 지었다.

다음날 아침 일찍 소년은 아침상을 가지고 들어왔다.

"아침 안 먹는다고 했잖아."

내가 이렇게 말하자 소년은 싱긋 웃었다.

"괜찮심니더. 주인께서 아침밥값은 안 받겠으니 염려 말고 잡수시랍니더."

내 지갑이 빈 것을 여관 주인이 눈치챈 것 같아 창피스러운 생각이 들었다.

아침식사 후 우리는 여관을 나왔다. 토성국민학교 정문에 임시로 마련된 위병소에는 사병 두 사람이 앉아 있었다. 나는 찾아온 사유를 말하고 아내의 이름을 댔다. 접수부의 기록을 살피면서 책장을 넘기던 사병이 말했다.

"5일 전에 퇴원했습니다."

"나갔다구요? 어디로요?"

"제5육군병원으로 옮겼습니다. 그리로 가보시죠."

그는 표정 없는 얼굴로 접수창구의 유리문을 닫았다.

우리 두 사람은 길을 묻고 또 물으며 뛰다시피 걸었다. 마침 제5육군병원의 위병소 안은 비어 있었다. 나는 정문 안쪽으로 뛰어 들어갔다. 복도로 올라가서 입원실을 기웃거리며 안쪽을 살폈다. 아래층 입원실에서는 민간인 부상자들만이 눈에 띄었다. 물씬물씬 풍겨 나오는 약 냄새 속에서 붕대로 칭칭 감은 팔다리 등이 어지럽게 보였다.

세 번째 입원실 앞에 이르렀을 때 목발을 짚은 젊은 여자가 창밖으로 상반신을 내밀며 물었다.

"누굴 찾아오셨어요?"

"박선용이오."

"박선용 씨요? 아이고, 어쩌나? 퇴원했는데요."

"퇴원했다구요? 언제요?"

"3일 전에요. 여기에서 이틀간을 지내다가 그날 아침 일찍 나갔어요."

나는 눈앞이 캄캄해졌다. 이 넓은 시내의 어디로 갔단 말인가? 이렇게 생각하며 한동안 우두커니 서 있었다. 여자들 두세 사람이 복도로 나와 내 둘레로 모여들었다.

"박선용 씨 남편이래. 3일 전에 퇴원한 그 젊은 새댁 있잖아."

목발의 여자가 입원실 안에서 말했다.

"오오라, 그렇군. 한 발짝 늦으셨네."

그들의 시선이 내 얼굴로 집중되었다.

"어디로 갔나, 모르시죠?"

나는 목발 짚은 여자를 쳐다보았다.

"아 참, 피난민 수용소로 갔어요. 이제 생각이 나네."

내 곁의 여자 하나가 말했다.

"퇴원한다기에 정문까지 따라가 보았어요. 군용 지프에 세 사람의 퇴원자가 올라타더라구요. 어디로 가느냐고 운전병에게 물어봤더니 영도 피난민 수용소로 간다고 말하던데요."

"어서 그리로 가보세요. 빨리 만나보세요."

재촉을 한 것도 목발의 여자였다.

영도다리 앞에 도착했을 때 두 번째 교각과 세 번째 교각 사이의 다리 상판床板이 하늘로 들려 올라가 있었다. 돛단배들이 그 사이를 분주하게 빠져나갔다. 상판이 제 위치로 내려앉을 때까지 기다리는 시간이 너무나도 지루했다. 다리를 건너 20분 가량을 달렸던가. 해동중학교 정문에 '피난민 수용소' 간판이 걸려 있었고, 학교 전체가 피난민들을 위해 제공되어 있었다.

　나는 수용소 안으로 들어서며 마당에서 뛰놀고 있는 어린아이들을 열심히 바라보았다. 그들 속에 끼여 있을지도 모르는 내 아이들을 찾았다. 그러나 구필이와 구희의 모습은 그곳에 보이지 않았다.

　이번에는 아내를 찾기 시작했다. 교사의 왼쪽 끝에서 오른쪽 끝까지, 그리고 오른쪽 끝에서 왼쪽 끝까지 교실 안을 들여다보며, 화초들이 짓밟혀 망가져 있는 교사 추녀 밑의 화단 위를 왔다 갔다 했다. 어두컴컴한 교실 안 이곳저곳에 쌓여 있는 짐 보따리들 사이사이로 사람들이 시루 속의 콩나물같이 박혀 있었다. 그 속에 아내의 얼굴은 보이지 않았다. 복도에도 올라가보았으나 그곳에도 없었다. 초조와 불안을 안고 뒷마당으로 돌아갔다. 수도 바닥에서 여자 4,5명이 빨래를 하고 있었고, 그 둘레에서 10여 명의 여자들이 이야기를 하고 있었다.

　아—. 그 속에 아내가 끼여 있는 게 아닌가. 상·하박上下膊이 L자로 굳어져 있는 오른쪽 팔뚝을 붕대로 왼쪽 어깨에 걸쳐 맨 야윈 얼굴, 어딘가 애처로워 보이는 아내의 모습이 그곳에 있었다. 나는 달려가며 아내를 불렀다.

　"여보!"

　그 순간 아내도 나를 보았다. 그녀도 나를 향해 달려왔다. 그리고 얼굴을 내 가슴에 파묻고 흐느껴 울었다.

　"애들은 어디 있소?"

　나는 아내의 얼굴을 들여다보았다.

　"……"

아내는 흐느끼기만 했다.
"여보, 어디 있냔 말이오?"
"……."
아내는 소리를 높여 울었다. 그녀의 등이 크게 파도쳤다. 나는 아이들이 죽었을 것이라는 불길한 예감을 했다. 이 예감의 뒤를 따라 걷잡을 수 없는 비감이 나의 골수 속으로 파고들었다. '이제 내 생애의 모든 행복은 끝이 났다.'

5. 두 얼굴의 미군

내가 피난길을 떠나온 7월 24일 오전부터 임계리에 들어가 있던 사람들(내 아내와 아이들을 포함한 우리 마을 사람들과 타처에서 온 사람들)은 산으로 들어가서 제각기 거처를 만들기 시작했다. 나무를 베어오고 왕새와 억새풀·칡넝쿨 등을 거두어와서 큰 나무 밑에 우로를 피할 초막을 지었다. 해가 저물었다. 산속 사람들은 하루의 피로를 풀기 위해 잠자리에 들었다. 그러나 밤중부터 전개되기 시작한 놀라운 상황 때문에 이들은 잠을 잘 수가 없었다. 도시와 촌락에 불이 붙은 듯 멀리 서쪽 하늘이 여러 곳에서 빨갛게 타오르기 시작한데다가 '쿠웅- 쿠웅-' 울리는 진동에 이어 이들의 머리 위와 저 아래 마을 위 하늘에 불덩어리가 포물선을 그리며 날기 시작한 것이다. 그 불덩어리는 먼 곳에 떨어지며 세상을 피멸시켜버릴 것 같은 폭발음을 냈는데, 그 소리가 골짜기에 메아리쳐 몇 겹으로 고막을 두들겼다. 그리고 그때마다 멀리에서 수목이나 촌락이 타오르는 화염이 어둠을 뚫고 눈 속으로 들어왔다.

내 아내 박선용은 눈물을 흘리며 우리 고향 마을 사람들을 비롯한 수많은 피난민들이 미군에게 무참하게 살상당한 이야기와 나의 사랑하는 아들딸 구필이와 구희도 억울한 희생자들과 운명을 같이했다는 슬픈 소식, 그리고 자기 자신이 그 위험 속에서 구사일생으로 살아나온 경위에 대해 말해주었다.

그 비극적인 사건에 대해 쓰기 전에 먼저 당시 사건이 일어나기까지의 배경을 살펴보고, 이어 이 잔학한 살상이 벌어진 현장 이야기를 적기로 한다.

이 사건의 배경 설명은 아무래도 대전 함락 광경으로부터 시작하는 것이 좋겠다.

'7월 20일 아침 대전 주변에 포진된 거친 방어선이 끊임없이 위축되는 가운데 치열한 포성을 들으면서 딘 소장을 비롯한 미군 장병들은 잠을 깼다. 시내 곳곳에서 불길이 하늘 높이 일고 있었고, 불타는 초가지붕 냄새와 화약냄새가 서로 다투듯이 코를 찔렀다. 사기가 죽은 방어부대의 병력들은 시중市中으로 후퇴해 들어오기 시작했고, 시市를 포위한 적의 화선火線은 차츰 더 조여지고 있었다.

이어 날이 새자 곧 미 제24사단장 딘 소장은 인민군 탱크가 시중에 들어와 있다는 보고를 받았다. 그는 탱크 사냥을 하기로 결심했다. 적 탱크 두 대는 방향을 바꾸어 그들이 있는 쪽으로 다가오기 시작했다. 바주카포 사수는 겨냥을 했으나 너무 떠는 통에 그가 발사한 포탄이 탱크 몇 야드 앞쪽에서 터지고 말았다.

그러고 나서 딘 일행은 허겁지겁 그곳을 피했다.

한편, 농부들의 흰 옷으로 변장한 수백 명의 인민군들이 시중으로 침투해 들어오고 있었다. 일단 시중에 들어서면 그들은 농민의 옷을 벗어던지고 미군에게 총격을 가했다. 얼마 지나지 않아 도처에 저격병이 깔렸다.

미군 장교들은 본부 요원과 보조 부대 병력을 동원해서 그들의 소탕을 시도해보았지만 성과는 극히 적었다. 바주카병은 딘이 가리킨 곳을 겨냥해서 로켓포를 발사했다. 포탄은 포탑과 몸뚱이의 접합점에서 탱크 안으로 뚫고 들어갔다. 탱크 안에서 끔찍한 비명 소리가 들렸다. 그럭저럭 하다 보니 긴 하루 해도 저물었다. 딘은 시내에서 철수해야 할 때가 온 것을 알았다.

딘의 지프는 길 위에 멈춰 서서 불을 뿜는 트럭들 사이로 요란한 소리를 내며 달렸다. 운전병은 전속력을 냈고 한 구역을 더 간 곳에서 어느 교차점을 그냥 지나갔다. 딘의 부관 클라크 중위가 고함을 질렀다.

"지나왔다!"

그러나 저격수들이 퍼붓는 총탄이 도로의 사방을 누비고 있었다. 이제 지프의 방향을 돌린다는 것은 불가능한 일이다……. 산속에서 길을 잃고 헤매어 다니면서 우군 진지에 닿으려는 노력을 35일이나 거듭하다 빌 딘은 한국인들에 의해 인민군에게 밀고되었다.

7월 20일 야간에 대전을 철수, 영동을 지키던 미 제24사단의 각 부대는 7월 22일 정오, 진지를 제1기병사단에게 인계했다. 죽미령 이후 17일간의 전투에서 미 제24사단은 백 마일을 밀려난 셈이었다. 상실한 물자만 해도 1개 보병사단을 완전히 무장시키기에 충분한 물량이었다. 인원 피해는 전 병력의 30퍼센트에 달했고 그 중 많은 수가 고급장교였다. 행방불명이 된 장병 수는 2,400명이 넘었다.

그러나 24사단이 투입되지 않았던들 그 나머지 미군 병력이 한국에서 자리를 제대로 잡지도 못했을 것이다. 딘 장군이 대전에서 워커 장군을 위해 얻은 며칠 동안이 없었던들 부산의 최종 방위는 아마 실패로 돌아갔을 것이다.

일본에서 온 제25사단, 제1기병사단, 제7연대 등 다른 각 사단도 전선에 배치되면서 제24사단과 같은 허약성을 보였다.

그 중의 어느 한 사단도 장비 면에서나 훈련 면에서 또 정신 면에서 임전 태세를 갖추고 있지는 못했다.

7월 말 한국에 투입된 미군의 다른 사단 젊은이들도 군인이 되려는 의지를 갖지 못했다는 점에서는 제24사단의 젊은이들이 그랬던 것과 다를 바 없었다. 그들은 적의 제도에 대해서 적개심을 품지 않았고, 거기에 항거하려는 의욕도 느끼지 않았다. 그들은 그들의 나라가 세계에서 차지하는 위치를 이해하지 못했고 또 자기네 정부가 취하지 않을 수 없는 노선도 이해하지 못했다. 정부는 정부대로 그 군대의 변모한 모습을 파악하는 데 오랜 시간이 걸려야 했다. 군인은 규율과 훈련에 의해서 싸우고 시민은 동기와 이념에 의해서 싸운다. 그 어느 한쪽도 구비치 못한 미군이 그 정도나마 싸울 수 있었다는 것은 놀라운 일이다······.' (미국인 작가 T. R. 페렌바크, 『실록 한국전쟁』 참고參考)

'당시 미 제1기병사단의 방어 편성은 영동을 중심으로 대전 방향 7킬로미터 지점에 제8기병연대 1대대를, 무주 방향 3킬로미터 지점에 동 제3대대를 배치하고, 영동 동측방에는 제5기병연대를 배치했다. 위 제1대대는 7월 23일 아침에 인민군이 우회하여 후방으로부터 공격해 옴에 따라 남쪽으로 후퇴했고, 7월 24일에 인민군이 미 제8기병연대 제2대대 퇴로를 차단했기 때문에 7월 25일 아침에 미 제8기병연대의 진지는 완전히 유린되어 막대한 장비와 인명 피해를 내고 후퇴했다.

이 와중에도 미 제5기병연대는 그들이 배치되어 있던 영동 동측방에서 7월 26일 여명부터 수백 명의 선량한 피난민을 횡대로 벌려 세우고 전차와 총검으로 위협하여 지뢰 지대로 내몰아 지뢰를 폭파시키면서 접근하는 인민군 제9연대에 맞서 7월 28일까지 완강히 진지를 방어했다'고 우리 육군사관학교 발간의『한국전쟁사』는 기술하고 있다.

그런데 우리 마을 사람들을 비롯한 수많은 피난민들이 미군들에 의해 살상당한 것은 7월 26일 정오경부터 7월 29일 정오경까지 영동 동측방 12킬로미터 지점에 위치한 영동군 황간면 노근리 앞 경부간 철도변 일대에서였다.

나는 위 전쟁사를 읽으면서 우리 가족을 비롯한 여러 희생자들과 위 전쟁사에 기록된 미 제5기병연대와의 사이에 어떠한 관련이 있는 것이 아닌가 하는 생각을 갖게 되었다.

지금 나는 이러한 생각을 떨쳐버리지 못하는 가운데에서 이 글을 쓰고 있는 것이다.

노근리 사건은 1950년 7월 25일부터 7월 29일까지 5일간 충청북도 영동군 황간면 노근리 앞 철도 좌측에 서 있는 철로의 경사도傾斜度를 표시하는 팻말로부터 서쪽으로 약 200미터 떨어진 경부선 철도 위와 바위를 깎아내린 산기슭까지를 합한 약 400m² 넓이의 지역과 그 철도 및 쌍굴 일대一帶에서 발생한 사건이다.

내가 피난길을 떠나온 7월 24일 오전부터 임계리에 들어가 있던 사람들(내 아내와 아이들을 포함한 우리 마을 사람들과 타처에서 온 사람들)은 산으로 들어가서 제각기 거처를 만들기 시작했다. 나무를 베어오고 왕새와 억새풀·칡넝쿨 등을 거두어와서 큰 나무 밑에 우로를 피할 초막을 지었다.
  해가 저물었다. 산속 사람들은 하루의 피로를 풀기 위해 잠자리에 들었다. 그러나 밤중부터 전개되기 시작한 놀라운 상황 때문에 이들은 잠을 잘 수가 없었다.
  도시와 촌락에 불이 붙은 듯 멀리 서쪽 하늘이 여러 곳에서 빨갛게 타오르기 시작한데다가 '쿠웅— 쿠웅—' 울리는 진동에 이어 이들의 머리 위와 저 아래 마을 위 하늘에 불덩어리가 포물선을 그리며 날기 시작한 것이다. 그 불덩어리는 먼 곳에 떨어지며 세상을 파멸시켜버릴 것 같은 폭발음을 냈는데, 그 소리가 골짜기에 메아리쳐 몇 겹으로 고막을 두들겼다. 그리고 그때마다 멀리에서 수목이나 촌락이 타오르는 화염이 어둠을 뚫고 눈 속으로 들어왔다.
  이 불덩어리는 남에서 북으로, 북에서 남으로 쉴 새 없이 날고 있었는데 이제껏 이러한 일을 경험한 적이 없던 사람들에게 그것은 놀랍고도 공포스러운 현상이었다.

"어허, 대포 쌈을 하는 모양이구나."

"야단났구나, 야단났어. 우린 어떡한다지?"

사람들은 이곳저곳에 모여앉아 말을 주고받으며 불안 속에서 하룻밤을 지새웠다.

날이 밝아 7월 25일.

새벽녘부터 그 공포의 현상은 멎었다. 그러나 일찍부터 산속을 떠나가는 사람이 여러 집 있었다. 가족도 단출하고 짐도 적은 사람들이 재를 넘어간 것이다.

"오늘밤도 그럴 테니 어디 살겠어? 하여간 재를 넘고 보는 거여. 임산리에 머물든지, 여차하면 지례나 고령 땅까지 가보는 거라구."

"미군들 땜에 신작로로는 남쪽으로 갈 수 없으니 재를 넘을 수밖에."

그들은 이런 말을 남기며 떠나갔다. 그러나 많은 사람들은 그대로 남아 있었다. 가족이 많아 꼼짝달싹 못하는 우리집과 같은 처지에 있는 가정이나 앞날을 낙관하는 사람들이었다.

해가 지기 훨씬 전부터 여자들은 저녁 준비를 서둘렀다. 어둡기 전에 식사를 끝내기 위해서였다. 수십 곳에서 나뭇가지를 뚫고 올라가는 취사 연기가 숲 위쪽 하늘 꽤 넓은 범위에 구름처럼 자욱하게 끼어갔다.

돌연 경비행기 한 대가 날아왔다. 이 비행기는 고도를 낮추면서 몇 번이고 몇 번이고 이 피난민들이 모여 있는 지역 상공을 맴돌았다. 계곡 물 웅덩이에서 미역을 감던 아이들은 주먹만 하게 보이는 조종사를

5. 두 얼굴의 미군　143

향해 손을 흔들며 환호성을 올렸다.

비행기가 사라진 지 두세 시간이 지난 해거름에 한 패의 미군이 트럭을 타고 임계리로 들이닥쳤다. 이들은 때마침 동구 밖 느티나무 밑에서 더위를 식히고 있던 5, 6명의 청년들에게 다가갔다. 그리고 지휘자인 성싶은 미군이 일본인 통역을 통해서 말했다.

"트럭에 태워 남쪽 안전지대로 피난시켜줄 테니 모두들 집합하라고 전해주시오."

연락을 받은 사람들은 산속에서, 마을에서 동구 밖으로 모여들기 시작했다. 그 전날부터 불안 속에서 지내왔던 터라 그들은 앞을 다투어 모여들었다. 순식간에 느티나무 밑과 그 둘레의 풀밭, 그리고 밭뙈기 위까지도 사람들로 꽉 찼다. 5, 6백 명은 실히 됨직한 인원이었다.

미군들은 모이고 있는 사람들 중에서 청년 10여 명을 골라 먼저 떠나보내고, 나머지 사람들도 걸어서 출발케 했다.

적지 않은 노인과 어린아이들이 끼여 있는 이 집단은, 짐을 잔뜩 실은 소와 달구지까지 끌고 미군이 시키는 대로 어두운 밤길을 걸어갔다. 미군들은 시종 집단의 전후좌우에서 인도도 하고 감시도 했다.

집단의 걸음은 너무나도 소란스럽고 너무나도 느렸다. 노인들의 신음과 어린아이들의 울음소리, 돌부리에 걸려 넘어지는 여인의 비명 등으로 몹시 시끄러웠고, 사람마다 힘에 부치도록 등에 지고, 머리에 인 짐들 때문에 그들의 걸음은 느릴 수밖에 없었다.

미군들은 야광 손목시계를 들여다보며 빨리 가도록 재촉을 해댔으나 아무리 독촉을 받아도 속도를 낼 수 없는 집단이었다. 급기야 미군들은 욕설까지 내뱉기 시작했다.

"갓뎀, 갓뎀!"

주곡리 앞 도로로부터 피난민들이 인솔자 없이 국도를 따라 동쪽으로 1.5킬로미터쯤 걸어갔을 때 나타난 미군 병사들은 사람들을 도로 오른쪽의 하천 바닥으로 내려가라 했다. 사람들은 영문을 몰라 꾸물댔다. 그러자 미군들은 '갓뎀'을 연발하며 사람들을 떠밀고, 발로 차고, 소를 하천 쪽으로 끌어당기면서 그것에 붙잡아맨 달구지를 도로 둑 아래쪽으로 밀어붙였다.

소와 달구지가 굴러 떨어지면서 그 위의 사람과 짐이 하천 바닥으로 데굴데굴 굴렀다.

그곳은 당시 군에서 임시 비행장으로 쓰고 있던 영동읍 하가리下加里 앞 일대가 된다.

모두를 땅바닥에 엎드리게 한 다음 한 미군 병사가 소리를 높여 외쳤다.

"오늘밤은 이곳에서 새도록 한다. 어느 누구도 이곳에서 이탈해서는 안 된다. 고개를 들어서도 안 된다. 날이 샐 때까지 엎드린 채로 있어야 한다."

총을 든 미군 여러 명이 이들 둘레에서 감시하는 가운데 밤이 깊어갔다.

도로 위에는 군용차량들이 흙먼지를 일으키면서 꼬리를 물고 남쪽을 향해 달려갔다. 공중에서는 전날 밤과 같이 불덩이들이 난무하고 있었고, 멀리에서와 가까이에서 포탄이 무서운 굉음을 내며 작렬했다.

5. 두 얼굴의 미군

날이 샜다. 해가 떴다. 악몽의 밤이 지난 것이다. 그런데 희한한 일이었다. 포성은 멎고 도로 위에는 차량 한 대, 사람의 그림자 하나 보이지 않았다. 둘레에서 감시하던 미군들의 모습도 어느새 사라지고 눈에 들어오지 않았다.

사람들은 이제야 제정신으로 돌아왔다. 처음 두세 사람이 속삭이듯 시작한 이야기가 어느덧 소란으로 변했다. 앞으로 취할 행동에 대해 의견이 백출했다.

"나는 집으로 돌아가겠네."

"피난은 동네에 가서 하겠어."

이렇게 말하며 여러 가정이 오던 길을 되돌아갔다. 그러나 대부분의 사람들은 남쪽으로 가자고 의견을 모았다.

인솔자 없는 집단은 도로 위로 올라갔다. 그리고 태양의 열기가 작열하기 시작한 길을 따라 남쪽을 향해 걸어갔다. 목이 타고 연신 솟아나오는 땀에 옷이 흠뻑 젖었으나 그들은 참고 걸었다. 오직 남쪽으로 한시라도 빨리 가야겠다는 일념만으로 열심히 걸었다. 그 전날 저녁식사에 이어 아침식사도 거르고 하가리 앞 하천바닥을 떠나온 사람들이었다. 배고픔에다 먼 길을 걸은 데서 오는 피로까지 겹친 사람들이었다. 이들 위에 한낮의 폭염이 무자비하게 내리쬐고 있었다. 모두들 기진맥진했으나 그래도 참고 걸었다.

구필이가 갑자기 길가에 주저앉으면서 울어댔다.

"아가! 왜 울어, 응?"

내 아내는 구필이 곁으로 달려갔다.

"엄마! 아파. 여기가 아파."

가느다란 집게손가락이 오른쪽 발바닥을 가리켰다. 빨갛게 익은 발바닥 앞쪽이 꽈리처럼 말갛게 부풀어 있었다. 아내는 어린것이 한쪽 발에 신을 신지 못한 채 맨발로 걸어온 것을 깜빡 잊었던 것이다.

"아이쿠, 어쩌면 좋으냐, 구필아! 많이 아프지?"

아내는 이마에서 땀방울을 떨어뜨리면서 구필이를 안아 올렸다.

"왜 그러냐? 왜?"

아버지가 쇠고삐를 놓고 달려왔다.

"아 참, 어젯밤 개울에서 신 한 짝을 잃어버렸었지."

아버지는 그제야 생각이 난 듯 이렇게 말하며 검은 고무신 한 짝만을 신고 있는 손자를 등에 업고 소 곁으로 달려갔다. 그때까지 지고 왔던 보퉁이를 길가에 버려두고 고삐를 잡았다.

피난민 집단은 또 열심히 걸었다. 서송원리 앞에 당도했을 때 미군 병사 4,5명이 전면에 나타났다. 그들은 길을 막아 세운 다음 사람과 소 모두를 철도 위로 끌고 올라갔다. 그리고 철로를 따라 대구 방향으로 유도하기 시작했다. 피난민 집단이 노근리 앞까지 갔을 때 앞에 5,6명의 미군 병사가 나타나 일행의 행진을 정지시킨 후 소지품 검사를 시작했다. 위험물을 가지고 있는 자는 한 사람도 없었다. 검사가 끝날 무렵 미군 통신병이 무전기로 어딘가에 연락을 취했다.

사람들은 영문을 몰라 우두커니 서서 가슴을 풀어헤치거나 부채질을 하고 있었다. 더러는 뙤약볕 밑에 가족끼리 모여 앉아 보따리를 풀어서 요기를 하기도 하고 소 그늘에 앉아 더위를 피하기도 했다.

인간사냥 제1막

이때 남쪽 하늘 저 멀리에서 경비행기 한 대가 날아왔다. 그 비행기는 피난민 집단 위를 몇 바퀴 맴돌다 돌아갔다. 잠시 후 이번에는 쌕쌕이(미 극동 공군의 일원으로 미군을 돕기 위해 한국 내에 파견되었던 호주 공군 전투기) 두 대가 나타났다. 그것이 집단의 머리 위에 접근해오자 피난민들을 감시하고 있던 미군 병사들은 후다닥 멀리로 도망쳐 달아났다.

그 순간 쌕쌕이에서 검은 물체가 떨어져 내려왔다. 쾅— 쾅—! 그 물체는 사람들 가운데에서 폭발했다. 폭풍이 일면서 흙과 자갈이 하늘로 치솟고, 인체人體와 소가 선혈을 흩뿌리면서 사방으로 날았다.

옹기종기 둘러앉아 식사하던 일가족 모두가 폭탄에 찢기고 혹은 증발되었으며 어느 가족들은 육체가 산산이 부서져 순식간에 피와 살점과 뼛조각이 그 일대에 널렸다. 그들의 손가락과 수저와 창자, 그리고 밥그릇과 음식물이 핏속에서 뒤범벅이 되었다.

"악."

"윽."

"아이고오."

"어머니이."

헤아릴 수 없는 비명들이 폭발음과 어우러져 염천炎天을 진동시켰다. 살아남은 사람들은 시체가 즐비하게 널려가는 철도 위에서 우왕좌왕 도망쳐 다녔다. 기총소사의 총탄과 폭탄은 이들 위로 계속 날고 떨어졌다. 살아남은 피난민들이 철도 밑 터널 속으로 숨어들어간 얼마 뒤에 쌕쌕이들은 남쪽으로 사라져갔다.

　미군 장병들은 쌍굴 남쪽 출입구로부터 남쪽으로 약 300미터 떨어진 언덕, 잔솔 사이에 기관총을 설치하고, 쌍굴 안 피난민들이 더위를 참지 못해 밖으로 나가기만 하면 기관총을 발사, 살상하곤 했다.
　이렇게 되자 쌍굴 안 사람들이 쌍굴 북쪽 출입구께로 우루루 몰려갔다. 그리고 이들이 쌍굴 밖으로 나가기만 하면 미군 병사들은 노근리 동쪽 언덕, 쌍굴 북쪽 출입구로부터 약 300미터 떨어진 곳에다 기관총을 설치하고 발사, 이들을 살상했다.

　(1) 양해찬의 가족들은 미군 전투기의 폭격을 피해 철도변의 아카시아 숲 깊숙히 숨어들어갔다. 해찬의 조모를 중심으로 둘레에 해찬의 형·동생과 해찬 및 그의 손위 누이 해숙이가 앉아 있었다. 마침 그때 전투기로부터 투하된 폭탄이 아주 가까운 거리에서 폭발, 해찬의 조모·형·동생 이렇게 3명이 사망하고, 전투기의 기총탄환이 해찬 어머니의 아랫배를 스쳐 지나가고 그녀의 발목은 폭격 때 날아온 파편에 맞아 부상을 입었다.
　해찬이도 왼쪽 허벅다리와 정강이의 여러 곳에 폭탄의 파편을 맞아 가벼운 부상을 입었다.
　양해숙은 가족들과 함께 앉아 있었는데 폭격의 폭풍이 그녀의 후두부에 엄청난 충격을 주어 안구가 튀어나와, 그것이 끈과 같은 것의 끝에서 흔들거렸다.

"어머니, 아파, 아파서 죽겠어!"

그녀는 큰 소리로 외치며 괴로워했다.

"어머니, 눈이 흔들려서 아파. 이 눈을 어떻게 하면 좋아?"

"해숙아! 어머니도 몸의 여러 곳을 다쳐서 위험하단다. 네 자신이 어떻게든 해봐라."

해숙은 안구를 잘라 떼어서 아카시아 숲 밖으로 던져버렸다. 어린 해찬은 양손으로 어머니와 손위 누이의 손을 잡고 미군 병사의 감시를 받으며 노근리 쌍굴을 향해 걸어갔다.

(2) 정신웅의 가족들은 피난민 집단의 서쪽 철로 위에 앉아 있었다. 폭격이 시작되자 신웅의 어머니 남희용이 소리를 질렀다.

"신웅아, 빨리 엎드려라. 빨리!"

그녀는 재빠르게 아들을 끌어당겨 두 레일의 한가운데에 엎드리게 했다. 신웅의 양쪽에 2명의 딸과 젖먹이 아들을 엎드리게 한 다음 희용은 장녀에게 말했다.

"영희야! 이 아이들 위에 빨리 엎드려라!"

"안 돼요. 어머님이 엎드리세요."

"빨리!"

"어머님이 엎드리시라니까."

서로 양보하다 어머니가 아이들을 껴안는 것 같은 자세로 아이들 위에 엎드렸다. 영희는 양쪽 팔을 벌리고 자신의 몸으로 어머니의 등을 덮었다.

희용은 폭격의 굉음을 들으면서 마음속에서 기도를 드렸다.

"신령님! 아이들을 살려주세요. 꼭 살려주세요."

폭격이 끝나자 희용은 침목 위에 굴렀다. 영희는 힘없이 어머니 등에서 떨어져 레일 바깥쪽 자갈 위에 길게 누웠다. 두 사람의 몸 이곳저곳에 피가 흐르고 있었다. 희용은 피곤하고 고달픈 소리로 아이들의 이름을 불렀다.

"신웅아!"

"응, 어머니!"

장남은 살아 있었다. 한숨을 돌리고 그녀는 또 이름을 불렀다. "영희! 옥희! 정자! 진구!" 대답이 없었다. 대답할 아이들이 모두 살아 있지 않았던 것이다. 희용은 울고 싶은 것을 참고 일어서려고 발버둥이쳤다. 몸이 말을 듣지 않았다.

"신웅아, 어머니를 도와줘!"

"……"

신웅은 어머니의 손을 잡고 끌어당겼다. 어린 소년의 힘으로는 어찌할 도리가 없었다. 아들의 팔에서 흐르는 피를 보고 희용은 입술을 깨물었다.

'겨우겨우 후계자만은 살아남았다.' 시체가 된 4명의 아이들 앞에서 그녀는 통곡하면서 말했다.

"신웅아! 목이 탄다. 시냇가로 가자!"

"예, 어머니."

신웅은 오른쪽 손으로 비틀거리는 어머니의 오른쪽 손을 잡아 일으키고 어머니는 왼쪽 손으로 아들의 어깨 위를 꼭 잡은 채 태양의 열기로 탈 듯이 뜨거워진 레일을 따라 걸어갔다. 노근리 앞에 있는 큰 쌍굴 앞 시냇가까지 갔다.

엎드려서 물을 마시던 희용의 머리가 물속에 힘없이 박혔다. 그리고 바로 숨을 거두었다.

(3) 정구헌은 철로의 자갈을 베개로 하고 땅바닥에 누워 얇은 이불을 뒤집어쓰고 자고 있었다. 폭격소리에 놀라 눈을 떴을 때 한가족 5,6명이 앉아 있던 그의 발밑이 우묵하게 파여 있고 사람이 다 증발한 듯한 사람도 보이지 않았다. 그는 쌍굴 쪽을 향해서 달렸다. 달리면서 미군 지상병들이 살고자 우왕좌왕하고 있는 피난민들에게 소총 사격을 하고 있는 것을 보았다. 상처를 입고 신음 소리를 크게 하고 있는 사람을 사격하는 것도 보았다.

인간사냥 제2막

살아남은 사람들은 시체가 즐비하게 널려 있는 철도 위에서 우왕좌왕 도망쳐 다녔다.

"근용아! 금용아! 구필아!"

내 아버지는 가족들을 불러대며 뛰었다. 그러나 그들의 모습은 보이지 않았다. 저만치 떨어진 곳에 있는 움푹 파인 웅덩이 안에 한 소년이 엎드려 있는 것이 보였다. 아버지는 그곳으로 달려갔다. 소년의 등 위에는 몸체에서 떨어져 날아온 어린아이의 목이 하나 얹혀 있었다. 내 아들이 아님에 실망하고 있을 때 쌕쌕이가 또 날아왔다. 폭탄이 떨어지고 기총탄이 날아왔다. 아버지는 도로를 향해 달려 내려갔다.

다른 사람들도 철도 아래 도로로, 도로 우측 냇가로 도망쳤다. 기총소사의 총탄과 폭탄은 이들 위로 계속 날고 떨어졌다.

살아남은 피난민들이 철도 밑 터널 안으로 숨어들어간 얼마 뒤에야 쌕쌕이는 남쪽으로 사라져갔다. 철도 위와 그 아래 도로 바닥, 그리고 도로 우측 냇가는 피로 바다를 이루었고, 갈기갈기 찢기고 절단된 사람과 소의 시체가 즐비하게 널려 있었다. 이 폭격에서 우리 집 황소는 목 부분에 직격탄을 정통으로 맞아 머리는 날아가고 목에서 선혈을 분수처럼 내뿜으며 짐을 실은 채 맥없이 쓰러졌으나 다행히 가족들은 소와 떨어진 거리에 있었기에 무사했다. 다만 내 아내는 오른쪽 팔꿈치에 작은 파편이 관통하는 상처를 입었다.

살아남은 사람들, 온몸에 흙먼지와 핏방울을 뒤집어쓰고 있는 자들이 터널 안에서 넋을 잃고 있을 때 복희를 선두로 4, 5명의 사람들이 터널 안으로 들어섰다. 이들도 모두 머리에서 발끝까지 흙먼지가 뽀얗게 앉아 있었고 얼굴은 하나같이 공포에 일그러져 있었다.

"어데 있다 이제 오니?"

내 고모는 달려가서 아들을 얼싸안았다.

"저 아래 철도 밑의 작은 굴 안에 들어가 있었는데 미군 병사가 끌어내서 이곳으로 데리고 왔어요."

복희가 울먹였다.

이때 미군 위생병 2명이 두리번거리며 터널 안으로 들어왔다. 그리고 그들은 부상자들을 치료했다. 내 아내의 팔꿈치에도 약을 바르고 붕대를 감아주었다.

그때 연희대학 사학과 2학년에 재학 중이던 정구일鄭求一이 미군 위생병 앞으로 다가갔다. 그리고 영어로 말했다.

"우리는 공산주의자가 아니고 양민이다. 무엇 때문에 이렇게 죽이느냐? 우리는 남쪽으로 피난가기 위해 여기까지 왔다. 빨리 보내달라."

위생병은 머리를 좌우로 저었다.

"대전에서 피난민을 가장한 인민군에게 우리 미군이 엄청나게 당했다. 따라서 의심나는 피난민은 모두 죽이라는 상부의 엄명이 내려졌다."

"우리의 어디가 의심나느냐? 우리는 양민이니 제발 상부에 잘 얘기해서 안전한 곳으로 가게 해달라. 부탁한다."

"······."

위생병은 차디찬 표정으로 터널을 빠져나갔다.

인간사냥 제3막

쌍굴 안팎에서 피난민들에 대해 학살을 자행한 주역主役은 미군 제1기병사단 제7연대 제2대대 H중대(중화기중대) 장병들이었다. 이 7연대는 요코하마(橫浜)를 출항한 후 헤렌Hellen 태풍을 만나 같은 사단의 제

5, 8기병연대보다 4일 늦게 영일만迎日灣에 상륙했다. 연대 병력 중에서 제2대대는 인민군과 교전 중이던 제5, 8기병연대를 원호하기 위해 영동永同으로 진격하라는 명령을 받았다. 그들이 육로를 통해서 달려가는 사이, 영동 읍내에서 전투 중이던 제5, 8기병연대의 병력은 동쪽으로 후퇴를 시작하고 있었으므로 그들은 영동 읍내로부터 3킬로미터 동쪽에 있는 제궁동齊宮洞 426고지의 중복에 진지를 구축했다. 그러나 7월 26일의 이른 아침, 이 부대는 인민군과 전투다운 전투도 하지 못하고 동쪽으로 후퇴했다.

이렇게 후퇴한 제2대대는 서송원리 앞 및 노근리 앞 철도변 일대에 배치되었다.

그들은 그곳에 포진한 후 약 10시간 뒤에 하가리 노숙지를 떠나 후방을 향해 가고 있던 피난민들을 서송원리 앞에서 맞이했다. 그리고 이들을 노근리 앞 철도 위로 인도했다. 그런 후에 전투기를 불러서 공중과 지상 합동으로 피난민들을 살상한 것이다.

바람 한 점 없고 뙤약볕이 내리쬐는 복더위 속의 터널 안은 숨이 막히도록 더웠다. 참다 못한 한 여자가 터널 밖으로 나갔다. 그런데 이내 총성이 울리고 그녀는 땅바닥에 쓰러졌다. 잠시 후 총성이 또 울리면서 이번에는 터널 반대쪽 출입구께로 총탄이 날아왔다. 그곳에 서 있던 한 남자가 그 자리에서 쓰러졌다. 그와 함께 있던 사람들이 터널 가운데로 우르르 몰려갔다.

미군 병사들은 터널의 양쪽 출입구에서 약 300미터 떨어진 두 고지 위에 기관총을 설치하고 터널 출입구에 조준을 맞춘 다음 사람이 밖으로 나가기만 하면 기관총탄을 발사하곤 했다. 사람들은 더위를 참지 못해 잠시라도 총소리가 안 들리면 바람을 쐬러 밖으로 나갔다. 그러고는 날아오는 총탄에 맞아 죽었다.

철도 위의 폭격에서 살아남은 사람들은 노근리 앞 철도 밑의 큰 쌍굴 안으로, 혹은 폭격 현장 밑의 작은 터널 안으로 숨어들었다. 그런데 미군 병사들은 이 작은 터널 안에 있는 사람들을 향해 총을 난사하면서 끌어내어 큰 쌍굴 안으로 밀어넣었다. 입추의 여지도 없이 꽉 들어선 쌍굴 안의 사람들에 대해서 미군 병사들은 7월 26일 오후 3시경부터 기관총 사격을 하기 시작했다.

학살자들은 이번에는 쌍굴의 양쪽 입구로부터 약 100미터 떨어진 곳에 기관총을 설치, 사격을 계속했다. 터널 출입구 부근에 있던 사람들이 먼저 사살되었다.

밤이 되어도 미군 병사들의 사격은 그치지 않았다. 터널 안에 있는 사람들이 계속해서 죽어갔다.

시간이 지남에 따라 희생자가 늘어갔다. 하루해가 저물고 쌍굴 안에도 어둠이 찾아왔다. 이 어둠 속으로 두려움이 광풍같이 임하고, 절망이 폭풍처럼 엄습했다. 생존자들은 앉은 자리에서 빌기 시작했다. 각자의 의존자를 불렀다. 기독교 신자는 여호와를 불렀고 불교 신자는 부처를 찾았다. 천신과 지신에게 애원하고 조상신에게 외치는 사람도 있었다. 죽음을 앞에 둔 사람들의 울며 호소하는 기도 소리가 터널 속에 가득 찼다.

이때 내 아내는 성경 속의 한 구절을 생각했다.

―내가 사망의 음침한 골짜기를 다닐지라도 해를 두려워하지 않을 것은 주께서 나와 함께 하심이라. 주의 지팡이와 막대기가 나를 안위하시나이다…….(시편 23편 4절)

그녀도 사망의 음침한 골짜기 한가운데에 있는 자기 자신 및 함께 환난을 당하고 있는 모든 사람들을 지켜주십사 하고 신에게 눈물로써 간구했다. 자기 일생에 이처럼 엄숙하고 이처럼 처절한 시간은 없었다고 그녀는 지금도 종종 이야기를 한다.

어느 때나 시간은 어김없이 흐른다. 기쁠 때도 슬플 때도, 평온할 때도 위급할 때도 시간은 에누리없이 흐르는 것이다. 이날 밤도 그랬다. 이 처참한 속에서도 밤은 깊어가고 있었다.

모처럼 적막이 계속되자 사람들은 긴장을 풀고 졸기 시작했다. 그런데 갑자기 기관총이 또 불을 뿜었다. 탄환이 흉흉 쌍굴 안으로 날아왔다. 터널의 콘크리트 벽에서 쇳소리를 내며 무수한 불똥이 튀었다. 바람을 쐬기 위해 출입구께로 나갔던 사람과 안쪽에 있던 사람들까지도 총탄에 맞아 죽어갔다.

한밤중에 구희求姬가 몹시 울기 시작했다. 먹을 것을 주어도, 물을 떠서 입에 대주어도 그애는 울음을 그치지 않고 터널 안을 미친 듯이 누비고 다녔다. 어머니는 달래기 위해 이 손녀를 등에 업고 터널 밖으로 나갔다. 곧 심한 총성이 한 차례 지나갔다. 한참 뒤에 어머니는 홀몸으로 허겁지겁 돌아왔다. 울먹이며 며느리를 불렀다.

"에미야! 에미야!"

"네, 어머니?"

"어떡하냐. 구희가…… 그만 죽었다."

"예? 뭐라구요? 구희가 죽었다구요?"

아내는 까무러치게 놀랐다.

"밖에 막 나가자마자 웬수 같은 총알이 날아와서 구희에게 맞았구나."

어머니는 자세를 허물어뜨리고 땅을 치면서 통곡했다. 피에 젖은 흰 적삼이 어머니 등의 동요에 따라 어지럽게 움직였다.

아내는 기어서 터널 밖으로 나갔다. 아카시아나무 밑에 목덜미에 피를 흘리는 구희가 눕혀 있었다.

"오-, 구희야!"

아내는 딸을 안아 올렸다.

"구희야! 구희야!"

애절하게 불렀다.

"……"

그러나 대답이 없었다. 별빛에 아이의 얼굴이 백지장같이 희게 보였다. 몸이 싸늘하게 식어가고 있었다.

"오-, 하나님! 당신께서는 환난 날에 우리의 피난처가 되신다고 말씀하시지 않았습니까? 그런데 어찌하여 이 어린것에까지 이토록 비참한 죽음을 주시나이까?"

아내는 울음을 터뜨리고 말았다.

무더운 바람에 실린 피비린내가 터널의 양쪽 출입구로부터 연신 밀려 들어왔다.

좁은 공간 속의 암흑은 전율과 비통으로 물들어가고 있었다. 이 암흑 속에서 한 여인의 신음 소리가 들려왔다. 처음에는 목구멍을 가볍게 울리는 나직한 소리로 시작하더니만 시간이 지남에 따라 점점 커져서 급기야 고통을 못 이기는 숨 가쁜 신음으로 변해갔다.

"아니, 누가 저런다?"

터널 한가운데쯤에서 한 노파의 수리먹은 음성이 들렸다.

"임실 조씨네 며느리랴. 남일南一의 새댁 말이여."

그녀의 곁에 앉아 있던 다른 노파가 힘이 빠진 목소리로 대답했다.

"어디가 아파서 저러지?"

"산기가 있다잖아."

"애를 낳는다고? 이 난리 속에서 해산을 햐? 쯧쯧, 조금 참았다가 날 것이지."

"어디 그게 맘대로 되는 일인가베."

신음은 이제 애절한 비명으로 바뀌었다. 아픔을 참지 못하는 해산부는 간헐적으로 고함을 질렀다.

피난 나올 때 챙겨온 요 한 채를 맨땅에다 깔고 그 위에 누워 있는 여인 곁에 그녀의 시모가 앉아 있었다.

해산의 고통을 잘 아는 시모는 며느리가 안쓰럽고 딱해서 안절부절

못하고 있었다. 또 격한 진통이 왔다. 해산부는 터널이 무너져 내릴 것 같은 고함을 질러댔다.

"애야! 내 팔뚝을 붙잡고 심을 줘라, 심을 줘."

"끄―응, 끄―응."

"옳지, 옳지. 심을 더 줘라, 더 줘."

여인이 시모의 팔에 매달려 "으―!" 하고 혼신의 힘을 다하는 순간 "응애!" 소리를 지르며 새 생명이 태어났다. 고고지성이 어둠 속으로 퍼져나갔다.

갓 태어난 아이를 들여다보던 시모는 반색하다가 이내 가벼운 한숨을 쉬었다.

"시상에, 꼬추를 달고 나왔구나."

멀찌감치 떨어진 곳에서 아내의 이 말을 들은 조 노인이 중얼거렸다.

"장성한 사람들도 갇혀서 꼼짝달싹 못하고 마구 죽음을 당하고 있는 판국에 저 핏덩어리가 어떻게 살아남을 것이여?"

그는 갓 태어난 손자가 불쌍해서 마음이 몹시 아팠다. 그리고 답답했다. 탁 트인 검푸른 하늘이 올려다보이는 터널 출입구 쪽으로 걸어갔다.

그런데 바로 그때 갑자기 요란스러운 기관총 소리가 심야의 정적을 깨면서 탄환이 터널 안으로 날아들었다. 그리고 그 중 한 발이 조 노인의 윗가슴에 맞았다. "억!" 비명을 지르면서 그는 서 있던 자리에 고꾸라지고 말았다.

지금까지 적은 것은 철도 및 도로 위에서 벌어졌던 일과 내 아내가 폭격을 피해 들어갔던 터널, 정확히 말해서 바닥의 폭 7.1미터, 길이 23.7미터에 높이 10미터의 아치형 터널 속에서 일어났던 사건에 관한 이야기이다.

이번에는 '또 하나의 터널' 안에서 있었던 일들에 대해 적어본다.
'또 하나의 터널'이란 내 아내가 피신했던 터널의 바로 옆에 붙어 있는 같은 크기와 같은 모양의 터널, 즉 쌍굴 가운데 나머지 하나를 가리킨다.

경부간京釜間 국도國道에서 노근리老斤里로 들어가는 길목에 아치형 터널 두 개가 경부선 철도 밑으로 나란히 뚫려 있다. 지금은 이 두 개의 터널 중에서 하나는 사람과 차량의 통행로로, 나머지 하나는 수로용으로 사용되도록 잘 구별, 개수되어 있으나 경부고속도로가 건설되기 전에는 수로로 사용되는 쪽에도 유수량이 적었던 관계로 피난민들이 이 양쪽 터널 속으로 위험을 피해 들어갔었다. 바로 이 나머지 터널 속에서도 미군들에 의한 끔찍한 살상극이 연출되었던 것이다.

터널 안에는 사람들로 범람하고 있었다. 터널의 출입구 근처까지도 사람들이 꽉 차 있었다. 이들을 향해 기관총 탄환이 날아오기 시작한 것은 석양 무렵부터였다. 갑작스러운 총격에 여러 명의 희생자가 발생했으나 터널 안쪽에 사람들이 너무 많아서 출입구 쪽의 사람들이 안으로 더 들어갈 수가 없었다.
한 청년이 시체 여러 구를 안아다가 터널 콘크리트벽 밑에 쌓아올리기 시작했다.

"뭐하는 거냐?"

누군가가 나무랐다.

"살고 봐야겠어요. 총알을 막아보려구요."

"……."

총격이 계속되자 이 청년을 본뜨는 사람이 늘어났다. 두세 개의 시체 바리케이드가 더 만들어졌다. 그러나 이 시체 방벽도 탄환을 막아내지 못했다. 그 뒤쪽에 숨어들었던 몇 사람이 총탄에 맞아 죽곤 했다. 이 광경을 바라보던 서문삼徐文三 노인이 역정을 냈다.

"이 고얀 놈들! 우리를 다 죽일 심산인가 보다. 난 집으로 돌아가야겠다."

밖으로 걸어 나가는 그를 몇 사람이 말렸다.

"아니다. 난 간다."

그는 만류하는 손들을 뿌리치고 밖으로 나갔다. 그리고 돌아오지 않았다.

밤이 깊어가고 있었다. 우문又文 정희용鄭喜溶의 노기 띤 음성이 어둠을 뒤흔들었다.

"이놈들 이럴 수가 있나? 멀쩡한 피난민들을 가둬놓고 도살하다니."

"샌님! 도망갑시다요."

청년 하나가 말했다.

"그러세. 이대로 있다간 모두 다 몰살당하겠어."

격해진 노성老聲이 우문의 뒤쪽에서 이 청년의 말에 맞장구를 쳤다.

"부녀자들과 어린아이들은 어떡하지? 같이 나가다간 다 죽음을 당할 텐데……."

우문의 말끝에 비관悲觀과 절망이 배어 있었다.

"하긴 그렇지. 부녀자들은 걸음이 느리고 어린아이들이 울기라도 하면 안 되지."

이렇게 말을 거든 사람은 어느 중中 노인이었다.

한동안 침묵이 흘렀다. 무거운 공기가 어둠 속으로 내려앉았다.

이때 터널 중앙 부근에서 한 중년의 여인이 말했다.

"남자들이나 도망가세유. 우릴랑 생각하지 말고유."

"그래유. 우리 여자들과 어린아이들은 여기 남아 있을게유. 남자들이나 나가서 살아남도록 하세유."

젊은 부인 하나가 이렇게 중년 여인의 말에 동조하자 여인들의 울먹이는 소리가 터널 안을 메웠다.

"여자들과 어린아이들은 우리가 나간 다음 굴 한가운데로 모여 엎드려 있으면 괜찮을지도 모르잖아유?"

맨 처음에 도망가자고 했던 청년이 이렇게 탈출을 재촉했다.

"그런데 어떤 방법으로 나간담?"

우문이 장탄식을 토했다.

"흰색 옷이나 흰 고무신은 저놈들의 눈에 쉽게 띄어 사격을 유발할 수도 있으니 벗는 것이 좋겠어요."

청년의 이 말에 동조한 사람 역시 다른 청년이었다.

"맞아, 맞아. 옷은 벗어 뭉쳐들고 고무신엔 진흙을 바르면 되잖아."
"그럼 모두 서둘러보지."

우문이 이렇게 말하자 사람들은 흙을 파서 흰 고무신에 바르고 옷을 벗어 뭉쳐들었다.

"한꺼번에 나가지 말고 여러 패로 나누어 나가도록 해라. 독골 골짜기로 올라가야 한다."

이렇게 말하면서 우문은 어둠 속의 부녀자들을 둘러보았다. 그의 마음은 아리고 아팠다. 자정을 넘어설 무렵 드디어 탈출이 시작되었다.

3, 4명씩 짝을 지어 살금살금 터널을 빠져나갔다.

손바닥과 무릎이 까져가며 기거나 허리를 굽혀 낮은 자세로 달렸다. 길고긴 긴장의 시간이 지나갔다. 모두 다 무사히 터널을 빠져나갔다. 사람들은 골짜기를 오르다가 멈춰 서서 터널 쪽을 내려다보고, 올라가다가 또 멈춰 서서 아래쪽을 내려다보면서 눈물을 흘렸다. 도망갈 수 있는 남자들은 다 탈출했다. 아내도 자식도 늙은 부모도 터널 안에 남겨놓은 채 자기 혼자만 도망쳤다. 극한 상황에서는 윤리도 도덕도 없었다.

인간사냥 제4막

전준표全準杓는 콘크리트 벽에 딱 붙어 앉아 있었다.
"여보! 당신은 왜 도망가지 않아요?"
그의 아내가 울면서 말했다. 그녀는 남편의 팔 안에서 벌벌 떨었다.

"당신을 남겨놓고 어떻게 도망갈 수 있겠소."

그해 봄에 갓 결혼한 이 부부는 서로 꼭 껴안고 앉아 있었다. 한동안 그쳤던 총성이 울리기 시작했다. "억!" "어머니—!" 거의 동시에 남편과 아내가 비명을 질렀다. 두 사람은 껴안은 채 쓰러졌다. 두 사람의 영혼은 사이좋게 팔짱을 끼고 저세상으로 향했을 것이다.

장시헌張時憲과 그의 가족 6명은 터널 깊숙한 곳에 모여 잠을 자고 있었다. 한동안 그쳤던 총성이 돌연 그들의 잠을 깨웠다. 장시헌의 어머니 김대악金大岳은 천천히 일어나 앉았다 싶더니 비명을 지르면서 쓰러져 곧 숨을 거두었다. 놀란 가족들이 어머니 곁으로 모였다. 그런데 장시헌과 그의 조카딸인 장명자張明子도 계속해서 총탄에 맞고 사망했다. 장시곤張時坤은 형의 사체 곁에 서서 왼손을 위로 올린 순간 총탄에 손바닥이 뚫렸다. 엄지손가락만 남고 4본의 손가락이 부서졌다. 그가 아파서 소리소리 지르면서 펄쩍펄쩍 뛰자 가죽에 붙어 있는 4본의 손가락이 흔들거렸다. 그는 집으로 돌아온 후 4본의 손가락을 작두로 잘라내고 그곳에 참기름을 발라서 치료했다. 위와 같은 피해의 사례는 극히 일부에 불과하다.

다음으로 가해자 쪽으로 관점을 옮겨보자.

가해자들은 위에 적은 바와 같이 중화기 중대 소속의 군인들이었다.

그들은 시종 기관총으로 피난민들을 살상했다. 대단히 많은 수의 사람들이 사망한 것은 당연하다. 사건 현장에는 적군도 적의 게릴라도 없었다. 미군의 병사만 있었다. 이 미군 병사들이 노인, 부녀자, 아이들이라는 것을 알면서도 피난민들을 기관총으로 쏜 것이다.

로버트 캐롤Robert Carrol은 AP통신 기자에게 말했다.

"나는 우리 대대 군인들이 피난민들에게 총격하는 것을 보았다……. 나는 어린아이를 발견하고 가까운 곳의 쌍굴로 안내했다. 이곳저곳에 상처를 입고 겁이 나서 벌벌 떨고 있는 한국인들이 있었다. 나는 어떠한 위협도 느끼지 않았다. 첫째 날 그곳에는 북조선군은 한 사람도 없었다. 대부분이 여자와 아이들이었고 노인도 있었다."

패터슨Patterson은 노근리 학살사건을 "인간 도살 행위였다"고 말하고, 노먼 팅클러Norman Tinkler는 "우리는 그들(피난민)을 한 사람도 남기지 않고 해치웠다"고 쾌재를 부르짖었다. 그들은 사람을 잡아먹는 맹수보다도 더 잔인한 인간들이었다.

데로스 프린트Delos Flint 미군 제7기병연대 2대대원은 AP통신 기자에게 말했다.

"(폭격 당시) 나는 피난민들과 함께 작은 터널 안에 있었다. 그런데 우리 군인이라고 생각되는 병사들이 이 작은 터널을 향해서 총격을 했다. 나는 무사히 도망쳐 나올 수 있었다. 우리 군 병사 중에는 총을 쏘지 않는 자도 있었다. 나는 터널 안에 숨어 있는 사람에게 총을 쏘지 않았다. 그들은 살기 위해서 몸을 숨기고 있는 피난민에 불과했던 것이다."

이외에도 가해자 측의 증언은 많이 있다.

남정네와 소년들이 빠져나간 터널 안으로 공포와 고적이 범벅된 분위기가 엄습해 들어왔다.

"집에 가서 죽어야 할 텐데, 집에 가서 죽어야 할 텐데."

총상을 입은 조 노인은 벌써부터 중얼거리고 있었다. 그의 부인은 며느리 곁에서 부스스 일어나 남편을 향해 걸어갔다.

"그래, 얼마나 아푸세유?"

그녀가 막 남편의 머리맡에 섰을 때 또 총성이 울렸다.

"아이고오—."

외마디 소리를 지르면서 그녀는 땅바닥에 쓰러졌다. 그리고 곧 숨을 거두었다.

며느리는 땅을 치며 시모의 죽음을 서러워했다. 그런데 이게 웬일인가. 이번에는 날아온 탄환이 며느리의 팔뚝을 관통하고 만 것이다. 그녀는 울다 말고 땅 위에 나뒹굴었다.

조 노인이 악을 쓰며 소리를 질렀다.

"남일아! 가자. 집으로 가자."

"밖은 위험한데요?"

"여기서 죽으나 가다 죽으나 일반 아니냐. 가자, 어서 가자."

"예, 가시죠."

남일은 아버지를 등에 업었다. 그리고 아내를 향해 말했다.

"여보! 집으로 갑시다."

"우리 아기는 어떡하지요? 난 팔이 아파 안을 수가 없는데."

"버려두고 가요. 여기서 죽으나 가다 죽으나 매일반 아니오. 불쌍하지만 버려두고 어서 따라와요."

5. 두 얼굴의 미군

세 사람은 어둠 속으로 불안한 행보를 옮겨나갔다.

인간사냥 제5막

내 아내는 얼마 전부터 터널 속에서 빠져나갈 궁리를 하고 있었다. 터널 입구 쪽을 노려보며 그 바깥에다 모든 신경을 집중시켰다. 그리고 무사하게 탈출시켜주십사 하고 하나님께 간절하게 기도를 드렸다.
그녀는 어머니 곁으로 다가가 속삭이듯 말했다.
"어머님! 도망 갑시다요."
"도망? 어떻게?"
어머니의 긴장된 얼굴이 어둠 속에서 더럼풋하게 아내의 시야로 들어왔다.
"가만가만 기어서 나가면 될 거예요."
"저애들은 어떡하지?"
어머니는 형의 가족들을 턱으로 가리켰다. 내 형수의 품과 그 곁에서 어린것들 넷이 잠들어 있었다.
"동서! 자네나 나가게. 나는 이애들 때굴에 꼼짝도 못하잖아."
형수가 울먹였다.
"그래, 너나 나가거라. 나는 저애들과 같이 있어야 해. 한 사람이라도 더 살아야지. 어서 나가거라, 어서."
어머니는 떨리는 음성으로 말했다.

한동안 생각에 잠겼던 아내는 결심을 했다.

'그렇다, 한 사람이라도 더 살아남아야 한다. 살아남기 위해서는 이곳을 빠져나가야 한다. 남쪽으로 가야 한다.'

얼마 후 그녀는 아버지 집에서 심부름하는 소년에게 말했다.

"홍기야! 밖으로 나가자. 구필이를 업어라."

그가 구필이 곁으로 다가가서 등을 들이댔다.

"자, 업혀라."

구필이는 그의 등에 업히려다 돌아서서 말했다.

"엄마! 물 줘, 물."

"그래, 그래."

아내는 터널 벽 밑을 흐르는 실개천에서 물을 한 바가지 떠다가 구필이의 입에 댔다.

"아가! 물 마셔라."

가느다란 목구멍을 타고 흘러내리는 물소리가 꿀꺽꿀꺽 터널 안을 울렸다.

아내도 구필이가 마시다 남은 물을 들이켰다. 물에서는 여전히 피비린내가 났다. 그 전날 저녁부터 물 위쪽에 쓰러져 있는 여러 구의 시체로부터 흘러나오는 피가 물에 섞여 들어오고 있는 것을 터널 속의 사람들은 마셔왔다.

아내가 앞장서서 터널을 빠져나왔다.

"홍기야! 몸을 숙여라. 구필아! 소리 내면 안 된다."

아내는 아주 나지막한 목소리로 말했다. 세 사람은 숨을 죽이고 모래사장과 풀밭을 기었다. 얼마 후 이들은 터널에서 제법 떨어진 곳까지 무사하게 도착했다. 아내는 안도의 숨을 돌아쉬며 홍기에게 속삭였다.
"이제 우리는 살았다. 남쪽으로 가면 된다. 너도 같이 가자, 응?"
"……."
세 사람은 차가운 별빛을 머리에 이고 들판을 걸었다.
산이 눈앞을 가로막았다. 내 아내는 한참 헤맨 끝에 골짜기를 찾아냈다. 완만한 경사로 뻗어 올라간 등성이 너머에서 별들이 반짝이고 있었다. 저 등성이만 넘으면 된다. 아내는 스스로에게 속삭이며 걸어 올라갔다. 돌부리에 걸리고 풀에 미끄러지면서 걸었다. 발목을 잡는 넝쿨을 손으로 따놓으면서 올라갔다. 홍기와 구필이가 움푹 파인 곳으로 굴러떨어지면서 비명을 질렀다. 아내는 그들을 부축해 일으켰다. 세 사람은 열심히 올라갔다. 양쪽 다리가 또 넝쿨에 걸렸다. 따놓으려고 뻗어 내린 손끝에 잡힌 것은 식물성이 아니었다. 가느다란 전화선 같은 촉감이 손끝에서 느껴졌다. 연달아 걸리는 비식물성 넝쿨을 피해 이들은 전후좌우로 발을 옮겼다. 그러나 그것들이 계속해서 보행을 방해했다. 갑자기 저 멀리 골짜기 위쪽에서 기관총이 불을 뿜었다. 총성은 고막을 찢을 듯 귓전을 때리고 총알은 흥— 흥— 머리 위와 몸의 좌우로 날았다.
"엄마—!"
구필이가 갑자기 비명을 질렀다. 뒤쪽 어둠 속에 그애가 혼자 서 있었고 홍기의 작은 몸이 골짜기 아래쪽으로 어둠을 뚫고 달려 내려가고 있었다.
"오―, 구필아."
그녀는 아들 곁으로 달려갔다. 그리고 그를 부둥켜안고 땅 위로 뒹굴었다.
"아가, 아가, 울지 마라. 울지 말래도."
그녀의 음성이 계속 울리는 총성 속으로 빨려 들어갔다.
"엄마, 다리 아파. 다리가."
까무러치게 울어대는 구필의 울음소리에 정신을 차려 살펴본 그애의 양쪽 허벅지에서 피가 홍건히 배어나오고 있었다. 총알이 양쪽 허벅지 사이를 스쳐 지나간 듯 떨어지다 만 살점, 어린아이들 주먹크기만 한 흰 살점 뭉치가 양쪽 다리를 움직일 때마다 덜덜 떨렸다.
"아가, 아가, 어쩌면 좋으냐? 어쩌면 좋단 말이냐!"
아내는 아들을 가슴에 꼭 품고 울부짖었다. 그리고 치맛자락을 이빨로 찢어 아들의 상처를 싸매주었다. 그러면서 그녀는 하늘에다 대고 또 항의했다.
"하나님! 왜 이러십니까? 무엇 때문에 이러시는 겁니까?"

얼마 후 총성이 멎고 죽음 같은 고요가 골짜기에 넘쳤다. 그 고요 사이로 여명이 찾아왔다. 골짜기 안의 사물들이 잿빛 안개 속으로 희미하게 떠올랐다.
"엄마! 배고파. 빨리 아빠한테 가아."
어린 부상자는 엄마의 가슴에 얼굴을 묻었다.

그녀는 아들을 업었다. 왼팔로 구필이의 궁둥이를 받쳤다.

"그래, 아빠한테 가자. 구필아!"

아래쪽으로 흘러내리는 아들의 몸을 왼팔로 추스르곤 하면서 아내는 걸었다.

얼마만큼을 올라갔을 때 오른쪽 산기슭에 서 있는 한 그루의 노송老松 밑에 흑인 병사 한 명의 모습이 보였다. 그는 아내 쪽으로 총을 겨누고 있었다.

"쏘지 말아요."

그녀는 고함을 지르면서 그 자리에 멈춰 섰다. 그러나 허사였다. 대기를 뒤흔드는 총성이 골짜기 안에 메아리치는 순간 아내는 몸 어딘가가 둔중한 물체에 호되게 얻어맞은 것과 같은 충격을 느꼈다. 그리고 그 자리에 고꾸라졌다. 의식이 희미해졌다.

"엄마! 엄마! 엄마!"

아련하게 들리는 아들의 울음소리에 정신이 돌아온 아내는 몸을 일으켜 아들을 굽어보았다. 그 자그마한 가슴에서 피가 솟아나오고 있었다. 몰아쉬는 숨소리가 몹시 거칠게 들려왔다. 아내의 오른쪽 옆구리를 스쳐간 총알이 구필의 가슴을 관통한 것이었다.

양쪽 눈에서 눈물이 주르르 흘러내리는 어린 희생자의 얼굴 위로 살랑살랑 스쳐가는 미풍에 그 이마를 덮은 머리칼이 하늘거렸다.

아내는 이제 모든 것이 끝났다고 생각했다. 두 생명의 종말이 다가오고 있다고 체념했다. 자기의 오른쪽 옆구리에서 펑펑 흘러내리는 피도, 그곳에서 느껴지는 참을 수 없는 아픔도 그녀는 괘념치 않았다. 조용히 죽음을 기다리며 눈을 감았다. 환난의 떡을 먹고 고생의 물을 마시며 살아온 24년의 세월이 주마등처럼 망막 위를 스쳐 지나갔다.

아내는 갑자기 신神에 대해 두려움을 느꼈다. 세상만사 어느 하나도 우연한 것은 없으며 하나님께서 예정하신 대로 이루어지는 것이라 했는데, 지금의 이 환난도 그 예정에 속하는 것이란 말인가? 우리가 무슨 죄를 지었기에 우리를 어찌하시려고 이러한 일들을……. 과연 나는 하나님으로부터 심판을 받을 때 떳떳하게 그 앞에 설 수 있을까? 아내는 사후가 두려웠다. 몸과 마음이 떨렸다. 그녀는 하나님께 기도를 드리기 시작했다.

"하늘에 계신 우리 아버지, 이름이 거룩히 여김을 받으시오며, 나라이 임하옵시며, 뜻이 하늘에서 이룬 것같이 땅에서도 이루어지이다. 오늘날 우리에게 일용할 양식을 주시옵고, 우리가 우리에게 죄 지은 자를 사하여 준 것같이 우리 죄를 사하여주옵시고, 우리를 시험에 들게 하지 마옵시고, 다만 악에서 구하옵소서. 대개 나라와 권세와 영광이 아버지께 영원히 있사옵나이다. 아멘."

죽는 몸에 '일용할 양식'이 필요 없었고, 이미 더할 수 없는 큰 '시험'에 들고 있는 처지였지만 평소 하던 대로 기도를 드렸다. 마음속으로 되풀이해서.

이때 사람의 발걸음 소리가 들렸다. 그녀는 기도를 멈추고 들려오는 소리에 온 신경을 집중시켰다. 아내가 있는 곳으로 사람이 다가오고 있었다. "헤이, 헤이." 이방인의 말소리에 눈을 떴을 때, 그녀의 머리맡에 미군 병사 두 명이 서 있었다. 한 사람은 돋이 홀쭉했고 또 한 사람은 뚱뚱했다. 백인들이었다. 미군의 모습만 봐도 아내는 몸이 부르르 떨렸다.

홀쭉한 병사가 몸을 구부렸다. 구필의 얼굴을 들여다보다가 그 큰 손으로 이마를 덮어내린 머리칼을 쓸어올렸다. 눈꺼풀을 뒤집어보았다. 그리고 손목을 잡아들고 맥동을 살폈다. 그는 동료에게 고개를 좌우로 저어 보였다.

이번에는 뚱뚱한 병사가 움직이기 시작했다. 그는 한 뭉치의 탈지면에다 붉은 액체를 듬뿍 적셔서 아내의 옆구리 상처를 틀어막았다. 그리고 붕대로 동체를 감아 돌렸다. 아내는 살고 싶지가 않았다. '어린것들 둘을 잃은 마당에 어찌 나만 살아남으랴.' 아내는 왼쪽 팔을 들어 병사의 손을 떼내려 했다. 그러나 힘이 없었다. 손이 움직이질 않았다.

홀쭉한 병사는 조금 떨어진 곳에다 구덩이를 팠다. 구필이를 흰 천으로 싸서 구덩이 속에다 눕혔다. 그리고 삽으로 흙을 파 넣어 묻어주었다.

작업이 끝나자 그들은 아내를 들것에다 옮겼다. 그리고 앞뒤에서 들것을 들고 등성이를 넘었다. 산비탈을 내려가서 또 고개를 넘고 계곡을 건너 도로가로 나왔다. 아내는 들것 우에서 계속 기도를 드렸다.

'하나님! 제 영혼도 거두어 가주세요.'

머리를 남쪽으로 향하고 있는 미군의 트럭과 앰뷸런스가 즐비하게 서 있었다. 그들은 앰뷸런스에다 아내를 인계했다. 앰뷸런스는 김천까지 한숨에 달렸다. 그리고 이 부상자를 ㅁ 군 야전병원에 입원시켰다.

군의관들은 창자가 들여다보일 만큼 살점이 뭉떵 떨어져 나간 아내의 오른쪽 옆구리(늑골의 말단부분)를 꿰매고 링거를 꽂아주었다.

아내는 힘이 온몸에 돌기 시작하고 있음을 느꼈다. 의식이 점차 명료해져 갔다. 그녀의 머릿속에 문득 성경의 한 구절이 떠올랐다.

─대저 사람은 자기의 시기를 알지 못하나니 물고기가 재앙의 그물에 걸리고 새가 올무에 걸림같이 인생도 재앙의 날이 홀연히 임하면 거기 걸리느니라……

아내는 자기 자신과 아이들이 이 재앙의 그물에 걸렸다가 자기 자신만 놓여났음을 깨달았다. 아내는 자기가 살아 있음에 대해 저주와 비통을 느꼈다.
군의관이 가끔 와서 아내의 용태를 살피고 돌아갔다.
'한쪽에선 죽이고 다른 한쪽에선 치료해주는 미군들은 도대체 어떻게 생긴 자들인가?'
이때 아내는 두 얼굴의 미군을 보았던 것이다.

터널을 탈출하여 마을로 돌아온 남자들은 가족을 불구덩이 속에 버려두고 자신만 살아온 데 대해 심한 고통과 가책을 느끼기 시작했다. 가슴을 두드리고 발을 구르며 몸부림을 쳤다. 그러나 때늦은 후회였다. 어찌할 도리도 없었다.
마을에는 이미 인민군이 들어와 있었으므로 남자들은 이들의 진격에 한 가닥 기대를 걸며 가족의 무사귀환을 빌었다. 인민군이 남쪽으로 떠나간 얼마 후에 살아남은 부녀자와 어린아이들이 터널로부터 돌아왔다. 남자들은 이들로부터 자신들이 탈출한 뒤에도 많은 사람들이 죽음을 당한 사실을 전해 듣고 주먹을 불끈불끈 쥐며 이를 뿌드득뿌드득 갈았다. '죽일 놈들' '천벌을 받아 마땅한 미군놈들.'

　장례는 밤중에 치르기로 했다. 낮 동안은 쌕쌕이가 부단히 하늘을 왕래하면서 눈에 띄는 대로 지상의 사람들에 대해 기총소사를 마구 해댔기 때문에 밤중에 치를 수밖에 다른 방법이 없었던 것이다.

　사람들은 해가 지고 어스름이 밀려오기를 기다렸다가 터널로 몰려갔다. 그 안과 밖에 즐비하게 널려 있는 시체들 속에서 자신들의 가족을 가려내는 데 애를 먹었다. 몸이 퉁퉁 부어오르고 심하게 부패해가고 있어 누가 누구인지 얼굴만으로는 분간이 어려웠다. 의복과 신체의 특징으로 겨우겨우 가려냈다. 며칠 밤을 두고 인근의 산 이곳저곳에서 장례가 계속되었다. 서문삼 노인의 경우에는 자손들이 그의 시체를 찾지 못해 가묘를 만들었다.

　어머니, 출가한 누나 및 생질, 그리고 여동생의 장례를 끝낸 정구일은 며칠간을 방 안에 틀어박혀 있었다. 식음을 전폐하고 낮도 밤도 비분 속에서 보냈다. 터널 속에서 미군 위생병 녀석이 한 말이 귓전에서 떠나지 않고 있었다.

　'의심나는 피난민은 죽이라는 상부의 명령이다.'

　이 말은 때때로 귓전을 아프게 때리기도 했다. '우리의 어디가 의심나느냐?' 하고 물었을 때 녀석이 취했던 냉랭한 태도가 눈앞에 떠올라 분통이 터져 견딜 수가 없었다. 그는 발로 방바닥을 내리차며 이리저리 돌아다니다가 천장에다 대고 고래고래 소리를 질렀다.

"벼락 맞아 뒈질 양키 놈들아!"

그래도 분을 삭일 수가 없었다.

그러던 어느 날 읍내에서 청년 두 사람이 그를 찾아왔다. 군 인민위원회에서 왔다고 했다.

"동무! 미제 놈들 원쑤를 갚으시라요."

"……."

"우리와 같이 싸웁시다. 당에 들어가 같이 투쟁합시다."

"동무, 그렇게 하시라요."

두 사람은 번갈아가며 권했다. 그러나 구일은 묵묵부답이었다. 이들은 여러 날을 두고 방문하여 끈질기게 설득도 하고 협박도 했다.

드디어 구일의 마음이 움직였다. 그는 군 인민위원회에 나가기 시작했다. 사무실에서 그들이 하는 일을 돕기도 하고 그들과 함께 밖으로 출장도 다녔다. 이렇게 해서 그는 공산주의자가 되었다. 전쟁 전에는 공산주의자 근처에 얼씬도 않던 그였는데 미군의 양민학살로 육친을 잃음에 연유해서 공산주의자가 된 것이다. 말하자면 미제 공산주의자가 된 것이라고나 할까.

6. 병사들의 합창

날이 밝고 또 밝아 7월 29일, 끔찍한 학살극이 시작된 지 나흘째 되는 날 이른 아침의 노근리 앞 터널. 즐비하게 누워 있는 시체들이 여명의 회색 공기 가운데에서 하나둘씩 그 모습을 드러내기 시작했다. 피비린내와 인체 썩는 냄새가 습기찬 공기에 섞여 터널 안에서 진동하고 있었다. 시체들 가운데에 드문드문 누워 있는 넋나간 생존자들은 반쯤식물인간처럼 희미하고 몽롱한 의식 속에서 헤매고 있었다. 생후 일 년도 채 안 되는 어린아이 하나가 죽은 제 어미의 젖퉁이 사이에다 이마를 박고 젖을 빨아대다가 칭얼거리곤 했다. 목이 너무 쉬어 바람 소리만이 그의 목구멍에서 간신히 새어나왔다. 이 어린아이는 이번에는 엉금엉금 기어서 터널벽 밑 물가로 갔다. 그리고 엎드려서 피가 섞여 흐르는 물을 핥았다. 버려진 조남일의 갓난아이는 아직도 목숨이 붙어 있어 가끔 기성을 지르며 꿈틀대고 있었다. 그러나 어느 누구 하나 이들에게 관심조차 돌리지 않았다. 날이 환하게 밝았을 때 미군 병사 4,5명이 한쪽 터널 입구에 나타났다.

이 비극의 현장에서 죽지 않고 몸에 상처만 입은 사람은 아내 외에도 여럿이 있었다.

가장 눈에 띄는 곳을 다친 사람은 정구학鄭求學. 총탄이 왼쪽에서 오른쪽으로 얼굴 표피를 스쳐 지나가면서 도의 아랫부분을 관통했다. 이 때문에 얼굴을 덮은 선혈을 닦아냈을 때 그의 코는 너무나도 참혹하게 변해 있었다. 콧등 아랫부분이 떨어져나가- 코의 중간 오른쪽에서 구멍이 빠끔하게 드러났다. 보기에도 너무나 흉했다. 인민군에게 마을이 점령돼 있던 2개월 동안 치료에 쓸 약도 없어 스스로 나을 때까지 거의 방치할 수밖에 없었다.

수복 후 여러 해가 지날 때까지도 우리 의료계의 성형기술이 없었기에 소년은 초등학교를 졸업할 때까지 4년간을 수모와 비굴 속에서 살았다.

동생의 참상을 보다 못한 그의 형, 현재 고등학교 교감으로 있는 구헌求憲은 1956년 2월 말경에 구학을 데리고 부산으로 내려갔다. 우리나라 상병환자傷病患者들을 치료키 위해 그곳에 파견되어 활동하고 있던 서독 의료진의 의술이 훌륭하다는 소문을 들었던 것이다.

문전성시를 이룬 대열 속에 장시간 끼여 섰다가 어렵게 진료실 문을 밀었으나 상처를 한동안 살펴본 의사는 자기들은 성형의술을 갖고 있지 않다고 말했다.

이번에는 광한리로 달려갔다. 그 앞바다에 정박 중인 스웨덴 병원선 의료진을 만나기 위해서였다. 의료 혜택에 굶주린 사람들이 서독 병원 쪽보다 훨씬 더 많이 모여 있었다.

장사진을 이루어 밤도 새워가며 차례를 기다리는 환자 대열에 끼여 있다가는 어느 세월에 선상船上에 올라가게 될지 알 수가 없어 당혹감을 느끼며 여러 시간을 서 있다가 구헌은 마침 병원선 안에서 밖으로 나오고 있는 흰 가운의 여자 의사를 한 사람 발견하고 그녀에게 달려갔다. 그리고 토막 영어에다 손짓 발짓을 섞어 구학의 부상 경위를 설명하고 치료를 간청했다.

그녀는 상처를 잠시 들여다본 다음 3일 뒤에 오라면서 몇 자 적고 사인을 한 종이쪽지 한 장을 건네주었다. 이렇게 해서 구학이가 병원선에 입원한 것이 그해 3월 초, 그는 그곳에서 6개월간 수술과 치료를 받았다. 그러나 그들의 기술도 변변찮아 깨끗한 결과가 나오지 않았다.

그는 옛 모습의 코를 찾지 못한 채 44년을 살아왔다. 지금도 다친 코 부분이 가끔 아플 때가 있다고 한다.

노경이 불원한 지금까지 살아오면서 정신적·육체적으로 겪은 아픔과 손실을 누가 어떠한 방법으로 보상해줄 것인가?

아내는 잠들어 있었다. 꿈을 꾸었다. 많은 사람들이 악마로부터 죽음을 당하는 꿈이었다. 생시 때 겪은 것이 그대로 꿈속에서 재현되고 있었다. 그녀는 고통스러운 꿈을 꾸면서 오랜 시간을 잠속에 있었다.

잠결에 소음이 들려왔다. 자동차 엔진과 경적 소리, 사람들의 고함 소리, 그리고 짐 싣는 소리와 자동차의 바퀴 소리. 주위의 소란스러움에 아내는 눈을 떴다. 트럭과 앰뷸런스가 야전병원 뜰을 분주하게 드나들고 있었다. 해질 무렵에 한국인 병사 한 명이 입원실로 들어왔다.

철수령이 내려져 김천을 떠나게 되었다고 말하면서 그는 입원실 내의 물건을 챙기기 시작했다.

어둠이 시가지를 덮기 시작했을 때 부상병들과 아내를 실은 앰뷸런스는 김천역으로 달렸다. 그리고 이들을 열차로 옮겨 태웠다.

열차는 어둠을 뚫고 단숨에 부산까지 달렸다. 내가 마지막 피난 열차로 김천을 떠난 7월 27일, 그날 저녁에 아내는 이렇게 부산으로 내려갔던 것이다.

날이 밝고 또 밝아 7월 29일, 끔찍한 학살극이 시작된 지 나흘째 되는 날 이른 아침의 노근리 앞 터널. 즐비하게 누워 있는 시체들이 여명의 회색 공기 가운데에서 하나둘씩 그 모습을 드러내기 시작했다. 피비린내와 인체 썩는 냄새가 습기찬 공기에 섞여 터널 안에서 진동하고 있었다. 시체들 가운데에 드문드문 누워 있는 넋나간 생존자들은 반식물인간처럼 희미하고 몽롱한 의식 속에서 헤매고 있었다.

생후 일 년도 채 안 되는 어린아이 하나가 죽은 제 어미의 젖퉁이 사이에다 이마를 박고 젖을 빨아대다가 칭얼거리곤 했다. 목이 너무 쉬어 바람 소리만이 그의 목구멍에서 간신히 새어나왔다. 이 어린아이는 이번에는 엉금엉금 기어서 터널벽 밑 물가로 갔다. 그리고 엎드려서 피가 섞여 흐르는 물을 핥았다. 버려진 조남일의 갓난아이는 아직도 목숨이 붙어 있어 가끔 기성을 지르며 꿈틀대고 있었다. 그러나 어느 누구 하나 이들에게 관심조차 돌리지 않았다.

날이 환하게 밝았을 때 미군 병사 4, 5명이 한쪽 터널 입구에 나타났다. 그들은 다짜고짜 터널 안에다 대고 총을 난사했다. 그때 살아남아 있던 몇몇 사람과 시체에 탄환이 퍽퍽 박혔다. 비명 소리가 콘크리트 벽에 부딪쳐 메아리쳤다. 놈들은 인간의 씨를 말리려는 듯 한참 동안 총질을 계속했다. 터널 안에서 인기척이 끊기자 그들은 퇴각시간에 쫓기는지 조급하게 지껄여대며 멀리 사라져갔다. 정적은 터널 안팎에 오래오래 머물고 있었다.

갑자기 터널 밖에서 인기척이 났다. 사람들이 왁자지껄 떠드는 소리가 들려왔다.

"추풍댁!"

내 고모는 나직이 구식의 어머니를 불렀다.

"네에, 아주머니?"

"지금 한국말 들었지?"

"예, 들었어요."

이들은 부스스 일어나 앉았다.

그때 터널 안으로 5,6명의 인민군이 들어오면서 소리쳤다.

"야, 동무들 안심하시라요. 미국 간나새끼들 다 도망갔으니 밖으로 나가시라요. 집으로 돌아가시라요."

아내가 수용된 곳은 토성국민학교에 임시로 마련된 병원이었다.

계속 밀려드는 부상자들을 제5육군병원만으로는 감당할 수 없게 되자 초등학교까지 병원으로 사용하기 시작한 것이다.

이곳에는 전선에서 부상한 군인들 외에 피난 도중 유엔군에 의해 상처를 입은 적지 않은 민간인 부상자도 입원해 있었다.

  교실 두 개를 각각 진찰실과 수술실로 쓰고 나머지 교실 전부를 부상자들의 입원실로 쓰고 있었는데, 쉴 새 없이 밀려드는 부상자들로 교실이 꽉 차게 되자 복도·창고·교사의 추녀 밑에까지도 야전침대를 벌여놓고 부상자를 수용했다.

  야전침대 언저리에는 부상자들로부터 흘러내린 피가 늘 흥건하게 고여 있었고 파리 떼가 극성스럽게 달려들었다.

  아내가 들어 있던 입원실에는 군인 여남은 명과 피난민 여남은 명, 도합 30여 명이 좁은 공간을 경계로 하여 분리 수용되어 있었는데 모두 비교적 가벼운 부상자들이었다.

  아내는 옆구리에서 심한 아픔을 느꼈다. 야전병원에서부터 마취가 풀림에 따라 아프기 시작한 것이 이곳까지 오는 동안 열차와 앰뷸런스의 진동으로 통증이 심해져서 참을 수가 없었다.

  게다가 팔꿈치마저 아프기 시작했다. 오른쪽 팔꿈치는 부상당하던 날 미군 위생병이 터널 안에서 약을 바르고 붕대를 감아준 이후로 한 번도 치료를 받지 못하고 지내왔다. 주변의 상황들이 너무나도 급박함의 연속이어서 치료받을 겨를이 없었기 때문이었다. 그동안 팔꿈치에서는 아픔을 크게 느끼지 않았는데 안정된 자리에 정착한 뒤부터는 그곳에서도 심한 통증이 느껴지기 시작한 것이다. 상처가 욱신욱신 쑤셔서 잠을 잘 수도, 앉아 있을 수도 없었다.

  아내는 고통 속에서 헤맸다. 그러다가 문득 예수님을 생각했다. 로마군병에 의해 손과 발에 못 박혀 십자가에 달리신 예수님. 옆구리를 창에 찔려 피와 진액을 한 방울도 남김없이 다 쏟고 인생들의 과거·현재·미래의 죄를 대속하셨던 예수님. 그때 얼마나 아프셨을까? 하는 생각이 들었다. 아내는 이를 악물고 아픔을 참으려고 애썼다. 고통 속에서 하룻밤을 지새웠다.

다음날 아침 군의관이 회진을 왔다.

"선생님! 팔꿈치도 많이 아픕니다."

아내가 하소연했다.

"……."

군의관은 말없이 그녀의 부상한 팔뚝을 들여다본 다음 자기를 따라오라면서 앞서 입원실을 걸어 나갔다.

"간호원!"

군의관은 진찰실의 의자에 앉자마자 말했다.

"네?"

"이 적삼의 팔뚝 부분을 잘라버려. 붕대도 풀고."

군의관은 피고름이 엉기어 있는 아내의 팔뚝을 가리켰다.

"네, 알겠습니다."

간호사는 가위로 적삼의 어깨 부분부터 싹둑싹둑 잘라냈다. 그리고 붕대를 풀었다. 군의관은 파편이 뚫고 지나간 상처 속으로 핀셋을 밀어 넣어 뼈부스러기를 후벼내고 약을 발라주었다. 간호사는 왼쪽 어깨에다 붕대를 매더니 붕대로 감아돌린 오른쪽 팔을 걸치도록 해주었다. 아픔이 어느 정도 가라앉고 나니 마음속으로 슬픔이 밀려들어왔다. 어린것들을 잃은 데 대한 슬픔이. 아내는 결혼한 것을 후회했다. 차라리 수녀가 되는 편이 나았으리라고 후회를 했다.

　이날은 아내의 생일이었다. 그녀는 생일을 말할 수 없는 비참한 마음으로 보내고 있었다. 그날 석양 무렵에 한 쌍의 노부부가 입원실로 들어왔다. 바깥노인은 위생병에 업혀 있었고 안노인은 작은 보퉁이 한 개를 들고 있었다. 아내의 바로 옆자리에 눕힌 노인의 홑바지 가랑이는 온통 피로 검붉게 물들어 있었다.
　신참新參의 이 환자 둘레로 다른 환자들이 우르르 몰려들었다. 그 중의 한 사람이 말했다.
　"할머니! 할아버지께서는 어떡하다 이렇게 다치셨어요?"
　"소에 짐을 싣고 피난을 오는데유, 왜관을 막 지나고 있을 때 비행기가 날아와서 총을 쏘아댔잖아유. 그 총알이 이 양반의 엉덩이에 맞았어유. 소는 그 자리에서 즉사했고유."
　"아, 저런! 그 비행기는 어느 쪽 비행기던가요?"
　"유엔군 비행기라 하대유. 우리 편 비행기가 왜 우리를 쐈는지 알 수 없네유."
　"저자들이 인민군과 우리를 분별 못한 거라구요. 여기에 입원해 있는 민간인들 중에도 그렇게 당한 사람이 한둘이 아니에요. 그래도 영감님이 저 정도 다치시기가 다행이었어요. 하마터면 돌아가실 뻔했잖아요."
　"하긴 그래유……. 그래도 국군이 참 좋데유. 영감님이 총 맞으신 것을 보고 국군이 달려와 찝차에 태워 대구육군병원까지 데려다주데유."

"대구에 계시잖고 왜 이리로 오셨어요?"

"거기에서 여러 날 치료받고 있었는데유, 병원의 높은 양반이 영감님을 부산으로 보내라고 명령했대유."

구경꾼들이 제자리로 돌아간 뒤 한동안 멍하니 천장을 쳐다보고 있던 노파老婆가 옆자리에 누워 있던 내 아내를 발견했다.

"아이고, 젊은 새댁이 다쳤네, 쯧쯧."

혀를 차며 노파는 아내 곁으로 다가앉았다.

"시상에 산발된 머리카락 좀 봐, 세수도 통 못 했구먼. 옆구리와 팔을 저렇게 다쳤으니 세수를 할 수 있겠어, 머리를 빗을 수 있겠어? 아이 가엾어라, 쯧쯧."

노파는 혼잣말을 하며 아내를 들여다보다가 물어왔다.

"새댁 어데서 왔어, 응?"

"영동에서요."

아내는 아픔을 참다못해 상을 찡그렸다.

"영동? 아이고, 우리하고 한고향이잖아! 영동의 어느 동네 뉘댁이셔?"

"주곡리예요. 시댁은 정씨 가문이고요."

"그려? 우리는 산익이여. 장씨 댁이지."

노파는 정말로 반가워했다.

아내는 전쟁이 난 뒤 한동안 심천에서 친정 식구들과 함께 있다가 우리 고향 마을에 소개령이 내리기 수일 전에 시집으로 돌아왔다는 것, 친정 식구들과 계속 함께 있었더라면 그들을 따라 다른 곳으로 피난을 갔을 것이고, 노근리의 그 불난리 속으로 들어가지는 않았을 것이라는 것을 안타까운 마음으로 이야기했다.

"아니, 친정이 심천이라고? 어느 동네 뉘댁이셔?"

노파는 아내 곁으로 바짝 다가앉았다.

"초강리에 살다 서울로 이사 간 박씨 댁이에요. 친정아버지께서 면회계일을 오래 보셨어요."

"아이고, 저런! 그 성님의 따님이라 말여?"

노파는 아내의 왼손을 덥석 잡았다. 그 손이 가볍게 떨리고 있었다.

"검촌에서 나는 새댁 친정어머니하고 앞뒷집에 살았어. 내가 출가하기 전에 새댁 어머니가 용산에서 그곳으로 시집을 왔거든. 새댁 친정아버지께서는 대전에서 상업학교를 나오시고 금산에서 금융조합에 다니시다 심천면사무소로 일자리를 옮기셨잖아. 새댁의 친정조모님과 조부님께서 외아들을 객지 생활시킬 수 없다고 말씀하시며 성화같이 볶아대서 집으로 들어오게 하셨지. 새댁 아버지는 노부모님들 봉양하시느라 검촌에서 면사무소까지 그 험하고 먼 산길을 매일 자전거로 통근하셨어. 그 양반, 마을에서 효자라고 칭찬이 자자했었지."

"그랬군요. 아주머니!"

아내는 벌떡 몸을 일으켰다.

"새댁! 안 돼, 안 돼. 일어나지 마."

노파는 아내를 억지로 자리에 눕게 했다. 그리고 밖으로 나갔다. 제법 오랜 시간이 지난 뒤 입원실로 돌아왔다. 신문지 포장 속에서 적삼 하나를 내놓았다.

"새댁! 이걸 입어봐. 맞을라나 모르겠네."

"이런 걱정 하시면 어떡해요, 아주머니!"

"아녀, 아녀. 걱정 마. 시상에, 한쪽 팔이 떨어져나간 적삼을 입고 지내다니, 쯧쯧."

노파는 치마까지 사주지 못한 것이 못내 마음에 걸리는 듯 피로 얼룩진 내 아내의 치마에 시선을 던지곤 했다.

노파는 세숫대야에 물을 떠왔다. 그리고 수건에 물을 적셔 아내의 얼굴이며 목 주위를 닦아주고 빗으로 머리까지 빗어주었다. 그 뒤로는 매일 식사 때가 되면 아내의 몫을 배식 받아 자리 앞에 놓아주고, 옷이 더러워지면 세탁까지 해주었다.

아내가 수없이 사양을 했지만 노파는 막무가내였다.

군의관은 매일 한 번씩 입원실로 회진을 왔다. 상처의 치유 정도를 살핀 다음 간호사로 하여금 페니실린 주사를 한 대씩 놓게 하고 가루약을 조제해서 보내주곤 했다. 이런 치료 덕분에 아내의 상처는 날마다 눈에 띌 정도로 치유되어갔다.

그러나 마음의 상처는 좀처럼 낫질 않았다. 아니, 육신의 상처가 치료되는 데 반비례해서 마음은 오히려 그 아픔의 도를 더해갔다. 비명에 죽어간 두 남매의 생전 모습이 눈앞에 어른거려 잠 못 이루는 밤이 계속되었다. 잠이 오지 않을 때에는 그녀는 하나님께 기도를 드렸다. 무릎을 꿇고 코가 가마니 바닥에 닿을 만큼 상체를 숙인 다음 간절하게 기도를 드렸다. '하나님 아버지! 이 몹쓸 것이 미련해서 어린것들을 죽게 했습니다. 그것들을 허허벌판과 황량한 산속에 버려두고 저만 이렇게 안전한 곳으로 살아왔습니다. 하나님 아버지! 어린것들을 불쌍히 여겨주세요. 그 영혼들을 늘 당신의 품에 품으시고 천국에서 행복하게 지낼 수 있도록 돌보아주세요.' 이렇게 기도를 드리고 있노라면 눈물이 마구 쏟아져 가마니를 흥건히 적셨다.

이런 생활 속에서 잠시나마 웃음을 주고 고통을 잊게 하는 것은 같은 병실에 입원해 있던 부상병들이었다. 부상이 비교적 가벼웠던 이들은 치유가 빨랐고 부상한 곳이 회복되어가니 식욕 또한 왕성했다. 식사 때가 되면 위생병들이 음식을 알루미늄 양동이에 담아 입원실로 운반해와 배식을 해주었는데 그때마다 진풍경이 벌어졌다.

양동이를 입원실 안에 들여놓기가 무섭게 부상병들은 식기를 들고 달려가 양동이 앞에 줄을 섰다. 앞쪽에 선 부상병들은 배식을 받아 돌아서기가 무섭게 먹기 시작해서 제자리에 돌아왔을 때에는 그들의 식기는 벌써 말끔히 비어 있었다. 방 안에서 배식이 끝난 다음 복도에서 배식이 시작될 때에는 일찌감치 먹어치운 병사들이 달려 나가 줄의 맨 꽁무니에 또 붙어섰다.

그곳에서도 배식을 받아 순식간에 먹어치웠다. 그러다가 위생병들에게 발각된 때가 더욱 재미있었다. 위생병들은 이중으로 배식 받은 자들을 한 줄로 세운 다음 엎드려뻗쳐를 시켰다. 그리고 굵직한 몽둥이로 그들의 엉덩이를 힘껏 후려쳤다. 몽둥이가 둔부에 닿기 전부터 부상병들은 아얏, 아얏 소리를 지르다가 위생병이 돌아가고 나면 파안대소하면서 엉덩이를 손바닥으로 쓸었다.

또 부상병들은 식사 후에 무료해지면 노래로 시간을 보냈다. 처음엔 누군가가 콧노래로 시작했다.

남쪽 나라 바다 멀리 물새가 날으면
뒷동산에 동백꽃도 곱게 피었네.

노랫소리에 마음이 끌린 부상병들은 하나둘씩 자리에서 일어나 콧노래 부르는 병사 둘레로 모여들었고 이내 중창이 되어버렸다.

뽕을 따던 아가씨들 서울로 가네.
정든 사람 정든 고향 잊었단 말인가

여기까지 오면 민간인 환자들도 합세했다. 그야말로 합창이 되어버렸다.

찔레꽃이 한 잎 두 잎 물 위에 내리면
내 고향에 봄은 가고 서리도 차네
이 바닥의 정든 사람 어디로 가나
전해오던 흙냄새를 잊었단 말인가

목청이 터져라 하고 노래를 부를 때면 환자들은 모두 자신의 현실을 잊었다.

6. 병사들의 합창

그들은 흡사 영혼이 고향의 바닷가로, 뒷동산으로, 그리고 뽕나무밭으로 날아가는 것 같은 표정으로 불렀다. 그들의 마음에는 분명 인민군에게 점령당한 고향이 떠올랐을 것이다. 부상병들에게는 그 고향을 되찾기 위해 피 흘렸던 전선이 회상되었을 것이다. 북진통일을 외치는 절규와도 같이 그들의 노랫소리는 입원실을 뒤흔들었다.

이런 가운데 환자들의 상처는 아물어갔다. 완치된 민간인은 사회로 나가고 병사들은 일선으로 떠나갔다. 매일 한두 사람의 병사나 민간인이 떠나가면 그 빈 자리를 다른 부상자가 와서 채웠다.

아내의 상처도 한결 나아 있었다. 팔꿈치에서 흐르던 고름도 멎고, 옆구리의 상처도 많이 아물어 있었다. 두 곳의 상처에서 느끼는 통증도 많이 감소되어 있었다.

어느 날 아침, 회진이 끝난 후 간호사는 주사를 놓아주지 않고 그대로 군의관을 따라 나갔다.

"간호사님! 왜 주사를 안 놓아주세요? 아직 옆구리에는 통증이 있고 진물도 많이 나오는데요."

그녀는 간호사의 뒤를 따르면서 말했다.

"요즈음 주사약이 부족해요. 댁 정도로 치료된 환자에게는 주사를 놓아주지 않기로 했어요."

퉁명스러운 말을 남기고 간호사는 입원실을 나가버렸다.

아내는 당혹감을 느꼈다. '난 하루속히 이곳을 나가서 남편과 시숙을 찾아야 한다. 그러기 위해서는 상처가 속히 아물어야 하는데 지금 주사를 떼면 상처의 완치가 늦어질게 아닌가.' 그녀는 갑자기 천애의 고아처럼 되어버린 자신이 가련하게 여겨졌다. 복받치는 설움을 누를 길이 없었다. 이렇게 되고 나니 지금까지 '원망의 하나님'으로 생각해왔던 그분이 '의지依支의 하나님'으로 여겨졌다. 그녀는 자리로 돌아와 무릎을 꿇고 기도를 드렸다. '하나님! 빨리 퇴원을 해야겠는데 오늘부터는 주사를 놓아주지 않기로 되었답니다. 어쩌면 좋겠습니까? 불쌍히 여기시고 저를 돌보아주세요. 하루속히 퇴원할 수 있도록 은혜를 베풀어주세요.' 정말로 간절히 기도를 드렸다.

―환난 날에 여호와께서 네게 응답하시고…… 네 마음의 소원대로 허락하시고 네 모든 도모를 이루시기를 원하노라.(시편 20편 1~4절)

이 성경 구절대로 신의 특별한 은총이 그녀에게 임했던 것일까?

그날, 무더운 오후가 황혼으로 물들 때 아내는 병원 앞마당으로 바람을 쐬러 나갔다. 마침 애국부인회 회원 10여 명이 무리를 지어 정문을 향해 걸어 나가고 있었다.

그 무렵 부산 시내의 애국부인회원들이 매일 병원에 와서 환자들의 피 묻은 빨래를 해주고 있었는데 이때 그들이 일을 마치고 귀가하는 길이었다.

"아이고, 젊은 새댁이……."

그 중의 한 부인이 아내 앞으로 걸어왔다. 그리고 아내의 얼굴을 한동안 들여다보았다.

"두 곳이나 다쳤네요. 많이 아프지요?"

"예, 이제 많이 나았어요. 페니실린만 있으면 더 빨리 나을 텐데, 오늘부터는 주사를 놓아주지 않네요."

"페니실린요?"

부인은 한동안 생각에 잠기다가 말했다.

"내가 구해볼게요. 구해지면 내일 아침에 입원실로 들를게요."

이렇게 헤어진 그 부인은 다음날 아침 페니실린 주사약 세 병을 가지고 아내를 찾아왔다.

"구했어요. 우선 이것으로 맞으세요."

"돈을 드려야 할 텐데······."

"염려 말아요. 새댁이 무슨 돈이 있겠어요?"

아내는 간호사에게 부탁해서 주사를 맞았다. 부인은 그후에도 몇 번 더 주사약을 가지고 아내를 찾아왔다. 아내의 상처는 회복의 도를 더해갔고 완치될 날도 멀지 않게 되었다.

어느 날 새벽, 아내는 매일 해오던 대로 무릎을 꿇고 기도를 드렸다. 옆자리의 노파가 기도 끝나기를 기다렸다가 말했다.

"새댁! 오늘은 송도에 가볼까?"

"송도에는 왜요?"

"대구에 있는 새댁의 시숙한테 전화를 걸어보자구."

"민간인은 시외전화를 할 수 없잖아요, 아주머니."

"우리 아들 해진이가 송도에 있는 국제전신전화 중계소에서 피난을 하고 있어. 영동중계소에서 근무하다 이번에 이리로 왔거든. 그애한테 가보자구."

"그게 되겠어요?"

"그러니까 우리 아들한테 부탁해보자는 거지. 싸게싸게 아침 먹고 가보자고."

두 사람은 서둘러 병원을 나섰다. 길을 물어물어 장시간을 걸은 후에 송도에 도착했다.

노파의 아들 장해진은 마침 중계소 안에 있었다. 아내는 그의 도움으로 대구까지 그 어려운 전화 통화를 할 수 있었다.

내가 대구를 떠나오기 전 아내로부터 형에게 걸려왔던 전화는 이렇게 해서 통해졌던 것이다.

아내는 그간 자신이 겪어온 이야기를 다 마친 후 말했다.

"여보! 난 이번 피난을 통해서 하나님의 은혜를 뼈저리게 체험했어요. 아프게 하시다가 싸매시며 상하게 하시다가 그 손으로 고치시는 하나님, 여섯 가지 환난에서 우리를 구원하시고 전쟁 때에 칼권세에서 우리를 구속하시는 하나님이신 것을 깨달았어요."

나는 아내의 야윈 얼굴을 쳐다보며 '그렇게 좋은 하나님이 왜 구필이와 구희를 죽게 했어?' 하는 생각이 들었으나 그녀에게 잔인할 것 같아 차마 입 밖에 내지 못했다. 나는 이런 생각을 하는 것 자체가 내 스스로 신앙이 없는 탓일 거라고 치부하고 말았다.

정구식 등 세 소년은 김천에서 나와 헤어진 뒤 고향집으로 돌아오는 도중에 임계리 거주 박일만 등 청년 여덟 사람을 만났다.

이 청년들은 임계리 입구에서 복종과 함께 미군들에 의해 새재로 끌려갔다가 풀려난 사람들이었는데 그들 모두가 남쪽으로 가는 길이라면서 소년들에게 같이 가자고 권했다. 소년들도 그 청년들과 동행키로 하고 다시 김천으로 들어왔다.

그들 일행은 해가 저물었으므로 그날은 김천에서 자고 이튿날 아침 일찍 시가지가 불타기 시작한 속에서 성주 방면으로 향했다. 그런데 도중에서 인민군을 피해오는 길이라며 성주 쪽에서 김천을 향해 무리지어 오는 피난민들을 만나 발길을 돌려 대신으로 갔다. 때마침 비가 너무 많이 쏟아지는 바람에 그곳에서 이틀 밤을 자고 아포를 거쳐 구미까지 내려갔다.

그곳에서 또 하룻밤을 묵은 다음 약목까지 내려갔는데 금오산 쪽에서 쌕쌕이가 폭격과 기총소사를 해대고, 포탄이 연신 떨어지고 있는 것이 멀리에서 바라보였다.

이들은 남쪽으로 가는 것을 단념하고 발길을 북쪽으로 다시 돌렸다. 이제 집으로 돌아가는 길밖에 다른 도리가 없다고 생각을 한 것이다.

터벅터벅 하루 종일 걷다 보니 모두 배가 몹시 고팠다.

"저기 과수원이 보인다. 요기를 하고 가자구."

청년 한 사람이 말했다.

"그렇게 하세."

모두가 과수원 쪽으로 걸어갔다. 구식도 물론 그들을 따라갔다.

"이 집도 모두 피난 갔구나."

텅텅 빈 과수원집을 바라보며 일행이 복숭아나무 그늘로 막 들어서려 할 때였다.

"손들어!"

날카로운 수하소리가 과수원 안쪽에서 들려왔다.

모두 깜짝 놀라 소리 난 쪽을 바라보았을 때 인민군 한 사람이 총구를 겨누고 다가왔다.

"동무들! 와 여까지 왔디?"

그의 음성마저 살기를 띠고 있었다.

청년 하나가 새재와 노근리에서 미군들로부터 당한 이야기와 살기 위해 그곳에서 도망쳐나와 이곳까지 오게 된 경위를 설명하고, 배가 고파 복숭아를 따먹으려던 참이었다고 과수원에 오게 된 이유를 말했다.

"아아, 그랬었구먼. 우리가 노근리에서 미군 간나새끼들을 까부수고 터널로 갔을 때 많은 동무들이 간나새끼들에게 죽음을 당해 그 일대에 송장이 즐비했었디. 굴 안에는 아직도 살아남은 동무가 몇 사람 있어서 우리가 구해줬어. 죽은 오마니 젖을 빨고 있는 갓난아기를 발견하고 인근 마을의 한 에미나이에게 인계하고 왔어. 미군 간나새끼들은 짐승만도 못한 새끼들이야. 동무들! 배고프디? 더쪽으로 가서 같이 밥이나 먹자우."

그는 구식 일행을 과수원 깊숙한 곳으로 인도해갔다.

마침 인민군 10여 명이 식사를 하고 있었다.

처음에는 그들 곁으로 다가가는 것조차 불안하고 두렵기도 했지만 배가 너무 고파 그들이 권하는 대로 함께 밥을 먹었다. 같이 식사를 하다 보니 청년들 마음속에서 그들에 대한 불안과 두려움이 가셨다.

그날은 밤을 새워가며 걸어 새벽녘에 김천에 당도했다. 그런데 시가지 남쪽을 흐르는 감천내에 가설되어 있던 다리가 폭격당해 사람이나 차마車馬는 하천의 모래 위로 통행하고 있었다.

이들이 하천 가운데쯤을 지나고 있을 때 어둠 속에 서 있는 트럭 곁에서 인민군 운전병이 소리 질렀다.

"동무들! 어디까지 가오?"

"영동까지 갑니다."

"아아, 거 잘됐수다레. 이 차를 밀어주기요. 그럼 내레 황간까지 태워두지."

이들 일행은 달려들어 트럭을 밀고 당겼다. 고생고생 끝에 차가 모래수렁에서 빠져나왔다. 트럭을 얻어 탄 구식 일행은 먼동이 틀 때 황간 북쪽 1킬로미터쯤에 위치한 안대굴(철로 터널) 앞까지 갔다. 그때 갑자기 쌕쌕이 한 대가 나타나서 트럭에다 기관총탄을 퍼부었다. 트럭은 황급히 터널 안으로 도망쳐 들어갔다. 터널 안에 포탄과 탄환 상자, 기타 군수품이 많이 쌓여 있는 것이 보였다. 이들이 타고 온 트럭은 이 물건들을 실으러 왔던 것이다.

구식은 트럭에서 내리자마자 노근리를 향해 철로 위를 달음박질했다. 가족들 안부가 궁금했던 것이다.

노근리 철도 밑 터널의 안과 밖 여기저기에는 찾아갈 가족조차 없어 버려져 있는 송장들이 즐비했다. 구식은 어머니와 동생들 시신이 없나

하고 송장들 사이를 누볐다. 엎어져 있는 시체를 젖혀 가면서. 더위에 온몸이 퉁퉁 부어서 누가 누구인지 도무지 식별이 되지 않았다.

구식은 심장의 심한 고동으로 파열될 것 같은 가슴에 불안과 슬픔을 안고 집을 향해 달렸다.

그는 삽짝 밖에서부터 마당에서 움직이는 어머니의 모습을 보았다. 쏜살같이 달려가서 어머니를 얼싸안으며 소리쳤다.

"어머니이ㅡ."

모자는 서로 부둥켜안고 목 놓아 울었다. 헤어진 지 불과 6일 만의 만남이었지만 이렇게 기쁘고 감동적일 수가 없었다.

"어머니! 온 가족이 모두 무사하니 얼마나 좋아요."

"그래, 우리 가족은 다 무사해서 다행이지만 죽어간 사람들이 너무 불쌍하구나."

"……."

"차라리 인민군이 조금만 빨리 와주었어도 많은 사람이 살아남을 수 있었을지도 모르는데."

"예? 인민군이 늦게 와서 사람들이 많이 죽었다구요?"

"그렇단다. 마지막 날, 날이 새었을 때 굴 입구까지 미군들이 접근해서 총을 쏴댔다. 그때 굴속에 있던 사람들이 거의 총에 맞았어."

"우리 가족은 용케도 무사했네요?"

"그래그래. 다 하나님 은혜지. 나는 네 동생들과 엎드려 죽은 시늉을 했다. 미군들은 다 죽은 줄 알았겠지. 총질을 멈추더라. 정적靜寂이 오랫동안 이어졌지만 겁이 나 일어날 수도 굴 밖으로 나갈 수도 없었어."

"……."

"그런데 말이다. 굴 밖에서 인기척이 나고 한국말로 지껄이는 사람들 소리가 들렸어. 그제야 우리는 모두 일어나 앉았지. 그때 인민군들이 굴 안으로 들어왔어. 이들 덕분에 우리는 살아서 집으로 돌아올 수 있었단다."

구식은 그때 끝없이 눈물을 흘리던 어머니의 모습이 44년이 지난 지금도 눈앞에 선하다고 말한다.

왜 미군이 무고한 양민들을, 한 사람도 아닌 그 많은 사람들을 잔인하게 살상했을까? 이것은 이 사건 당시 죽음을 당한 분의 유족이나 부상한 본인들이 한결같이 가졌던 의문이었다. 그리고 그때로부터 44년의 세월이 흐르는 속에서 우리들이 한시도 잊지 않고 간직해온 의문이기도 했다.

지금 나는 이 의문에 대한 해답을 생각해본다.

첫째로 죽미령의 스미드 부대 패전 이후 패퇴만 계속해왔던 미군이 적에 대해 겁에 질리고 이성을 잃은 나머지 저지른 살상이 아니었던가? 하는 생각을 해보았다.

그러나 그것은 아니었다. 미군들은 노근리 앞 철로 위에다 폭탄을 투하하기 전에 피난민들의 짐에 대해 검색을 실시하고, 또 폭격 후에는 철로 밑 터널 속에 그들의 위생병을 보내 부상자들에게 치료까지 해주면서 피난민들이 변장한 인민군이 아니라는 것을 충분히 확인했었다. 무기라고는 하나도 갖지 않았던 피난민들, 노인과 부녀자, 유아가 절반을 훨씬 넘었던 이들로 인해서 미군들이 겁을 먹을 이유도, 이성을 잃을 까닭도 없었으리라는 것이 많은 생각 끝에 도달한 나의 결론이다.

둘째로 '복수 행위'의 연출이 아니었을까 하는 생각이다. 페렌바크가 그의 저서에 기술한 대로, 또 당시 사건 현장의 터널 속에서 미군 위생병이 말한 대로, 미 제24사단이 대전 전투에서 고전하고 있을 때 인민군 유격대가 피난민으로 변장하고 전투 현장에 침입해서 미군들에게 큰 손실을 입히고 나아가 대전을 함락케 하는 데 한 원인이 되기도 했었다.

노근리의 학살 현장에 배치되어 있던 미군은 대전에서 인민군에게 패배한 미 제24사단 소속이 아니고, 영동에서 이 24사단으로부터 진지를 인수한 미 제1기병사단 예하부대였지만, 대전에서 제 동료들에게 극심한 피해를 입힌 인민군에 대해 분개와 복수심이 발동했을지도 모른다는 생각을 나는 해보았다. 페렌바크는 그의 저서에서 '6·25전쟁 초기 미군 병사들은 적의 제도에 대해 적개심을 품지 않았고, 거기에 항거하려는 의욕도 느끼고 있지 않았었다'고 적고 있다. 북쪽 공산 제도에 대해서 적개심도, 항거하려는 의욕도 갖지 않았다는 것은 남한과 북한, 즉 우리 국군과 인민군을 구별하는 것에 둔감했었다는 말이 될 수도 있다. 나아가 우리 한국인과 인민군은 같은 코리언Korean이기에 미군으로서는 심정적으로 양쪽을 혼동할 수도, 구별에 둔감할 수도 있었을 것이다.

이런 미군이 '종로에서 뺨 맞고 한강에서 눈 흘긴다'는 식으로, 대전에서 피난민으로 변장한 인민군 유격대들로부터 당한 복수를 노근리의 우리 피난민들에게 했던 것이 아니었던가 하는 생각을 해보는 것이다.

셋째로 이런 생각도 해보았다. 피난민들이 미군들의 작전에 거치적거리는 존재가 되었을지도 모른다는 것이다. 인민군에 밀려 미군 자신들도 위험하게 된 판국에 수백 명이나 되는 피난민들이 나타나서 방어선을 지나 남하하려고 했으니 저들로서는 처치 곤란하게 된 것이 아니었나? 그래서 아예 싹 없애버리려 했던 게 아니었나? 하는 생각이 드는 것이다.

그러나 최전방으로부터 무전 보고를 받은 고위지휘관이 비행기를 띄워 현장을 정찰케 한 다음 전투기를 보내서 폭격과 기총소사를 해대는 한편, 이들 피난민들을 4일간이나 터널 속에 가둬 놓고 잔학한 살상 행위를 감행케 한 것은 계획적이고 조직적인 범죄 행위라는 것이다.

위에 적은 세 가지 이유 중 어느 것에 해당되든 간에 적대 행위를 하지 않는 비무장 민간인을 살상해도 좋다는 규정은 국제법의 어느 곳에도 없다.

더욱이 산속에서 잘 있는 사람들을 미군 자신들이 끌어내어 위험지대로 들어가게 한 다음 살상을 저질렀으니 말이나 되는 것인가.

예나 지금이나 온 세계를 향해 인권 존중을 외치는 미국의 군대가 이러한 범죄를 저지른 데 대해 지금도 우리는 분노와 슬픔을 금할 수가 없다.

1960년 10월 중순경 신문지상에, 6·25전쟁 당시 피해를 본 사람들에 대한 배상을 위해 미국 정부가 서울에 소청사무소訴請事務所를 개설

운영하고 있다는 기사가 실렸다. 이 기사를 읽고 나는 유가족 수명과 연명으로 '노근리 살상 사건'에 대한 손해배상을 서울의 소청사무소에 청구했었는데, 이에 대해 소청사무소의 포리백만 법무대위가 그해 11월 7일에 발송한 회신(문서번호FCC/802/60/228)에는 '법정 기한 경과 후 제출된 것이기 때문에 서울 소청사무소에서는 심의할 권한이 없다'는 내용이 적혀 있었다.

나는 그해 12월 27일 미합중국 앞으로 손해배상 청구서를 다시 작성, 포리백만 법무대위에게 우송하여 미국 정부에 전달해달라고 요청했지만, 그후 이에 대해 소청사무소나 미국 정부로부터 아무런 연락도 받지 못한 채 오늘에 이르렀다.

현재 조사된 사망자 수가 임계·주곡리 2개 부락에서만 85명이고 부상자도 상당수가 된다고 한다. 그리고 다른 부락의 희생자 역시 무척 많다는 이야기이다.

이러한 살상사건이 벌어졌다는 사실 자체가 우방인 한·미 두 나라 사이에 지극히 불행한 일이기는 하지만, 미국이 인권을 존중하는 국가답게 앞으로 그들의 군대에 의해 이러한 사건이 세계 어느 곳에서도 다시는 재발되지 않도록 하는 데에 이 글이 도움이 되었으면 하는 것이 나의 바람이다.

끝으로 미국 정부는 노근리에서 죽어간 많은 영혼들과 그 유가족들, 그리고 생존해 있는 부상자들을 위안할 수 있는 공개적이고 양심적인 조치를 취해주길 바란다.

7. 망향望鄕에 애타는 사람들

코발트색의 바다 저 멀리에 꽤나 큰 선박이 정박해 있었다. 모터를 장치한 여러 척의 작은 통통선이 그 선박과 부두 사이를 부지런히 왕래했다. 통통선들은 돌아올 때마다 시레이션 상자를 가득 싣고 왔다. 배가 부둣가에 닿기가 바쁘게 5,6명의 노무자가 그 위로 올라갔다. 그리고 상자들을 땅 위에 부렸다. 부두 위에는 금세 상자들이 산더미같이 쌓였다. 수십 명의 노무자들이 줄을 지어 그 상자 더미 밑으로 걸어갔다. 두 사람의 노무자가 더미 위에서 상자를 하나씩 들어내어 걸어 들어오는 노무자의 어깨 위에 얹어준다. "설탕!" 두 사람은 어깨 위에 상자를 놓으면서 상자에 인쇄되어 있는 영문자를 보고 이렇게 합창을 한다. 상자를 메고 가는 사람에게 그 물건이 무엇인가를 알려주기 위해서이다. 다음 사람이 어깨를 들이댄다. "커피!" 하고 외치는 소리와 함께 어깨 위로 상자가 올라간다. 걸어 나간다. 다음 어깨가 또 달려든다. "우유!" 또 상자가 올라가고 사람이 걸어나간다. 이렇게 해서 상자를 멘 노무자들이 줄을 이었다.

아내가 수용되어 있던 교실에는 강원도와 충청북도에서 온 피난민들이 들어 있었다. 이들은 교실 마룻바닥 위에 가마니를 깔고 가구家口별로 모여 지내고 있었고, 각 가구들 사이에는 보통이를 쌓아올려 이웃 가구들과의 경계를 삼고 있었다.

아내도 가마니 한 장을 뜯어서 간 공간을 자기 거주 구역으로 배정받고 있었으므로 나도 그곳에서 같이 지내기로 했다. 복희도 교실 한구석에 거처할 장소를 배정받았다.

수용소 안은 쌓아올린 보통이와 너무 많은 사람들로 숨이 막힐 것만 같았다. 너무나도 빈틈이 없었다. 그런데도 우리 내외의 생활 속에는 크나큰 구멍이 존재하고 있었다. 깨어 있을 때는 물론 자고 있을 때에도 나는 늘 허전함을 느꼈다. 그것은 구필이와 구희가 우리로부터 떠나가고 남은 흔적이었다.

전쟁이 나기 전 잠자리에 들 때 나는 구필이를, 아내는 구희를 가슴에 품고 잤다. 그런데 두 아이가 우리 곁에서 영영 떠나가버린 그때 나와 아내는 고독과 고통 속에서 밤을 보냈다. 나는 잠결에 구필이를 품속으로 끌어들이려다 공허를 안고는 깜짝 놀라 잠을 깨곤 했다. 그러고는 그리움과 애통으로 밤잠을 설치기 일쑤였다.

낮에는 낮대로 고통이었다. 날이 새기가 바쁘게 구필·구희 또래의 아이들이 운동장으로 쏟아져 나왔다. 저들의 모습에서 나는 우리 두 아이의 지난날을 회상했다. 그들이 세상에 나온 지 한 달쯤 지났을 무렵 내가 조심조심 안아 올렸던 우리의 분신, 작고 따뜻하고 부드럽고 생기가 발랄했던 생명체들이었다. 그들의 입에서 풍기는 모유 향기에 친근감을 느끼며 내 코로 그들의 볼을 얼마나 비볐던가. 그리고 그들을 기르는 데 얼마나 공을 들였던가.

그런데 그들은 이미 우리 곁에 없었다. 그들을 볼 수도 가슴에 안을 수도 없었고 재롱을 떨게 할 수도 없었다. 그들은 큰 슬픔을 남겨 놓고 우리 곁에서 떠나간 것이었다. 거친 들판에서 허허로운 산속에서 총에 맞아 비참하게 죽은 것이다. 병에 걸려 의사의 치료를 받다가 집 안에서 죽었다면 우리의 아픔이 조금은 덜했을지도 모른다. 그런데 그들은 비명에 갔다. 엄청난 비명에 간 것이다.

사랑하는 사람의 죽음의 순간을 지켜보지 못하고 그 시신을 만져볼 기회를 가져보지도 못한 사람은 그 어느 누구보다도 불행한 사람이라는 사실을 나는 이때 뼈저리게 느꼈다. 사랑하는 사람을 저세상으로 떠나보낼 때 보통 하는 방식대로 작별을 할 수 있음이 그래도 슬픔 속에서 누릴 수 있는 행복일 것이다. 시신을 부둥켜안고 울어도 좋고, 그 곁에서 뒹굴어도 좋다. 차디찬 고체와 같은 시신을 어루만지며 소리 없이 흐느껴도 좋다. 슬픔에 처한 자가 하고 싶은 대로 마음껏 감정을 발로發露시킬 수 있다면 그것이 바로 그에게는 하나의 행복일 것이다. 그런데 나는 이러한 일들을 하나도 할 수가 없었다. 아내 또한 그러한 작별을 하지 못했다. 어두컴컴한 아카시아나무 그늘에서, 이방인 병사들의 들것 위에서 어린것들의 시신과 작별을 해야 했던 그녀였다. 지극히도 불행한 우리 부부였다.

'우리는 누구에게서 위안을 받아야 하나?' 그 무엇으로부터든지 위안을 받아야겠다고 그때 나는 절실히 느꼈다.

—모든 육체는 풀이요, 그 모든 아름다움은 들의 꽃 같으니 풀은 마르고 꽃은 시듦은 여호와의 기운이 그 위에 붊이라. 이 백성은 실로 풀이로다.(이사야 40장6~7절)

인생의 덧없음과 인명은 신이 주장함을 나타낸 성경 구절이다. 신은 왜, 무엇 때문에 풀인 이들에게, 꽃인 어린것들에게 참혹한 죽음을 맞도록 했을까? 도무지 알 수 없는 일이었다. 그저 마음이 아플 뿐이었다. 가눌 수 없는 무거운 슬픔에 몸부림을 치곤 했다.

전쟁에 밀리고 밀려 좁은 땅 남쪽 끝까지 내려온 피난민들, 덧없는 세상에서 풀과 같은 존재들, 우리의 비극에 대해 국외자局外者일 수밖에 없는 이들은 풍전등화와 같은 나라의 운명 앞에서 자기 자신들의 운명을 헤아릴 겨를도 없이 순간순간을 생존하려고 발버둥치고 있었다. 지난날 부자로 살았던 자도 가난 속에 있었던 자도, 높은 지위에 앉았던 자도 낮은 자리에 있었던 자도, 지식을 가진 자도 무식한 자도 한결같이 딱한 처지의 피난민일 뿐인 위치에서 그날그날의 삶에 허덕이고 있었다.

이들의 생활은 진묘한 풍경을 연출하기도 했다.

하루 세 끼의 식사를 준비할 때가 되면 여자들은 돌짝 서너 개씩을 주워다가 운동장 아무 곳에나 앉혀놓고 그 위에 솥이나 냄비를 걸었다. 그 속에다 쌀과 보리쌀을 일어 넣고 또는 찌개거리를 넣은 다음 마른 나무나 종잇조각을 불살랐다. 운동장 여기저기에 가득히 널려 있는 솥과 냄비 밑에서 나오는 연기는 운동장과 교사를 온통 뒤덮고 교실 안에까지 밀고 들어왔다.

취사가 다 되면 만든 음식물을 교실 안으로 가지고 들어와서 제각기 자기 자리에서 식사를 하게 마련이었는데, 그때마다 짠 냄새, 매운 냄새, 비린내 등이 혼합되어 매캐하고 굴터분한 냄새로 변해 교실 구석구석을 채우고 콧속까지 사정없이 자극했다.

밤이 되면 더욱 볼 만한 장면이 연출되었다. 드르렁드르렁 코고는 소리가 저편에서 공기를 흔들기 시작하면 이편에서는 무슨 소리인지 알 수 없는 잠꼬대를 해댔다. 그런가 하면 교실 중간께에서 뿌드득뿌드득 이를 가는 소리가 반주를 넣었다. 밤새도록 계속되는 이런 소음 속에서도 모두들 잘도 잠을 잤다.

잠 못 이루는 사람은 아내와 나뿐이었다. 그녀는 병원에 있을 때부터 뜬눈으로 밤을 지새운 적이 한두 번이 아니라고 했다. 어린것들이 귀엽게 자라던 모습과 그애들이 무참하게 죽어가던 광경이 눈앞에 어른거려서 도저히 잠을 이룰 수가 없다는 것이었다.

"여보! 나, 정말로 미칠 것만 같아요."

어느 날 아침식사 후 이웃 사람들이 밖으로 나간 사이에 아내는 말했다.

"……"

나는 말없이 그녀의 창백한 얼굴을 바라보았다.

"구필이 말이에요. 죽기 전에 너무 고생시킨 것이 견딜 수 없게 맘이 아파요."

"……."

"미군들에 끌려서 피난을 나올 때, 국도에 올라서기 직전 개울 물 속에서 구필이가 고무신 한 짝을 떠내려 보냈거든요. 날은 어둡고 미군들은 빨리 가라고 재촉을 해대고, 그 고무신 한 짝을 찾아서 신길 틈이 어디 있었어야죠."

"……."

"나머지 한쪽 발에만 신을 신고 우리 아기는 먼 길을 걸었어요. 그 다음날 햇볕이 쨍쨍 땅을 태울 때에도 그대로 걸을 수밖에 없었어요."

"……."

콧등이 찡하도록 가슴 아픔을 느꼈으나 나는 잠자코 듣고만 있었다.

"잠시 내가 업기는 했지만 구희와 짐 때문에 많은 시간을 그대로 걷게 했죠."

"……."

이야기를 하다 말고 그녀는 흐느끼기 시작했다. 한동안 멈추었다가 그녀는 또 이야기를 이어나갔다.

"이 미련한 것이 그런 속에서 아이들을 죽음의 길로 끌고 갔으니, 이 일을 어찌하면 좋아요."

끝내 그녀는 통곡을 터뜨리고 말았다.

나는 예전에 『안네의 일기』라는 책을 읽은 적이 있다.

44년 전에 5세의 어린 나이였던 내 아들 구필이가 미군들의 강요로 시작된 고통의 길을 걷다가 미군들에 의해 애처롭게 죽음을 당한 그 사건을, 게슈타포에 체포되어 이리저리 끌려 다니다가 독일 베르젠에 있던 유대인 수용소에서 15세 나이로 죽어간 안네의 경우와 비교해보면서 나는 참을 수 없는 비애와 분노를 느끼곤 했다.

복종은 남성현 역전 모병소에서 군 입대를 자원했던 날 석양 무렵에 입대 지원자 약 200명과 함께 화물열차를 타고 대구로 인솔되었다. 그리고 해방 전에 일본인이 경영하다 그 당시에는 문을 닫았던 가다쿠라(片倉) 방적공장에 수용되었다.

이들은 공장 창고 안에서 담요 한 장을 절반으로 접어 그 반은 깔고 반은 덮고서 하룻밤을 잤다.

이튿날 아침 일찍 군복으로 갈아입은 이들은 곧 훈련으로 들어갔다. 훈련 장소는 공장의 넓은 공터였다. 첫날은 제식 훈련의 기초 동작을 배우고, 둘째 날에는 총기의 소제와 분해·결합법을 익힌 후 제식 훈련을 받았다. 셋째날 오전에는 총기 사용법과 수류탄 투척법을 배우고, 오후에는 포복 훈련을 받았다. 넷째 날에는 대구 교외로 나갔다. 그리고 그곳에서 사격자세와 요령 및 수류탄의 투척법을 다시 연습했다. 마지막으로 실탄 5,6발씩을 지급받아 사격 연습을 했다. 이것으로써 신병들을 일선에 배치키 위한 모든 훈련이 다 끝이 났다.

닷새째 되던 날 정오경, 신병들은 미군이 운전하는 트럭에 분승, 대구 시내 수성국민학교로 옮겨져 그곳에 수용되었다. 그리고 이곳에서 부대 편성을 마쳤는데 복종은 국군 제7사단 5연대 3대대 2중대 1소대에 배치되었다.

복종은 일본에서 농업학교를 다닌 5년 동안 군사 훈련을 받은 경력이 인정되어 소대의 선임하사 일을 보게 되었다. 그 소대의 소대장은 상사가 맡게 되었다. 이와 같이 신병이 소대의 선임하사 일을 보고 상사가 소대장직을 맡지 않으면 안 되었을 정도로 병력이 모자랐는데, 이것은 거듭된 인민군과의 치열한 전투에서 병력의 소모가 컸던 것과 계속되는 부대 증설 때문이었다.

팔꿈치에 입은 내 아내의 상처는 아물었지만 두 달 동안을 계속 왼쪽 어깨에 걸치고 있었던 관계로 팔꿈치의 뼈가 그대로 굳어 있었다. 상박上膊과 하박下膊이 45도 정도의 각도로 굳어버린 팔꿈치는 어깨에 걸쳐 맨 끈을 푼 다음에도 펴지지 않았고, 하박을 굴신할 수도 없었다.
 수용소에서 멀지 않은 섬 안에 용한 정골원整骨院이 있다는 말을 듣고 나는 아내를 데리고 그곳을 찾아갔다. 마흔이 채 안 돼 보이는 남자가 팔꿈치 언저리를 한동안 살펴본 다음 말했다.
 "문제없어요. 일주일 정도만 치료하면 원상으로 회복이 될 겁니다."
 그가 너무 자신 있게 말했기 때문에 당장 그날부터 그의 치료를 받기로 했다.
 그는 부랴부랴 화덕에 연탄불을 피우고 세숫대야에 물을 떠다 그 위에 얹었다. 그리고 데워진 물속에 수건 두 장을 담갔다. 한참 뒤에 그중 한 장을 꺼내어 부상한 팔꿈치 부분을 한동안 감아 돌렸다가 풀었다. 그러고는 상처 언저리를 양손으로 부지런히 주물렀다. 이번에는 대야 안의 다른 수건을 꺼내어 팔꿈치를 감싼 다음 그것을 자신의 무릎 위에 얹게 하고는 억센 양손으로 굳어 있는 팔꿈치를 바깥을 향해

지그시 눌렀다. 비명을 지르는 아내의 얼굴에서 구슬땀이 흘러내렸다.

사나이는 대야 속의 수건을 번갈아 꺼내어 팔꿈치에 감았다 풀었다 하면서 같은 동작을 되풀이했다.

매일 치료를 계속하다 보니 그의 말대로 팔꿈치는 점차 펴져서 움직일 수 있게 되었고 완전히 원상회복은 되지 않았지만 상박과 하박이 거의 곧게 펴졌다.

그러나 10일간 치료비를 내다 보니 내 호주머니는 빈털터리가 되어버렸다.

그때 정부에서는 수용소 피난민들에게 양곡과 부식비를 나누어주었다. 쌀과 보리쌀을 합해 1인당 하루 2홉의 양곡을 10일분씩 모아 배급해주는 동시에 부식비로 얼마인가의 돈도 지급해주었다. 그러나 그 정도의 구호로는 도저히 식생활을 해결할 수 없었다.

그래도 우리들의 이 정도 고생은 아직도 약과였다. 수용소에 들어오지 못한 사람들의 생활은 더욱 비참했었으니 말이다.

정부당국에서 발표한 바에 따르면 당시 피난민 총수가 217만 3천여 명이었음에 비해 국내 각지 수용소에 들어간 사람은 겨우 64만 3천여 명이라 했다. 부산에도 백만 명에 가까운 피난민이 모여들었지만 수용소에 수용된 피난민은 극소수에 불과했다. 나머지 사람들은 남의 집 방 한 칸을 얻어서 불편한 삶을 살았고 방을 얻지 못한 엄청난 사람들은 길 옆 빈터나 산 위에다 판잣집을 지어 비바람을 피했기에 부산 주변 산과 빈터들이 판잣집으로 가득찼다.

또한 수용소 밖의 피난민들은 양곡 배급을 고루 받지 못하는 형편이었으니 먹는 문제와 주거 문제는 이들의 피난생활을 무척이나 고달프게 만들었다.

그래서 많은 사람들이 거리로 나가 노동도 하고 행상을 하는가 하면, 어린 자녀들까지도 거리로 내보냈다. 껌이나 빵, 혹은 신문지 뭉치를 들고 손님을 부르며 뛰어다니는 소년, 이 소년들은 거의 모두가 피난 온 아이들이었다.

아침 일찍 나는 거리로 나섰다. 섬 안의 번화가를 지나서 뒷골목으로 들어섰다가 영광사 앞까지 올라가보았다. 일거리는 없었다. 이번에는 대신동으로 갔다가 범일동으로 향했다. 역시 허사였다.

해가 뉘엿뉘엿 서산으로 질 무렵 나는 부산역을 향해서 걸었다. 어느 길모퉁이 담장 밑에 많은 사람들이 모여 있었다. 노무자를 모집하는 광고를 올려다보고 있는 사람들이었다. 광고의 내용인즉, 자격은 20세 이상의 신체 건강한 남자이면 좋고 작업장은 적기赤崎부두라고 적은 다음 자세한 것은 부두노동조합 사무소에 문의하라고 써 있었다.

사무소를 찾아 들어갔을 때 책상에 앉아 일을 보던 직원은 그 다음날 아침 7시까지 그곳에 나와달라고 했다. 8시에 일이 시작되지만 모인 인원들이 트럭을 타고 작업 현장까지 가야 하므로 시간을 지켜달라는 것이었다.

코발트색의 바다 저 멀리에 꽤나 큰 선박이 정박해 있었다. 모터를 장치한 여러 척의 작은 통통선이 그 선박과 부두 사이를 부지런히 왕래했다. 통통선들은 돌아올 때마다 시레이션 상자를 가득 싣고 왔다.

배가 부둣가에 닿기가 바쁘게 5,6명의 노무자가 그 위로 올라갔다. 그리고 상자들을 땅 위에 부렸다. 부두 위에는 금세 상자들이 산더미같이 쌓였다. 수십 명의 노무자들이 줄을 지어 그 상자 더미 밑으로 걸어갔다. 두 사람의 노무자가 더미 위에서 상자를 하나씩 들어내어 걸어 들어오는 노무자의 어깨 위에 얹어준다. "설탕!" 두 사람은 어깨 위에 상자를 놓으면서 상자에 인쇄되어 있는 영문자를 보고 이렇게 합창을 한다. 상자를 메고 가는 사람에게 그 물건이 무엇인가를 알려주기 위해서이다. 다음 사람이 어깨를 들이댄다. "커피!" 하고 외치는 소리와 함께 어깨 위로 상자가 올라간다. 걸어 나간다. 다음 어깨가 또 달려든다. "우유!" 또 상자가 올라가고 사람이 걸어나간다. 이렇게 해서 상자를 멘 노무자들이 줄을 이었다.

적당한 간격을 두고 미군 병사 네댓 명이 서 있었다.

"설탕은 여기."

병사가 손에 쥔 막대기로 땅바닥을 가리켰다. 설탕상자를 멘 노무자가 그리로 걸어간다. 대기하고 있던 노무자 두 사람이 받아 내린다. 짐을 부린 사람은 부둣가의 큰 상자 더미를 향해 걸어간다.

"커피는 여기."

또 다른 막대기가 땅바닥을 두들긴다. 커피를 부린 사람은 설탕을 부린 사람의 뒤를 쫓는다. 노무자들은 상자를 메고 걷고, 그것을 부리고 또 걷고, 이렇게 같은 동작을 수도 없이 되풀이하며 여러 무더기의 상자 더미를 만들어나갔다.

오전 10시, 호각 소리가 울렸다. 15분간 휴식이란다. 나는 때 묻은 타월로 가슴팍을 문지르며 나무 그늘로 들어섰다.

"힘드시죠?"

마흔이 좀 넘어 보이는 사람이 숨을 헐떡거리며 말을 걸어왔다.

"예, 힘드네요."

"난리나기 전에 뭘 하셨수?"

"붓대 놀리는 일이오."

나는 이렇게 얼버무렸다. 그는 한동안 내 얼굴을 쳐다보다 말했다.

"나는 국민학교 교감을 하다 왔소. 양키들, 사람 부려먹는 솜씨 하나는 알아줘야겠군요."

"왜 아니래요? 휴식 시간 외에는 단 일 초의 틈도 못 주겠다, 그건가 보죠."

이때 옆에 앉아 있던 얼굴이 곱살한 청년이 우리 대화에 끼어들었다.

"신문기자로 단련된 다리지만 정말로 고난지삽니다."

청년은 양쪽 장딴지를 번갈아 주물렀다.

이때 호각이 또 울렸다. 그러나 노무자들은 그대로 앉아 있었다.

"허바 허바."

미군 병사 한 녀석이 눈을 까붙이고 막대기를 휘두르며 사무실에서 달려 나왔다.

점심시간에는 노동조합에서 커다란 나무상자에 주먹밥을 가득 담아 왔다. 보리쌀이 거의 전부인 새까만 밥이었다. 사람들은 16절지 크기의 마분지에 밥 두 덩이씩을 받아들고는 그 위에다 왕소금 몇 알씩을 집어 얹었다.

"허허―, 이걸 먹으라고."

교감이 한동안 들여다보고만 있었다.

"실속 차립시다. 피난 온 놈이 굶어 죽어봤자 곡해줄 사람 없을 테니까요."

신문기자는 입이 째지도록 밥을 씹었다.

"아닌 게 아니라 모래알 씹는 게 낫겠어."

나는 한 입 물어뜯은 다음 이렇게 말했다.

"잘 먹으려면 유엔군엘 가야죠. 저 시레이션을 실컷 먹을 수 있을 테니까."

신문기자가 입언저리를 쓱 닦았다.

"한국 사람도 유엔군에 들어갈 수 있소?"

"되구 말구요. 요새 그쪽으로 편입시키려고 한참 뽑고 있답디다. 어디 구미라도 댕기오?"

그는 흰 이빨을 드러내고 웃었다.

"빨리 실지失地가 수복되어 학교가 열려야 할 텐데."

교감은 아득한 북쪽 하늘을 쳐다보며 말했다. 그 말끝에 짙은 향수가 배어 있었다.

오후 작업은 더욱 고되었다. 다리에다 천근만근 되는 추라도 매단 것같이 하체가 도무지 말을 듣지 않았다. 노무자들 모두의 발걸음은 쌓인 피로 때문에 느릴 수밖에 없었다. 미군 병사들은 걸음이 느린 노무자를 향해 질풍같이 달려갔다. 그리고 막대기로 그의 엉덩이를 사정없이 후려쳤다. 이런 광경을 볼 때마다 내 피가 머리끝까지 솟구쳐 올라갔다. 그러나 꾹 참았다.

나는 그 다음날도, 다음다음날도 일터로 나갔다. 매일 같은 일을 했다.

3일째 되던 날의 일이었다. 오전 10시 가까이 되었을 때, 설탕상자 더미 쪽에서 갑자기 미군 병사 한 녀석의 고함 소리가 들렸다. 이윽고 두 명의 미군 병사가 "갓뎀"을 연발하며 농부 차림의 노무자 한 사람을 사무실로 끌고 가는 게 아닌가.

"치사하게시리."

앞서가던 사람이 투덜댔다.

"왜 그런대요?"

나는 그의 등 뒤로 바싹 따라붙었다.

"훔쳐 먹은 모양이오, 설탕을."

그는 걸어가면서 내뱉듯이 말했다. 내 뒤에서 따라오던 사람도 한마디 했다.

"빌어먹을 자식, 왜 도둑질이야?"

모든 노무자들이 휴식에 들어갔을 때에도 미군 병사들에게 끌려간 그 청년은 사무실 안에서 곤욕을 치르고 있었다. 미군 병사 한 녀석이 그의 입에다 설탕 그릇을 들이댔다. 청년은 먹지 않으려고 고개를 돌렸다. 어지간히 퍼먹인 모양으로 청년의 입언저리에 설탕이 하얗게 묻어 있었다. 옆에 있던 다른 미군 병사 녀석이 청년의 엉덩이를 구둣발로 걸어찼다. 청년은 하는 수 없이 입을 벌렸다. 미군 병사가 쳐든 그릇에서 설탕이 청년의 입 속으로 흘러 들어갔다.

오후 4시경 또 일이 벌어졌다. 그때 미군 병사들은 노무자들을 부려 먹고 감시하는 데 정신이 팔려 있었다. 그런데 콩나물처럼 몸이 가늘고 키가 큰 노무자가 어깨에서 상자를 내리기가 바쁘게 미군 병사에게로 다가갔다. 그리고 손짓과 입 모양으로 물 마시는 시늉을 해보이고 손가락으로 우유상자 더미 뒤편을 가리켰다. 그 미군 병사 녀석이 눈을 휘둥그레 뜨고는 상자 더미 뒤쪽으로 달려갔다.

이내 날카로운 고함 소리가 터져 나오고 청년 한 사람이 또 사무실로 개 끌려가듯 끌려갔다.

"쯧쯧."

"쯧쯧."

혀 차는 소리가 열중의 이곳저곳에서 들렸다. 그리고 이내 고해바친 노무자를 향해 분에 찬 소리를 질러댔다.

"야, 이 새끼야. 왜 고자질하는 거야, 엉?"

"넌 한국 사람 아녀?"

"저 개놈의 새끼 죽여버려라."

열중이 한동안 소란스러웠다.

나는 답답한 감정을 삭일 수 없어 숨이 막힐 것만 같았다. 굶어 죽는 한이 있더라도 이 더러운 현장에서는 더 이상 일을 하지 않겠다고 나 스스로에게 맹세하며 그간 일한 임금도 받지 않고 부두를 빠져나왔다. 작업 종료까지는 아직도 많은 시간이 남아 있었다.

7. 망향望鄕에 애타는 사람들

나는 그 길로 용두산龍頭山에 올랐다. 저 아래 언덕에 그리고 길가 공터마다 조개껍질을 엎어놓은 것같이 다닥다닥 붙어 있는 피난민 판잣집들이 한눈에 들어왔다. 저 멀리 남쪽으로는 푸른 바다가 넘실대고 있었다.

답답한 마음을 씻으러 산에 올랐으나 바다를 보는 순간 노근리에서 미군들에 의해 잃은 우리의 두 아이 구필이와 구희에 대한 애타는 그리움이 되살아났다. 게다가 생각하고 싶지 않은 적기부두에서의 일들까지 떠올라 오히려 울적한 마음이 되어 버렸다.

나는 나무 그늘을 찾아 땅바닥에 퍼질러 앉았다. 그리고 호주머니에서 꺼낸 종이쪽지에 생각나는 대로 써내려갔다. 시詩라고 이름 붙이기에 너무나 어색한 글귀를 나열해갔다.

그대 우리의 아픔을 아는가!
오래 전 그대는 우리에게
친구하자고 다가왔었지
그리곤 불의한 이체 얻으려
현해탄 건너 우리 이웃과
검은 약속으로 변심했을 때
36년 긴 세월 우린
어둔 질곡을 헤매어야 했다오.

그대 우리의 아픔을 아는가!

도대체 그대 무엇이길래

수천 년 우리 조상 뼈 묻은

이 강산 두동강 내고

북쪽의 칼든 붉은 친구들

싸움판 벌이려는 것 알 법도 했는데

코리아 너는 나의 울 밖에 있노라고

큰 소리치고 물러갔었지

그대 우리의 아픔을 아는가!

우릴 불 속에서 건지려고

이 땅에 그대 다시 올라왔지

그런데 그런데 그대

어찌하여 사슴 같은 우리 백성들

양 같은 그들을 그리도 무참히 해쳤는가.

호소하는 지하地下의 핏소리

그대 귀에 아니 들리는가.

 내가 수용소로 돌아왔을 때 아내는 가마니 위에 엎드려 기도를 드리고 있었다. 그 무렵 그녀는 낮에도 기도하는 일이 종종 있었기에 나는 '또 기도로구나' 생각하면서 가마니 한구석에 살며시 앉았다.
 그때 그녀의 머리맡에 널려 있는 물건들이 내 눈 속으로 들어왔다. 간장이 들어 있는 됫병과 된장이 담긴 유리 그릇, 크고 작은 보퉁이 두 개였다. '이런 물건들을 살 돈이 없었을 텐데. 어디에서 났을까?' 궁금해하며 나는 기도가 끝나기를 기다렸다. 잠시 후에 그녀의 기도가 끝났다.

"감사해서 기도를 드렸어요."

그녀는 미소를 지어보였다.

"교회에서 심방을 다녀가셨어요. 엊그제도 두 분이 다녀갔는데 오늘은 권사님이랑 집사님들이랑 다섯 분이나 오셨잖아요. 그분들이 이걸 가져오셨어요."

"고마운 일이구먼."

내가 이렇게 말하자 아내도 맞장구를 쳤다.

"그래요, 참 고맙지요. 사실은 며칠 전부터 난 기도를 드려왔어요. 돈은 떨어졌고 밤공기는 쌀쌀한데 건건이도, 덮을 것도 없으니 도와주십사고 하나님께 기도를 드려왔거든요. 오늘 하나님께서 그 기도에 응답을 해주신 거예요."

"아니, 사람이 가져왔는데 하나님이 보내주신 거라구?"

나는 아직 신앙을 갖지 않은 터라 하나님의 기도 응답의 의미나 기독교는 초과학적·초자연적인 종교라고 하는 말의 뜻을 이해하지 못하고 있던 때였기에 이렇게 반문했다.

"그래요, 하나님께서 보내주신 거예요. 하나님께서 교회 분들을 감동시켜 이 물건들을 가져오게 하신 거라구요."

그녀는 작은 보퉁이를 끌러서 미역을 가마니 위에다 내놓았다.

"저건 이불이잖아?"

내가 턱으로 큰 보퉁이를 가리켰다.

"그래요, 권사님이 집에서 덮던 거래요. 둘이서 덮기에는 약간 작지만, 요새 밤에는 추워서 통 잠을 잘 수 없었는데 얼마나 잘되었어요."

나는 입을 다문 채 아내의 입술만 바라보고 있었다.

"그런데 말이에요, 받는 자보다 주는 자가 복이 있다 했는데 이렇게 받기만 하니 감사하긴 하지만 한편 부끄럽고 미안한 생각이 드네요. 우리도 고향에 돌아가면 이웃에게 자그마한 사랑과 물질이라도 주고 살도록 해야겠어요."

"그렇게 합시다."

그날 저녁식사 후 아내가 말했다.

"오늘밤에는 교회에 가요, 네?"

"교회에?"

"요새 매일 밤 교인들이 모여서 철야 기도를 드리고 있대요. 한번 가 봐요, 네?"

아내는 가타부타 아무 말 없이 묵묵히 앉아 있던 내 손을 꼭 잡았다.

"여보! 가시지요. 하나님께 기도드리고 그분으로부터 위안을 받읍시다, 네? 하나님의 위안 없이는 난 정말 살 수가 없어요."

우리 두 사람이 초량교회로 들어섰을 때 벌써 사람들이 가득 모여 있었다. 목사님의 인도에 따라 예배를 드리고 통성기도에 들어갔다. 그 많은 사람들이 눈물을 흘리며 울부짖으며 간절하게 기도를 드리고 있었다. 어떤 사람은 자기 자신의 허물과 죄를 용서해달라고 기원하고 있었고,

어떤 이는 이 나라 정치인들의 부정과 부패를 용서해달라고 울부짖고 있었다. 유엔군의 승리를 간구하고 실지失地의 수복과 고향에 두고 온 가족들의 안전을 기원하는 사람도 있었다.

그 옛날 블레셋의 침략 앞에 있던 이스라엘 사람들이 미스바에 모여 금식하고 자기들의 죄를 회개하며 하나님께 구국의 기도를 드리던 일이 연상되는 정경이었다. 교회가 떠나갈 듯한 기도 소리는 밤이 샐 때까지도 그칠 줄을 몰랐다.

피난민들이 수용소 안에 모여 사는 모양은 좁은 땅을 여러 나라가 분할, 점령하고 있는 지구촌의 어느 지역과도 흡사했다.

각 가구들이 할당받은 면적은 가구의 식구들을 수용하기에는 너무나도 비좁았는데, 그것은 한정된 공간에다 주체할 수 없으리만큼 많은 피난민들을 수용한 데서 오는 어쩔 수 없는 일이었다. 거주 밀도가 이렇게 과밀하다 보니 가구와 가구 사이에, 또는 사람과 사람 사이에 갈등과 충돌이 잦았다.

어느 날 한 가구가 인접 가구의 식구들이 없는 사이에 경계선상의 보퉁이를 살며시 밀어내어 자신들의 영역을 넓혀놓았다. 그런데 외출에서 돌아온 이웃의 젊은 가장은 노발대발 교실 안이 떠나가라 하고 고함을 질렀다.

"이봐! 왜 남의 자리로 침범하는 거야. 엉? 도둑놈처럼. 아무도 없는 새에 비겁하게시리."

그러자 이웃의 젊은 친구도 가만있질 않았다.

"왜 막말이여? 당신들은 식구가 적잖아? 우리는 식구가 많아 도저히 살 수 없어서 보따리를 조금 민 것뿐인데. 정말 까불지 말라고."

"뭐야? 까불지 말라고? 이 자식 적반하장일세."

"이 자식이라니? 야! 임마, 이게 네 땅이여? 나라 땅이잖아. 나라 땅을 가족 많은 사람이 조금 더 쓰자는 건데 왜 잔말이 많아."

이렇게 시작된 언쟁이 점차 격해져 드디어 두 몸이 엉겨붙어 몸싸움까지 벌였다.

교실 안 깊숙한 곳에 자리를 잡고 있는 가구들은 바깥으로 드나들 때마다 큰 불편을 겪었다. 중간에 위치한 가구들의 경계선을 따라 허리를 낮게 구부리고 조심조심 걸었지만 그래도 누워 있는 사람의 손발을 밟거나 침구의 자락을 걷어차는 때가 있었다. 대개의 경우 피차 충돌 없이 지나갔지만, 발에 밟힌 어떤 성미 급한 친구는 벼락같이 소리를 질렀다.

"눈깔 멀었어? 왜 마구 밟느냐 말야, 엉!"

가해자는 보통 "미안합니다, 미안합니다"를 연발하면서 그냥 지나갔지만 어느 친구는 질세라 맞고함으로 응수했다.

"앗다, 간뎅이 떨어질 뻔했네. 당신 말여, 이게 당신 땅이여? 피차 공산당 놈들한테 쫓겨와 남의 땅 빌려서 불쌍하게 살아가는 신세잖아. 조그만 실수 갖고 그럴 수 있어? 그 성질머리 좀 고치라구."

"이게 누굴 훈계하는 거여?"

"이게라니? 이 자식, 정말 돼먹지 않았네."

설전舌戰이 일촉즉발의 위험 수위에 이르자 이웃들이 일어나서 겨우 뜯어말리기도 했다.

홍천에서 왔다 했던가, 40대 후반의 쌍둥이 형제가 우리와 같은 교실에서 지내고 있었다. 형은 형대로 동생은 동생대로 각자의 자리를 할당받아 가족들과 더불어 서로 의좋게 생활하고 있었다.

동생은 의사라고 했다. 그 당시 흔해빠졌던 돌팔이 의사였는데, 그래도 수용소 안에서 배앓이 환자나 감기 환자가 발생하면 그를 찾아와 약을 사가기도 하고 때로는 왕진을 청해 가기도 해서 그는 제법 짭짤하게 재미를 보고 있었다.

그러나 형은 이렇다 할 수입도 없이 정부에서 베푸는 구호에다 동생의 도움으로 겨우겨우 살아가고 있었다. 그런데 어느 날 이 형제간에도 싸움이 벌어졌다.

처음에는 나직한 소리로 왈가왈부하며 시비를 따지다가 점점 언성이 높아지고 급기야 동생의 목소리가 천장이 무너져 내릴 것같이 방 안에 울렸다. 그러곤 벌떡 일어나 형의 머리칼을 움켜잡았다.

"야, 이 새끼야! 네가 무슨 형이냔 말여. 한날한시에 나왔는데 네 새끼가 무슨 장자냔 말이다. 그간 내가 과분하게 봐줬더니 이 새끼, 정말로 돼먹지 않았어."

오만상을 찌푸린 동생에게 머리칼을 잡힌 채 형은 양손바닥으로 마룻장을 치며 통곡했다.

"아아, 분해라. 억울해라. 언제 고향에 돌아가서 이 녀석의 구박을 면할까. 아이고— 아이고—."

9월 초순의 어느 날 정오경 형이 수용소로 우리를 찾아왔다.

"마침 부산까지 오는 트럭 편이 있어서 타고 왔다."

그는 얼굴의 땀을 닦으면서 우리들 자리까지 걸어 들어왔다. 내 아내로부터 그동안 그녀가 겪어온 이야기를 다 들은 후 형은 그간의 고생을 위로해주고, 또 어린것들의 죽음을 애도해주었다. 그러고는 나직한 소리로 이렇게 확인했다.

"제수씨께서 그 터널 속을 빠져나오실 때까지는 집사람이나 아이들은 틀림없이 살아 있었다. 그 말씀이죠?"

"예, 그때까지는 모두 무사했어요, 아주버님!"

한참 동안 생각에 잠겨 있던 형은 혼잣말처럼 중얼거렸다.

"그런데 그 뒤에 어떻게 되었는지 도무지 알 수가 있어야지. 유엔군이 빨리 밀고 올라가야지만 달려가서 생사를 확인할 수 있겠는데. 참 답답하구나. 휴—."

그는 땅이 꺼져라 한숨을 내쉬면서 유리창 너머 북쪽 하늘을 멍하니 바라보았다. 그의 얼굴 위로 초조와 근심의 그림자가 덮어 내려갔다.

"아 참, 깜박 잊었구나."

형은 얼마 뒤 이렇게 말하면서 품속에서 지갑을 꺼냈다. 그리고 지전 여남은 장을 내 손에 쥐어주었다.

"8월분 봉급을 이제야 받았다. 생활비에 보태 쓰도록 하렴. 나는 부산형무소 피난 직원 수용소에서 기거를 할 테니 연락할 일이 있으면 그리로 찾아오너라."

그는 이렇게 말하며 자리에서 일어섰다. 그리고 아직도 늦더위가 기승을 부리는 거리로 무거운 발걸음을 옮겼다.

9월도 중순으로 접어들자 아침저녁으로 섬을 쓰다듬고 지나가는 해풍의 촉감이 한층 서늘해지고 섬 상공을 날아다니는 바닷새들의 목도 한결 움츠러들고 있었다. 이러한 계절의 바뀜 속에서 수용소 사람들은 두세 사람만 모여 앉아도 향수에 젖어 고향 이야기로 꽃을 피웠다. 그 이야기는 고향에 두고 온 가족들이나 농사에 관한 이야기, 직장이나 사업에 관한 것 등 망향에 애타는 탄식 소리였다.

어느 날 아침 복희가 돈을 벌어야겠다며 일거리를 찾아 나섰다. 나이 어린 그도 계속되는 생활고에 직면하다 보니 금전의 귀중함을 깨닫게 된 모양이었다.

그는 진종일을 밖에서 보내고 해가 진후에야 수용소로 돌아왔다. 싱글벙글하며 우리 곁으로 다가와서 "오늘은 재수가 좋아 품삯을 많이 받았어요. 부지런히 벌어서 고향에 갈 노비를 만들어야겠어요"라고 말했다. 그리고 계속 나갈 수 있는 일터를 잡아놓았다고 무척 기뻐했다.

다음날도 아침 일찍이 복희는 일터로 나갔다. 그런데 이날은 해가 지고 어둠이 온 누리를 덮은 후에도 돌아오질 않았다. 나는 걱정이 되어 수용소 밖 큰길까지 나가서 밤이 깊도록 기다렸으나 끝끝내 돌아오지 않았다.

내가 풀이 죽어 수용소로 돌아오자 아내가 말했다.

"군대에 갔나 봐요."

"아무런 상의도 없이 군대에 갔겠어?"

나는 퉁명스럽게 말했다.

"요새 길에서 군에 보낼 사람을 붙잡고 있다잖아요. 필경 붙들린 거예요."

"그애 나이 아직 열일곱 살인데, 설마 그렇게 어린것을 군에 붙잡아 갈라구."

"아녜요, 틀림없어요. 부산에 아는 사람 하나도 없는데 그렇지 않고는 여태껏 안 돌아올 리가 없잖아요."

나와 아내는 이렇게 말을 주고받았으나 그가 군대에 갔는지 여부에 대해서 그 가능성을 짐작할 뿐 그 이상은 알 도리가 없었다.

여하튼 대구에서부터 40일간을 나와 함께 고생해온 복희가 수용소로 돌아오지 않아 우리는 걱정이 되어 잠을 이룰 수가 없었다. 아내는 밤이 이슥할 때까지 그를 위해 기도를 드렸다.

그런데 그 시간에 복희는 부산의 북쪽에 위치한 한적한 마을 구포에 가 있었다.

그날 아침 수용소를 서둘러서 나온 복희는 일터의 작업 개시 시간에 늦지 않으려고 뜀박질을 하다시피 빠른 걸음으로 걷고 있었다. 영도다리를 건너 남포동으로 막 들어섰을 때였다.

전면 길가에 서 있던 2,3명의 경찰관 중 한 사람이 복희를 손짓을 해 불렀다. 복희가 그곳으로 다가갔을 때 그들은 잠깐 여기 있으라면서 2, 30명 가량이 모여 있는 청년들 속으로 복희를 떠밀었다. 이렇게 붙잡힌 청년들은 그날 오전 10시경 트럭에 실려 구포중학교로 인솔되었다.

낙동강 전투가 벌어지기 시작한 1950년 8월 초순경 한국군과 미군은 최악의 열세에 몰려 있었다.

이 무렵 인민군은 부산을 중심으로 한 경남북의 일부 지역을 제외하고는 거의 전국을 침공, 장악하고 있었으므로 점령당하지 않은 지역을 지키기 위해 한국군과 미군은 낙동강 전선에 최후 방어선을 쳤다. 미군이 왜관-창녕-마산선을 담당했고, 한국군은 왜관-낙정리-영덕선을 담당했다.

먼저 피아간에 가장 치열한 혈전은 1950년 8월 4일부터 8월 23일까지 대구 북쪽 다부동에서 벌어졌다.

김일성이 김천에서 내린 '8월 15일까지 대구를 점령하라'는 시한부 명령에 따른 적의 최후 발악적인 총공격이 8월 14일에 시작되었다. 적은 각 전선마다 독전대를 투입, 후퇴하는 자는 그 자리에서 사살했다.

국군의 각 연대도 특공대를 편성, 특공 작전까지 전개하면서 이에 맞서 싸웠다.

밤낮으로 혼전이 벌어졌다. 한바탕 전투가 벌어진 후 아군 병력을 점검하다 보면 북괴군 여러 명이 뒤섞이는 일까지도 있었다.

다부동 전투가 절정에 달했던 8월 13일부터 23일까지 매일 6백 명 안팎의 신병을 일선에 보충해야 했다. 다부동을 지켜낸 것은 결국 피였다고 당시 육군 참모총장이었던 정일권은 회고했다.

인민군의 전력은 8월 중순에 들어서기 전부터 한계에 도달해 있었다. 우선 보급이 뒤따르지 못했다. 길게 늘어진 보급로를 왕래할 차량도 없었고 설령 있었다 해도 우리 공군의 공습으로 낮에는 꼼짝 못했다. 밤중에 달구지와 인력 동원으로 보급품을 운반했다. 8월 23일, 드디어 적은 추정적 사상 1만 명, 포로 200여 명의 손실을 내고 패퇴하고 말았다.

이제 생사기로의 마지막 전투는 영천 지역으로 옮겨졌다.

인민군은 영천 함락—대구 점령—부산 점령의 전략을 세워놓은 다음 김일성이 수안보와 김천 두 곳에 나타나 "당초 8월 15일까지 대구를 점령할 계획이 차질을 빚음으로써 한 달을 더 연기 9월 15일까지는 부산 점령을 끝내야 한다. 이번에도 실패하면 군 지휘관을 모조리 반동으로 몰아붙이겠다"고 협박했다.

계속되는 위급한 전황 속에서 아군의 병력은 항상 부족했다. 징집이나 자원에 의한 모병만으로는 그 수요를 채울 수 없게 되자 거리에서 강제 모병을 실시했다.

대도시나 중소도시의 거리에서 행인을 붙잡아 군에 입대시켰는데 그 대상은 주로 피난민이었다. 많은 피난 청년들이 고달픈 피난길을 가다가 또는 생활비를 벌기 위해 일터로 나가다가 붙들렸다. 가족들과 더불어 피난 왔던 자도 붙들리면 그대로 신병훈련소로 인솔되었다. 남은 가족들이 그의 행방을 몰라 애태우며 타향살이에 무진 고생을 한 경우도 있었다.

건장한 토착 청년들이 얼마든지 있는데도 유독 피난민만 붙잡는다 하여 피난민들 사이에 불평불만이 많았다. 한때는 국회에서 이 문제에 대한 논란이 있었다는 소문과 함께 강제 모병이 뜸해지는 듯하더니 이내 계속되었다. 그러니까 9월 13일 바로 그날 아침에 이 강제 모병에 복희가 걸린 것이다.

구포중학교ㅡ. 당시 군에서는 이 학교를 신병훈련소로 사용하고 있었다. 그곳에는 매일 수많은 청년들이 들어와서 짧은 기간 동안 훈련을 받고 조국 방위를 위해 전선으로 떠나갔다.

복희는 아직 나이가 어렸으나 30세 내외의 청년들도 많이 섞인 훈련병들 속에 끼여서 전선으로 나가기 위한 강도 높은 훈련에 들어갔다.

8. 반격, 그리고 수복

영천 전투가 대역전의 막을 내린 그 무렵 인천 상륙작전에 참전하는 261척(한국 해군 함정 15척 포함)의 유엔군 기동함대는 맥아더 원수가 승선한 기함 마운트 머킨리호를 선두로 서해의 파도를 헤치며 북상하고 있었다. 9월 15일 새벽 5시, 하늘을 진동시키고 바다를 뒤엎는 포성 속에서 수천 발의 포탄이 아치형을 그리면서 인천 해안으로 날아가고, 유엔군의 상륙용 주정들은 파도를 가르며 인천 항구를 향해 내달았다. 오전 8시 이전에 아군은 월미도를 점령하고, 패주하는 적을 추격하며 인천 시내로 돌입했다. 그리고 서울을 향해 진공進攻을 계속했다. 9월 27일 새벽 6시 10분, 우리 해병대 제2대대 제6중대 제1소대장 박정모 소위 등 세 용사에 의해서 중앙청 국기 게양대에서 적의 국기가 내려지고 태극기가 게양되었다. 인민군에게 점령당한 뒤 만 3개월 만에 서울이 수복된 것이었다. 9월 15일 현재 우리 국군의 전선戰線은 대구 북쪽에서 포항 형산강선兄山江線에 머물러 있었다.

1950년 8월 말경 적 제15사단(사단장 박성철)이 영천 지구로 이동해왔다. 이 박성철 사단은 8월 25일경까지만 해도 다부동 전선에 있었다.
　지금까지 영천의 국군 제8사단 전면에는 적 8사단이 포진하고 있었는데 이처럼 적 15사단이 가세함으로써 적의 전력이 증강되었다.
　이에 우리 측에서도 국군 제1, 제6, 제7사단 및 수도首都사단의 일부 병력을 영천 지구에 투입하여 전력을 강화했다.
　국군 제7사단에 편입되어 있던 복종은 9월 초에 다른 전우들과 함께 영천 지구에 투입되었다. 병력은 미군 트럭이 수송해주었다.
　복종이 소속된 소대는 처음에는 영천 시내에서 동남쪽으로 15,6킬로미터쯤 떨어진 곳에 위치한 나지막한 산등성에 배치되었다.
　배치가 완료되자 소대원들은 곧바로 은신할 개인 호壕를 팠다. 적정敵情을 설명해주는 사람도 없어 적이 어느 곳에 얼마나 있는지도 모르는 상황에서 신병들은 기계처럼 그저 소대장이 시키는 대로 움직일 뿐이었다.
　해가 지고 밤이 되었다. 하늘에는 먹장구름이 무겁게 내리덮어 한 치 앞도 보이질 않았다. 밤이 깊어가자 포성이 울리기 시작했다. "흥—쾅, 흥—쾅!" 어디에서 날아오는지 적의 포탄이 쉴 새 없이 소대의 진지 위를 지나가고 기관총 소리가 멀리에서 요란하게 들려왔다.
　"오늘밤에도 또 시작하는군. 새끼들, 올빼미처럼 밤을 좋아한단 말이야. 야밤중에 놈들의 야습이 있을지도 모르니 모두 잘 싸워보자구."
　전방의 어둠 속을 응시하고 있던 소대장이 이렇게 독려를 했다.
　가랑비가 부슬부슬 내리기 시작했다. 우의를 지급받지 못한 소대원들은 빗속에 온몸을 내맡긴 채 뜬눈으로 밤을 새웠다. 적의 야습은 다행히 없었다. 복종이 일선에 배치되었던 첫날 밤은 이렇게 지나갔다.

낮에도 비는 계속되었다. 물에 빠진 생쥐처럼 온몸이 흠뻑 젖은 소대원들은 몸속으로 파고드는 한기를 이기면서 진지를 지켰다. 이날도 식량 보급을 받지 못했다. 전투가 너무 치열해서 대원들에게 식량 공급조차도 할 수 없는 모양이었다. 애당초 비상식량 따위는 지급되지 않았었다. 전투모로 빗물을 받아 갈증을 달랬다.

소대는 이날 밤도 전날 밤과 같이 동이 틀 때까지 간단없는 포성과 요란한 기관총 소리를 들었다. 그러나 적군의 습격은 없었다.

밤이 새도록 계속된 맹렬한 포성과 기관총성 속에서도 중대본부로부터는 아무런 연락도 없었다.

복종은 소대장과 상의 끝에 명령을 받기 위해 더 높은 고지에 있는 중대본부로 연락병을 보냈다. 그런데 얼마 후 그는 잿빛 얼굴로 달려왔다.

"중대본부가 철수했습니다. 아무도 없습니다."

그의 음성은 떨리고 있었다. 아마 밤사이에 작전상 중대본부는 어디론가 후퇴를 한 모양이었다. '오죽이나 상황이 급했으면 우리를 버리고 저희들만 후퇴했을까.' 이렇게 자기 소대만이 외톨이로 남은 것을 생각하니 복종의 마음속에 문득 불안이 일었다.

이때 저 멀리 산골짜기 좁은 길을 따라 3,4백 명쯤 되어 보이는 군인들이 열을 지어 복종의 소대가 진을 치고 있는 고지 쪽을 향해 행군行軍해오고 있는 것이 보였다. 소대장이 양쪽 손바닥으로 나팔을 만들어

입에다 대고 소리를 질렀다.

"어느 쪽 군대냐?"

"국군이다—."

저쪽에서 대답했다. 소대원들이 환호성을 질렀다. 그런데 저들 대열 속에 황우 네댓 마리가 보였다. 의심스러웠지만 때마침 비가 온 뒤라 대지에서 피어오르는 안개 때문에 시야가 흐려 그 정체를 알 길이 없었다. 소대장은 이를 확인할 병사 두 사람을 뽑았다.

"저 부대가 어느 연대 소속인가 확인하고 오너라."

소대장의 얼굴 위로 착잡한 그늘이 스쳐 지나갔다.

"옛, 확인하고 오겠습니다."

두 병사가 소대장에게 거수경례를 붙이고 비탈길을 내려가기 시작했다.

"잠깐, 잠깐."

복종은 두 병사를 불러 세웠다.

"두 사람이 붙어서 가지 말고 300미터 가량 간격을 두고 가라구."

이는 저들이 혹시 적일 경우를 생각해서 한 말이었다.

두 병사는 비탈길을 달려 내려갔다. 소대원들은 숨을 죽이고 두 병사의 동정을 주시하고 있었다. 좁은 길을 따라 진군해오고 있는 부대와 두 병사들과의 거리가 점점 좁아져 갔다. 그런데 앞서가던 병사가 돌연 우뚝 멈춰 서는 것이 보였다. 그리고 그는 양손을 위로 번쩍 쳐드는 게 아닌가. 그 순간 그를 뒤따르던 병사가 뒤돌아서서 고지 쪽을 향해 필사적으로 달려오기 시작했다. 그러자 적군 쪽에서 따발총을 갈겨대는 소리가 들려왔다. 순간적으로 일어난 일련의 일로 그 부대가 적군이라는 것을 이내 알 수 있었다.

"사격 개시!"

소대장이 목이 터져라 하고 소리 질렀다. 아군들의 총구가 일제히 불을 뿜었다. 적군도 총을 쏘며 공격해왔다. 탄환이 빗발치듯 날아왔다. 그러는 사이에 뒤따라가던 병사가 고지까지 올라왔다.

이때 소대장의 얼굴에 결심의 빛이 보였다. 그는 소대원들에게 명령했다.

"이제부터 후퇴다. 각자 개별 행동을 취하라. 달릴 수 있는 데까지 힘껏 달려 저쪽에 보이는 작은 마을로 집합하라."

소대장은 후방 아득히 내려다보이는 작은 촌락을 가리켰다. 소대원들은 뿔뿔이 흩어져 달렸다. 단숨에 고지를 내려와서 길을 따라 달렸다.

그런데 이건 또 웬일인가? 앞쪽 저 멀리에서 4,5대의 적 탱크가 길을 따라 굴러오고 있는 게 아닌가. 소대원들은 길을 버리고 탱크를 피해 들판을 달렸다. 탱크로부터 총탄이 날아왔다. 복종도 정신없이 달렸다.

어디를 어떻게 달려왔는지도 몰랐다. 그는 어느 고개 위에서 아군 중위 한 사람을 만났다. 그도 부대를 잃은 사람이었다.

두 사람은 지도를 펴들고 연대본부를 찾아갔다. 그곳에는 취사병 다섯 사람과 대여섯 명의 위생병만이 남아 있었고 여타 전 병력은 전투에 출동 중이었다.

취사병이 주먹밥 두 덩이를 가져와서 한 덩이씩 건네주었다. 복종의 뱃속에서는 빨리 넘기라고 재촉을 하고 있었지만 밥이 영 목구멍으로 넘어가지 않았다. 일선에 투입되던 날 점심때 수성국민학교에서 밥 한 덩이를 얻어먹었을 뿐, 그후 3일 동안 아무것도 먹지 못했던데다 극도의 피로와 긴장마저 겹쳤으니 음식이 먹히지 않는 것은 당연한 일이었다.

얼마 동안 그곳에 머물고 있을 때 소대장이 피투성이가 된 몸으로 찾아 들어왔다. 그는 머리에 총상을 입고 있었다. 복종은 그의 앞으로 달려갔다.
"소대장님!"
반가움에 그 피투성이의 몸을 얼싸안았다.
"전우들은 어찌 되었습니까?"
"나도 모른다, 다 어찌 되었는지."
힘없는 대답이 그의 입술에서 간신히 새어나왔다.
이때 별안간 박격포탄이 이들 둘레에서 터지기 시작했다. 복종은 소대장을 부축하고 그곳에서 황급히 뛰쳐나왔다. 그리고 야전병원을 향해 걸어갔다. 소대장을 병원에 인계하는 일을 마쳤을 때에는 벌써 어둠이 세상을 빽빽하게 채우고 있었다.
복종은 연대본부로 되돌아갔다. 그런데 이건 또 어찌 된 일인가? 연대본부마저 어디론가 이동해버리고 아무도 없었다.
복종이 큰길로 나섰을 때 헌병 한 사람을 만났다.
"연대는 지금 어디로 이동해 있습니까?"
"연대? 어디로 이동했는지 나도 모르겠는데."
헌병은 복종의 몸을 아래위로 훑어보았다.

"내일 찾아요. 오늘은 이 근처에서 자고."

"……."

"아, 저기에 민가가 있네. 저기 가서 자라구."

헌병은 내뱉듯이 말했다.

복종은 방에 들어가자마자 이내 잠이 들었다. 피로가 파도처럼 엄습했다. 정말로 깊은 잠에 빠졌다.

그는 잠결에 아비규환의 소란을 들었다. 포탄 터지는 소리와 콩볶는 듯 한 총성, 비명 소리와 요란한 군화 소리…….

복종은 후닥닥 일어나서 밖으로 뛰어나갔다. 집 앞길을 터져라 하고 큰 무리가 달려 지나가고 있었다. 그도 이 무리 속에 끼였다.

날이 밝은 다음에야 일행이 2,3백 명 가량 됨을 알았다.

영천 시내에서 4킬로미터 가량 떨어진 어느 촌락에서 이들로 새로이 부대를 편성할 때 복종은 소속마저 바뀌어 제8사단으로 편입되어 새 소대장을 맞이했다.

9월 5일 새벽, 적 제15사단은 각종 포의 지원 사격하에 10여 대의 탱크를 앞세우고 영천 북방으로부터 공격해왔다. 적의 공세는 예상보다 강했다. 우리 제8사단은 5일 하루를 겨우 견디었을 뿐, 6일 새벽 영천에서 퇴각했다. 영천은 적 1개 연대 병력에 의해 점령당했다.

9월 7일 아침, 대오를 정비한 복종의 소속 중대는 다른 부대 병력과 더불어 영천 시내로 돌격해 들어갔다. 빗발치듯 날아오는 총탄과 정신 차릴 수 없도록 떨어지는 포탄에 전후좌우에서 전우들이 퍽퍽 쓰러져

갔으나 복종은 미친 듯이 시내를 향해 공격해 들어갔다. 시내에 돌입하면서부터 백병전이 벌어졌다. 총을 쏠 겨를도 없는 터라 대검으로 찌르고 개머리판으로 후려쳤다. 야전삽을 꺼내들고 내려치는 병사도 있었다. 이러하기를 한참 후에 적은 시외로 도주해버렸다.

그러나 그것도 잠깐이었다. 8일 오전에 적은 탱크 40여 대를 앞세우고 다시 공격해왔다. 이때 영천 북방 봉수산 부근에 포진했던 우리 국군 제8사단 16연대는 사력을 다해 저지 작전을 폈다.

전투 경험이 없는 신병이 대부분인 16연대는 보급이나 화력에서도 역부족이었기에 하는 수 없이 육탄 특공대를 조직했다. 특공대는 수류탄 10여 개씩을 한 다발로 묶어 품에 안고 적 탱크를 향해 돌진해갔다. 그러나 적 탱크에 접근하기도 전에 총탄 세례로 들고 가던 수류탄 다발이 폭발, 장렬한 최후를 마친 병사도 많았다.

탱크를 앞세운 적군은 영천 시내를 일거에 덮치려고 공격해왔다. 영천 시내를 지키던 아군들은 논둑과 제방에 의지해 적을 막고 있었다. 아군이 쏘아대는 총·포격에도 끄떡하지 않고 적군은 아군을 향해 달려들었다.

국군은 적 가운데로 돌격해 들어갔다. 피아간에 혼전이 벌어졌다. 사력을 다한 방어 작전에도 불구하고 아군은 후퇴할 수밖에 없었다. 복종은 다른 전우들과 함께 눈물을 머금고 전사한 무수한 전우들을 남겨놓은 채 영천 시내에서 후퇴했다.

9월 9일은 모처럼 날이 들었다. 하늘에서는 구름이 걷히고 햇볕이 온 누리에 부서져 내렸다.

아침 일찍 미 공군의 쌕쌕이 세 대가 하늘 높이 나타났다. 그리고 적의 거점에 대해 폭격과 기총소사를 해댔다. 아군들은 멀리서 이 광경을 지켜보고 있다가 폭격 종료와 동시에 영천 시내에 대한 공격을 개시했다.

노도怒濤와 같이 돌격해 들어가는 아군들 앞에 적은 최후까지 발악적으로 저항했다.

또 치열한 백병전이 전개되었다. 그러나 이미 사기가 떨어진 적군은 곧 저항 능력을 잃었다. 그들은 도주하기 시작했다. 아군은 추격전을 펼쳤다. 낙오된 적병들이 거리에서 우왕좌왕하다가 다급해지면 민가로 숨어들곤 했다.

복종의 수색 분대는 민가에 숨어든 적병을 수색해 나갔다. 시내 곳곳의 길바닥에는 인민군과 아군의 시체가 즐비하게 널려서 푹푹 썩어 가고 있었다. 큰 기와집 앞에 이르렀을 때 집 안에서 풍겨 나오는 술 냄새가 거리에 진동했다.

"술도가잖아?"

일행 중의 한 병사가 코를 벌름거리며 양조장 간판 밑으로 다가갔다.

"야-, 달콤한 냄새다. 들어가보자."

다른 병사가 반쯤 열려 있는 대문을 밀어젖혔다. 나머지 병사들이 우르르 집 안으로 몰려 들어갔다. 이들은 집 안 구석구석을 샅샅이 뒤지고 다녔다. 그러나 적병의 모습은 전혀 보이지 않았다.

"야-, 술독들 봐라."

창고 안에서 큰 소리가 들렸다. 모두 소리 나는 쪽으로 몰려갔다. 20

여 개의 큰 독들이 들어박혀 있는 넓은 창고 바닥에는 술찌꺼기가 여기저기 흩어져 있었고 큰 술동이 두세 개와 바가지 네댓 개가 뒹굴고 있었다.

"야ㅡ, 인민군 새끼들이 술을 퍼마셨구먼."

병사 한 사람이 사과상자 두 개를 포개놓고 그 위에 올라서서 술독 안을 들여다보며 소리 질렀다.

"바닥이 나 있다."

이번엔 그 옆의 독을 들여다보던 병사가 말했다.

"이쪽은 반 정도 남았어. 우리도 한잔 걸치자구."

그는 바가지를 입술에 대고 벌컥벌컥 들이켰다.

"분대장님도 한잔 하시죠?"

그는 복종을 쳐다보며 손바닥으로 입언저리를 쓱 닦았다.

"난 밀밭 근처에 가기만 해도 취한다. 빨리들 퍼마시고 나가자."

복종은 언성을 높였다.

병사들은 거리로 나왔다. 제법 거나하게 취하고 나니 전쟁터의 긴장감은 풀리고 모두 영웅이라도 된 기분이었다. 그들은 큰 소리를 지르며 거리를 쓸었다.

어느 모퉁이를 돌았을 때 저만치 앞쪽에서 인민군 4,5명이 집 안으로 도망쳐 들어가는 것이 보였다.

"저 새끼들 잡아라."

일행은 달려가서 그 집을 둘러쌌다.

"너희들은 포위되었다. 손들고 나오너라."

소리 질러도 안쪽에서는 대답이 없었다. 한바탕 위협사격을 가했지만 응사조차 없었다. 네 사람만 밖에 남아 망을 보고 나머지 병사들은 모두 집 안으로 들어갔다. 이들이 추녀 밑까지 접근했을 때 갑자기 방 안에서 총성이 울리면서 총알이 날아왔다. 하마터면 복종에게 명중될 뻔했다. 모두 잽싸게 엄폐물 뒤쪽으로 피하면서 방 안에다 대고 집중사격을 퍼부었다. 비명 소리가 애절하게 사위에 울린 다음 신음 소리가 문틈으로 새어나왔다. 이내 곧 방 안에서 인기척이 끊기고 말았다.

"아, 이 새끼 봐. 아궁이 속에 숨었네, 하하하. 야, 임마! 발 보인다."

부엌으로 들어갔던 병사가 크게 웃어댔다.

"야! 빨리 나와. 안 나오면 쏴버릴 테다."

"……."

아무런 대답도 없이 인민군 병사의 발이 자꾸만 아궁이 속으로 들어가고 있었다.

"이것 봐라. 안 되겠구먼."

그 병사가 총을 쏠 자세를 취했다. 그리고 방아쇠를 당기려 했다.

"잠깐!"

복종이가 소리를 높였다.

"쏘지 말고 생포해라! 야, 임마! 살고 싶으면 어서 빨리 나와!"

고래구멍에서 기어 나온 인민군 병사의 옷과 얼굴, 손과 발에 검정이 까맣게 묻어 흑인처럼 변해 있었다.

우리 병사들은 이 집에서 소년병 하나를 포함한 인민군 3명을 사로잡았다.

아군은 지리멸렬된 적군에 대해 소탕전을 벌여 9월 13일까지 영천 지구를 완전 평정했다.

영천 전투가 대역전의 막을 내린 그 무렵 인천 상륙작전에 참전하는 261척(한국 해군 함정 15척 포함)의 유엔군 기동함대는 맥아더 원수가 승선한 기함 마운트 머킨리호를 선두로 서해의 파도를 헤치며 북상하고 있었다.

9월 15일 새벽 5시, 하늘을 진동시키고 바다를 뒤엎는 포성 속에서 수천 발의 포탄이 아치형을 그리면서 인천 해안으로 날아가고, 유엔군의 상륙용 주정들은 파도를 가르며 인천 항구를 향해 내달았다.

오전 8시 이전에 아군은 월미도를 점령하고, 패주하는 적을 추격하며 인천 시내로 돌입했다. 그리고 서울을 향해 진공進攻을 계속했다.

9월 27일 새벽 6시 10분, 우리 해병대 제2대대 제6중대 제1소대장 박정모 소위 등 세 용사에 의해서 중앙청 국기 게양대에서 적의 국기가 내려지고 태극기가 게양되었다.

인민군에게 점령당한 뒤 만 3개월 만에 서울이 수복된 것이었다.

9월 15일 현재 우리 국군의 전선戰線은 대구 북쪽에서 포항 형산강 선兄山江線에 머물러 있었다.

그 치열한 혈투 속에서도 대구—영천—경주—포항의 방어선을 지켜낸 것이다.

9월 16일부터 낙동강 전선에서의 총반격전이 시작되었다. 한국군을 포함한 유엔군 각 사단은 지정되어 있는 진격 코스를 따라 적군을 무찌르며 북상해갔다. 그 진격 속도는 놀랍게 빨랐으며 특히 한국군의 진격이 다른 유엔군보다 훨씬 빨랐다.

국군 중에서도 제3사단과 수도사단의 북상 속도가 빨라 9월 29일에 이들 사단은 동부전선에서 38선을 코앞에 바라보는 선까지 진출해 있었다.

남쪽 깊숙이 쳐내려와 있던 적군은 갑작스러운 유엔군의 인천 상륙과 반격 작전으로 각 전선에서 지리멸렬되어 살길을 찾느라 허둥대고 있었다.

복종의 소속 부대는 후퇴하는 적을 쫓아 기계·안강에서 전투를 벌이며 의성을 거쳐 안동으로 진격했다.

그리고 9월 하순에 영주, 제천을 거쳐 양평에 도착했다.

장병들은 이곳까지 진격해오는 도중에 연합군의 인천 상륙 소식을 듣고 사기가 충천해 있었다.

한편, 구포의 신병훈련소에서 10일간의 군사 훈련을 끝낸 복희는 9월 24일, 당시 밀양에 주둔 중이던 미 제38사단에 배속되었다.

이 사단은 9월 말경 거창·김천을 거쳐 영동으로 진격했다. 그리고 영동 읍내에서 무주 방면으로 5킬로미터 가량 떨어진 양강국민학교에 주둔했다.

복희는 어느 날 상관으로부터 외출 허가를 얻어 미국인 선임하사가 운전하는 트럭을 타고 고향으로 갔다. 노근리 터널 속에서 사망했을지도 모른다고 걱정했던 어머니와 동생 둘이 다 건재함을 보고 그는 뛸 듯이 기뻤다.

양강 주둔 5,6일이 지난 후에 사단이 부산으로 이동함에 따라 복희는 다시 고향을 등졌다.

인천 상륙작전 성공의 쾌보가 영도의 피난민 수용소 사람들에게 알려진 것은 9월 15일 정오경이었다. 볼일 보러 시내에 나갔다 돌아온 한 피난민의 입을 통해서였다.

수용소 안은 순식간에 감격과 환희의 도가니로 변했다. 모두들 뛰고 얼싸안고, 만세를 부르며 눈물을 흘렸다.

"고향에 돌아갈 준비를 하자."

수용소 안 이곳저곳에서 사람들은 콧노래를 부르며 짐을 꾸리기 시작했다. 버리고 온 고향의 품에 안기는 기대와 그곳에 두고 온 가족을 만나는 기쁨에 모두들 들떠 있었다.

정부에서 한때 적의 점령하에 들어갔던 지역의 피난민들에 대해 귀환을 허락하는 조치를 마련한 것은 9월 말경이었다.

10월 1일 새벽, 형과 우리 내외는 수용소를 나섰다. 기차도 자동차도 이용할 수 없는 상황이었으므로 걸어서 갈 수밖에 다른 도리가 없었다.

한낮의 더위는 아직도 만만치가 않았다. 걷고 있노라면 온몸에서 땀이 쉴 새 없이 흘렀다.

세 사람은 가로수 밑 그늘에서 땀을 닦고 있었다. 그때 저 멀리 부산

쪽에서 흙먼지를 날리며 트럭 한 대가 빠른 속도로 달려오는 것이 보였다. 트럭은 이내 우리 앞까지 왔다. 그리고 급정거를 했다.

"안 탈 거냐?"

운전석에서 흑인 병사가 우리를 내려다보며 웃었다. 드러나 보이는 치열이 유난히도 희게 빛났다.

"아ㅡ, 징그러워."

아내가 부르르 떨며 내 등 뒤로 돌아갔다. 두 달 전 노근리에서 흑인 병사에게 총격을 당했을 때의 공포가 마음속에 되살아난 모양이었다.

"타고 가자."

형이 내 얼굴을 쳐다보았다.

"……."

나는 아내를 뒤돌아보았다.

"어디까지 가느냐?"

운전석에서 또 물었다.

"영동까지 간다."

내 대답이 끝나자마자 흑인 병사가 독촉을 했다. 그는 여전히 웃고 있었다.

"나는 왜관까지 간다. 생각이 있으면 빨리 타라."

"타자."

형이 다시 독촉했다.

"여보! 탑시다. 걸어서 가려면 당신 걸음으로 열흘은 각오해야 할 거요. 기운을 통 못 차리니 탈 수밖에 더 있소?"

망설이는 아내가 측은해 보였다.

우리 세 사람을 짐칸에 태운 트럭은 무서운 속도로 달렸다. 해가 서산 너머로 그 얼굴을 감추기 시작할 무렵 왜관에 도착했다.

낙동강에 걸쳐 있던 철교 일부가 폭격으로 파괴되어 교각 사이로 내려앉아 있었다. 우리는 트럭에서 내려 강바닥으로 걸어갔다. 강물이 줄어들어 얕고 폭이 좁은 개천으로 변해버린 그 위에 벌써 누군가가 돌짝과 잔디를 포개 징검다리를 만들어 놓았다.

강바닥을 건너갔을 때 파괴되지 않은 네댓 채의 가옥이 폐허 속에 을씨년스럽게 서 있었다. 그 중 한 채의 지붕 처마에 매달린 함석 간판이 여인숙임을 알리고 있었다. '그 폭격 속에서 날아가지 않고 용케도 남아 있었구나.' 감탄하며 나는 그 집 현관으로 들어섰다.

"영업하십니까?"

내가 소리 지르자 마흔이 조금 넘어 보이는 아낙네가 마루 끝까지 걸어 나왔다.

"예, 합니더. 올라오시이소."

"피난에서 일찍도 돌아오셨네요."

나는 마루 위로 올라서며 말했다.

"40리 떨어진 저 산골짝 친정에 가 있다가 인민군이 패하면서 바로 안 왔심닝껴. 손님들은 어디서 오셨능교?"

"부산에서 왔어요."

"부산에서예? 참 일찍도 오셨네예. 아직 거기서 올라오는 손님 하나도 안 지내갔습니더."

"사람 많이 죽었지요?"

"참 많이 죽었심니더. 쌈 한참 할 때는 강가에 시체가 셀 수 없을 정도로 즐비하게 널리고, 강물이 피로 뻘겋게 물들었슴니더. 지금도 산과 강가에 그리고 길섶에도 인민군 시체가 많다 하잖심니껴."

여기까지 말한 아낙네는, 시작한 김에 알고 있는 대로 다 털어놓으려는 듯 전투가 벌어지기 직전의 일까지 이야기했다.

피난민들이 배를 타고 강을 건너가는데 쌕쌕이가 날아와 기총소사를 해대는 바람에 배 위에서 많은 사람이 죽었다는 이야기, 강둑 기슭을 떠난 배가 너무 무거워 침몰 직전에 이르자 배 안 사람들이 마지막에 배에 오른 여인에게 내리라고 야단을 쳤는데 그 여인이 등에 업고 있던 아이를 강물 속에 던졌다는 이야기, 또 어느 청년은 아들을 어깨 위에 태우고 걸어서 강을 건너가다 쌕쌕이의 기총소사를 받게 되자 아들을 강물 가운데에 버려두고 자기만 건넜다는 이야기 등 도저히 믿기지 않는 말들을 늘어놓았다.

오랜만에 얻은 조용한 공간과 호젓한 분위기, 게다가 여행의 피로마저 겹쳐 우리는 정말로 곤한 잠을 잤다. 다음날 눈을 떴을 때에는 벌써 해가 동천東天 높이 있었다.

우리는 부랴부랴 짐을 챙겨 여인숙을 나섰다.

마을 어귀에 10여 명의 사람들이 모여 웅성거리고 있었다. 우리는 걸음을 멈추고 사람들 어깨 너머로 그들이 시선을 보내고 있는 어두컴컴한 집 안을 들여다보았다.

대여섯 명의 사람들이 가마니로 만든 두 개의 들것으로 송장을 운반해내고 있었다. 시체가 어지간히도 부패한 모양으로 수건으로 얼굴을 감싸 콧구멍을 막고 있는데도 모두 오만상을 찌푸리고 있었다.

"몇 명이나 돼요?"

나는 앞 사람에게 물어보았다.

"엄청 많아요."

옆 사람이 대답했다.

아마 부상한 인민군들이 집 안에 들어가 있다가 치료도 받지 못하고 죽어간 듯했다.

그곳을 떠나 길을 걷는 우리들 눈엔 전쟁이 할퀴고 지나가며 남긴, 차마 눈뜨고 볼 수 없는 비참한 광경들이 계속 들어왔다.

길 오른쪽 동산 밑 소나무 가지에 사람의 창자가 빨랫줄같이 걸려 있었고, 바위 경사면에는 장정의 팔과 다리 하나씩이 뒹굴고 있었다.

한참을 걸어갔을 때였다.

"에이그, 저것 봐요."

아내가 비명을 질렀다. 길 옆 풀밭에 인민군 병사의 시체 한 구가 누워 있었다. 이를 악물고 눈을 부릅뜬 얼굴 위에 먼지가 누렇게 앉아 있었다.

행인도 없는 길을 우리는 살벌한 마음으로 걸어갔다. 해는 천심天心을 지나 서쪽으로 한결 기울고 있었다.

'오늘은 어디서 잔담?' 이런 생각이 내 머릿속을 스쳐갔다. 연도沿道에 아직 주인이 돌아오지 않은 빈집들이 많은 것으로 보아 오늘밤은 묵고 갈 여인숙을 얻어들 수 있을 것 같지 않았다.

세 사람은 대화도 없이 터벅터벅 걸었다.

이때였다. 미군 지프 한 대가 우리 옆을 지나 북쪽을 향해 달려가다 10여 미터 앞에서 급정거를 했다. 그리고 한국군 장교 한 사람이 차에서 내려섰다.

"정 부장님!"

그는 형을 향해 소리 지르며 손을 번쩍 들었다.

"아—, 김 중위!"

형도 반색하며 그에게로 다가갔다.

"피난에 고생 많으셨죠?"

"그동안 전쟁하느라 얼마나 많이 고생하셨소?"

두 사람은 손을 꼭 잡았다.

김 중위는 손을 놓으며 말했다.

"타세요. 저희들은 선발대로 의정부까지 갑니다."

"미군 찬데."

"괜찮아요. 미군에게 말해놨어요."

김 중위는 전쟁 발발 직후부터 후퇴 때까지 헌병 1개 소대 병력을 거느리고 대전형무소 외곽 경비를 맡았던 사람으로 그와 형은 그때 알게 된 사이였다.

차는 질주를 계속, 해질 무렵에 추풍령을 넘었다. 우리 마을 앞에 도착했을 때에는 어스름이 개천과 들을 덮고 있었고, 산 밑에 옹기종기 자리 잡고 있는 마을 집들은 어둠 속으로 묻혀가고 있었다.

두세 명의 아이들이 개울가 풀밭에서 서성대고 있는 것이 보였다. 나는 그들이 있는 곳으로 다가갔다. 열 살 남짓하게 되어 보이는 남자 아이들이었다.

"어둔 데에서 뭘 하나?"

갑작스런 내 말에 흠칫 놀란 아이들이 허리를 폈다. 손에는 막대기를 들고 있었다.

"뭘 하고 있니?"

재차 내가 묻자 한 아이가 대답했다.

"껌하고 설탕을 찾고 있어요."

"여기에 그런 것이 있냐?"

"예, 있어요. 미군들이 여기에 있다가 저녁때 떠났거든요. 아까 애들이 많이 주웠어요."

긴 산협山峽을 뚫고 지나가는 도로가에 위치한 이곳, 그리 넓지도 않은 이 풀밭과 자갈밭에 어떤 이유에서인지 전쟁 초기에 미군들이 북쪽으로 진격할 때나, 남쪽으로 후퇴할 때도 곧잘 머물다 가곤 하는 것을 우리는 보아왔었다.

"얘들아!"

나는 그들 앞으로 바싹 다가섰다.

"금용이 알지?"

나는 그들과 같은 또래인 내 막냇동생 이름을 말했다.

"네, 알아요."

"내가 금용이 형이다."

줄곧 외지에서만 살아온 우리를 그들은 모른다. 그래서 이렇게 내 소개를 해야만 했다.

"금용이네 모두 잘 있지?"

"집이 다 불에 탔어요."

"대포에 맞았대요."

두 아이가 거의 동시에 말했다.

"그럼 어디서 살지?"

"언년이 집에 살아요."

"웃말 언년네 집이냐?"

"예, 맞아요."

"금용이 어머니, 아버지 잘 계시데?"

"예."

"그 집 아주머니는?"

"아주머니?"

아이들은 저희들끼리 서로 얼굴을 쳐다보며 눈을 깜박거렸다.

"아주머닌 없는데유."

한 아이가 말했다.

"금용이 어머니 말고 여자 어른 또 없어?"

"예, 없어요."

세 아이가 동시에 말했다. 이때 곁에 서 있던 형의 거칠고도 긴 한숨 소리를 나는 들었다.

방문을 당겼을 때 희미한 초롱불 아래에 가족들이 모여 앉아 있었다. 그런데 그 속에 형수와 젖먹이 조카의 모습은 없었다. 우리가 방 안으로 들어서자 온 가족이 대경실색했다.

"아이구, 살아왔구나. 모두 죽은 줄로만 알았는데."

어머니는 내 아내를 붙들고 눈물을 흘렸다.

"형수님은요?"

내 말에 어머니와 아버지는 고개를 떨구었다. 아무 말이 없었다. 침통한 시간이 적막 속을 흘러갔다.

오랜 후에 어머니가 입을 떼었다.

내 아내가 터널에서 탈출한 다음날, 그러니까 7월 28일 새벽에 형수도 총탄에 맞아 숨지고, 젖먹이 조카는 할머니 품에 안겨 마을까지 돌아왔으나 신음신음 앓다가 며칠 못 가서 숨을 거두었다는 것이었다.

"총소리에 놀란 모양인데, 시상에 약이 있나, 의사가 있나? 도저히 살릴 방법이 없었단다."

어머니는 형의 팔뚝을 잡고 하염없이 흐느꼈다.

"노근리에서 희생된 사람은 몇 명이나 되어요?"

"정확한 숫자는 모르지만 200명은 훨씬 넘을 것이라는 공론이다. 굴 안과 그 근처 일대에 송장이 즐비했으니까."

아버지가 목멘 소리로 말했다.

"그 많은 시신들을 어떻게 치웠어요?"

"낮에는 비행기 때문에 꼼짝도 못하고 밤에 장례를 치렀다. 임자 없는 송장도 많았는데 어찌 되었는지 모르지."

밤은 아직 깊지 않은데 마을은 너무나도 적막했다. 길을 오가는 발걸음 소리도 사람들의 음성도 전혀 들리지 않았고, 개마저 짖지 않았다. 호된 난리를 겪은 마을의 가을밤은 죽음과도 같은 고요에 감싸여 있었다. 뒷산에서 산새들만이 구슬프게 울어댔다.

이튿날 새벽 먼동이 터올 때 나는 잠자리를 빠져나왔다. 그리고 전쟁 전에 부모들이 살던 집으로 향했다. 삽짝으로 통하는 골목길로 접어들었을 때 눈앞에 휑하니 뚫린 공동空洞과 같은 공간이 잿빛 대기大氣 속에 떠올랐다.

주변 초가집들에 둘러싸이고 여러 그루의 감나무 사이에 아늑하게 서 있던 우리 집, 언제나 친근하게만 여겨졌던 그 초가집은 다 타버리고 허물어진 흙담과 쓰러진 삽짝 너머에 잿더미만이 수북했다. 그것을 보는 순간 내 마음은 충격과 허탈감으로 걷잡을 수 없었다.

내가 태어난 집이었다. 내가 자라난 집이었다. 우리 가족들이 오붓하고 행복하게 살아온 보금자리가 아니었던가.

나는 여섯 살 때부터 이 집 아래채에서 한문을 배웠다. 스승은 나의 당숙이었다. 당숙모와 일찍 사별한 당숙은 큰아들 우문 내외와 함께 살고 있었는데 3·1독립 운동 당시 우문은 마을 청년 6명과 영동읍 장터에서 '대한 독립 만세!' 제창 운동을 주도했던 관계로 일본 경찰의 극성스러운 감시를 받게 되었다. 견디다 못해 그는 집을 떠나 객지로 떠돌았다. 그의 유랑생활이 꽤 오랜 세월 동안 계속되자 원래 청빈하게 살아왔던 당숙의 생활은 말이 아니었다. 그 딱한 사정을 보다 못한 내 아버지는 당숙을 모셔다 우리 집 아래채에서 침식하도록 했다.

형과 나는 이 당숙에게서 한문을 배웠다. 매일 새벽 첫닭이 울면 우리 형제는 우물가로 달려가서 세수를 하고 당숙 방으로 들어갔다. 글을 배우기 위해서였다.

나는 당숙의 가르침으로 『천자문』, 『동몽선습童蒙先習』, 『통감通鑑』을 뗀 다음 읍내 보통학교에 들어갔다.

그러던 우리 집이 전쟁 통에 이렇게 잿더미로 변해버렸다. 그러나 우물만은 신통하게도 온전하게 남아 있었다.

나는 우물가에서 그전날 밤에 있었던 아버지와의 대화를 생각했다.

'노근리 사지死地 속에서 간신히 빠져나와 마을로 돌아왔으나 집은 불타고 들어갈 곳이 없었다. 우문에게 방 한 칸만 쓰자고 말했었지. 거절당했어. 가족들이 들어갈 곳이 마땅찮아 고민하고 있을 때 이 집 주인 김학춘이 찾아와서 자기들과 같이 살자고 하더라. 그래 이리로 오게 되었단다.'

집이 불타서 겪었던 고생을 이야기하며 아버지는 그때까지도 삭이지 못하고 있던 서운함을 내비쳤다.

'아무 척분도 닿지 않는 사람도 자청해서 방을 내주었는데 우문이지가 그럴 수 있어? 은혜는 물에 새기고 원한은 돌에 새긴다는 말이 있긴 하지만 우문이는 지난날 내가 제게 해준 일을 너무 쉽게 잊어버렸단 말여.'

'아버지가 우문에게 해준 일'이란 기미년 3·1운동 당시 마을 청년 6명과 함께 영동장터에서 '대한 독립 만세'를 주도하다가 일본 군경에게 죽도록 매 맞고 실신하여 길가에 버려져 있던 우문을 아버지가 구해서 피신시키고, 그가 왜경을 피해 객지로 떠돌 때 그 가족들의 생계를 돌보아주었던 일을 가리키는 것이다.

'아버지! 너무 섭섭하게 생각지 마세요. 재종형은 공산당이 미워하는 부자잖아요. 고래 등같이 큰 집에 살고 있으니 한눈에 띄는 부자잖아요. 전직 경찰관 가족과 함께 살다가 공산당에게 죽음이라도 당하지 않을까 하고 너무 겁을 냈던 겁니다.'

이렇게 아버지를 위안은 했지만 짧은 기간의 공산군 치하에서 순진했던 인심이 황폐하게 되고 그렇게도 반듯했던 윤리가 타락한 현실 앞에서 나는 몹시 마음이 아팠다.

들로 나가보았다.

소백산맥 골짜기 맑은 물이 실개천이 되어 흐르고 저 멀리 풀밭에는 한가로이 풀 뜯는 황소 한 마리가 아스라이 보였다.

모래밭을 거닐 때 영嶺에서 내려온 한 줄기 바람이 내 몸을 씻고 지나갔다. 나는 정지용의 시 「향수鄕愁」의 정취情趣 속에 내 자신이 흠씬 젖어 있음을 실감했다.

> 넓은 벌 동쪽 끝으로 옛이야기 지줄대는
> 실개천이 휘돌아 나가고
> 얼룩백이 황소가
> 해설피 금빛 게으른 울음을 우는 곳
> 그곳이 차마 꿈엔들 잊힐 리야

질화로에 재가 식어지면
뷔인 밭에 밤바람 소리 말을 달리고
엷은 졸음에 겨운 늙으신 아버지가
짚베개를 돋아 고이시는 곳
그곳이 차마 꿈엔들 잊힐 리야
(……)

하늘에는 성근 별
알 수도 없는 모래성으로 발을 옮기고
서리 까마귀 우지짖고 지나가는
초라한 지붕
흐릿한 불빛에 돌아앉아
도란도란거리는 곳
그곳이 차마 꿈엔들 잊힐 리야
(……)

 영도수용소에서 멀리 북쪽 하늘을 바라보며 얼마나 애타며 그리워했던 나의 고향이었던가.

 황금빛 논밭에서는 추수가 한창이었다. 나는 논둑 위에 서서 논 가운데에서 일하고 있는 사람들에게 인사를 했다.
 "그동안 난리 속에서 얼마나 고생들 하셨소?"

벼를 베던 사람들이 낫질을 멈추고 허리를 폈다. 그리고 내게로 일제히 시선을 주었다.

"어이구, 살아왔네."

"어―, 피난 잘 하고 왔는가?"

"고생 많았지?"

그들은 제각기 한마디씩 했다.

"제법 영글었는걸."

나는 논 속의 벼이삭을 들여다보며 말했다.

"다 하늘 덕분이지. 여름 내내 비를 잘 내려줘서 농사가 이만치라도 된 걸세. 그놈의 쌕쌕이 땜에 낮 동안은 전답에 얼씬도 못했지. 밤에 별빛 의지해서 들일 좀 하랴 해도 빌어먹을 그 노무 동원인가 뭔가 땜에 어디 맘대로 할 수 있었어야지. 물 관리도 김매기도 거의 하지 못하고 팽개치다시피 했지. 그런데 하늘이 비를 알맞게 내려주고 좋은 날씨도 줘서 이만큼이라도 된 걸세. 평년작은 못 돼도 그런대로 소출은 있을 것 같네. 그런데 말일세, 이렇게 농사 지어놓으니까 공산주의자들이 현물세 매기는 자료로 삼겠다며 벼이삭, 콩 대공, 조 이삭, 심지어 밭고랑에 드문드문 서 있는 수수목까지 꺾어서 낟알을 하나하나 세어갔잖아. 수복이 이렇게 빨리 되지 않았더라면 애써 지은 곡식을 저 자들에게 몽땅 빼앗기게 될 뻔했네."

한 친구의 말이었다.

"남하한 사람들은 편하게 지냈지?"

다른 친구가 정색한 얼굴로 내게 물었다.

"……."

나는 대꾸를 하지 않고 웃고만 있었다.

"어디 자네 피난한 얘기나 들어보세."

그들은 하나둘 논둑 위로 올라왔다.

"남쪽에서는 편했지?"

먼저 같은 질문을 했던 친구가 재차 말했다.

"인생도처人生到處에 유고생有苦生이라, 하하하—."

하고 나는 소리 내어 웃었다.

"그럴 테지. 남쪽에서도 별수 없었던 모양이로군."

또 다른 친구가 말했다.

"여기서는 어떻게들 살았나?"

이번에는 내가 질문을 던졌다.

"말도 말게. 유엔군 비행기가 철로를 부수고 돌아가면 그날 밤에는 영락없이 근동 남자들이 모조리 동원되는 거라. 가마니나 마대에다 모래·흙을 담아 등에 지고 가서 쌓아올린 다음 침목을 놓고 레일을 까는데, 전부 사람 손으로만 해냈으니 정말 죽을 똥을 쌌다네. 인민군 놈들이야 그렇게 해서 기차를 통과시키고 전쟁 물자를 수송해야 했겠지만 우리 신세가 오죽했겠나?"

"고생은 그것뿐이 아니었지."

다른 친구가 이야기를 계속했다.

"밤에 포탄이나 총탄 등을 운반하는 데는 정말 죽을 뻔했다네. 회동리 앞에서 황간 안화리 기차 굴까지 30리 길을 그 무거운 탄약상자를 등에 지고 걸었어. 굴 안에다 그것들을 쌓아놓고 집에 돌아오면 먼동이 트는 거라. 강제 동원이 너무 빈번해서 견딜 수 없었어. 죽지 못해 살아온 나날이었다구."

고향에 남아 있던 사람들이 당한 고초는 이것만이 아니었다. 공무원 하던 친구는 살아남기 위해 초등학교 소사小使로 취직해서 열심히 일해주고「김일성 장군의 노래」를 열심히 배워 아이들에게 가르쳐줬다는 얘기에서부터 의용군에 끌려가지 않으려고 전전긍긍하며 온갖 수단을 다 썼다는 말 등 수난의 화제는 길바닥에 수두룩하게 널려 있었다.

우리 마을에서 의용군에 끌려 나간 사람은 아홉 사람이었다. 그 중 세 사람은 끌려가다가 인솔자의 감시가 소홀한 틈을 타서 도망쳐왔고 나머지 여섯 사람은 끝끝내 돌아오지 않았다.

그런데 이때 의용군에 끌려간 사람은 거의 모두가 못 배우고 똑똑하지 못한 사람들이었다. 마을에는 몸도 건강하고 잘 배우고 똑똑한 청년들도 있었는데 이들은 요리조리 빠지고 저들만이 끌려갔고 또 끌려간 사람들 가운데에서도 약빠른 사람은 도망쳐오고 어수룩한 사람들은 불귀의 객이 되고 만 것은 동물 세계처럼 적자 생존의 원리(?)가 적용된 것이라는 생각이 들었다. 이때 내 동생 근용이도 의용군에 나가도록 되어 있었다.

당시 우리 마을에는 16,7세 되는 소년들이 여러 명 있었는데 그들 중에서 유독 내 동생만이 의용군에 나갈 뻔했던 것은 그가 전직 경찰관의 가족이었기 때문이었다. 인민군 장교가 데리러 왔을 때 내 동생

근용은 풀잎에 장딴지를 베이면서 초독草毒이 들어 한쪽 다리가 보기에도 민망할 정도로 통통 부어 있었기 때문에 다행히 위기를 면했지만 당시 공산주의자들은 이처럼 현직은 물론 전직 경찰관 가족들까지도 못살게 했었다.

어느 날, 밤이 깊었을 때 인민군 패잔병들의 행렬이 마을 앞에 나타났다. 아마도 고령·지례 지방을 거쳐 후퇴해왔을 거라고 추측되는 이들은 소백산맥을 넘어와서 우리 마을 앞을 지나 서울 부산 간의 국도와 철로를 가로질러 노고산 밑 골짜기로 들어가고 있었다.

그 길은 용산면을 거쳐 보은으로도 통할 수 있으니 태백산맥을 따라 북쪽으로 돌아가려는 것이었을까?

많은 부상자까지도 끼여서 장사진을 이루고 있는 이들이 묵묵히 무거운 발걸음을 옮기다가 도로상에 유엔군의 헤드라이트 행렬이 나타나기만 하면 멈춰 서서 쥐죽은듯이 숨을 죽였다. 그러다가 불빛이 시야에서 완전히 사라지면 서둘러 철로를 넘어가곤 했다.

이렇게 어수선한 밤이 여러 날 동안 계속되고 있었다.

우리 고향의 겨울은 언제나 큰 산의 정상으로부터 찾아온다. 12월이 되기에는 아직도 먼 11월의 어느 날 오후, 갑자기 기온이 뚝 떨어졌다고 느껴지면 그 다음날 아침에는 영락없이 톱날같이 솟아오른 산맥 연봉連峯들이 밤사이에 내린 눈으로 새하얀 고깔을 뒤집어쓰고 산허리에서 산기슭까지 아직도 멀쩡히 남아 있는 단풍의 아름다운 색깔에 떠받치어 정좌正坐하고 있는 것이다.

우리는 큰 산의 이러한 모습을 멀리서 바라보며 대를 이어 이 마을에서 살아왔다.

그해 겨울도 같은 모습으로, 인민군 후퇴의 발길이 계속되고 있는 속에서, 예년보다 빨리 10월 중순에 찾아들고 있었다.

그날은 아침부터 바람이 스산했다. 마을의 앞산과 뒷산 나뭇가지에 남아 있던 마른 잎들을 떨어낸 바람은 이 낙엽들을 하늘 높이 흩날리며 단숨에 큰 산 위까지 불어 올라가서 산봉우리의 흰눈을 흩날리고 있었다. 까마귀와 까치들은 바람에 떠밀려 저공(低空)에서 표류하고 있었고, 한 마리의 솔개만이 창공 높은 곳에서 유유히 원을 그리며 날고 있었다.

오후의 반나절도 지나고 석양이 다가오고 있었다.

갑자기 산맥 위 아득히 높은 상공에 경비행기 한 대가 나타났다. 그 비행기는 차가운 햇살을 온몸에 받으며 백설에 뒤덮인 봉우리들 위를 맴돌며 패잔 인민군들에게 방송으로 투항을 권고하고 있었다.

비행기로부터의 방송 소리가 끊겼다 이어졌다 하면서 세차게 몰아치는 바람 사이사이로 우리 마을에까지 아련히 들려왔다.

그것은 승자가 패자에게 보내는 설득이었고 권고였으며 동족이 동족에게 보내는 은혜였다.

그러나 저들 중 투항한 자가 있다는 소식은 듣지 못했고, 패잔병들의 북행길은 며칠 밤 더 계속되었다.

이들 대열에서 빠져나온 병사들이 심야에 여염집에 들어와 음식물을 청해 먹고 허겁지겁 대열을 뒤쫓아가는 일이 심심찮게 있다는 소문과, 어느 날 밤엔가는 젊은 여군 한 명이 마을 길가 집으로 들어와서 '어데 시집갈 데 없느냐?'고 물어보더라는 이야기까지 나돌아 이들이 지나가는 동안 마을 사람들은 편치 않은 밤을 보내야만 했다.

마을 사람들이 계속 보도되는 유엔군의 전승 소식에 새 힘을 얻어 겨우살이 준비를 서두르고 있던 10월의 어느 날, 앞서 직장으로 돌아간 형의 안부가 궁금해서 나는 대전으로 향했다. 전선이 멀리 북쪽으로 이동한 까닭에 도로에는 이제 군용차량보다는 생활용품을 실은 민간 트럭들이 더 많이 왕래하고 있었다. 나는 트럭에 몸을 싣고 영동을 떠났다.

배가 터지도록 흙을 담은 가마니와 마대를 쌓아올려 폭격으로 파괴된 철도를 땜질한 흔적을 여러 곳에서 목격할 수 있었고, 길옆 구석진 곳에서는 아직도 인민군의 시체가 버려져 있는 것이 목격되었다. 도로의 다리가 파괴되어 내려앉은 곳은 그 밑을 흐르는 개울 위로 길을 깎아내려 차량을 통행시키고 있었고 도로가의 촌락에서는 파괴된 가옥과 잿더미들이 자주 눈에 띄었다.

트럭은 이 황량한 속을 달렸다. 내가 대전 시내에 들어섰을 때 시가지는 철저하게 파괴되어 있었다. 미 제24사단이 참패당하는 전투 과정에서 유엔군 폭격기들이 이곳에다 마구 폭탄을 퍼부었던 것일까? 시내의 모든 건물은 참담하게 파괴되어 처참한 폐허의 도시로 바뀌어 있었다.

목골 이모 집의 침통한 분위기는 초상집과도 같았다. 큰이종사촌형은 마을의 인민위원장 일을 보았다 하여 경찰서에 끌려가 며칠째 조사를 받고 있었고, 작은이종사촌형은 연예 활동을 하는 인민군을 따라다니다 저들이 패주할 때 행방불명이 되었다는 것이었다.

"우리 애들이 전쟁 전에는 공산당 근처에 얼씬도 안 했던 것 조카도 잘 알잖아. 그런데 인민군이 들어온 뒤에 동네 사람들이 큰애를 불러내서 억지로 감투를 씌운 거라. 큰애는 한사코 사양했지만 여러 사람이 나서서 설득도 하고 인민군에 교섭도 하고 해서 위원장인가 뭔가를 하도록 한 거지. 두 달 동안 그 일 보며 동네 사람한테 해코지한 일 없었고 인민군에게 크게 이익 되는 일도 한 거 없었는데 경찰에서 잡아갔어. 매 맞아 병신 되는 건 아닌지, 감옥 가서 징역 사는 건 아닌지 걱정이 되어서 정말 못살겠어."

이모의 얼굴은 보기에도 민망할 정도로 야위어 있었다.

큰이종사촌형이야 사실이 그러하다면 조사 후 집으로 돌아올 수 있겠지만 작은이종사촌형의 신상은 정말 걱정이 되었다.

"벌을 받는 한이 있더라도 작은형을 붙잡아두시잖고요?"

내가 이렇게 말하자 이모는 길게 한숨을 내쉬었다.

"그놈이 집에 와서 상의라도 했다면야 누가 안 붙잡겠어. 인민군 남사당팬가 뭔가 하고 어울려 떠돌아다니다 그대로 없어진 거야. 그놈들하고 북쪽으로 간 건지, 어디서 죽은 건지 영 알 수가 있어야지. 죽은 송장이라도 내 앞에 끌어다놓았으면 차라리 맘이 놓이겠는데……."

나는 이모의 탄식에서 애달파하는 모정을 느낄 수 있었다.

잠시 이야기를 끊었던 이모는 인민군이 후퇴하며 저지른 끔찍한 사건도 얘기했다.

"추석 전날 저녁때부터 인민군들이 형무소에 갇혀 있던 사람들을 줄

줄이 묶어서 저기 포도밭 옆길을 따라 끌고 지나가는 것을 마을 사람들이 다 봤지. 골말로 끌고 간 그 사람들을 시켜 산비탈에 방공호같이 긴 구덩이를 여러 개 파게 했다나? 그 일이 끝나자 인민군들은 끌고 간 사람들을 구덩이 가장자리에 줄줄이 세워놓고 총으로 쏴 죽였다더구먼. 낫에 풀이 베이듯 퍽퍽 쓰러진 사람들을 자신들이 판 구덩이 속에 밀어 넣고 묻었다는 건데 죽지 않은 사람까지도 생매장을 했다는 거여. 경찰의 높은 사람 하나는 인민군들이 돌아간 뒤에 구덩이 속에서 흙을 헤치고 살아나왔다면서, 골말 사람들은 빨갱이들의 악랄함에 치가 떨린다고 모두 말하고 있어."

이모의 이야기는 해가 질 때까지 계속되었다.

내 형은 주위가 어두워진 다음에야 집으로 돌아왔다. 파괴되고 헝클어진 일들을 고치고 정리하느라 퇴근이 늦어졌다는 것이었다.

형도 앉자마자 이모로부터 들은 것과 같은 잔인한 이야기를 들려주었다.

"수복해서 돌아왔을 때 형무소 우물들 안에는 시체들이 꽉 차 있었지. 저자들이 싸움에 져 도망칠 때 최후의 발악을 너무도 악독하게 했더구먼. 감방에 가두어놓았던 우익 인사·군인·경찰관과 기타 공무원들을 마구 죽였는데 그 방법이 인두겁을 쓴 사람으로서는 차마 못할 짓이었단 말야. 감방문을 열고 갇혀 있던 사람들을 나오게 한 다음 총알을 아껴야 한다며 걸어가는 사람들의 뒤통수를 빈병이나 망치 같은 둔기로 힘껏 쳤다는 거여. 그리고 더 잔인한 것은 얻어맞고 죽지 않은 많은 사람까지도 다른 시체들과 함께 우물 속에 던져 생수장을 해버린 거여. 수복 후 우물에서 건져낸 시체와 골말 구덩이 속에서 파낸 시체 중 그 가족들이 찾아가고 남은 주인 없는 시체는 지금 목동 천주교 성당 뒤에 가매장해놓았다는군."

말을 마친 후 형은 그 참상들이 새삼 생각난 듯 몸을 떨며 진저리를 쳤다.

내가 서울로 올라간 것은 11월 초순이었다.

고갯마루에서 내려다본 모교(중앙대학)의 풍경은 몹시도 쓸쓸했다.

앙상한 가지뿐인 여러 그루의 플라타너스에 둘러싸인 교정에는 낙엽들만 바람에 이리저리 밀려다닐 뿐 사람은 그림자 하나 보이지 않았고, 초겨울 오후의 엷은 햇살은 교사의 화강암 벽체 위를 차갑게 비추고 있었다.

나는 교사 안으로 들어가 보았다. 학장실도, 서무과도, 교수실도 문이 굳게 잠겨 있었고, 교사 안에는 인기척이 없었다.

밖으로 나와 교사 뒤쪽으로 돌아갔을 때 양지바른 쪽 벽 앞에 서 있던 대여섯 명의 학생들이 손을 쳐들고 환호하며 다가왔다.

"오—, 살아 있었구려."

"아—, 무사들 했구면."

우리는 손에 손을 굳게 잡고 얼싸안았다. 그리고 전쟁 속에서 살아남았음을 서로 축하했다.

대화는 자연 3개월 동안의 갖가지 고생담으로 집중되었다.

피난을 가지 못하고 서울에 남아 있었던 한 학생은 자기 집 다락방 깊숙한 곳에 숨어 의용군에 잡혀가는 것을 면했다 했고, 역시 피난을 나가지 못했던 다른 한 학생은 시골 자기 집 뒷산 동굴 속에서 숨어살았다고 했다.

또 다른 학우들의 소식도 화제에 올랐다. 친구 중 누구는 남쪽 피난지에서 국군에 자진 입대했다느니 또 누구는 인민군에 점령된 자기 고향에서 피해 다니다 결국은 의용군으로 끌려갔다느니 등등 많은 이야기가 오갔는데 명랑치 못한 이야기가 대부분이었다.

학생들에 관한 이야기가 대충 끝이 나자 이번에는 교수들의 소식으로 화제가 바뀌었다.

이석범 교수와 전용식 교수, 그리고 국문학과에서 여러 번 특강을 한 바 있는 정지용 시인은 자진해서 월북을 했다는 것이었고, 미국에서 돌아와 심리학을 가르쳤던 이재완 교수와 가끔 국문학과에서 특강을 했던 설의식 교수는 납북되었다는 것이었다.

제일 마음 아팠던 것은 국어국문학의 신영철 교수의 이야기였다. 그가 공산주의자인 제자에 의해서 살해되었다는 소식은 내 가슴을 몹시 아프게 했다.

신 교수는 성격이 괄괄한데다 다혈질이었는데 그가 학생과장 일을 맡아보면서 제자 학생에게 원한을 살 일을 했던 것이었을까? 아니면 경찰전문학교 교수로도 출강하고 있다 했는데, 그 때문에 그러한 일을 당했던 것일까?

그러나 그 원인이 원한 관계에 있었든 사상 관계에 있었든, 제자가 스승을 죽인다는 것이 어찌 용납될 수 있는 일이겠는가?

영문학의 정인섭 교수, 기회 있을 때마다 우리 학교가 위치한 좋은 자연환경을 활용, 수영이나 조정·스케이팅 등에 여가를 할애하여 폭넓은 기량을 길러보라고 학생들에게 권했던 그는 낙동강 전선에서 전쟁이 치열했을 무렵 수영水營 공항을 통해 출국, 런던대학의 교환교수로 도영중에 있었고 국어국문학의 한갑수 교수도 당시 국회의장이었던 이기붕의 비서로 일하고 있었다.

나머지 교수들은 학교에 나오지 않고 있어 안부조차 알 길이 없다는 것이었다.

이같이 학생도 교수도 뿔뿔이 흩어지고 학교는 완전히 황폐해져 있었다. 하기야 산도, 들도, 도시도, 촌락도, 인심도, 그 모든 것이 황폐해져버린 세상이었기에 학교라고 해서 예외가 될 수는 없었다.

9. 흥남에 울려 퍼진 찬송가

가침식사는 시종여일하게 빵 한 조각과 우유 한 잔에다 달걀이 두 개씩, 때로는 사과 한 개씩이 식탁에 오를 뿐이었다. 그러나 점심과 저녁식사는 그런대로 먹을 만했다. 그 먼 전선까지도 육류가 빠짐없이 공급되었다. 한국인 병사들은 피난생활에서, 혹은 자기 집에 편히 있다 입대한 사람이라 할지라도 오랫동안 충분히 먹지 못하는 생활을 해왔기 때문에 이 정도의 식사로는 배가 차질 않았다. 그렇기에 식사 때마다 배식 받은 음식을 남기지 않고 핥듯이 싹싹 비웠다. 흑인 병사들은 이런 한국인 병사들을 '돼지, 돼지' 하며 놀렸다. 그럴 때마다 한국인 병사들은 '야, 임매 너희들도 사흘만 굶어봐라. 별수 없을 게다'라고 응수했다. 그러면 흑인들은 그 흰 이빨을 드러내며 징그럽게 웃었다. 한 달 가량 지나자 뱃속에 기름기가 찼는지 한국인 병사들도 흑인들처럼 배식 받은 것을 다 먹지 못하고 남기게 되었다. 복희의 이러한 생활은 한국군에 비하건 너무나 행복한 편이었다.

10월 1일, 드디어 한국군 수도사단과 제3사단은 38선을 돌파하고 북진을 시작했다.

우리 장병들은 북쪽을 향해 노도와 같이 돌진해 그날로 양양에 돌입했다.

10월 2일, '모든 유엔군은 정주—군우리—영원—함흥을 잇는 선을 목표로 진격하라'는 맥아더 사령부의 작전 명령이 하달되었다. 정주—함흥을 잇는 이 선이 소위 맥아더 라인이다.

이 무렵부터 동부전선에서 수도사단과 제3사단 사이에 원산 입성入城을 위한 선두 다툼이 벌어졌다. 제3사단은 태백산맥 동쪽 해안선을 따라 북상했고 수도사단은 태백산맥 서쪽 코스로 진격해나갔다.

10월 10일 오전, 미 제7함대 함포 사격과 미 제5공군의 출격·맹폭 속에서 양 사단은 거의 동시에 원산을 탈환했다.

이때 서부전선에서도 우리 제1사단과 미 제1기병사단 사이에 평양을 탈환키 위한 경쟁이 치열하게 벌어지고 있었다. 차량으로 이동하는 미 제1기병사단의 기동력에 뒤지지 않으려고 도보로 진격하는 우리 제1사단은 필사적인 노력을 기울이고 있었다.

10월 19일 오전 11시, 우리 제1사단의 주력 부대가 미 제5기병연대에 앞서 동평양에 돌입하고 거의 같은 시각에 우리 제7사단 제8연대가 서평양을 탈환했다.

국군 제8사단은 10월 초순 38선을 넘었다. 그리고 철원, 금화를 지나 10월 10일경 평강에 도달했다. 이곳에다 복종의 소속 중대만을 남겨놓고 사단은 평양으로 진격해갔다.

일제 때부터 평강에 있어왔던 결핵요양소를 아군의 야전병원으로 사용하고 있었는데, 복종의 소속 중대는 그날부터 이 병원의 경비를 담당하게 되었다.

10일 가량을 아무 일 없이 잘 지냈다.

10월 19일, 중대 병력 중 중화기 소대와 다른 1개 소대는 평양을 향해 떠나가고, 나머지 2개 소대만으로 그날 밤 병원을 지켰다. 그날 밤도 평온 속에 밝았다. 보초병을 제외한 대원들은 요양소 건물 속에서 곤히 잠들어 있었다.

밤중부터 끼기 시작한 안개는 날이 샌 다음에도 걷히지 않고 있었다. 10미터 앞도 분간할 수 없을 정도의 짙은 안개였다. 이 속에서 복종의 소속 중대는 적 패잔병의 기습 공격을 받았다.

오전 7시경 콩 볶듯이 울리는 총성이 적막을 깼다. 총소리에 잠이 깬 대원들은 황급히 무장을 하고 밖으로 뛰어나갔다. 그리고 적과 교전하기 위해 병원 주위로 분산 배치되었다. 탄환이 병원을 향해 빗발치듯 날아왔으나 안개 때문에 어디에서 얼마나 많은 적이 사격을 가하고 있는지 도무지 판단이 서질 않았다. 이곳저곳에서 적탄에 맞고 지르는 대원들의 비명 소리가 들려왔다.

복종은 전황을 알아보고자 20미터 가량 떨어진 중대본부를 향해 달려갔다. 있는 힘을 다해 달리던 중, 갑자기 온몸에 충격을 느꼈다. 정신이 몽롱해지면서 복종은 대지 위에 나뒹굴고 말았다.

정신을 차려보니 오른쪽 무릎에서 선혈이 쉴 새 없이 흘러나오고 있었다. 하반신은 이내 피투성이가 되고 말았다.

복종은 그대로 적에게 응사하려고 M1소총을 집어 들고 방아쇠를 당겼다. 그런데 총알이 나가지 않았다. 살펴보니 가스통 마개가 휘어져 있었고, 개머리판도 탄환 자국으로 푹 파여 있었다.

만사휴의萬事休矣, 이제 남은 것은 죽음뿐이라고 복종은 생각했다. 머리 위로 총탄이 휴웅— 휴웅— 날고 있었으나 겁이 나지 않았다. 생에 대한 애착도 없었다. 총을 맞은 무릎에서는 심장 박동에 따라 피가 콸콸 흘러나왔으나 그는 지혈을 하려 들지도 않았다. 오히려 죽음을 기다리는 심정이 되어버렸다.

시간이 얼마나 흘렀을까. 총소리가 멎고 사방이 고요해졌다.

군화 소리가 들려왔다. 인민군 병사 하나가 손에 수류탄을 들고 저만치에 우뚝 서 있었다.

"개새끼, 아직 죽지 않았구나."

놈은 소리치며 복종의 코앞까지 다가왔다. 그리고 수류탄을 쳐들었다.

"죽여줄 테니 눈이나 감아라."

"야! 잠깐. 수류탄으로 죽기 싫으니 총으로 쏴라."

복종은 구차하게 목숨을 구걸하고 싶지 않았다. 그런데 그놈이 어떻게 마음이 변했는지 한결 부드러워진 음성으로 말했다.

"이것 하나면 국방군 새끼 열 명을 죽일 수 있다. 너 하나만 죽이기에는 수류탄이 아깝다. 이 간나새끼, 돈과 시계나 내놓으라!"

복종은 아무 말 없이 손목에서 시계를 풀고 호주머니 속에서 돈을 털어 그놈에게 건네주었다. 놈은 복종 곁에서 바삐 떠났다.

얼마 뒤 또 발걸음 소리가 들려왔다. 이번에는 인민군 장교였다. 양편 바짓가랑이 바깥쪽의 붉은 선이 유달리도 선명했다.

"손들엇."

녀석은 권총을 겨누고 접근해왔다.

"어디를 맞았느냐?"

그는 피투성이가 된 복종의 하반신을 한동안 들여다보았다.

"오른쪽 무릎을 맞았다."

"우리는 부상병은 죽이지 않는다. 상처를 그대로 놔두면 죽는다. 빨리 지혈을 해라. 그리고 꼼짝 말고 여기에 있으라."

이렇게 말하고는 그는 건물 뒤쪽으로 급히 돌아갔다.

이때 복종은 비몽사몽간에 음성을 들었다.

'너 여기 있으면 죽는다. 도망가라. 도망치면 살 수 있다.'

그 음성은 그의 아버지의 목소리였다. 1년 전에 세상을 떠난 그의 아버지의 목소리가 복종의 귓전을 울렸던 것이다. 이 음성을 듣는 순간 그는 제정신으로 돌아왔다.

그는 병원 앞 개천으로 기어 내려갔다. 사력을 다해 기었다. 양쪽 둑에는 찔레나무와 잡초가 무성하게 개천을 덮고 있었다. 복종은 개천 바닥에서 수건을 꺼내 총탄이 관통한 곳을 싸맸다. 그리고 나뭇가지 하나를 주워 지팡이로 삼았다. 그것을 짚고 일어서 보았다. 탄환은 뼈를 비켜 지나간 듯 걸을 만했다. 그는 절뚝거리며 개천 상류 쪽을 향해 걸어갔다. 정신없이 걸어서 언덕을 넘었다.

그리고 7,8백 미터 가량 떨어진 촌락을 향해 이를 깨물고 걸어갔다.

마을 어귀에 다다르자 10여 명의 마을 사람들이 겁에 질린 얼굴로 피투성이가 된 복종을 바라보고 있었다.

"어찌 된 일이오?"

그들 중의 한 사람이 물어왔다.

"나는 국군입니다. 인민군 패잔병들에게 당했습니다. 살려주세요."

복종은 간청했다.

골수 공산당원일 수도 있는 사람들, 그렇다면 저들이 공산당에 일러 잡아가도록 할 수도 있다는 염려가 들기는 했지만, 목숨이 경각에 달린 위기 상황이라 복종은 이렇게 행동할 수밖에 없었다.

나이 60이 훨씬 넘어 보이는 한 노인이 앞으로 나섰다.

"우리 집으로 갑세다."

그는 복종의 손목을 잡았다. 두세 명의 마을 사람들이 옆과 뒤에서 복종을 부축했다.

그들은 이 부상자를 골방에다 눕히고 총상에 좋다면서 기계에 쓰는 구리스를 상처에 발라주었다. 그리고 헝겊으로 다친 곳을 싸매주었다. 안노인은 부엌으로 나가 미역죽을 끓여왔다.

"어서 들어요."

"먹고 기운차려요."

이들 부부는 번갈아가며 복종에게 권했다.

그날 점심때 중년의 남자 두 사람이 복종을 찾아왔다.

"얼마나 아프겠소? 우리는 이 마을 세포장과 인민위원장이외다. 당신의 신변을 보장할 테니 안심하오……. 저쪽 논에서 지금 패잔병들이 밥을 지어먹고 있으니 조심을 해야 하오. 우리는 할 수 없이 이 직책을 맡고 있소만 공산당 정치는 이제 지긋지긋하다오."

그들은 친절한 음성으로 말했다.

두 사람이 돌아간 후 노인들은 한결 마음이 놓이는 모양이었다. 부부는 더욱 따뜻하게 보살펴주고 저녁에는 마른북어를 두들겨 국을 끓여왔다.

그곳은 일제 때 동양척식회사東洋拓殖會社에서 농장으로 사용했던 곳인데 8·15해방 후에는 북한 공산 정권이 해방 1리, 해방 2리 등으로 이름붙인 부락 다섯 개를 만들어 농민들을 정착시키고 집단적으로 농사를 짓게 하는 곳이라 했다.

"할아버지! 살기가 어떠세요?"

생生에 대해 자신을 얻은 복종은 이렇게 물어보았다.

"말도 마오."

그는 머리를 좌우로 흔들었다.

"내가 짓고 있는 농사는 40마지기요. 이주 첫해에는 수확한 곡식 가운데 현물세로 반만 거둬갔소. 그런데 그 다음해부터는 식구들이 먹고사는 데 필요한 만큼만 남겨놓고 다 빼앗아가고 있소. 농사를 많이 지어도 적게 지어도 농가에 돌아오는 몫은 똑같아요. 그러니 애써 일을 할 욕심이 나지 않지요."

"아아, 네에."

복종은 뜻밖의 말에서 충격을 받았다. 노인은 말을 계속했다.

"어디 그뿐인가요? 낮 동안의 힘든 노동으로 피곤하고 지친 사람들을 밤에는 밤대로 못살게 해요. 학습이니 뭐니 하며 살 수 없도록 볶아대지요. 그리고 백성들은 공산당의 감시 밑에서 하루 한 날 평안한 날이 없었소."

노인의 말을 들으며 복종은 마음속에 이상야릇한 혼란을 느꼈다.

'전쟁이 일어나기 전 남쪽에서 공산주의자들은 그들이 건설하려는 이상향을 입에 침이 마르도록 선전하지 않았던가? 미제美帝의 주구走狗인 경찰을 타도하고 이승만 정권을 쓰러뜨려 혁명을 완수하면 노동자·농민들의 천국이 실현된다고. 그리하여 무산대중 모두가 행복하게 살게 된다면서 백성들의 봉기를 얼마나 선동하였던가?

그리고 이들의 말에 얼마나 많은 사람들이 유혹을 받았으며, 내 고향 산골 마을의 몇몇 청소년들까지도 붉게 물들어 세포 활동이다, 빨치산 활동이다 하고 날뛰다가 죽기도 하고 붙잡혀 형무소살이를 하지 않았던가?

북쪽 공산주의자들이 5년간에 걸쳐 만들어낸 이상향이 그래, 고작 이런 것인가?

저들이 떠들어대던 이상향은 완전히 허상虛像이었단 말인가? 이 허상의 실현을 선전·선동하는 이념과 그것을 반대·부정하는 이념이 그동안 얼마나 격렬한 혈투를 벌여왔으며, 이 투쟁의 틈바구니에서 얼마나 많은 사람들이 희생을 당해왔던가. 이번 전쟁도 따지고 보면 이러한 허상을 가운데에 두고 이들 두 이념이 벌이는 갈등과 충돌이 아니고 그 무엇이겠는가?'

복종의 마음은 몹시도 착잡했다. 그리고 아팠다.

다음날 점심때였다. 네댓 명의 마을 사람들이 헐레벌떡 복종에게로 달려왔다.

"동네 앞을 지나가는 국방군에게 당신 이야기를 했소. 당신을 데리고 오라는 거요. 자, 갑세다."

그들은 가마니를 뜯어 양쪽 가에 막대기 두 개를 꿰어서 만든 들것에 복종을 태우고 큰길로 나갔다. 그곳에 정거해 있던 앰뷸런스에 인계했다.

앰뷸런스는 서울로, 서울로 달렸다. 그리고 복종을 수도육군병원에 입원시켰다.

이 무렵 복희가 속해 있던 부대는 원산에 주둔하고 있었다. 짙은 어둠 속에 묻혀 있는 부산항을 여객선 편으로 떠나온 이 부대는 한국군이 원산을 탈환한 7, 8일 뒤인 10월 17, 18일경 밤중에 그곳에 상륙했다.

부대는 10월 24, 25일경 아군이 북상해간 뒤를 쫓아 영흥으로 진격했다.

이 무렵 영하 20도를 오르내리는 매서운 추위가 북한 전역을 맹타하고 있었다. 복희는 남쪽에서 경험하지 못했던 추위로 참기 힘든 고통을 받았다.

게다가 이곳에는 부대 장병들이 들어갈 건물이 없었다. 삭풍이 휘몰아치는 허허벌판에다 텐트를 치고 텐트 내부의 흙을 1미터 이상 깊이로 파내고 큼직한 구덩이를 만들었다. 구덩이 속에 볏짚을 두껍게 깔고는 오리털 침낭 속에 들어가 잠을 잤다.

너무 추워서 식사 때 음식을 챙겨먹는 것조차 고역이었다.

아침식사는 시종여일하게 빵 한 조각과 우유 한 잔에다 달걀이 두 개씩, 때로는 사과 한 개씩이 식탁에 오를 뿐이었다. 그러나 점심과 저녁식사는 그런대로 먹을 만했다. 그 먼 전선까지도 육류가 빠짐없이 공급되었다.

한국인 병사들은 피난생활에서, 혹은 자기 집에 편히 있다 입대한 사람이라 할지라도 오랫동안 충분히 먹지 못하는 생활을 해왔기 때문에 이 정도의 식사로는 배가 차질 않았다. 그렇기에 식사 때마다 배식 받은 음식을 남기지 않고 핥듯이 싹싹 비웠다. 흑인 병사들은 이런 한국인 병사들을 "돼지, 돼지" 하며 놀렸다. 그럴 때마다 한국인 병사들은 "야, 임마! 너희들도 사흘만 굶어봐라. 별수 없을 게다"라고 응수했다. 그러면 흑인들은 그 흰 이빨을 드러내며 징그럽게 웃었다.

한 달 가량 지나자 뱃속에 기름기가 찼는지 한국인 병사들도 흑인들처럼 배식 받은 것을 다 먹지 못하고 남기게 되었다.

복희의 이러한 생활은 한국군에 비하면 너무나 행복한 편이었다. 이 무렵 국군들은 돌덩이처럼 얼어붙은 주먹밥을 두 손바닥으로 녹여가며 먹었고 최전방의 보초들은 등과 등을 맞대어 체온을 나눌 정도로 고생했다.

노도와 같이 밀려오는 유엔군을 막아낼 자신이 없음을 깨달은 김일성은 평양 함락 3일 전인 10월 16일 새벽 2시에 그곳을 빠져나갔다.

소련제 고급 승용차에 몸을 실은 그는 때마침 줄기차게 내리는 가을

비 속을 달려 순천·개천을 지나 청천강을 건넜다. 희천에 이르렀을 때에는 마침 그 지방 지하에서 활약하던 반공 애국 주민들이 봉기, 내무서를 습격하여 무기를 탈취하고 인민군 패잔병들을 닥치는 대로 공격하고 있었기 때문에 길이 막히고 말았다.

겁에 질린 김일성은 차에서 내려 적유령산맥 속으로 도망쳐 들어갔다. 해발 1,500미터의 구현령과 1,900미터가 넘는 증적산僧赤山을 넘고 산골 마을을 헤맨 끝에 강계 근처의 별오리까지 간신히 도망쳐나갔다. 그날이 10월 26일이었다고 하니 10일 동안을 험산준령 속에서 헤맨 셈이다.

그후 김일성은 평북 창성군 대유 남쪽 대동 마을의 광갱鑛坑 속에서 기거했다.

당시 나이 10세였던 김정일은 평양 함락 10일 전에 이미 만주 장춘으로 옮겨놓았다고 한다.

전쟁을 일으켜 한반도 전역을 대환난의 도가니 속으로 밀어넣어 그 엄청난 생명들이 비참하게 죽어가고 있는 마당에 자기 자신이나 가족들만은 살아남으려고 허둥댔던 연약한 인간의 모습을 우리는 이 대목에서 여실히 보게 된다.

맥아더는 10월 15일 웨이크 섬에서 미국 대통령 트루먼Harry S. Truman과 만났다. 이 회담에서 맥아더는 한국전에서 중공군의 참전은 없을 것이며, 그해 크리스마스까지는 유엔군 장병들을 그들 가정으로 돌아가게 할 수 있을 것이라고 말했다. 그러나 이것은 중공中共에 대해 너무나도 모르는 소리였다.

스탈린과 협의하여 김일성으로 하여금 전쟁을 도발케 하고, 소련제 항공기와 중공군 군복을 입은 소련군 조종사들이 만주 국경에 있는 공군기지에 들어와 북한 영공에서 작전하는 것을 승인한 모택동은 이때 이미 중공군을 한국전에 개입시킬 만반의 준비를 갖추어놓고 있었던 것이다.

한국전이 발발한 지 12일이 지난 7월 7일에 중공은 중앙군사위원회 확대회의를 열고 '동북변방군東北邊方軍'을 창설, 압록강 북안으로 이동 배치하여 중공의 동북지구 안전을 보위함과 아울러 전황의 추이에 따라서는 언제든지 압록강을 건너 북한을 지원한다'고 결정했다.

그리고 7월 13일 화남 지구에 주둔 중인 제4야전군 제13병단에 소속되어 있는 제38, 39, 40군과 흑룡강黑龍江 지구에 주둔 중인 제42군으로 동북변방군을 창설하는 조치를 취했으며, 이외에 포병 제1, 2, 8사단과 4개 고사포연대, 1개 공병연대 및 1개 전차연대와 1개 자동차연대를 차출해서 26만 명에 달하는 전병력을 7월 말부터 8월 중순까지 압록강의 북안에 있는 본계·봉성 등 8개 지역에 이동 집결시켰다.

이때 한국전에 대비한 중공 지상 병력은 위 제1선 부대 외에 제2선 부대가 15만 명, 제3선 부대가 20만 명으로 총계 60만 명에 이르렀다.

맥아더는 10월 20일 유엔군의 공격선을 선천-고인동-풍산-성진을 잇는 선까지 북상시켰다. 이것이 이른바 뉴 맥아더라인이다.

이에 따라 동부와 중서부 전선에서 유엔군은 북진을 계속했다. 혼비백산하여 도망치기에 바쁜 인민군들을 쫓고 쫓는 북으로의 힘찬 진격이 거듭되었다.

드디어 10월 25일경 국군 제2군단은 박천-운산-초산-단천을 잇는 선까지 진출하고 10월 26일에는 국군 제6사단 제7연대 용사들이 초산의 압록강鴨綠江변 하늘에 태극기를 게양하고 강물을 수통에 담아 이 대통령에게 선사하는 쾌거를 올렸다.

11월 초 우리 수도사단은 함경북도 길주까지 올라가고 국군 제3사단은 함흥으로 진격 중이었다.

그런데 이때 불길한 조짐이 나타나기 시작했다. 10월 하순 서부전선의 운산雲山과 중부전선의 장진호長津湖에 중공군이 나타났다가 11월 초에 감쪽같이 사라졌다.

이렇게 되자 맥아더는 중공군의 기선을 제압하고 저들이 다시 나타나기 전에 먼저 전선을 밀어 올리려고 11월 24일 유엔군에 대해 압록강으로 총진격을 명령했다. 이 명령은 맥아더가 도쿄로부터 현지에 비래飛來해서 직접 내렸으며 전全 전선에서 유엔군은 북진해 나갔다.

이 무렵 동부전선에서는 11월 24일의 이 총공세와 별도로 작전이 진행되고 있었다. 11월 21일 미 제7사단 제17연대가 혜산진惠山鎭을 점령하고 이어 11월 30일에는 국군 제3사단 제22연대가 그곳에 돌입했다. 그리고 국군 수도사단은 청진으로 진격했다.

11월 30일 현재 국군 제1군단의 북진 최전선은 혜산진-청진 북쪽의 부령-청진 동북쪽의 부거를 잇는 선이었다.

복희가 소속된 부대는 이 무렵 함흥으로 이동해 주둔 중이었다. 그러나 이 부대는 항상 후방에서만 움직였기 때문에 적과의 교전은 없었다.

11월 24일의 총공격 개시 이후에도 유엔군은 얼마만한 규모의 중공군이 압록강을 건너 북한의 어느 곳에 은신해 있는지조차 정확하게 알지 못했다. 그것은 저들이 철저한 비밀 속에서 군대를 이동시켰기 때문이었다.

중국의 엽우몽은 그의 『중공군 한국전 참전비록』에서 '1950년 10월 19일 밤, 총사령관 팽덕회를 선두로 한 중공 인민의용군은 세 갈래로 나누어 압록강을 건너 비밀리에 조선朝鮮 전선에 이동을 개시했다. 제40군과 제39군의 주력 및 포병 제1사단은 안동(安東, 현재의 단동丹東)에서, 제39군 117사단, 포병 제2사단, 고사포단은 장순長甸 하구河口에서, 제38군, 제42군, 포병 제8사단은 집안輯安에서 각각 압록강을 건넜다.

모든 도하渡河 부대는 모택동의 명령에 따라 엄중히 비밀을 지키기 위해 이동은 매일 황혼시부터 시작하여 다음날 새벽 4시에는 끝내고 날이 밝기 전에 몸을 숨기도록 했다. 연일 밤이 되면 압록강의 각 교량 위를 병력·트럭·화포 견인차·전차·고사포 등이 소음을 내며 지나갔다. 밤이 새기 전에 도하 부대는 모두 삼림 속에 자취를 감추고 밤이 되면 다시 전진을 계속하여 전쟁터로 향했다' 라고 적고 있다.

11월 24일 유엔군이 진격해나가자 중공군의 반응이 즉각적으로 나타났다. 25일 밤에 중공군이 일제히 아군 전면에 나타난 것이다. 그리고 저들은 인해전술과 매복 및 기습전으로 유엔군을 강공強攻했다.

견디다 못해 국군 제2군단은 덕천 남쪽 35킬로미터 지점까지 철수하고, 미 제2사단은 안주로 밀렸다. 워커 중장은 11월 28일 미 제1군단 및 미 제9군단에 청천강淸川江으로 철수하도록 명령을 내렸다. 같은 날 도쿄 맥아더 사령부에서는 숙천-순천-성천-양덕-원산을 잇는 선을 새로운 방어선으로 설정했다.

중공군은 고구려의 우리 선조들이 수隋나라 대군을 그곳에서 섬멸했던 청천강을 건너 병자년丙子年에 청淸나라 대군의 말굽이 유린해 내려왔던 그 길을 따라 남침을 계속했다.

이러는 사이 중공군 제3야전단 제9병단의 병력 일부는 낭림산맥을 타고 내려왔다. 이로 인해 함경도 동부전선과의 육로 연결이 원산 지구에서 단절되고 말았다.

그런데 한 가지 놀라운 일은 이 무렵 미국 정부가 유엔군이 한반도를 포기하고 철수할 경우 대한민국 정부와 우리 군대 60만 명을 뉴질랜드가 통치하는 서사모아 군도의 사바이Savaii 섬과 우폴루Upolu 섬으로 피난시킬 계획을 우리 정부에도 비밀에 부친 채 검토하고, 이를 추진하기 위해 미국 합동참모 본부로 하여금 '신한국 창설위원회'를 조직케 했다는 사실이다.

끝끝내 전세가 호전되지 않았더라면 한반도에서 철수하는 유엔군을 따라 우리 정부와 극소수의 한국인만이 안전한 곳으로 떠났을 것이고, 대한민국은 중공군과 인민군에게 점령당하고 말았을 것이다.

1950년 8월, 유엔군이 인민군에 몰리고 있을 때에도 한국 정부와 한

국군 2개 사단, 그리고 각계각층의 민간인 10만 명을 괌이나 하와이 같은 곳으로 이전시키고 유엔군은 한반도에서 철수케 한다는 계획이 미국에 의해 비밀리에 발상되었는데, 이 두 가지 사실을 생각해볼 때 우리나라를 지켜야 할 자는 오직 우리 스스로뿐이라는 사실을 새삼 깨닫게 된다.

우리의 맹방이라 할지라도 결단코 그들의 모든 것을 내걸고 끝까지 우리를 지켜주지 않는다는 지극히 평범하고, 당연한 이치를 우리는 혹시 망각한 채 살아오지는 않았던가?

어떠한 외적에게도 능히 대처할 수 있는 우리의 국력을 기르기 위해 우리가 어떻게 살아야 할 것인가 하는 문제에 대해 우리 모두 한 번쯤은 생각해보아야 할 일이라 여겨진다.

고립된 동부전선의 유엔군(한국군을 포함)은 제2차 세계대전 때의 덩케르크 작전을 능가하는 거대한 철수 작전을 개시했다.

함흥과 흥남 지역으로 쇄도하는 중공군 12개 사단과 인민군 2개 군단에게 막심한 타격을 가해 그들을 막아내면서 철수 작전이 진행되었다. 10만 2천 명의 병력 외에도 1만 7천여 대의 차량과 2만 9천여 드럼의 연료, 9천여 톤의 탄약 등을 싣고 132척의 수송선이 성진 및 흥남항을 떠났다.

복희네 부대는 12월 22일 함흥에서 흥남으로 이동했다. 밤낮을 노천에서 기름을 태워 한파를 막으며 승선 순서를 기다렸다. 크리스마스 전날인 12월 24일 오전 7시경 부두 앞 해면에 떠 있는 무수한 피난민의 시체를 바라보며 복희는 마지막 철수 선단 속의 한 LST에 올랐다. 터져나갈 듯이 부두를 메운 피난민들, 철수선에 승선하지 못해 이리저리 뛰며 통곡하며 아우성치는 북한 동포들을 뒤로한 채 배는 항구에서 떠나왔다. 미 공군의 폭격기들이 부두와 해변에 산더미처럼 쌓여 있는 미 군수품 무더기들에 대해 폭격을 가하는 안타까운 광경을 바라보며 배는 남쪽으로 항로를 잡았다.

이 무렵 서부전선에서는 미 제8군과 국군 제2군단이 문산-동두천 북쪽을 잇는 선까지 철수했다.

1950년 12월 25일 우리 국군은 북한에서 철수해온 전 군단과 사단을 38선에 집결시키고 전열을 가다듬었다. 10월 1일 38선을 돌파, 북진한 때로부터 3개월 만에 결국 원점으로 되돌아온 것이었다.

다음에 유엔군의 북한 철수에 따라 일어났던 북한 동포들의 피난 상황에 대해 적어보자.

홍남에서 유엔군의 철수 작전이 진행되고 있을 때 북한 수복지구에서 50만 명으로 추산되는 피난민들이 홍남으로 몰려들었다. 이들은 북진해간 유엔군에 협조한 이유 등으로 북한에 남아봤자 공산주의자들로부터 박해를 면할 수 없는 사람들이 대부분이었다.

그런데 미군 측에서는 처음에는 3천 명밖에는 피난민들을 군 철수선에 태울 수 없다고 했다. 우리 국군 사단장 가운데 '그렇다면 피난민들을 군 수송선에 태우고 국군은 육지로 원산을 돌파해나가자' 고까지 주장하는 사람도 있었다.

사태가 이렇게 되자 미 제10군단장 알몬드는 "최대한으로 협조하겠다"고 말하며 수송선에 병력과 장비를 실은 뒤에 빈 칸이 나는 대로 피난민을 태운다는 방침을 세웠다.

군 수송선이 떠날 때마다 선박의 적재 용적의 여유에 따라 피난민들이 배에 올랐다. 이렇게 군 수송선에 편승한 피난민의 숫자를 11만 명으로 보고 있다.

이와 별도로 국군 제1군단은 홍남에서 성진에 이르는 전 해안선에 걸쳐 움직일 수 있는 모든 선박을 징발해서 피난민들을 태워 남하시켰다. 그 인원수는 약 10만 명으로 추산된다.

이와 같이 전부 합해서 20만 명이 넘는 동포들이 동해안을 통해 남하했지만 남하를 원하는 50만 동포의 절반 이상이 북한에 남게 되는 비극이 연출되었다.

그 당시 피난민 수송선이 떠날 때마다 홍남부두에서는 눈물겨운 광경이 벌어졌다. 부모형제가 함께 타지 못하고 서로 떨어지게 되자 배 위의 가족들이 부두에 남은 가족들의 이름을 부르며 울부짖었고 부두 위의 부모들은 배를 타고 떠나는 자식들을 바라보며 발을 동동 굴렀다. 또 각각 다른 배에 타고 남하했기 때문에 같은 한국의 하늘 아래에 살면서도 수십 년간 만나지 못했던 비극도 일어났다.

오늘날 우리 민족의 한이 맺힌 수많은 이산가족의 비극은 이때 이러한 모양으로 잉태되었다.

배에 타지 못하게 되자 바다에 투신하는 사람이 있었는가 하면, LST 선수 쪽의 쇠문을 닫을 때에 미처 배 안으로 들어오지 못한 사람들이 쇠문 사이에 끼이기도 하고 쇠문을 붙잡으려고 팔을 뻗었다가 바닷물에 곤두박질한 사람도 있었다. 또 로프에 매달려 LST 갑판에 오르려다가 힘에 부쳐 중간에 바다 속으로 떨어져 죽는 사람도 많았다. 눈뜨고는 차마 볼 수 없는 참혹한 광경이었다.

이때 있었던 눈물겨운 일화 하나를 소개한다.
피난민들이 한창 홍남부두로 몰려들고 있을 때 국군 제1군단장 김백일 소장이 참모들을 대동하고 홍남 시내를 돌아본 일이 있었다.
이들 일행이 홍남역 광장에 이르렀을 때 60명 가량의 소녀들이 손에 십자가를 들고 찬송가를 부르고 있었다.

> 내 본향 가는 길 보이도다.
> 인생의 갈 길을 다 달리고
> 땅 위의 수고를 그치라 하시니
> 내 앞에 남은 일 오직 저 길
>
> 주 예수 예비한 저 새집은
> 영원히 영원히 빛나는 집
> 거기서 성도들 즐거운 노래로
> 사랑의 구주를 길이 찬송

찬송가 가락은 얼어붙은 홍남의 하늘에 널리널리 울려 퍼졌다.

하나님의 은혜와 영광을 찬미하고 구원을 소망하는 찬송가 소리가 하나님을 안 믿는 사람들에게는 세상을 하직하는 애절한 이별가와도 같이 들렸을 것이다.

군단장 일행은 차에서 내려 찬송가가 끝나기를 기다렸다. 날씨가 너무 추워 소녀들이 입을 움직일 때마다 하얀 입김이 연신 피어올랐다.

군단장 일행은 그녀들의 모습에 감동되어 모두 눈시울이 붉어졌다.

시간이 지남에 따라 소녀들의 찬송가는 울먹이는 소리로 변했다. 그녀들은 이내 목 놓아 울기 시작했다. 그리고 군단장 일행에게 달려왔다.

"우리를 제발 이남으로 데려가주세요."

"우리는 기독교 신자이기 때문에 이남으로 못 가면 모두 죽습니다."

소녀들의 눈에서는 눈물이 하염없이 흘러내렸다.

군단장은 꼭 데리고 가겠다고 소녀들에게 약속했다. 사령부로 돌아오자마자 그는 군복 60벌을 준비하라고 지시했다.

다음날 군복으로 갈아입은 소녀들은 국군의 철수 대열에 끼여 배에 올랐다.

나는 12월 중순경까지 영등포에 머물러 있었다. 종종 모교에 들러보기도 하고 남대문 안까지 가보기도 했다. 황량한 분위기는 서울 천지에서 좀처럼 가시지 않고 있었다. 아니, 연달아 들려오는 전선에서의 아군 패전 소식에 따라 긴장감마저 감돌기 시작해서 서울 시내는 다시 파멸 직전의 긴박감으로 충만했다.

남북통일에 대한 기대는 무산되고, 학교 강의가 언제 다시 시작될 것인가 하는 문제는 그저 아득하게 느껴지기만 했다.

그러던 어느 날 나는 영등포역에서 남쪽으로 떠나는 화물열차에 몸을 싣고 귀향길에 올랐다.

전쟁 초기에 한강을 건너지 못해 혼이 났던 서울 시민 중 많은 사람들이 벌써부터 피난길을 떠나고 있어 화차 안은 몹시 붐비고 있었다.

덜컹거리는 화차 안에서 나는 앞으로 어떻게 살아갈 것인가에 대해 골똘히 생각했다.

집에 돌아왔을 때 아내는 불에 그슬려서 모습이 알아볼 수 없을 정도로 변해 있는 구필의 사진을 방바닥에 놓고 들여다보고 있었다.

사람들이 미군의 지시에 따라 마을을 비우고 임계리로 들어가던 날, 헛간을 파고 가죽 트렁크에 사진이랑 문서 나부랭이를 넣어 묻어두고 떠났었는데 집이 타는 통에 땅속에서 트렁크는 불탄 개가죽처럼 쪼그라들고 그 속의 물건들은 모두 타거나 그을려 있었다. 구필의 돌 사진도 그 모양으로 변해 있었던 것이다.

불현듯 내 손으로 돈 벌며 살던 시절, 조촐하게 아이의 돌을 축하해주던 그때가 기억났다.

제 손으로 돈 벌어 가족을 먹여 살린다는 것이 얼마나 귀하고 절실한 것인가 하는 생각이 가슴속을 메웠다. 그동안 공부한답시고 가족을 고생시키고 죽게까지 한 것이 큰 죄악으로 여겨졌다.

그때 정부에서는 청년들을 징집, 속속 전선으로 투입하고 있었고, 경찰관을 채용하여 산속의 공산 게릴라들을 소탕케 하는가 하면, 군수

물자와 병력의 수송로 상에 있는 교량·터널 등의 경비를 담당케 하고 있었다.

젊은 사람들은 군에 입대를 하거나 경찰에 들어가지 않으면 마음 편하게 지낼 수 없는 세상으로 바뀌어 있었다. 나는 경찰에서 다시 일을 해보리라고 마음먹었다. '그렇다, 학교에서 정상 수업이 시작될 때까지 경찰에서 일하자.' 이렇게 결심한 나는 1950년 12월 하순 경찰에 복직을 했다.

16개월 전에 떠났던 충청남도 경찰국에서 다시 근무를 하게 되었다.

우리 내외는 목동에 있던 형 집에서 지내기로 했다. 셋째 조카딸이 노근리에서 돌아온 후 두어 달 동안 시름시름 앓다가 동생의 뒤를 따라 세상을 떠났기 때문에 형네 식구는 전쟁 전 여섯에서 셋으로 줄어 있었다. 양쪽 가족 다섯이 한집에서 지내게 된 것이다.

이 무렵에도 부산에서부터 앓아온 아내의 불면증은 낫지 않고 있었다. 아니, 더 악화되어 있었다. 그녀는 연일연야 잠을 전혀 자지 못했다. 때문에 밤이 두렵기까지 했다. 그녀는 초저녁부터 기도를 드렸다. 하나님의 은혜로 잠을 자보려는 것이었다. 그래도 잠은 오지 않았다.

이번에는 반듯이 드러누워 천장을 올려다보며 반자에 붙인 벽지의 무늬를 세어나갔다. 하나, 둘, 셋, 넷, 다섯……, 열, 열하나…… 스물. 하나, 둘, 셋…… 아무리 되풀이해서 세어도 잠은 오지 않았다. 오히려 구필이와 구희의 환상이 반자 위에 어른거려서 잠을 멀리멀리 쫓곤 했다.

다음에는 눈을 감고 하나에서 백까지 세어나갔다. 되풀이해서 세다

보면 잠들고 만다더라고 이웃의 아낙네가 일러주었던 것이다. 그러나 이 방법도 소용이 없었다.

아내는 얼굴이 몹시 야위어갔다. 양쪽 광대뼈가 툭 튀어나오고 얼굴이 새하얗게 바래 있었다. 그 모습은 보기에도 측은했다.

집안 분위기는 항상 우울하고 슬픔이 감돌고 있었다. 아내를 잃은 형이나, 어머니를 잃은 조카딸들의 기운 없는 모습은 우리 마음을 몹시 아프게 했다. 우리 내외는 형네 가족들을 위로하는 데 마음을 쓰다 보니 우리의 아픔을 잊는 때가 많았다. 그러나 이러한 분위기가 아내를 더욱 괴롭게 했다.

1951년 1월 하순의 어느 날, 아내는 고통을 견디다 못해 친정으로 갔다. 그때 처가도 부산 피난에서 돌아와 심천深川에서 방을 빌려 살면서 서울로 올라갈 날을 기다리고 있었다.

아내가 심천에서 며칠 묵고 있노라니까 어느 날 대구에서 이웃 마을에 다니러 왔다는 부인(신실한 신앙을 가진 어느 교회의 집사라고 했다) 한 사람이 그 마을에 사는 교인 두 사람과 함께 처가로 찾아왔다. 아내가 비참한 일을 당했다는 말을 듣고 위로 예배를 드리려고 왔다는 것이었다.

아내는 처가 식구들과 같이 그 부인을 모시고 예배를 드렸다. 찬송가를 부르고 성경을 읽고 그 부인이 기도를 드렸다. 그런데 그 부인의 믿음과 영력이 어찌나 강했던지 그 기도가 아내의 아프고 답답한 마음에 큰 위로를 주었다. 닷새간의 예배가 끝났을 때에는 아내의 마음속에 평안이 깃들기 시작했고 불면증이 사라졌다. 내세에 대한 분명한

확신이 생겼기 때문이었다.

'그렇다. 예수 잘 믿고 하늘나라에 가서 우리 아이들을 만나자.' 아내의 가슴속에 천국에 대한 소망이 뜨겁게 솟아올랐다.

그해 2월 중순경 아내는 심천에서 대전으로 돌아왔다. 어느 주일 아침 일찍부터 그녀는 교회에 갈 준비를 서두르고 있었다.

"어느 교회로 가는 거죠?"

"중앙장로교회로 가야겠어요."

"그 먼 데를? 가까운 곳으로 가지 그래요."

아직도 기운이 완전히 회복되지 않은 몸으로 족히 10리나 되는 교회까지 걸어서 다니는 게 너무 안쓰러워서 내가 이렇게 말하자 그녀는 대답했다.

"괜찮아요. 모母 교회로 가야죠. 저 아래쪽에 서울에서 피난 온 아주머니가 한 분 계시거든요. 그분하고 함께 다니기로 했으니 좋은 길동무가 될 거예요."

그날 점심때가 지나서 집으로 돌아온 아내는 말했다.

"옛적 교우들은 얼마 안 보이고 낯선 사람들이 많았어요. 특히 이북에서 오신 분들이 많이 눈에 띄데요."

"이북에서 온 피난민들이 워낙 많으니까."

"그런데 말이에요. 서울에서 피난 오신 그 아주머니 말이에요. 너무 딱하던데요."

"뭣이 그리 딱하단 말이오?"

"지난 10월에 서울 집에 가봤더니 혼자 남겨놓고 온 따님이 죽어 있더라지 뭐예요."

"그게 무슨 소리요?"

"국민학교 교사를 하던 그 따님이 폐를 앓아왔는데 너무 병이 중해서 걸을 수가 없었대요. 하는 수 없이 그 따님을 남겨두고 다른 가족들만 피난을 나왔는데 넉 달 만에 가봤더니 방 아랫목에서 죽어 썩어 있더라잖아요."

"쯧쯧, 참 안됐구먼."

"그래요, 너무 안됐어요. 아주머니의 딱한 이야기를 듣다 보니 내 자신의 아픔이 조금 누그러지는 느낌마저 들었어요."

동병상련同病相憐 하면서 위안을 얻었다고나 할까?

아내는 열심히 교회를 다녔다. 매 주일의 아침, 저녁 두 차례 예배와 수요일 밤 예배에 빠지는 일이 없었다. 매일 새벽에도 거의 거르는 일 없이 기도회에 나갔다. 교회에 나가면 예수님으로부터 위로를 받고 마음의 평안을 얻는다고 입버릇처럼 되뇌곤 했다.

그리고 낮에는 틈틈이 길거리로 나가 전도를 했다. 그녀는 길 가는 사람들에게 "예수 믿고 구원받으라"고 열심히 권하고 있었다.

전선이 불안해지자 수도육군병원에서는 입원환자들을 밀양에 있던 제7육군병원으로 후송하는 조치를 취했다.

복종은 12월 말경의 어느 날 저녁, 서울역을 출발하는 상이군인 후송 열차에 몸을 실었다. 남으로 달려온 열차는 자정을 지나 영동역에 도착했다.

차창을 통해 바라다보이는 야음 속의 시가지는 너무나도 처참하게 파괴되어 있었다. 5개월 전의 평화스러웠던 전원도시의 모습은 그 어느 곳에서도 찾아볼 수 없었다. 복종은 불현듯 어머니와 동생들이 그리워졌다. 세상이 이렇게 엄청나게 파괴된 속에서 가족들이 살아 있을지가 염려되기도 했다. 그는 육친에 대한 그리움과 염려로 견딜 수가 없었다.

동료 상이군인들은 모두 깊이 잠들어 있었고 객차의 출입문 근처에서 환자들을 지켜보던 헌병도 꾸벅꾸벅 졸고 있었다.

이때 복종의 머릿속에 '집엘 잠깐 들렀다 가자'는 생각이 스쳐 지나갔다. '그렇다, 몰래 차에서 내리는 거다.' 이러한 마음이 복종의 몸을 일으키려 했다. 그러나 그 순간 '그것은 군의 규율이 용납하지 않는다'는 마음이 먼저의 생각을 밀어냈다. 복종은 들었던 엉덩이를 의자에 내렸다. 이번에는 '이런 때에 군법이고 뭐고 다 어디 있어?' 하는 생각이 강하게 머릿속으로 들어왔다.

때마침 열차의 출발을 알리는 기적 소리가 들려왔다. 복종은 플랫폼 반대쪽 맨땅 위로 허겁지겁 뛰어내렸다. 그리고 잘 자라 있는 측백나무 그늘에 몸을 숨겼다. 열차가 떠나간 다음에 그는 철로를 넘어 플랫폼 위로 올라섰다.

저만치에서 추위에 몸을 움츠린 채 남쪽으로 멀어져 가는 열차를 지켜보며 서 있던 역 직원 한 사람이, 하얀 상이군인 가운 차림으로 양쪽 겨드랑이를 지팡이에 의지하고 있는 복종에게 흘긋 시선을 던지고는 총총걸음으로 역사 안으로 들어갔다.

이제 역 구내에는 복종만이 홀로 남아 있었다.

새해의 코밑으로 파들어가고 있는 섣달의 깊은 밤, 도로는 꽁꽁 얼어 있었고 깊은 잠에 빠진 삼라만상은 그 숨소리조차 내지 않고 있었다. 온 누리는 얼어붙은 적막 그것이었다. 복종의 지팡이 끝이 동토(凍土) 표면에 닿을 때마다 탁탁 울리는 조그마한 음향만이 둘레의 정적을 깨고 있었다.

10리 길을 걸으면서 그는 지나온 5개월을 회상해보았다.

'남쪽으로 피난을 가느냐, 고향에 남아 있느냐를 결정해야 했던 그날은 세상이 정말로 비관적이었지.'

그는 멈춰 서서 이마에 흐르는 땀을 손등으로 쓱 닦았다.

'파죽지세로 밀고 내려오는 인민군, 개전 초에 거의 괴멸 상태에 빠진 국군, 변변히 싸우지도 못하고 후퇴를 거듭하고 있는 미군, 백성을 버리고 남쪽으로 도망친 정부, 이제 대한민국은 끝장이 나는 거라고 모두들 생각했었지. 어차피 공산주의자들의 세상이 될 것인데 남쪽으로 가서 무얼 어쩌자는 거냐, 나는 이런 생각도 해봤었지.'

이때 복종은 총상 입은 다리에 참기 어려운 통증을 느꼈다. 길가에 큼직한 돌짝 하나를 발견하고 그 위에 걸터앉았다.

'그러던 나를 지난 5개월 동안 험하고 험한 길로 들어서게 한 것은 양키들이었다. 녀석들이 나를 포함한 마을 청년들 10여 명을 철로 너머로 끌고 갔을 때 운명의 신은 나를 위해 고난의 길을 예비하고 있었다. 그곳에서 불안 속에 지샌 하룻밤, 날이 새자마자 달려가 어머니와 동생들을 찾아 텅 빈 마을을 헤매다가 떠나온 남하의 길. 대구형무소의 피난 직원 수용소에서 또 한 번 충격적인 소식—외사촌형수가 총상을 입고 부산 육군병원에 입원해 있다는 말—을 들었을 때, 나는 고향 사람들이 당한 참변이 내 탓이라고, 그들을 권고해서 앞장서 피난을 나오지 않았던 내 탓이라고 마음속에 가책마저 느꼈었지. 남성현 역전에서 모병소 앞에 줄지어 서 있는 청년들의 모습을 목격한 순간 나는 군에 입대해서 싸워야겠다는 강렬한 충동을 받았었지. 그 충동은 어쩌면 내 마음속의 가책을 보상하려는 심리에서 연유된 것이었는지도 모른다. 어쨌든 그때 나는 전선에서 인민군을 격퇴해서 한시라도 빨리 고향을 되찾는 데 동참하자, 그리고 어머니와 동생들을 만나자고 생각했었지.'

돌짝에서 일어서며 복종은 하늘을 우러러보았다. 검푸른 하늘 저 높은 곳에서 헤아릴 수 없는 별빛들이 차갑게 빛나고 있었다.

지팡이 끝이 골목의 동토를 연신 두들겼다. 둔탁한 음향은 흙담에 부딪혀 좁은 공간에서 미미하게 메아리쳤다.

복종은 낯익은 삽짝 앞에 멈춰 섰다. 아들이, 형이 돌아온지도 모르고 깊은 잠에 빠져 있는 가족들의 숨소리가 그곳까지 들려왔다.

복종은 살며시 삽짝을 밀고 마당으로 들어섰다.

10. 교착된 전선

1951년 2월 중순경 복희가 소속된 부대는 경기도 연천에 주둔하고 있었다. 1950년 12월 24일 미 해군 LST 편으로 흥남을 철수, 남하한 이 부대가 처음 상륙한 곳은 경남 울산항. 부대는 그곳에서 며칠을 묵고 다시 배에 올랐다. 남해안을 돌고 서해안을 따라 북상하여 입항한 곳이 충남 대천항이었다. 그곳에 상륙한 부대는 트럭에 분승, 북쪽을 향해 달렸다. 1951년 1월 24일 유엔군이 반격을 개시, 북진해간 뒤를 따라 복희가 소속된 부대는 연천까지 북상했다. 이곳에서도 복희가 소속되어 있던 부대는 후방부대로 작전을 했으며 적과의 전투에는 직접 참가하지 않았다. 복희는 이때 통신대에 소속되어 전화선로 가설을 위해 뛰어다녔으며, 멀리 떨어진 개인호에 전화선로를 가설해주고 적의 접근을 탐지키 위해 매일 저녁마다 부대 외곽지대에다 조명탄을 설치하는 일까지도 그의 임무로 수행했다. 2월 15일경, 봄을 눈앞에 둔 연천 지방의 추위는 한결 누그러져 있었고, 부대가 전선에서 한참 후방에 주둔하고 있었기에 병사들의 마음도 많이 풀려 있었다.

1950년 12월 말경 적은 38선 근처까지 내려와 있었다. 개성에서 연천을 거쳐 화천을 잇는 선과 그 북쪽의 평강·철원·금화 지역에는 중공군 21개 사단이 포진하고 있었고, 양구로부터 인제를 거쳐 동해안까지는 인민군 5개 군단이 집결해 있었다. 그런데 전 전선에서 이들은 너무나도 조용했다. 폭풍전야의 고요를 연상케 하는 정적靜寂이 며칠 동안 계속되었다.

그러다가 12월 31일에 이르자 드디어 정적이 깨지고 말았다. 중공군이 대공세로 나오기 시작했던 것이다. 중공군 3개 사단은 국군 제1사단의 전면으로 밀고 들어와 우리의 주主 저항선을 돌파했다. 그리고 6개 사단의 중공군이 남한강과 북한강의 합류 지점으로 밀려왔고 중부전선에서도 주 저항선이 중공군에 의해 뚫렸다. 서울이 적의 위협 아래에 놓이게 되었다.

1951년 1월 3일에 정부는 이 대통령과 함께 다시 부산으로 내려갔으며, 그날 오전에 한강 남쪽으로 철수하라는 명령이 서울 시민에게 내려졌다. 9월 29일 서울 중앙청에서 환도식還都式이 거행된 후 97일 만에 단행된 후퇴였다.

1·4후퇴는 정부에서 미리 철수·피난 계획을 세우고 피난민들에 대한 수용과 구호 대책까지 마련하여 실행되었으나, 예년에 비해 유달리 추운 날씨 때문에 피난길을 가는 사람들의 고생은 6·25전쟁 발발 초기의 그것보다 더하면 더했지, 못하지 않았다.

적지 않은 피난민들이 길가에서 아사하고 동사하는가 하면 굶주리고 병에 걸려 고생하는 자도 부지기수였다.

1월 5일 서울을 점령한 대륙의 침략군, 결국 우리로부터 천재일우千載一遇의 남북통일의 호기를 앗아간 중공군은 진격의 속도를 늦추지 않고 한강을 건넜다. 수원을 지나 남쪽으로 진격을 계속하고 있었다.

이 무렵부터 대전 시민들이 동요하기 시작했다. 피난길에 나서는 사람이 눈에 띄게 많았고 날이 갈수록 도시를 빠져나가는 사람이 늘어갔다.

피난길에 나서는 사람들 중에는 가재도구를 내다 파는 사람이 많았다. 적군 앞에 방치하느니보다 헐값으로라도 팔아버리겠다는 심산으로 보였다.

그때 전쟁 중의 폭격으로 완전히 파괴된 시장은 아직 복구되지 않고 그 잔해조차도 정리되지 않은 상태였으므로 이들은 팔 물건을 대전역 광장에다 늘어놓았다. 넓은 광장은 며칠 사이에 사람과 물건들로 가득 찼다. 다른 사람은 물건을 팔아넘기고 피난을 떠나려고 서두르고 있는데 이러한 물건들을 사려는 사람이 많았다는 것은 기이하고 이해할 수 없는 일이었다.

이때 충남경찰국에서는 두 가지 일을 추진하고 있었다. 하나는 경찰병원에 입원 중인 부상 경찰관을 안전지대로 후송하는 일이었고 나머지 하나는 '치안국 연락사무소'를 개설하는 문제였다.

낙동강 전선에서 인민군이 붕괴되고 유엔군의 인천 상륙작전으로 퇴로가 막히자 적 패잔병 중에 적지 않은 자들이 지리산 등 험산險山 준령峻嶺으로 잠입했고, 지방 출신 공산주의자들 중 많은 자들도 전국 각지의 산속으로 숨어 들어갔다.

충청남도와 전라북도 경계지대에 솟아 있는 대둔산大屯山에도 수많은 인민군 패잔병과 지방 출신 공산주의자들이 입산해 있었는데 이들은 야간에 인근 촌락을 습격해서 양민의 살상 및 납치, 물자의 약탈과 방화 등을 일삼는 비적匪賊으로 변해 있었다.

경찰에서는 전투경찰대를 편성해서 이들의 토벌에 임하고 있었는데, 토벌 과정에서 적지 않은 경찰관이 총상과 동상을 입었다. 그때 충남경찰병원에 입원 중이던 이들 부상자가 20명 정도였는데 점증되는 중공군의 위협 때문에 이들 입원환자 후송 문제를 논의하게 되었다.

다음으로 치안국 연락사무소 개설 문제는 이러했다.

정부가 10월 27일 부산에서 서울로 환도했다가 1월 3일 다시 부산으로 내려간 그동안에도 치안국은 대구에 그대로 머물러 있었다. 중공군의 남진에 따라 경찰 업무는 더욱 증가되고 치안국과 각도 경찰국 사이의 업무 연락이 매우 긴요해졌는데도 교통·통신 시설이 제대로 복구되지 않아 업무 추진에 불편이 많았다. 따라서 각도 경찰국에서는 대구에 치안국 연락사무소를 각각 개설해서 상호 간에 원활한 연락을 도모토록 하라는 치안국의 지시가 내려져 있었다.

1월 20일경, 임인식 경위와 나는 대구로 내려가서 연락사무소를 개설하고 그곳에 머물면서 연락 업무를 담당하라는 명령을 받았다. 그리고 연락사무소로 사용할 건물은 경찰병원도 함께 들어갈 만한 곳으로 구하라는 당부도 받았다.

우리는 출발 준비를 서둘렀다. 병원 측에서는 의약품을 준비하고 의료 요원들을 선정했다. 당시 경찰병원장을 겸하고 있던 박외과 원장

박선규가 간호사 2명을 거느리고 환자들을 돌봐주기로 했다.

우리는 기차표를 구입할 수 있는 절차도 끝마쳤다. '기차표를 구입할 수 있는 절차'라고 말하면 지금 사람들은 이해하지 못할 것이다.

1950년 7월 13일부터 7월 17일까지의 한미 간 교섭으로 우리 대통령과 유엔군 총사령관 맥아더와의 사이에 체결된 협정에 따라 우리 국군의 모든 작전 지휘권이 유엔군 총사령관에게 넘어가 있던 때였으므로, 후방의 철도 수송은 물론 주요 도로의 통행까지도 작전상의 이유에서 미군이 통제하고 있었다. 일반 국민들의 열차 이용은 허락되지 않았고 공무원들도 열차를 이용해 출장을 가려면 소속장이 발급하는 출장증명서에 RTO(Railway Transportation Office: 철도수송사무소)의 검인을 받아야만 기차표를 구입할 수 있었다.

우리는 열차를 이용키로 하고 출장증명서에 RTO의 검인을 받는 등 모든 출장 준비를 끝냈다.

출발하기 전날 오후의 일이었다. 경찰국의 미국인 고문관이 우리 사무실에 들러 방금 들어온 정보에 따르면 중공군이 평택 이남까지는 내려오지 않을 것 같다고 말해주었다. 후일에 알게 된 일이지만 그 말은 중공군을 평택—안성—장호원—원주—삼척을 잇는 선에까지 유인해 놓고 이 선에서 일제히 반격을 가하기로 되어 있던 유엔군의 작전 계획에 근거한 말인 것 같았다.

그러나 어차피 내친걸음이었으므로 우리는 대구로 떠나기로 했다.

그 이튿날 아침 일찍 대전역으로 나갔다.

무척이나 추운 날이었다. 플랫폼으로 들어갔을 때 객차와 화차를 길게 연결한 기관차의 탄수차炭水車에서는 기관 조수가 석탄을 퍼내어 기관차의 화로 속으로 연신 던져 넣고 있었고, 기관차에서 내뿜는 수증기가 위세 좋게 하늘로 솟아오르다가 모질게 불어닥치는 북풍에 흩날리곤 했다.

마침 대전형무소에서도 죄수를 트럭으로 실어 나르고 있었다. 이들도 남쪽으로 피난을 가는 모양이었다. 두툼한 솜옷을 입고 있었지만 많은 죄수들이 부스스하고 창백한 얼굴을 하고 있었다. 죄수들은 트럭에서 내리자마자 곧바로 화차 안으로 옮겨졌다.

플랫폼 한구석에는 형무소를 떠나온 뒤에 사망한 듯한 죄수의 시체 2,3구가 누워 있었다.

객차 안은 난방이 잘 되어 있지 않았다. 온기를 보충하느라고 객차 한복판에 주물난로를 한 대 설치해 조개탄을 때고 있었지만 그래도 차 안은 추웠다.

털털거리는 차에 흔들리며 서너 시간 가량 달린 끝에 우리는 대구에 도착했다.

대구 시내의 중앙로였다고 생각한다. 우리는 그곳에서 미리 봐두었던 조그마한 목조 2층 건물 한 채를 전세로 빌렸다. 2층은 병원으로, 아래층은 연락사무소로 사용키로 했다.

박 원장은 밤낮을 가리지 않고 환자들 치료에 전념했다. 총상 환자의 치료는 눈에 띄게 효과가 나타났으나 동상 환자 치료는 잘되지 않아 애를 먹었다. 좋은 약품도 없었을 뿐만 아니라 발가락이 얼어빠지고 발뒤꿈치의 살이 얼어 뭉크러진 상처 등이 좀처럼 치유되지 않았다.

우리 연락사무소 직원 두 사람은 부지런히 치안국을 드나들고 교대로 대전을 왕래했다.

버스의 운행 따위는 아예 생각조차 할 수 없던 때였으므로 대전을 왕래할 때에는 주로 트럭에 편승했다. 운전석 옆자리를 얻어 타는 것은 재수가 좋은 경우이고 보통 트럭 뒤쪽에 쌓아올린 화물 위에 올라타게 마련이었는데, 혹한 속을 서너 시간 동안 달릴 때에는 정말 귀가 떨어져나갈 것만 같았고, 손과 발은 아리다 못해 감각마저 잃은 때가 허다했다.

1951년 1월 24일 아군은 계획했던 대로 평택—제천—삼척을 잇는 선에서 반격을 개시했다. 국군 제3사단이 남대리에서 북괴군 2개 사단을 격퇴한 것을 시작으로 미 1군단이 수원과 이천까지 밀고 올라가고 미 제10군단과 국군 제3군단은 홍천 북쪽까지 북상해갔다.

이 무렵의 어느 날 충남경찰국에서 징계위원회가 열렸다.

징계 대상자로 위원회에 출석한 사람은 당시 예산경찰서 사찰주임 김영철 경위였다. 회의 목적은 전쟁 초기 예산경찰서가 후퇴할 당시 김 경위가 보도연맹원에 대해 취했던 조치가 직무유기에 해당되는가의 여부를 가려 그를 징계코자 함에 있었다.

1950년 7월 5일 미군 스미드 부대가 오산 북쪽 죽미령에서 인민군에게 참패를 당함에 따라 예산경찰서에서도 후퇴를 서두르고 있었다. 사무실 밖에서는 여러 대의 트럭을 대놓고 무기와 서류·식량 등을 싣고 있었고, 중요치 않은 서류는 불태우는 등 어수선한 분위기였다.

이때 그 경찰서 사찰주임 김 경위는 홀로 고민에 빠져 있었다.

예산은 당시의 거물급 공산주의자 박헌영과 이강국의 출생지답게 공산주의 세력이 드센 지방이었으므로, 그때 상부의 지시에 따라 연행해서 경찰서 유치장에 구금했던 보도연맹원은 89명이나 되었다.

철수 예정 시각은 각일각 다가오고 있는데도 이들을 어떻게 처리하라는 상부의 지시를 받지 못했던 김 경위는 자기 마음대로 이들을 풀어줄 수도 없어 골머리를 앓고 있었던 것이다.

6·25전쟁이 터지고 곧이어 개성이 인민군에 점령당하자 그 지방 보도연맹원들 중 많은 자들이 거리로 뛰쳐나와 남침해온 인민군들을 남보다 앞서서 환영했고 또 그들의 앞잡이가 되어 우익 인사와 군경 및 그 가족들까지도 샅샅이 뒤져 잡아다가 처형토록 하는 등 우익 및 군경 말살의 선봉에 섰으며, 이러한 현상은 다른 점령 지역에서도 연출되고 있었다.

정부에서 군과 경찰로 하여금 이들을 연행, 구금토록 한 것은 연맹원들의 이러한 활동을 미연에 방지코자 함에 있었음은 물론이다.

제2차 세계대전 당시 미국과 일본 사이에 전쟁이 시작되자 미국 정부는 일본계 미국인들을 격리 수용하고 이들의 자유를 제한하는 조치를 취한 일이 있었다.

그런데 유치 이후 저들의 처리 문제는 심각하고도 중요한 문제였다. 그렇기 때문에 김 경위는 후퇴를 앞두고 무척 고민스러웠다.

그는 서장실로 들어갔다.

"서장님! 유치장에 갇혀 있는 보도연맹원들을 어떻게 하면 좋겠습니까?"

김 경위는 서장의 지시를 기다렸다.

"경찰국에 전화를 걸어봐요."

"벌써부터 여러 차례 전화를 걸어봤는데 통화가 되질 않습니다."

"그럼 무전으로 알아보지 그래요."

"무선통신사가 자리에 없습니다. 아마 후퇴 준비하러 집에 가 있나 봅니다."

"어떠한 방법으로든 경찰국과 연락을 취해서 그 방침대로 김 주임이 책임을 지고 잘 처리하시오."

그는 서장실을 나와 자기 자리로 돌아왔다. 그리고 저들의 처리 문제를 골똘히 생각하고 있었다.

이때 군용 지프 한 대가 경찰서 마당으로 들이닥쳤다. 그리고 한참 뒤 특무대 K소령과 하사관 한 사람이 사찰계 사무실로 들어섰다. 그들은 공주경찰서를 다녀오는 길이라 했다.

"유치장에 있는 저 새끼들 왜 가만두고 있는 거야, 응?"

하사관이 김 경위를 향해 버럭 소리 질렀다. 그의 눈은 빨갛게 충혈되고 군복은 핏자국으로 얼룩져 있었다.

"아직 상부로부터 아무런 지시를 받지 못했소. 지시가 없는데 어떻게 내 마음대로 처리를 하겠소?"

"이 새끼 봐라? 말을 듣지 않는구먼. 너부터 쏴야겠다."

하사관은 허리에서 권총을 뽑았다. 그리고 총구를 김 경위 이마에다 들이댔다.

그때 K소령이 하사관의 손목을 후려쳤다. 권총이 사무실 바닥에 떨어졌다.

"임마! 가만있어."

그는 부하를 나무랐다. 그리고 김 경위에게 말했다.

"그래, 아직도 상부의 지시를 받지 못했다 그 말이오?"

"그렇소이다."

"상부 지시가 떨어지면 어찌하겠소?"

"그야 지시대로 해야죠."

"그럼 김 주임의 말을 믿겠소. 어김없이 처리하시오."

K소령은 하사관을 데리고 다급하게 사무실을 나갔다. 그리고 홍성을 향해 떠나갔다.

김 경위는 계속해서 경찰국과의 통화를 시도했다. 그러나 끝내 통화가 이루어지지 않았다. 무선통신사도 돌아오지 않았다. 철수 예정 시각은 다가오고 있었다.

김 경위는 벌써부터 '사람의 목숨은 천하보다도 더 소중하다'는 생각을 하고 있었다. '백 명의 죄인을 놓칠지라도 억울한 죄인 하나를 만들지 말라'는 법언法諺이 강조하는바 인권의 존엄성이 그 무엇보다도 중요하다는 생각이 머릿속에 가득했다. '그래, 내가 문책 받는 한이 있더라도 저들을 놓아주리라'고 결심했다.

그는 유치장으로 들어갔다. 유치되어 있던 사람들 중에서 평소에 안

면이 있던 전웅수에게 유치장 열쇠를 건네주었다. 그리고 쇠창살 저편 사람들을 향해 말했다.

"지금 곧 우리는 후퇴하겠소. 일단 남쪽으로 갔다가 반드시 인민군을 격퇴하고 다시 돌아올 것이오. 우리가 떠난 뒤 30분이 지나거든 유치장 문을 열고 모두 나가도록 하시오. 그러나 한 가지 분명히 말해둘 것은 인민군이 들어온 다음에도 경거망동하지 않는 게 좋겠소."

그는 마지막 경찰 철수차량 편으로 예산을 떠나 남쪽으로 향했다.

9·28수복 후 경찰서 직원들이 복귀했을 때 철수 당시 풀어주었던 보도연맹원 중 인민군에 협조하며 열렬하게 활약하다 자취를 감춘 자도 있었지만, 부역 활동을 하지 않고 그대로 남아 있던 자들도 제법 있었다.

유치장에서 풀려난 그들 중에서 적지 않는 사람들이 우익 인사나 군경 및 그 가족들을 해치는 일을 하지 않았을 뿐만 아니라 오히려 인민군이 우익 인사 등을 붙잡으려 할 때에는 그 계획을 사전에 내통해주어 그들이 도망칠 여유를 만들어준 자도 있었다.

예산경찰서 관내에서 우익 인사 등의 희생이 다른 곳보다 적었던 것은 역설적인 얘기 같지만 보도연맹원들을 풀어준 결과였다고 김영철은 지금도 회상한다.

회의가 진행되고 있었다. 징계위원회 위원장인 경찰국장 이순구 경무관이 김 경위를 심문했다.

"김 경위는 왜 후퇴 당시 보도연맹원을 본국의 지시대로 처리하지 아니했나?"

"저는 본국의 처리 지시를 받은 일이 없습니다. 나중에 알게 된 일이지만 무전사가 전문을 받았는데 후퇴 준비에 정신이 팔려 책상서랍 깊은 곳에 넣어두고 자기 집에 가 있었기 때문에 제 손에 들어오지 아니했었습니다."

"특무대의 K소령이 처리하라고 말을 했다던데?"

"예, 그로부터 상부의 지시가 떨어지거든 그대로 해달라는 말은 들었습니다. 그러나 방금 말씀드린 바와 같이 저는 그 지시를 받지 못했습니다."

"그 당시의 분위기로 보아 K소령의 말대로 김 경위가 재량껏 처리했어야 했던 거 아닌가?"

"그 당시 유치되어 있던 자들은 죄질이 무거운 자로부터 아주 가벼운 자까지 가지각색이었습니다. 이들을 일률적으로 처리할 수도 없는 일이었고, 더욱이 사람의 목숨을 제 재량으로 임의 처리한다는 건 양심상 할 수 없는 일이었습니다."

"부속실에 나가 있게."

김 경위를 회의실 밖으로 내보낸 위원장은 말했다.

"자, 위원들은 징계 의견을 말해보시오."

"보도연맹원들의 처리 지시를 무전사의 과실로 김 경위가 접수하지 못했다 하지만 특무대의 K소령이 이미 그 처리 방법을 말했으니 그대로 처리했어야 했는데 이행치 않고 보도연맹원 전원을 유치장에서 내

보냈을 뿐만 아니라, 이렇게 풀려나온 자들 중에서 일부가 열렬하게 부역까지 했으니 김 경위의 소위는 직무유기가 되는 것이며 마땅히 그 책임을 물어야 할 것으로 생각합니다."

경무과장 이헌구의 주장이었다.

이에 대해 수사과장 박유진은 이렇게 말했다.

"김 경위는 본건에 대해 상부기관의 지시와 명령을 받은 바 없었고 또 각 경찰서장 앞으로 내려졌던 본건 명령 자체에 합당치 아니한 부분이 있었을 뿐만 아니라 후퇴 기간 중 공산주의자들에 의한 우익 인사 등의 희생자 수에서도 예산경찰서 관내가 타 경찰서 관내에 비해 적었던 점을 감안하면 김 경위를 문책할 이유가 없다고 생각합니다."

"또 다른 의견은 없습니까?"

위원장은 나머지 위원들의 발언을 촉구했다. 그러나 달리 의견을 말하는 사람은 없었다.

이 두 의견을 표결에 부친 결과 박 과장의 의견에 찬성하는 사람이 많아 김 경위의 징계안은 부결되고 말았다.

다만 그에게 계속해서 사찰 업무를 맡길 것이 아니라 다른 업무를 담당시키자는 의견이 있어 김 경위는 그날로 조치원경찰서 보안주임으로 전보되었다.

백선엽은 그의 『실록 지리산』에서 이렇게 적고 있다.

'국군 1사단장으로 북진의 선두에 섰던 내가 10월 19일 평양에 처음으로 입성했을 때 평양형무소에는 우물마다 시체가 가득했고 맨땅 곳곳에도 생매장한 시체들이 즐비했다. 납북 인사와 소위 반동분자를 학살하고 달아난 것이었다.

오늘날 북한의 남침시 보도연맹원 학살 사건에 대한 증언으로 보아 이 같은 학살극의 시위를 당긴 것이 좌·우익 어느 쪽이었는지는 닭이 먼저냐, 달걀이 먼저냐의 논쟁과 같다.

중요한 것은 왜 어느 쪽도 재빨리 이 보복의 악순환을 끊지 못했느냐는 데 대해 모두가 가슴 아파하고 반성하는 일일 것이다.'

위와 같은 시각에서 볼 때 김 경위의 처사는 역사로부터 칭찬받을 수도 있는 일이었지만 때가 피비린내 나는 전쟁의 와중이었던 관계로 그는 징계위원회에까지 회부되었던 것이다.

복종은 집에서 한 달을 보낸 뒤 1951년 1월 말경 밀양으로 갔다. 이때 제7육군병원에서는 그를 탈영병으로 처리하기 위한 수속이 진행 중이었다.

복종의 병원 생활이 이 소小도시에서 다시 시작되었다. 그런데 복종은 이곳에서 기이한 인연의 사람을 만났다. 복종의 바로 옆 침대에 누워 있던 지극히 야윈 병사도 평강의 그 비극 현장에서 기적적으로 살아나온 사람이었다.

"야, 박 일병! 어디에서 그렇게 다쳤냐?"

병원에 다시 입원했던 그날 저녁식사 후 복종은 그 병사에게 이렇게 말을 던졌다.

"평강에서 다쳤심더."

그의 대답에는 힘이 없었다.

"뭐? 평강에서 다쳤다고? 어느 전투에서야?"

"전투는 무슨 전툽교? 야전병원에서 새끼들한테 기습 안 받았심니껴."

"야전병원에서 다쳤다고? 나도 그때 당했는데. 야, 그런데 넌 어떻게 살아왔냐. 응?"

"정말로 구사일생이었심더."

박 일병은 그때 당한 상황을 나직한 말로 풀어나갔다.

야전병원 경비병들을 다 해치운 인민군 패잔병들이 입원실로 들이닥쳤다. 그때 박 일병은 북진중 적과의 교전에서 오른쪽 손목에 상처를 입고 입원 치료 중이었다. 패잔병들은 환자 중 걸을 수 있는 사람 4,50명을 추려서 밖으로 끌어냈다. 그리고 의사·간호사와 비교적 가벼운 상처를 입은 경비병 7,8명을 포함 6,70명 가량의 사람들에게 병원에 있던 약품·식량과 부식 등을 나눠 짊어지게 한 다음 산속으로 끌고 갔다.

깊은 골짜기에 도착하자 패잔병들은 끌고 간 사람들로 하여금 자기들이 묻힐 구덩이를 파게 했다. 그런 다음 그 구덩이가에서 군인들과 의사·간호사까지 모조리 총살해버렸다.

"박 일병, 넌 어떻게 살아왔지?"

복종의 음성이 떨렸다. 그 뇌리에 자신이 당했던 그날의 악몽이 되살아났던 것이다.

"말도 마시이소."

그도 침대에서 일어나 앉았다.

"인민군 놈들에게 끌려서 산속으로 갈 때 놈들 중에 낯익은 얼굴을 하나 봤는 기라예. 그 얼굴은 소학교를 같이 다니다가 해방 1년 전에 부모 따라 평안도로 이사 간 친구를 꼭 닮았습디더. 참 반가웠어예. '니 김아무개 아이가?' 하고 물어봤지예. '그래!' 고 새끼 독하게 내뱉는 기 우찌나 냉정하든지 가슴이 철렁 내리앉데예. '이 간나새끼! 이승만이 밑에서 호강했으니 끼네 내 손으로 죽여불 끼다.' 그 새끼가 이렇게 말을 합디더. 정신이 아찔하데예."

그는 잠시 말을 끊었다. 생각에 잠겨드는 눈치였다.

"결국은 그 친구가 살려준 건가?"

"어데요? 아니라예."

박 일병은 손바닥을 설레설레 흔들었다.

"우리 군인들을 모조리 해치운 다음 김이 내게로 다가왔심더. '총알이 아까워서 넌 총검으로 죽여줄 끼다. 엎드려라!' 이렇게 꽥 소리를 지르지 안했심닝겨. 엎드리는 순간 예리한 것이 몸을 찌른 것까지는 알았지만 그뒤에는 어떻게 되었는지 몰랐심더. 정신이 돌아 눈을 떠보니 주위는 어둠 속에 묻혀 있었고 고요했심더. 살겠다는 일념으로 성한 팔로 기었죠. 꽤나 먼 거리를 기었어요. 오래오래 기었심더. 어느 민가에 들어가자마자 나는 정신을 잃고 말았심더. 눈을 떠보니 수도육군병원 입원실이데요."

"나와 똑같이 당했구나."

"3일 만에 정신이 돌아왔다고 군의관이 말하데요. 내 상처가 어느 정도냐고 물어봤심더. 가늘고 끝이 뾰족한 소련제 총검에 일곱 군데나

찔렸는데 다행히 급소를 비켜서 살았다고 합디더."

그의 창백한 이마 위에 땀방울이 솟아나오고 있었다.

"참 천우신조였구나. 치료 잘 받고 하루속히 퇴원토록 하자."

"예, 그래야죠. 난 대구가 고향입니더. 경북중학교 5학년 다니다가 나라 위해 싸우겠다고 학도병을 지원 안했심니꺼. 이렇게 당하고 보니 제대 후에는 시골에 파묻혀 조용히 살고픈 생각뿐입니더."

"……."

복종은 고개만 끄덕여 보였다.

1951년 2월 중순경 복희가 소속된 부대는 경기도 연천에 주둔하고 있었다.

1950년 12월 24일 미 해군 LST 편으로 흥남을 철수, 남하한 이 부대가 처음 상륙한 곳은 경남 울산항. 부대는 그곳에서 며칠을 묵고 다시 배에 올랐다. 남해안을 돌고 서해안을 따라 북상하여 입항한 곳이 충남 대천항이었다.

그곳에 상륙한 부대는 트럭에 분승, 북쪽을 향해 달렸다. 1951년 1월 24일 유엔군이 반격을 개시, 북진해간 뒤를 따라 복희가 소속된 부대는 연천까지 북상했다.

이곳에서도 복희가 소속되어 있던 부대는 후방부대로 작전을 했으며 적과의 전투에는 직접 참가하지 않았다.

복희는 이때 통신대에 소속되어 전화선로 가설을 위해 뛰어다녔으며, 멀리 떨어진 개인호에 전화선로를 가설해주고 적의 접근을 탐지키 위해 매일 저녁마다 부대 외곽지대에다 조명탄을 설치하는 일까지도 그의 임무로 수행했다.

2월 15일경, 봄을 눈앞에 둔 연천 지방의 추위는 한결 누그러져 있었고, 부대가 전선에서 한참 후방에 주둔하고 있었기에 병사들의 마음도 많이 풀려 있었다.

복희는 저녁식사를 끝내고 천막 안의 내무반으로 돌아왔다. 작전도 미군들과 같이하고 보초도 한국인 병사 한 사람과 미국인 병사 한 사람이 한 팀이 되어 서고 있었으나, 내무반 생활만은 한국인·미국인이 따로따로 하고 있었기에 30여 명의 한국인 병사 전원이 이 천막 안에서 기거하고 있었다.

복희는 난롯가에서 휴식을 취하고 있었다. 그때 부산이 고향인 이 일병이 칼빈총을 들고 복희 앞으로 다가왔다.

"김 일병!"

그는 얼굴 가득히 장난기어린 웃음을 띠었다.

"……"

복희는 미소를 지으며 말없이 그를 건너다보았다.

"쏜다."

이 일병이 3,4미터 앞쪽에서 복희를 향해 사격 자세를 취했다.

"야, 임마! 쏠 테면 쏴라."

복희는 여전히 웃고 있었다.

"그래, 쏴주지."

이 일병은 히히 웃으며 방아쇠를 당겼다. 그런데 고막을 찢는 총성이 천막 안에 울리고 그 순간 복희는 바닥에 나뒹굴었다. 그리고 정신을 잃었다.

동료 한국인 병사들이 달려들어 복희를 등에 업고 의무대로 달려갔다. 복부와 등에서 선혈이 콸콸 흘러나오고 있었다. 군의관에 의해 응급조치가 취해졌다.

그는 즉시 수원 소재 미군 야전병원으로 후송되어 수술을 받았다. 7일간 치료 후 부산 소재 국군 제15육군병원으로 이송되었다.

그 추웠던 겨울도 가고 봄이 찾아왔다. 뒷산 참나무숲 덤불 속의 잔설도 어느덧 녹아내리고 말라 있던 골짝을 따라 졸졸 흐르는 물이 작은 실개천을 만들어내고 있었다.

내 고모는 아지랑이에 가려져 희미한 자태로 떠올라 있는 큰 산의 먼 봉우리들을 올려다보며 한숨을 내쉬었다.

"복희는 어찌 되었는지? 부산에서 붙들려 군대에 갔을 거라고 전해 들었지만 통 소식이 없으니 지금 어디에 있는지, 죽었는지 살아 있는지 알 수가 있어야지. 남 자식들은 모두 난리 잘 피하고 돌아왔는데 내 새끼들은 왜 이 모양인지……."

두어 달 전, 아직 낫지 않은 몸으로 밀양을 향해서 떠나간 큰아들 복종의 모습까지 눈앞에 떠올라 고모는 또 한 번 긴 한숨을 토해내고 있었다.

이때 삽짝 밖에서 인기척이 들려왔다. 그리고 곧 군인 한 사람이 집 안으로 들어섰다. 그는 가슴 밑에다 새하얀 유골 상자를 받쳐 들고 있었다. 고모는 가슴이 철렁 내려앉았다. 정신이 아찔했다. 복희에 대한 불길한 생각이 그녀의 머릿속으로 밀고 들어왔던 것이다.

고모 앞으로 다가온 군인은 거수경례를 붙인 다음 어렵게 말문을 열었다.

"어머님! 너무 마음 아파하지 마십시오. 김복종 상병은 조국을 위해 용감하게 싸우다가 장렬하게 순국했습니다. 무어라 위안의 말씀을 드려야 할는지요."

"지금 우리 복종이가 전사했다고 했나유?"

고모의 말끝에는 불안이 배어 있었다.

"예, 김 상병께서는 국가를 위해 용감하게 싸우다가 그만……"

"김복희가 아니고 김복종이가 죽었다는 거유?"

"예, 김복종 상병께서는 강원도 평강 전투에서 장렬하게 전사했습니다."

고모는 안도의 숨을 내쉬며 말했다.

"참 얄궂기도 해라. 그애는 지금 밀양의 육군병원에 가 있는데?"

"예? 무슨 말씀을?"

"복종이는 평강에서 부상해서 서울 수도육군병원에 입원해 있다가유, 지금은 밀양의 육군병원에 가 있어유."

고모는 복종의 부상 경위, 후송 과정 등 아들로부터 들은 이야기를 그 군인에게 말해주었다.

"……?"

군인은 어리둥절했다. 그리고 한동안 당황한 표정으로 서 있다가 말문을 열었다.

"아아, 그렇습니까? 뭔가 잘못되었나 봅니다……. 어머님! 그럼 안녕히 계십시오."

그는 거수경례를 붙인 다음 유골상자를 받쳐 들고 삽짝을 빠져나갔다. 정말 웃지 못할 해프닝이었다.

고모가 밤낮없이 걱정해왔던 복희는 부산에서 약 5개월간 입원 치료 후 1951년 7월 15일자로 명예 제대를 하고 군을 떠났다.

그는 노근리 터널의 비극 속에서 탈출, 남하한 후 약 1년 만에 고향으로 돌아왔다.

아군에 밀리던 중공군이 1951년 2월 11일 밤중부터 중동부전선에서 갑자기 공세로 나왔다. 국군 제3, 5, 8사단이 담당하고 있던 전선의 정면, 횡성을 목표로 인민군 1개 군단을 포함한 13개 사단 10만 명 이상이 공격해왔다.

이와 동시에 인민군 2개 군단이 정선과 평창으로, 또 중공군 3개 사단이 원주 서쪽 지평리로 쇄도했다. 소위 중공군의 2월 공세였다.

프리먼 대령이 지휘하는 미 제2사단 제23연대 장병들은 사흘 낮과 사흘 밤을 인해전술로 나오는 적에게 백병전으로 맞서 싸웠다. 그리하여 연대 병력의 9배에 달하는 적군을 막아 지평리를 지켰다. 중공군은 2월 18일 드디어 전全 전선戰線에서 그 자취를 감추고 말았다.

3월 15일, 1·4후퇴 후 70일 만에 서울이 재수복되고 4월 3일에는 아군이 다시 38선을 돌파했다. 그리고 4월 18일에 강원도 화천댐을 확보하기에 이르렀다.

1951년 4월 21일, 아군은 전 전선에서 공격을 개시했다. 처음에는 적의 저항을 받지 않고 순조롭게 전진해나갔다. 그러다가 22일 저녁 9시를 지나서부터 적은 맹포격을 가해왔다. 피리 소리와 꽹과리 소리까지 요란스럽게 울리면서 중공군 특유의 인해전술로 나왔다. 중부전선에서 격전이 벌어졌다.

국군 제6사단 전면에는 4개 사단의 중공군이 공격해왔다. 아무리 쏘아대도 중공군은 시체 더미를 넘어 몰려들었다. 이틀 동안이나 백병전이 벌어졌다. 6사단은 1만 2천 명의 병력 중에서 그 절반을 잃고 가평까지 후퇴했다. 이에 따라 미 제9군단도 전면 후퇴했다.

그러면 서부전선은 어떠했던가? 그쪽으로도 중공군이 물밀듯 밀려왔다. 미 제1군단 정면으로 공격해온 적에 의해 고랑포와 임진강을 잇는 선이 무너졌다. 중공군이 의정부로 밀려오자 서울은 다시 위급해졌다.

이때 경기도 파주시 적성면 설마리 임진강변 고지대에서 영英연방군 글로세스터셔 연대 889명이 5만 명의 중공군에게 이중삼중으로 포위당했다. 미 공군이 출격하고 미 제3사단 일부 병력이 구원차 출동했으나 중공군의 포위망을 무너뜨리지 못했다. 용감한 연대 장병들은 군의관과 군목까지 장렬하게 전사하고 겨우 84명만이 살아남는 60시간의 혈투로써 중공군의 4월 공세를 막아냈다.

4월 30일부터 중공군은 10만 명의 시체를 남겨놓고 전 전선에서 사라졌다.

5월 16일, 중공군의 '5월 공세'가 시작되었다. 중공군 24개 사단과 인민군 3개 군단이 춘천春川 동북쪽과 양양 서북쪽 사이에서 미군에 배속된 국군 제3, 5, 7, 9사단 정면으로 공격해왔다. 그리고 또 이들은 인제 남쪽 현리 일대의 국군 제3군단 방어지역으로 밀려들었다.

중공군은 '5월 공세'를 시작하면서 먼저 1개 대대 병력으로 오마치 고개를 덮쳤다. 국군 제3군단의 유일한 보급로가 끊기고 말았다. 이에 따라 5월 17일 국군 제3군단은 하진부리로 후퇴했다. 긴 보급로 위에 차량과 중장비를 버리고, 끝내 군단 해체에 이를 정도의 병력 손실을 입고 말았다.

이 와중에서 국군 수도사단 제1연대가 5월 22일 밤 대관령大關嶺에서 중공군에 큰 타격을 입힌 데 이어, 국군은 퇴각하는 이들을 추격, 1만 5천 명을 사살하고 1만 명을 포로로 잡은 대전과를 올렸다. 또 국군 제6사단은 용문산에서 인해전술로 나오는 중공군을 대파하여 사살 1만 7천, 포로 2천 명의 큰 전과를 올렸다.

4월과 5월 두 달간 아군이 거둔 전과는 사살과 포로를 합해 21만 명, 적 총병력의 3분의 1이 괴멸된 셈이었다.

'5월 공세'로 중공군의 전면적全面的인 총공세는 종말을 고했다.

1951년 4월 3일 아군이 재차 38선을 돌파, 북진한 이래 전선이 38선을 중심으로 일진일퇴를 거듭하다 중공군이 그들의 '5월 공세'에서 아군에 의해 참담하게 패퇴되자 우리 국민들의 마음이 안정되기 시작했다. 이제 중공군의 어떠한 공격도 국군과 유엔군이 막아낼 수 있다는 신뢰가 국민들 사이에 조성되었다.

국민들은 싸놓았던 피난 보따리를 풀고 생업에 마음을 돌리기 시작했다.

폭격에 파괴된 집터의 잿더미와 어지러이 널려 있는 파편을 정리하는 사람들의 모습이 날이 갈수록 늘어났다.

그러나 산악지대에는 유엔군 반격에 밀려 패주할 때 입산한 인민군 패잔병과 공비들이 극성스럽게 날뛰고 있었다.

1951년 3월 하순 '치안국 연락사무소'가 폐쇄됨에 따라 나와 임 경위는 경찰국으로 복귀했다.

대전으로 돌아온 나는 새로 만들어진 공보계에서 일을 하게 되었다.

6·25전쟁을 통해 정부는 국민들에게 원망의 대상이 되어 있었다.

하루아침에 국토를 인민군에게 점령당하고 국민들을 유랑流浪의 길로 내몰았을 뿐만 아니라, 인민군과 중공군의 총과 칼에 혹은 유엔군의 오인 사격과 오폭으로 헤아릴 수 없는 인명이 희생되고 그들의 가옥과 재산이 잿더미가 되어버리자 국민들은 우리 정부를 원망의 눈초리로 바라보았다. 게다가 민심을 더욱 흉흉케 한 것은 일부 군경들의 악역 수행과 과격 행위였다.

전쟁 초기에 상부의 이성을 잃은 보도연맹원 처리 지시에 따라 군경이 그 악역을 수행했고, 또 수복 후 부역자 처리에서 군경들에 의한 피의 보복—공산주의자들에 의해 육친이 살해된 사람들 일부가, 그 가해자를 피로써 보복한 일이 있었다—은 가뜩이나 어려운 정부를 곤경으로 몰아붙였다.

이러한 사회 분위기를 간파한 치안국에서는 우선 무엇보다도 국민과 경찰이 거리감 없이 친해져야만 하고, 그러기 위해서는 경찰이 국민에게 친절하게 봉사해야 한다는 것을 절실하게 느꼈다. 그리하여 전 경찰이 지향할 당면 목표로서 '민경친선民警親善과 친절봉사親切奉仕'라는 캐치프레이즈를 내세웠다. 그리고 이들 목표를 포함한 경찰의 홍보 업무를 전담하기 위해 각도 경찰국 내에 공보계를 신설했다.

충남경찰국에서는 도청 북동쪽 구석에 서 있던 목조 건물을 공보계 사무실로 사용키로 했다.

처음에는 2,3명 정도의 인원으로 업무를 시작했다.

할 일이 없었다. 아니, 할 일이 없었던 게 아니라, 해야 할 일은 태산같이 많지만 무엇을 어떻게 해야 할지를 몰랐다.

신설 부서란 원래 상부에서 그 부서 관장 업무의 범위와 그 일을 해나가는 데 필요한 정원을 개괄적으로 정해주고, 그곳에서 일할 사람을 선발, 배치하여 그들로 하여금 아이디어를 짜내 일을 처리해 나가도록 하는 것이 보통이 아닌가?

신설된 공보계에는 전임자들이 없었으니 일을 처리한 기록이 남아 있는 것도 아니었고 일을 처리할 때 준거할 예규 같은 것도 없었다. 따라서 우리는 업무 처리 방향을 잡고 또 일을 처리하는 과정에서 애를 먹었다.

그때 상부에서 우리에게 국민과 경찰이 친해지도록 홍보를 잘하라고 했지만 무엇을 가지고 어떻게 하느냐, 또 반공을 효과적으로 선전해보라고도 했지만 어떠한 방법으로 그 일을 해야 할지를 몰라 처음 얼마 동안 우리는 골머리를 앓았다. 어느 날 신문기자 두 사람이 우리를 찾아왔다. 그간은 경찰국 내에 각 과를 돌며 취재활동을 해오던 이들이 우리 공보계에서 언론보도를 관장하게 되자 우리에게로 온 것이었다.

공보계를 찾는 신문기자는 날이 갈수록 늘어나 어느덧 20명을 넘게 되었다. 대전에 본사를 둔 대전일보사와 중도일보사 기자에서부터 각 중앙지의 지사장, 대전방송국 기자에다 처음 듣는 이름의 주간지에서까지도 기자가 찾아왔다.

그간 너무나 조용했던 우리 사무실은 끊임없는 기자들의 출입으로 제법 북적거리기 시작했다.

우리는 언론과의 유대 강화와 그들에게 긴밀한 협조를 얻기 위해 우선 기자들로 하여금 경찰국 출입 기자단을 만들게 했다. 그리고 매월 한 번씩 경찰국장과의 정례 기자회견을 갖도록 마련해주었다.

당면한 경찰 주요 시책과 기타 일반 홍보 사항이 이들의 손을 통해 보도되기 시작하고 업무는 점차 궤도에 올라서고 있었다.

그해 4월에 대전에도 전시연합대학戰時聯合大學이 개설되었다.

전쟁으로 인해 황폐화된 대학 교육을 소생시키기 위해 정부에서 전국 주요 도시에 이러한 대학을 개설했던 것인데, 대전 전시연합대학의 교사校舍로는 도청 뒤편에 일제 때부터 있었던 낡은 목조 건물을 사용키로 했다.

이 대학의 학장으로는 서울대학의 민태식 교수가 취임했다.

교수진은 주로 당시 대전으로 피난 와 있던 서울 시내 각 대학의 교수들로 구성되었고, 대전 및 그 근교에 살고 있던 모든 대학생은 전쟁 전에 다니던 대학이 어디이든 간에 누구나 다 전시연합대학에서 수강할 수 있었다. 학생 수는 전부 3,4백 명 정도였던 것으로 기억한다.

나도 이 대학에 등록을 했다. 그리고 상사로부터 근무 중에 강의를 들어도 좋다는 양해를 얻었다. 학교가 근무처와 같은 구내에 있었기에 강의를 듣는 데 아주 편했다. 나는 강의시간에 열심히 출석했다.

그러나 모든 전시연합대학은 존속 기간 1년 만에 문을 닫았다. 그것은 각 대학들이 1952년 봄부터 주로 임시 수도 부산에 피난대학을 개설했기 때문이었다. 당시 유엔 측과 공산측 사이에 휴전협정의 몇 가지 사항에서 협상이 성립되어가고 있었으나 전선에서는 매일 치열한 전투가 계속되고 있어 전쟁이 어느 세월에 끝나게 될지, 따라서 대학의 서울 복귀가 언제 이루어질지 전혀 알 수 없는 상황이었으므로 각 대학에서는 피난지에서 그 학교 학생들을 교육하기 위해 이와 같이 학교별로 피난대학을 개설했던 것이다.

나의 모교인 중앙대학에서는 부산에 피난 본교를, 전북 이리에 피난 분교를 개설했다. 나는 대전에서 가까운 거리에 있었던 이리분교에 등록을 하고 기차로 통학을 했다. 매주 2,3일씩 강의시간에 맞추어 학교에 나갔는데 이로 인해 밀리는 직장의 업무는 학교에서 돌아온 후 밤늦게까지 야근을 하며 처리하곤 했다.

11. 통한痛恨의 휴전休戰

복종은 그날 밤 잠을 이루지 못했다. 그 뉴스로 인해 받은 충격이 너무나도 컸던 것이다. 영천 전투에서 사선死線을 넘나들었던 순간순간들과, 그때 적탄에 쓰러져 간 헤아릴 수 없는 전우들, 북진 도중 인민군과 교전하며 겪었던 아슬아슬한 고비들과, 평강에서 인민군 패잔병들로부터 당했던 그 통한의 광경이 가슴을 도려내고 뼛속을 쑤셔대는 듯한 아픔으로 인해, 잠은 복종으로부터 멀리멀리 도망쳐 갔다. 날이 밝아 6월 26일, 전국적으로 여론이 들끓기 시작했다. 위로 대통령으로부터 아래로는 산간의 초부樵夫에 이르기까지 한목소리로 외쳐대는 소리는 '휴전 결사반대'였다. 그러나 전쟁을 주도적으로 수행하고 있는 것은 우리가 아니고 미국이었으니 다 소용없는 일이었다. 6월 30일에 리지웨이 유엔군 총사령관이 휴전회담을 제의하자, 7월 1일에 공산 측이 이에 동의했다. 그리고 7월 10일에 휴전회담이 개성에서 개최되고 10월 8일부터는 회담 장소가 판문점으로 옮겨졌다.

복종은 병원 침대 위에서 유엔 주재 소련 대표 말리크가 휴전에 대해서 발언했다는 소식을 들었다.

1951년 6월 25일 밤, 취침 직전의 일이었다.

"야, 이 새끼 좀 봐. 휴전하자고 하잖아!"

어느 상이군인이 소리 질렀다. 그는 부산 시내에서 발행된 신문을 손에 들고 있었다.

"뭐, 휴전하잔다고?"

"그 말 누가 했어?"

"어디 좀 보자."

같은 병실에 있던 상이군인들이 그의 곁으로 우르르 몰려들었다.

유엔 본부가 있는 뉴욕 시간으로 6월 23일 밤 9시에 '한반도에서 피 흘리는 것을 더 이상 보고 있을 수 없다. 교전 당사국 간에 전쟁의 평화적 해결 방안을 모색해보자'고 말리크가 말했다는 기사였다.

이 무렵 미국에서는 전쟁을 속히 끝내기 위해서는 핵폭탄을 사용해야 한다는 말이 나돌고 있었는데 핵무기는 미국이 소련보다 앞서 있다는 것을 알고 있던 스탈린이 미국의 핵폭탄 사용 후에 소련이나 자신에게 미칠 타격을 겁내 소련 외무부에 정전협상에 나서도록 지시함으로써 말리크의 이 제안이 나온 것이었다.

미국은 이 제안을 받아들여 휴전을 하려 했으나 이승만 대통령은 트루먼 정부가 승산 없는 전쟁에서 미군을 빼내 이승만 자신을 희생시키려 한다고 휴전협정 체결을 한사코 반대했다. 전쟁으로 국토는 초토화되고 수백만의 인적 피해를 입었는데 어찌 현 전선에서 휴전할 수 있겠느냐고 말하면서 끝까지 북진통일을 주장했다.

그러나 미국은 휴전에 반대하는 이승만 대통령을 배제하려는 음모를 두 차례 시도했다.

- 1950년 6월 25일 오전 4시경 한국전쟁이 발발勃發한 후 트루먼Harry S. Truman 정부는 '적敵은 소련'이라고 보고 공산주의 침략에 대항하기 위해 참전했다. 그리고 맥아더Douglas Mac Arthur 장군의 지휘하에 이루어진 인천 상륙작전이 성공을 거두었다고 생각했다.

그러나 1950년 10월 하순 중공中共군이 위 전쟁에 개입해서 사태는 돌변했다. 트루먼 정부는 승리가 불가능한 이 전쟁에 제한을 가加해서 한국전쟁을 한반도韓半島에 국한된 국지전局地戰으로 만들었다.(1993년 2월 20일 발행, 梁大鉉 編著, 『歷史의 證言』 15쪽 위에서 6행 이하 참고)

- 1950년 10월 15일 웨이크 섬에서 트루먼 대통령과 맥아더 장군이 대화할 때 맥아더는 그가 알기로는 중공은 한국전쟁에 개입하지 않을 것이라고 말했다. 그러나 중공은 1950년 10월 말경 한국전쟁에 개입했다……. 트루먼 정부의 정치노선에 대한 맥아더의 반대는 결국 1951년 4월 11일의 맥아더 해임으로 이어졌다.(梁大鉉 編著, 『歷史의 證言』 38쪽 끝에서 3행~39쪽 1행, 40쪽 5~7행 참고)

제1차 이승만 정권政權 전복음모顚覆陰謀 계획

　- 유엔군 사령관은 1952년 6월 24일자 전문을 미국 정부로 보내 1952년 6월 25일 트루먼 대통령의 재가를 받아 주한 미국 대사 무쵸와 크라크 장군에게 보내졌는데 그 요지는 다음과 같다.

　'만약 이승만이 전쟁 수행을 위협하는 행동을 계속하거나 국회에 더 이상의 탄압을 가할 경우 크라크와 무쵸, 유엔 한국통일부흥위원회韓國統一復興委員會는 미국과 유엔을 대리하여 이승만에게 그것을 중지할 것을 요구한다. 만약 그가 그것을 거부하면 크라크는 한국 육군 참모총장에게 한국군의 통수권을 장악하여 부산 지구를 관장하도록 명령한다.' 그러나 크라크는 이 쿠데타의 계획을 실행에 옮기지 않았다.(梁大鉉 編著, 『歷史의 證言』 16쪽 밑에서 12행 끝부분~17쪽 위에서 2행 참고)

제2차 이승만 정권 전복음모 계획

　- 이 계획은 새로 임명된 미8군 사령관 테일러 Maxwell D. Taylor가 크라크 장군의 명령에 따라 한국군의 유엔군으로부터의 철수 등 최악의 돌발사건에 대비하여 세웠다. 이렇게 만들어진 제2차 이승만 정권 전복음모 계획은 크라크의 동의를 거쳐 1953년 5월 4일에 워싱턴에 제출되었다.

　이 계획의 요지는 '이승만을 임시수도 부산에서 다른 지역으로 유인해 내고, 적절한 시기에 유엔군 사령관이 부산에 들어가서 한국군 참모총장을 통해서 계엄령 통제권을 인수한다.

이승만에게 이 사실을 알리고 그로 하여금 계엄령을 해제케 하여 한국 국회에 자율권을 보장하고, 검열 감독이 없는 언론의 자유를 부여하는 성명에 서명하도록 위협을 가한다. 만약 이승만이 이것을 거절하면 그를 감금하여 외부와의 연락을 차단한다. 그리고 장택상張澤相 국무총리로 하여금 새 정부를 구성토록 하고 그도 이것을 거절한다면 한국군이나 유엔의 직접 지휘 아래 군사정부를 수립한다는 것이었다.(梁大鉉 編著, 『歷史의 證言』 18쪽 위에서 2행 이하 참고)

1952년의 미국 대통령 선거를 앞에 두고 공화당共和黨은 어떤 방법으로든지 한국전쟁을 빨리 끝내는 것이 대부분의 유권자들에게 긍정적인 영향을 미칠 것이라고 보았기 때문에 무언가 새로운 선거 전략에 골몰하고 있었다.

(1) 아이젠하워Dwight D. Eisenhower 장군을 대통령 후보로 지명하여 그로 하여금 국민들에게 한국전쟁을 빨리 끝내겠다는 약속을 하게 하는 것이었다. 아이젠하워가 대통령 후보로 지명되자 국민들 대부분이 그를 굉장히 좋아했고 또 그를 신임하고 있었다. 한국전쟁에 대한 불만족감과 아이젠하워에 대한 국민들의 총애, 이 두 가지가 1952년의 대통령 선거에서 승리한 중요한 원인이었.

(2) 아이젠하워 장군은 한국문제 해결에 관해 '명예로운 평화'만을 유도誘導하려고 했다. 아이젠하워는 '한국전쟁을 종식시키기 위해서는

개인적으로 한국으로의 여행이 필요하다……. 나는 한국으로 갈 것이다'라고 말했었다.(유세 중 또는 기타 기회에)

아이젠하워는 1952년 11월 4일의 대통령 선거에서 크게 승리를 거두었다…….

(3) 아이젠하워는 어떤 경우에도 전쟁을 중국 대륙에까지 확대하지 않고, 한국을 재통일시키거나 북한을 완전히 격퇴하기 위해서 세계평화를 위협하는 어떤 모험도 하지 않겠다는 것이었다…….

1953년 5월 30일 아이젠하워는 만약 이승만이 휴전조약 체결을 받아들인다면 공식적인 안보조약 체결을 보장하겠다고 결정했다. 그러나 그는 휴전회담을 진행시키는 데 방해가 되지 않도록 하기 위해서 그 제안이 공포되지 않기를 원했다. 「워싱턴 포스트」지의 보도에 의하면 당시 워싱턴 당국은 이러한 상황 속에서 이승만에 의한 방해 가능성에 대한 사전 조치로서 다음과 같은 3가지 계획을 신중히 고려하고 있었다.

(1) 이승만 정부 전복
(2) 한미 상호 방위조약 체결
(3) 한국으로부터 유엔군 철수

결국 아이젠하워 정부는 여러 가지 고려에서 두 번째 방법을 최선책으로 선택했다.(梁大鉉 編著, 『歷史의 證言』 18쪽 끝에서 6행~19쪽 위에서 6행까지 참고)

복종은 그날 밤 잠을 이루지 못했다. 그 뉴스로 인해 받은 충격이 너무나도 컸던 것이다.

영천 전투에서 사선死線을 넘나들었던 순간순간들과, 그때 적탄에 쓰러져 간 헤아릴 수 없는 전우들, 북진 도중 인민군과 교전하며 겪었던 아슬아슬한 고비들과, 평강에서 인민군 패잔병들로부터 당했던 그 통한의 광경이 가슴을 도려내고 뼛속을 쑤셔대는 듯한 아픔으로 인해, 잠은 복종으로부터 멀리멀리 도망쳐 갔다.

날이 밝아 6월 26일, 전국적으로 여론이 들끓기 시작했다. 위로 대통령으로부터 아래로는 산간의 초부樵夫에 이르기까지 한목소리로 외쳐대는 소리는 '휴전 결사반대'였다.

그러나 전쟁을 주도적으로 수행하고 있는 것은 우리가 아니고 미국이었으니 다 소용없는 일이었다.

6월 30일에 리지웨이 유엔군 총사령관이 휴전회담을 제의하자, 7월 1일에 공산 측이 이에 동의했다. 그리고 7월 10일에 휴전회담이 개성에서 개최되고 10월 8일부터는 회담 장소가 판문점으로 옮겨졌다.

밀양에서의 치료 생활 6개월에 복종의 건강은 완전히 회복되었다.

1951년 7월 초순, 그는 퇴원해 부산보충대로 배속되었다. 그곳에서의 생활은 병원 생활과는 너무나도 대조적이었다. 기거하는 천막 속은 협소하여 더위로 숨이 막힐 지경이었고, 밤만 되면 모기 떼가 극성을 부렸다. 하루 세 끼의 식사는 보리쌀에 백미가 드문드문 섞인 주먹밥 한 덩이씩으로 때웠다. 낮 동안의 시간은 정말로 지루하고 권태로웠다.

그러던 어느 날 군의학교에서 위생병 후보생을 모집한다는 광고가 나붙었다. 복종은 이에 응시를 했고 운 좋게 합격했다.

합격자 발표가 나던 그날로 그는 동래의 군의학교에 입학했다. 40일간의 교육을 마치고 졸업한 것은 그해의 8월 중순경, 그는 수도사단으로 배속되었다.

다른 많은 군인들과 함께 LST에 타고 부산항을 떠난 풋내기 위생병 35명은 24시간의 항해 끝에 묵호항墨湖港에 도착했다. 복종과 몇몇 위생병은 다시 트럭에 몸을 싣고 양양의 사단사령부로 찾아갔다.

그는 사단사령부 의무대대 치료중대에 배치되었다. 그의 직책은 환자 접수계였다.

그가 하는 일은 각 연대에서 후송되어 오는 부상병을 소속별·상해별·부위별로 나누어 부상 정도에 따라 원대 복귀, 입실入室, 후송으로 분류하고 환자 가슴에다 상표傷票를 달아주는 일이었다.

동부전선에서 많은 전과를 올리면서 북상해간 수도사단은 그때 향로봉香爐峰에서 적과 대치 중에 있었다. 해발 1,293미터의 이 높은 산이 전략적으로 매우 중요한 곳이었기에 아군은 그곳을 공략하기 위해 있는 힘을 다 쏟았고, 적은 적대로 그곳을 빼앗기지 않으려고 온힘을 다했다. 피아간에 사력을 다한 혈전이 되풀이되었다.

계속 밀려드는 부상자 처리에 의무대 장병들은 눈코 뜰 사이도 없이 바빴다.

몸이 총알에 뚫리고 포탄 파편으로 팔과 다리가 떨어져나간 부상자, 바닥에 피가 흥건히 고인 천막 속에서 온몸에 유혈이 낭자한 그들을 처리하면서, 또 그 수를 파악하여 상부에 보고할 때마다 복종은 쓰라린 마음을 달랠 길이 없었다.

8월 하순경, 적은 수도사단의 공격 앞에 견디다 못해 향로봉을 버리고 북쪽으로 후퇴하고 말았다. 그러나 그것도 잠시, 이내 반격을 가해 왔다. 집요하게 반복되는 적의 반격 앞에서 이들을 막아내기 위해 아군은 혼신의 힘을 쏟고 있었다.

그러던 중 수도사단은 1951년 11월 중순경 지리산 공비 토벌의 작전명령을 받았다.

해발 1,915미터의 천왕봉天王峰을 정점으로 하고 전라남·북도와 경상남도의 3개 도에 걸쳐 험준한 영嶺과 깊은 곡谷을 만들어내고 있는 거대한 지리산과 그 인근 산악지대에서는 이때 수많은 공비들이 극성스럽게 준동하고 있었다.

한낮에도 촌락까지 내려와 양민을 살상·납치하고 식량과 의복·침구 등을 빼앗아 달아나는가 하면, 수시로 철로를 파괴하고 달리는 열차를 공격했다.

1951년 8월 21일에 전남 쌍봉雙鳳 부근에서 열차가 전복되어 100여 명의 사상자를 내었고 9월 21일에는 전라선에서 또다시 열차 사고가 발생, 32명의 사상자를 내었다. 이들 사고가 공비들과 무관하지 않다고 생각하고 있던 차에 이번에는 더욱 놀라운 사건들이 잇달았다. 10월 16일에 전라북도 남원에서 공비가 기관차를 전복시키고 승객 300여 명을 납치해 가는가 하면, 그달 21일에는 여수와 순천 사이에서 열차가 전복되어 120여 명의 사상자가 발생한 것이다.

거기에 더하여 경부선에서도 철로가 공비들의 습격을 받고 부산 경주 간의 국도까지도 낮 동안만 겨우 안전 통행이 보장될 정도로 아군의 보급선이 심한 위협을 받고 있었다.

이것은 전선戰線의 후방에다 '제2전선'을 형성해서 전쟁을 유리하게 이끌어나감으로써 휴전협상에서 우위를 확보하려는 적의 책략에서 연유된 것이었다. 그런데도 그동안 이 지역 일대에서 토벌을 벌여온 군경만으로는 이들을 잠재울 수가 없었고 신문들은 연일 이런 상황을 보도하고 있었다. 온 국민들의 불안은 날이 갈수록 고조되어 갔다.

드디어 국회에서까지 문제가 되고 '공비 토벌 촉구 결의안'이 국회에서 통과하는 판국이었다.

이 대통령은 우리 국군에 대해 '공비 섬멸'을 지시하는 한편, 유엔군 측에도 이에 대한 협조를 요청했다.

이러한 상황 속에서 1951년 11월 중순 미 8군에서 획기적인 결단을 내렸다. 동부전선에서 국군 수도사단을 지리산으로 빼돌리고 국군 제8사단, 서남지구 전투사령부와 태백산 지구 전투경찰사령부, 지리산 지구 전투경찰사령부 휘하의 군경 병력 4개 사단 규모로서 백白 야전전투사령부를 구성하여 일대 공비 토벌 작전을 강행토록 한 것이다.

수도사단은 이러한 배경 속에서 지리산 지구로 이동하게 되었다.

11월 하순경, 속초束草에서 해군 LST에 승선한 수도사단의 일부 병력은 남쪽으로 항해를 계속, 여수와 마산에 상륙하여 지리산 남쪽으로 포진하고 사단사령부를 남원으로 옮기는 사이에 복종이가 소속된 의무부대는 다른 부대와 함께 육로로 남하해서 남원의 한구석 산 밑에다 천막을 쳤다. 그리고 부상병을 치료할 만반의 준비를 끝냈다. 포성과 피와 신음 소리 속에서 보내다 후방으로 이동하고 보니 복종은 그야말로 별천지에 온 것 같은 생각이 들었다.

토벌 작전은 11월 말경부터 시작되었다. 수도사단은 지리산 북쪽에 포진한 제8사단과 더불어 기동 타격 부대로 지리산을 포위 공격하고 서남지구 전투사령부의 예비대와 경찰대가 외곽의 주요 거점과 보급로를 경비하면서 적의 도주로를 차단한다는 작전 구상이었다.

각 부대는 정해진 위치에 집결해서 물샐틈없는 포위망을 압축해 들어갔다. 공비들은 도망치기가 바빴으나 때로는 포위된 속에서 돌파 작전을 시도하거나 토벌 부대의 숙영지에 기습을 감행하여 우리 군경에게 적지 않은 희생을 내게 하기도 했다.

제1, 2, 3기 작전으로 구분 실시된 토벌 작전은 1952년 3월 중순 약 100일 만에 막을 내렸다.

이 작전이 끝난 다음에는 약 2천 명 정도의 공비들이 흩어져 활동하게 되었다고 한다.

그런데 복종은 불운했다. 몸에 이상을 느낀 것이다. 군의관에게 진찰을 받아보니 폐침윤肺浸潤이라 했다. 동부전선에 있을 때의 격무로 몸이 망가진 것인지도 몰랐다. 그는 사단장의 입원 허가를 얻어 사단이 전방으로 이동하기 직전 제7육군병원으로 후송되었다. 지난번 퇴원했던 때로부터 거의 1년 만에 다시 그 병원으로 되돌아온 것이다.

이 무렵까지도 내 재종형 우문의 집 방 네 칸 가운데 남향받이 두 칸을 철도경비경찰대 본부로 사용하고 있었다.

 공비들의 기습·파괴로부터 철도 수송을 지키기 위해 이곳에 철도경비경찰대를 주둔시킨 지도 벌써 1년 반이 넘고 있었다. 그동안 내내 이 집이 그들의 본부로 쓰였기에 그에 따른 집주인 우문의 고통이 이만저만이 아니었다. 사실 이 고통은 철도경비경찰대원들이 이 집을 점거한 그 순간부터 시작되었다. 이들이 공산주의자 가족이라 하여 우문을 괴롭혔기 때문이었다.

 그들이 이 집에 처음 입주할 때 건넨 초면 인사는 '당신 아들이 빨갱이라지?' 라는 말이었다.

 "군 인민위원회에서 활약하다 수복 때 종적을 감췄다는데 멀지 않은 어딘가에 숨어 있는 것 아녀?"

 성질머리가 곱잖게 생긴 어느 대원이 이렇게 눈을 부라릴 때에는 우문은 가슴이 철렁 내려앉았다.

 "이 난리 통에 그놈이 어찌 살아남았겠소? 제 어미와 누이 둘, 그리고 생질이 미군들에게 억울하게 죽음을 당한 것에 분개해서 잠시 빨갱이 놈들과 어울려 일하다가 수복 때에 행방불명이 되었소만, 그 불난리 속에서 그놈이 어떻게 살아남아 있겠소? 어딘가에서 죽었을 겁니다."

 우문의 말에 그 대원은 호통을 치고는 손을 들어 치려고까지 했다.

 "이 늙은이야! 거짓말 마. 지금도 그놈하고 은밀하게 연락을 하고 있을 거 아냐?"

 이렇게 당할 때마다 우문은 방 안에 틀어박혀 아들을 원망했다.

 "이놈아! 누가 너더러 빨갱이가 되라 했더냐. 그래, 빨갱이 되어 미군 놈들 원수라도 갚았더냐? 에이, 불효막심한 놈."

 그러면서 그는 그해 추석날 저녁 읍내 사람으로부터 전해 받은 아들의 마지막 편지를 장롱 속 깊숙한 곳에서 꺼내어 보곤 했다.

 '아버님! 뵈옵지 못하고 불효자는 떠나갑니다. 부디 무사 만강하옵소서.' 황급하게 갈겨썼기 때문에 획이 제 위치에 붙어 있지 아니한 난필이었다. 그러나 글자 한 자 한 자에서 아들의 체취가 물씬 풍겨왔다. 우문은 편지를 구겨 쥐며 아들을 위해 애틋한 기원을 보냈다.

 '구일아! 살아만 있어다오. 남쪽이든 북쪽에서든 험산준령이든 허허벌판에서든 어디서든 살아만 있어다오. 제발 살아만 있어다오.'

 겨울밤은 정말 괴로웠다. 깊은 잠에 들어 있을 때 이 순경, 폐결핵을 앓는다던 그 젊은이의 부르는 소리가 들려왔다.

 "노인-! 노인-!"

 우문은 일어나 옷을 주워 입었다. 기침을 콜록거리며 그의 방문 앞으로 갔다.

 "왜 불렀소?"

 "불 좀 때줘. 추워서 안 되겠어. 그리고 약을 먹을 테니 물 좀 미지근하게 데워주고."

 "알았소."

 우문은 끙끙 앓는 소리를 토하면서 부엌으로 내려갔다. 아궁이 속 불쏘시개에다 성냥을 그어대며 중얼거렸다.

 "백성들의 자유와 권리를 존중하라는 게 나라의 법이라던데 너희 놈들은 왜 이러느냐? 지난번 남침 때 인민군 전차부대가 이 집에서 지낼 때에는 신사적으로 있다 갔는데 너희들은 백성 다스리는 교육조차 못 받았느냐? 유엔군이 38선 북쪽으로 밀고 올라갈 때 북쪽에서 일 시키려고 갑자기 긁어모은 것이 너희들이라며? 그래서 교육 하나 제대로 받지 못했구나. 이놈들아! 순사 교육이나 제대로 받고 오너라."

불 속으로 장작개비를 던져 넣으며 우문은 넋두리를 했다.

"아―, 세상 귀찮다. 염라대왕아! 날 잡아가든지 아니면 이 집을 홀딱 태워버려라!"

각 전선에서 피아간에 치열한 전투가 계속되는 가운데 유엔군과 공산군의 휴전회담은 6개월 이상을 끌어왔는데도 아직 이렇다 할 타결을 보지 못하고 있었다.

회담 장소는 독설毒舌의 교환장이었고, 상대방을 비꼬며 야유를 주고받는 장소이기도 했다. 공산군 측이 고압적으로 나오면 유엔군 측은 배짱으로 맞섰다. 다만 유엔군 측 회담 대표들은, 조속한 종전을 희망하는 서방 측 참전국가들 때문에 회담석상에서 위축되고, 시간의 제약을 받으며 회담에 임할 수밖에 없는 것이 안타까웠다.

이러한 가운데 미국은 '양측 군대의 정전 당시 접촉선을 군사분계선으로 삼는다'는 원칙 아래 앞으로 체결될 정전협정에서 지정하는 시간에 쌍방은 이 분계선으로부터 2마일씩 철수, 그 지역을 정전 동안 비무장화할 것을 제의했고, 공산 측이 이를 수락해 1952년 1월 27일에 이 문제가 타결되었다.

또 1952년 2월 16일 공산군 측이 정전회담 발효 3개월 안에 쌍방에 관련된 당사국들의 정부 사이에 '고위정치회담'을 열어 '외국 군대의 철수와 한반도 문제의 평화적 해결 및 기타'를 다루자고 제의한 데 대해, 유엔군 측은 이 고위정치회담에 대한민국이 참여하는 점을 확실히 하고 '및 기타'라는 말이 한반도 이외의 지역에 관한 문제, 예를 들면 대만 문제 같은 것까지는 포함하지 않는다는 점을 확실히 한다는 조건 아래 공산군 측 안을 받아들이겠다고 답변하자, 공산군 측이 이 조건들을 수락함으로써 1952년 2월 19일 이 문제도 매듭지어졌다.

그리고 1952년 5월 2일에 스웨덴·스위스·폴란드·체코슬로바키아 등 4개국으로 쌍방 휴전을 감시할 중립국 감시위원단을 구성키로 양측 간 합의를 보았다.

그러나 포로 교환 문제에 대해서만은 쉽게 타결이 되지 않았다.

이러한 동안에도 이 대통령의 독재는 날이 갈수록 더해갔다.

1948년 7월 20일 국회에서 간접선거로 대통령에 당선된 그는 임기 4년이 다 끝나가자 계속해서 대통령직에 머물기를 원했다. 그러나 국회 안에 야당 세력이 강하여 국회에서의 간접선거로는 대통령에 당선되기가 어려움을 알아채고 1952년 5월 14일 정부로 하여금 대통령 직선제를 내용으로 하는 발췌 개헌안을 국회에 제출케 했다.

그러나 이 개헌안이 야당 의원들의 반대로 국회 통과가 어렵게 되자 대통령은 '그 지역에서 공산분자들이 치안을 교란한다'는 이유를 내세워 부산을 중심으로 한 경남과 전남 일부 지역에 5월 24일자로 계엄을 선포했다.

당시 계엄사령관을 겸임했던 이종찬 육군 참모총장은 '군인은 정치에 관여해서는 안 된다'고 강조하고 전방 부대 전투 병력의 부산 지구 투입을 불허하는 등, 정치적 계엄령에 냉담한 태도를 취했다.

이렇게 되자 영남 지구 계엄사령부(사령관 원용덕 소장)에서는 부산 지구의 헌병 수개 중대를 총동원해서 이에 대치했으며, 헌병들은 국회의원들이 탄 국회버스를 크레인으로 끌어 헌병대에 연행하는가 하면, 경찰관들로 하여금 숨어 있는 야당 국회의원들을 강제로 국회에 출석시켜 7월 4일에 폭력 시위대가 국회를 포위한 공포 분위기 속에서 투표를 진행하여 개헌안을 통과시켰다.

이 무렵의 어느 날 나는 복종이가 군에서 제대해 집에 돌아왔다는 소식을 들었다. 주말이 되기를 기다렸다가 그를 만나기 위해 고향으로 달려갔다.

내가 고모님 집 문을 열고 들어섰을 때, 그는 마침 마루에서 물건들을 정리하고 있었다. 그러다가 나를 보고는 하던 일을 멈추고 뜰로 뛰어 내려왔다.

"형님! 참 오랜만입니다."

우린 서로 얼싸안았다.

"꼭 2년 만에 만나는구나. 그간 얼마나 고생을 했니?"

"예, 죽을 고생했지만 좋은 경험도 많이 했어요."

그는 씽긋 웃었다. 우리 두 사람은 마루로 올라갔다. 나는 마룻바닥에 앉으면서 종이 한 장을 보았다. 구겨지고 닳고 젖었다가 마르고 해져서 추색해진 종이였다. 버려도 되는 휴지조각 같은 것인데도 제대복 위에 소중하게 놓여 있었다. 궁금증을 풀기 위해 물어보았다.

"저게 뭐지?"

"훈장증서입니다. 영천을 탈환한 후 받은 화랑무공훈장의 증섭니다. 군복 포켓에 넣고 전선을 누비다 보니 저렇게 추색해졌어요."

"잘 싸워 훈장까지 받았구먼. 얼마나 영광인가?"

"영광이긴요. 죽을 고비를 숱하게 넘어 살아남았기에 죽은 전우들의 희생의 대가까지 함께 받은 것뿐이죠."

"……."

"우린 죽을힘을 다해 싸웠어요. 적을 이겨야만 국가가 보존되고 가족이 잘살 수 있다고 생각했기에 정말 목숨을 내어놓고 싸웠어요."

"……."

"형님! 그런데 말입니다. 요즈음 전방에서 싸우다가 죽어가는 병사들은 쓰러질 때 '빽빽' 한다는 말이 군인 사이에 떠돌고 있잖아요."

"그게 무슨 말이지?"

"권력 빽, 돈 빽 있는 자들은 외국 유학이다, 병역을 면제받을 수 있는 자리에 취직이다 등등으로 군대에서 빠지고 설령 군에 들어간다 해도 안전한 자리에서 편하게 지내는데, 빽 없는 사람들은 최전방에서 싸우게 되는 것이 현실이라나요? 때문에 빽이 하도 한이 되어서 전사하는 군인들은 '빽빽' 소리 지르면서 죽어간다는 말이 요즈음 군인들 사이에 유행처럼 떠돌고 있지요."

"……."

11. 통한痛恨의 휴전休戰

"그런데 형님! 영감님은 왜 저러신데요?"

"글쎄다."

"헌법에 국회에서 간접선거로 대통령을 뽑기로 되어 있으니 그대로 정정당당하게 겨루어서 당선되면 한 번 더 해보고 낙선되면 신사답게 물러날 것이지 왜 저러신데요. 영감님이 평생 대통령 잘해 잡수시라고 군인들 목숨 바쳐 쌈하고 있는 거 아닙니다."

"……."

"그런데 해도 너무하지 않아요? 이렇게 난리가 나고 사회 구석구석까지 푹푹 썩은 것 그 양반이 책임져야 할 판인데 무슨 수를 써서라도 또 대통령이 되려고 하니, 참 한심합니다."

"그래, 네 말이 옳구나."

나도 평소 그러한 생각을 해오던 터라 그의 말에 동의를 했다.

1952년 가을이었던가. 대전에 국립상이군인國立傷痍軍人 정양원이 생겼다.

대전경찰서 목동파출소 앞길 건너편, 해방 전에 일본인 변호사 기타무라(北村)가 살았던 가택을 중심으로 그 일대에 넓게 터전을 잡고 숙소와 식당 등 휴양시설과 직업보도용 공장이 들어섰다.

그간의 전투에서 부상하고 병원에서 치료를 끝낸 제대 군인들이 속속 입원하기 시작해서 겨울이 되기 전에 그 수는 수백 명을 헤아리게 되었다. 정양원 앞길에 모여 서서 담소하거나 소란을 피우면서 시간을 보내거나, 시내 쪽을 뻔질나게 왕래하는 그들의 모습을 시민들이 보게 된 것도 바로 이때부터였다.

　일견해서는 아무렇지도 않은 사람도 있었지만 양쪽 다리가 다 절단되어 거동이 불가능하게 된 사람이 동료 상이군인의 등에 업혀 나들이를 하는 모습이나 한쪽 다리 또는 한쪽 팔을 잃고 의족이나 의수를 낀 사람이나 눈에 상처를 입어 실명한 사람도 눈에 띄었다.

　당시 국가에서는 이들에게 휴양을 하도록 하면서 그 소질과 성품에 맞는 직업 기능을 터득시켜 사회에 내보낼 요량으로 제과製菓·재봉술 등 여러 기술을 가르쳐주려 했지만 그들 대부분이 그 기능을 익히는 데에는 별로 흥미를 갖지 않은 듯 직업보도 시설은 잠을 자고 있었다.

　국가 재정이 워낙 빈약했던 때였으므로 그들의 소원과 요구를 충족시켜주지 못하자 그들 중 일부는 용돈을 만들기 위해 비상수단을 쓰고 다녔다. 양쪽 다리를 잃은 사람은 동료의 등에 업혀서, 한쪽 다리나 팔이 절단되었거나 눈을 잃은 사람은 비참한 모습 그대로 제 발로 걸어서 관공서나 은행 등에 쳐들어갔다. 그러고는 가져간 물건을 사주기를 강요하거나 용돈을 내놓으라고 생떼를 쓰기도 했다.

　정양원 앞길 일대는 어느덧 술에 만취한 저들이 모여서 자기네끼리 싸움판을 벌이는가 하면, 길 가는 사람에게 희롱과 시비를 걸기도 해서 치안 부재 지대로 변해버렸다.

　그러나 나라를 위해 싸우다가 몸을 다쳐 울분과 비통에 몸부림치는 이들을 인근 주민들은 감사와 연민의 마음으로 바라보며 불안과 불편을 참았고 이들 앞에서는 법도 그 기능이 멈추었다. 경찰도 검찰도 이들에 대해서는 바라보고만 있었을 뿐 어떠한 조치도 취하려 하지 않았다. 한번은 정양원 안에서 자기네끼리 싸움이 벌어져 사람 하나가 죽었다는 말이 있었으나 살인한 자를 체포해서 벌을 주었다는 말을 듣지 못했다.

전쟁이 빚어낸 참담한 광경이 도시 한 모퉁이에서 이렇게 전개되고 있던 그 순간에도 멀리 전선에서는 격전에 격전이 거듭되고 있었다.

주로 고지 쟁탈전이었다. 한 치의 땅이라도 더 차지해 휴전회담이 체결되었을 때 자기 측에 유리하게 휴전선이 그어지도록 하기 위해 양측은 운명을 건 공격과 방어를 펼치고 있었다.

고지 정상의 주인공이 하루에도 수차례씩 뒤바뀌고 포탄과 폭탄에 고지의 바위와 흙이 깎여 그 형상이 변해가는 격전의 연속이었다. 단장斷腸의 능선 전투가 그랬고 불모고지 전투 역시 그랬다. 또 저격狙擊의 능선 전투와 백마고지 전투도 그랬다.

특히 인상적인 것은 중공군의 7·13공세였다. 휴전회담 조인을 꼭 2주 앞둔 1953년 7월 13일 적 6개 사단 병력은 국군 제2군단 전면으로 쇄도해왔다. 목표는 화천 점령이었다.

그러나 아군은 인해전술로 나오는 적을 금성 남쪽 6마일 전선에서 막아냈다.

수십 차례에 걸친 격렬한 전투에서 피아간에 헤아릴 수 없이 많은 장병들이 피를 흘렸다. 정양원에 들어와 있는 상이군인들과 같은 '안타깝고 비참한 젊은이들'이 계속 배출되고 있었던 것이다.

공보계가 발족된 지 1년이 지나면서부터 우리가 해야 할 업무가 점차 늘어갔다.

당시 경찰관들은 과중한 근무로 사기가 저하되고 거듭되는 공비들과의 전투로 정서가 메말라 있었다. 이렇게 저하된 사기를 진작시키고 메마른 정서를 윤택케 해주어야 한다는 의견이 경찰 내부에서 나오기 시작했다. 그리고 그 방안으로 '경찰악대'를 창설·운영하자는 말이 있었다.

우리는 1952년 여름에 공보계 소속으로 '경찰악대'를 만들었다. 30명 가량의 대원들은 밤을 새워가며 연습에 몰두해 그해 가을부터 경찰국 직원들을 상대로 연주회를 개최하고, 이듬해 봄에는 도내 각 경찰서별로 순회연주회도 실시했다. 충청남도에서는 민·관·군을 통틀어 유일한 악대였기에 제3관구사령부 등 군의 요청으로 군인을 대상으로 하는 연주회도 가졌고 또 시청의 요청에 응해 훈련소로 떠나가는 입영 장정의 환송 연주도 했다. 국가나 사회의 필요에 따라 심심찮게 있었던 시민궐기대회, 시가행진 등에서의 연주도 도맡아 했다.

또 우리는 민경친선이란 경찰과 시민이 폭넓게 접촉을 갖는 데에서, 또한 시민들로 하여금 경찰을 잘 이해하게 함으로써 이루어지는 것이라는 생각에서 다양하고 유익한 기회를 만들기에 노력했다.

1952년 가을부터였던가, 공보계에서 '충남경찰신문'을 월간으로 발행하고 있었다. 나는 이에 관한 업무도 담당하고 있었는데 한때는 기사 취재에서 편집·교정에 이르기까지 혼자 도맡아 하다시피 했었다.

신문의 인쇄는 중도일보사에 의뢰하고 있었는데 나는 대개의 경우 오후 늦게 편집을 끝내고 그 신문사의 신문 인쇄가 끝날 시각에 맞추어 원고 뭉치를 들고 신문사 인쇄소로 나갔다.

일제 강점기에 유곽으로 사용하던 중동中洞의 낡은 건물 안에 자리 잡고 있던 인쇄소는 마룻바닥이나 벽·창문 등이 심하게 파손되어 있어 걸어 다닐라치면 발밑에서 삐걱거리는 소리가 요란스럽게 나고 겨울에는 벽 틈새와 창문으로 찬바람이 사정없이 밀고 들어왔다.

직원들은 겨울철에도 난방이 전혀 되지 않는 인쇄소에서 손을 호호 불어가며 고생스럽게 작업을 하고 있었다. 나도 이러한 속에서 식자와 조판이 끝날 때까지 기다렸다가 교정을 봐주고, 지형을 떠서 연판을 만들어 인쇄기에 걸 때까지 꽤나 오랜 시간을 또 기다려야만 했다. 그리고 인쇄되어 나오는 신문을 다시 한 번 훑어보고 교정을 봐준 다음에야 비로소 집으로 돌아올 수 있었는데 이러한 작업을 할 때에는 자정을 넘어서까지 인쇄소에 머물 때가 많았다.

1953년에 들어서면서부터 공보계에서는 '민경친선'과 '반공 계몽'을 동시에 도모할 수 있는 색다른 사업 하나를 벌이기로 했다.

그것은 바로 극단을 만들어 지방 순회공연을 실시해보자는 것이었다.

전쟁 중에 우리나라 연극계에서 두각을 나타낸 바 있었고, 이 사업이 끝난 얼마 뒤에는 국내에서 영화배우로 이름을 날렸던 김승호金承鎬를 단장으로 하는 극단을 만들어 도내를 돌면서 공연을 실시하자는 것이었다.

우리는 김승호와 만나 사업에 대한 상의를 거듭하며 연극 대본을 만들었다. 그 줄거리는 '6·25전쟁 중 남쪽을 점령한 인민군에게 협조했던 한 사나이가 공산주의에 혐오를 느끼게 되고, 또 자기의 잘못을 깨달아 대한민국 품으로 되돌아와 충성을 다한다'는 그런 내용이었다.

김승호는 서울과 대전에서 단원을 모집해 연습에 들어갔다. 그들은 밤낮을 가리지 않고 열심히 연습했다. 경찰국장 황학성黃鶴成이 많은 관심을 갖고 있었고, 매사에 조직적이고 열심이었던 공보계장 권중한權重漢은 유달리도 정열적이었기 때문에 사업은 순조롭게 추진되었다.

공연 시기에 있어서는 농번기와 장마기는 피해야만 관람객 동원이 손쉬울 것이라 하여 8월부터 시작하도록 일정을 잡았다. 각 경찰서로 하여금 공연 일정에 맞추어 극장과 대관 계약을 체결해 놓도록 하고 또 게시판이나 기타 장소에 붙일 포스터도 공연일에 맞추어 미리 발송해 두었다.

드디어 8월이 왔다.

트럭 2대를 준비해 경찰악대원과 극단원들을 태우고 대전을 떠났다. 나는 그해 3월에 대학을 졸업했기에 홀가분한 마음으로 일부 공연지에 동행키로 했다.

공연 예정지에 도착하면 경찰악대가 트럭에 타고 나팔 불고 북을 치며 시내를 돌았다. 그리고 선전 삐라를 뿌렸다. 전쟁 후 모처럼 구경거리를 만난 꼬마들이 트럭 뒤를 무리지어 따랐고 노변에서는 주민들이 호기심 어린 눈으로 선전 차량을 지켜봤다.

해가 지면 공연 시간이 되기 훨씬 전부터 인파가 몰려들었다.

관람객들은 재미있게 꾸민 내용과 배우들의 수준 높은 연기에 아낌

없는 박수갈채를 보내곤 했다. 가는 곳마다 공연은 성황을 이루었다. 입장료 수입으로 대관료, 극단의 보수, 기타 경비를 부족함 없이 충당할 수 있었다.

우리들의 의도했던바 일석이조—石二鳥의 효과를 올릴 수 있었으니 사업은 성공을 거둔 셈이었다.

공연 일정이 빡빡하게 짜여 있었기 때문에 배우들은 몹시 지쳐 있었다. 단장 김승호는 그의 부인 이해경과 함께 무대에 서고 젖먹이 아들 용목을 안고 순회공연을 하고 있었는데 이해경이 과로로 이리극장 무대 위에서 졸도하는 바람에 일시 혼란이 일어난 일이 있기도 했으나 큰 사고 없이 그때, 9월 말경 사업이 끝났다.

1953년 6월 말경이었던가, 낯선 순경 6명이 우리 사무실로 들어섰다. 모두 경찰관 제복을 입었으나 몸매와 잘 어울리지 않는 모습이었고 얼굴은 하나같이 검게 그을린데다 몹시들 야위어 있었다. 경찰관 채용 기준에 훨씬 미달되는 작은 키의 사람도 섞여 있었다. 일견해서 분위기에 잘 안 맞는 용모 · 동작의 사람들이었다.

직원 모두의 시선이 그쪽으로 쏠리어 있을 때 전화벨이 울렸다. 수화기를 집어든 내 귓속으로 인사주임의 음성이 들려왔다.

"공보주임?"

"응, 나여."

"지금 순경 여섯 사람을 보냈어."

"응, 지금 여기에 와 있네."

"그 사람들 이번에 풀려나온 반공포로들이거든."

"반공포로라구?"

"그렇다네. 그 사람들 경찰관에 특채된 걸세. 공보계 근무로 발령을 냈으니 알맞은 부서에 배치해서 잘 써보게."

"알았네."

대화가 막 끝났을 때 공보계장이 사무실로 들어섰다. 그는 자리에 앉으면서 나와 악대장을 불렀다.

"지금 과장님과 상의하고 오는 길인데 저 사람들을 악대에 배치하기로 했소."

"악대에 배치한다구요. 그들의 기량도 잘 모르는데?"

악대장이 벌 먹은 소리를 했다.

"인민군에서 악대에 있던 사람들이래요. 잘 해봐요."

이렇게 경찰악대에 배치된 반공포로 출신 여섯 사람은 다음날부터 다른 악대원들과 합석해서 주악 연습에 열중하고 있었다.

그런데 나는 그들에게서 이상한 점을 하나 발견했다. 경찰에서 사준 일이 없는데도 그들 모두가 악기를 가지고 연습하고 있었던 것이다.

나는 이 궁금증을 풀기 위해 주악 연습의 휴식 시간을 기다렸다가 그들 중에서 가장 덩치가 큰 김광인에게 다가갔다.

아침 햇살이 그가 들고 있는 트럼펫에 반사되어 눈부시게 빛나고 있었다.

"그 악기 어디서 났지?"

나는 그에게 물어보았다.

"인민군에 있을 때 쓰던 겁니다."

그는 평안도 사투리로 대답했다.

"여섯 사람 다 인민군에서 쓰던 악기를 여기까지 가져왔단 말인가?"

"그렇습니다. 모두 자기가 쓰던 것을 휴대하고 인민군에서 빠져나왔습니다."

숱한 난관들을 넘었을 텐데 용케도 악기를 버리지 않고 이곳까지 가져왔구나 하는 생각이 들어 나는 자그마한 감탄을 느꼈다.

다시 광인에게 물어보았다.

"그런데 자넨 어떻게 해서 여기까지 오게 되었지?"

그가 잠시 생각에 잠겼다가 입을 열었다.

"1950년 6월 13일의 일이었습니다. 장교를 포함한 인민군 세 사람이 정주에 있는 저희들 중학교로 들이닥쳤죠. 졸업반 학생들을 모두 운동장에 집합시킨 다음 몸집이 큰 학생들을 뽑아냈어요. 저도 뽑혀서 그 날로 숙천에 있던 인민군 신병훈련소로 끌려갔습니다."

"허어, 훈련은 몇 달이나 받았지?"

"4주간밖에 받지 못했습니다."

"훈련이 끝나고 어디로 갔었나?"

"그 훈련소 군악대에 배속되었습니다. 그런데 훈련소에서 3개월 가까이 복무하다 10월 초순에 황해도 남천에 주둔하고 있던 인민군 제4사단으로 전속 명령을 받았지요. 새로 배속된 제4사단에서 저는 신호수(信號手: 나팔병)를 양성하는 임무를 부여받았습니다. 저는 사단 졸병 중에서 뽑힌 열 사람에게 매일매일 나팔 신호법을 가르쳐주었죠."

인민군 제4사단은 한국전쟁이 발발하면서 남쪽으로 진격해 내려와 서울을 선두 침공하고 죽미령에서 미 스미드 부대를 격파한 다음 대전을 거쳐 다시 남진, 경남 창녕에서 미군 제2사단과 대치하고 있다가 9월 중순 유엔군에게 밀려 이곳까지 패주한 부대였다. 이 사단에서는 그때 병력을 모두 지하 벙커에 수용하고 있었다.

그런데 이 지하 벙커는 10월 12일과 13일경 유엔 공군기들의 집중 폭격을 받았다. 벙커의 출입구를 골라 감탄하리만큼 정확하게 맹폭을 해대는 바람에 결정타를 당한 이 사단은 심한 손실을 입고 병력은 지리멸렬 사방으로 흩어져 달아났다.

"자넨 그 속에서 용케도 살아왔구먼."

내가 이렇게 말을 던지자 광인은 오른손을 들어 설레설레 흔들었다.

"아이, 말도 마십쇼. 정말 죽을 뻔했습니다. 어린 나이의 저는 겁에 질려 어찌할 바를 몰랐어요. 그러나 그곳에 그대로 있다간 죽을 것만 같았어요. 그래서 오직 살아야겠다는 일념으로 비 오듯 퍼붓는 폭격을 뚫고 벙커 밖으로 뛰쳐나왔습니다. 그리고 북쪽으로 사력을 다해 내달았지요. 몇몇 동료들과 함께 평양을 향해 걸었습니다. 그해는 추위가 일찍 몰아닥쳤어요. 기온이 뚝 떨어진 강추위 속을 허기진 배를 움켜쥐고 밤낮을 가리지 않고 걸었어요."

"음, 그랬어?"

"10월 20일경, 드디어 대동강변에 도달했어요. 철교는 이미 폭파되어 있던 터라 수심이 얕은 곳을 골라 도강하려고 강가를 헤매었습니다. 그러다가 국군에게 붙들렸습니다."

"저런, 그리고 어떻게 되었지?"

"평양형무소로 끌려가서 감방에 갇혔습니다. 정말로 많은 인민군들이 붙들려 있었어요. 인원이 하도 많아서 국군들이 처리를 제대로 해내지 못하고 쩔쩔매고 있었어요. 그때 추위와 기아로 많은 사람들이 죽기도 했지요."

"자네는 살아남았으니 운이 좋았군."

"네, 그렇습니다."

"그래, 그곳에서는 얼마나 갇혀 있었지?"

"약 20일간 갇혀 있었습니다. 11월 10일경이라 기억합니다. 밤중에 갑자기 감방에서 우리를 끌어냅디다. 트럭에 타라는 거였어요. 트럭마다 가득가득 포로들을 실은 차량 행렬은 야음 속을 달려 어느 항구까지 왔어요. 달려온 거리로 봐서 진남포가 아니었나 하는 생각이 들었습니다.

그곳에서 배를 타고 2일 밤낮을 항해한 끝에 닿은 곳이 거제도였어요. 그곳에서 본격적인 포로수용소 생활이 시작되었습니다. 공부하다 갑자기 끌려나와 나팔만 불던 놈이 이렇게 포로가 되고 보니 억울하고 신세가 처량하다는 생각이 들었죠."

"수용소 당국에서는 그 많은 사람들을 어떻게 건사했지?"

"허허벌판 가운데에 셀 수 없을 만큼 많은 천막들을 세워놓고, 그 주위에는 가시 철망과 콘크리트 지주支柱로써 커다란 울타리를 둘러쳐놓았어요. 저도 그 중 하나의 천막에 수용되었습니다. 그런데 처음 얼마 동안은 수용소 시설도 엉성하고 보급도 제대로 되지 않아 무척 고통을 받았어요. 남쪽이라 했지만 어찌나 추운지 겨울을 나는 데 참 애를 먹었습니다."

"그러했겠지."

"그런데 중공군이 전쟁에 개입했다는 소식에 이어 유엔군이 남쪽으로 밀리고 있다는 소문이 수용소 안에 퍼지더니만 1951년 1월 말경부터였던가 수없이 많은 인민군과 중공군 포로들이 이 수용소로 밀고 들어왔습니다. 갑자기 수용소가 터져나갈 것같이 포로들로 넘쳐났었죠."

"1·4후퇴 이후의 전투에서 적군들이 포로로 많이 잡혔었지."

"이 혼란 속에서 봄이 가고 여름이 되면서 수용소 안에 이상한 조짐이 보이기 시작했어요."

"이상한 조짐이라니?"

"인민군 포로들 중에서 악독하게 날뛰는 놈이 보이기 시작한 겁니다."

"아ㅡ, 그 얘기로군."

일찍부터 북한은 암암리에 흉계를 꾸미고 있었다. 그것은 바로 포로수용소를 그들이 장악하자는 것이었다. 그들은 일선에 배치되어 있던 인민군 공작대원들로 하여금 고의로 포로가 되게 하여 다른 많은 포로들 속에 끼여서 수용소 안에 잠입시켰다.

이들 공작대원들은 수용소 안에 공산 세포 조직을 만들어 활동하기 시작했다. 인민군 포로들을 감시하면서 우익적인 색깔을 드러내는 자에게는 혹독한 매질을 하여 죽이기까지 했다.

1952년 1월 판문점 회담에서 유엔군 측 대표가 '자발적 송환의 원칙'을 제시하고, 이어 북한으로 돌아가기를 거부하는 포로들을 가려내기 위한 심사를 전 포로들에게 실시하기 시작하자 이 공작대원들은 그 횡포를 더해갔다. 북한으로의 송환을 거부하는 포로는 눈에 띄는 대로 잡아내어 고문하고 마구 죽였다. 수용소 변소나 하수구에서 시체가 자주 발견되었는데 이것은 모두 이들 공작대원들에 의해 살해된 반공포로들이었다.

이 공작대원들은 심지어 그들이 죽인 반공포로의 피로 인민공화국 국기를 만들어 수용소 안에 게양하기까지 했다 하니 그 악독함이 어떠했던가를 가히 짐작할 수 있다.

그들의 흉계는 그것으로 그치질 않았다. 수용소 인근 마을에 잠입해 있거나 기타 방법으로 접근하는 북한 첩자들을 통해서 이북의 지령을 받아가며 폭동을 일으킬 준비를 하고 있었다.

후일 수용소 안에서 천막의 지주를 두드려서 만든 창과 칼, 철관을 잘라 만든 몽둥이들이 무수히 발견되었는데 이 물건들은 폭동을 일으킬 때 사용하기 위해 저들이 만든 물건들이었다.

당시 북한은 이와 같이 수용소 포로들로 하여금 폭동을 일으키게 함으로써 남한 사회를 소란스럽게 만들고 나아가 유엔군의 전력을 저하시키려는 흉계를 꾸미고 있다는 말이 당시 사회에 널리 유포되고 있었다.

광인은 바로 이 이야기를 하려고 하는 것 같았다.

"그럼 자네도 포로수용소 사령관 도드 준장이 공산군 포로들에게 납치되어 수모를 당하는 광경을 구경했겠군."

"도드 사령관의 납치라니요? 언제 있었던 일인데요?"

"작년 5월 7일 포로들의 대우 문제를 토의하자는 저들의 말에 유인되어 도드 준장이 제76수용소에 들어갔다가 저들에게 인질로 사로잡혔었잖아."

"전 그때 논산에 가 있었는걸요."

"논산에 있었다구?"

"그렇습니다. 유엔군에서 심사한 결과 밝혀진 반공포로 일부를 그해 봄에 논산 포로수용소로 옮겼습니다. 저도 그때 논산으로 이송되었습니다."

"그럼 논산에서 석방되었구먼."

"네, 그렇습니다. 지난 6월 18일이었습니다. 논산 포로수용소 안에는 미리부터 그날 밤에 철조망이 끊긴다는 소문이 전파되어갔습니다. 그래서 우리들은 그때를 기다리고 있었죠. 한밤중에 갑자기 전등이 꺼지면서 국군들에 의해서 수용소 둘레 여러 곳에서 철조망이 잘려졌습니다. 우리 포로들은 그곳을 통해 수용소 밖으로 도망쳐 나왔습니다. 필사적으로 달렸습니다. 수용소를 지키고 있던 미군들은 우리를 잡으려 했지만 국군들은 우리의 도망을 도와주고 경찰이나 민간인들은 우리를 숨겨주었습니다. 덕분에 이렇게 자유의 몸이 된 것입니다."

"그럼 자네들 여섯 사람 모두가 같은 인민군 사단에서 근무를 했었던가?"

"아닙니다. 각각 다른 부대에 소속되어 있다가 논산에 와서 알게 되었습니다. 수용소 내부가 안정되자 밴드부를 만들어 수용소 사람들을 위안하자는 말이 나왔었죠. 그때 우리 여섯 사람이 밴드부를 조직해서 수용소 안을 돌면서 연주를 했습니다."

"아, 그랬었군. 그런데 어떻게 경찰에 들어올 수 있었지?"

"수용소에서 도망쳐 나온 뒤 우리는 큰 도시로 가야 살 수 있다는 생각으로 대전을 향해 무작정 걸었습니다. 밤을 새워가며 걸었죠. 다음날 정오경 대전에 도착은 했지만 막상 갈 곳이 없었어요. 그래서 우리는 길 가는 사람을 붙들고 이곳 관청에서 제일 높은 곳이 어디냐고 물어보았습니다. 충남도청을 가르쳐주기에 우리는 도지사실로 찾아 들어갔습니다."

"어허!"

"지사님에게 우리의 사정 이야기를 말씀드렸죠. 그랬더니만 지사님이 경찰국장님을 불러서 '이 사람들을 적당한 곳에 취직시킬 수 없겠느냐'고 상의를 하시더군요. 경찰국장님께서 '경찰악대에다 취직을 시켜주시겠다고 하시고는, 우리를 곧바로 경찰관으로 발령을 내주셨어요."

"아— 그려, 얼마나 잘된 일인가."

나는 광인의 등을 가볍게 두드려 주었다.

1952년 4월 유엔군 포로수용소에 수용중인 공산군 포로 수는 약 17만 명이었으며, 이들 중 그들의 본국으로 송환을 희망한 자는 겨우 8만 2천 명에 불과했다. 따라서 나머지 8만 8천 명을 어떻게 처리하느냐 하는 문제가 미국에서 논의되기 시작했다.

미 육군의 심리전 책임자 매콜루어 준장은 '미국은 지금까지 공산권 사람들에 대해 자유세계로 망명해오라고 심리전을 전개해오고 있는데, 사실상 자유세계로 망명해왔다고 볼 수 있는 공산군 포로들을 강제 송환시켜 죽음에 이르게 한다면 앞으로 누가 망명을 하려 하겠는가'라고 말하면서, 위에 적은 8만 8천 명의 공산군 포로들에 대해 '자발적 송환의 원칙'을 주장했다. 즉 중공으로 돌아가기를 원치 않는 중공군 포로를 중국의 일부인 대만으로 보내고, 북한으로 가기를 거부하는 인민군 포로는 코리아의 일부인 남한으로 보내자는 것이었다.

물론 공산군 측은 이 안을 반대했다.

유엔군 측은 1953년 5월 25일 ① 송환을 거부한 모든 공산군 포로들을 송환위원단에 넘기며 ② 송환위원단의 의장은 인도印度가 담당하고, 인도만이 포로를 보호할 군대를 보내며 ③ 포로를 협정체결 120일 뒤에 민간인으로 석방하든가 아니면 유엔총회에 넘긴다는 제의를 내놓았다.

공산군 측은 그해 6월 4일 이 안에 매우 가까운 안을 내놓음으로써 6월 8일에 '포로 교환에 관한 합의'가 이루어졌다.

이로써 오랜 시일을 끌어오던 휴전협정의 마지막 의제도 해결되었다.

유엔군 측이 1953년 5월 25일 포로捕虜 석방에 관한 제의를 하고, 공산군 측이 이것을 받아들이려 하자 이승만 대통령은 1953년 6월 18일 0시를 기해 포로수용소에 수용되어 있는 포로 중 송환을 거부하는 반공포로 2만 5천여 명의 석방을 국방부와 내무부 장관에게 명령하여 석방케 했다.

한국 헌병 총사령관 원용덕元容德이 이끄는 한국 경비병에 의해서 2

만 7천여 명이 석방되었다.

(1) 이때 한국 헌병들은 포로수용소를 지키고 있던 미군 해병대원들에게 한국이 제조한 고추가루탄彈을 발사, 2만 7천여 명의 반공포로가 석방되었다.

(2) 영천 포로수용소에서는 '포로 석방계획'이 사전에 누설되어 포로들이 석방되지 못했다. 그러나 한국 헌병들은 고추가루를 가득히 퍼부은 가마니를 미 해병대 탱크 안에다 던졌다. 그날 밤 영천 포로수용소에서도 오직 1명의 희생자만 발생하고 1천여 명이 탈출에 성공했다.

총 27,312명의 반공포로들이 한국 정부의 치밀한 계획에 따라 석방되었다.

석방된 반공포로와 우리 국민들은 이 대통령의 포로 석방을 용기 있는 결단이다. 애국심의 발로다라고 극찬했다.

그러나 아이젠하워 정부는 이 대통령의 반공포로 석방을 '정신 착란자의 행동이다'라고 혹평했다. 그러나 이 대통령의 반공포로 석방은 민족자결주의 원칙의 천명이었으며, 유엔·공산 양측을 궁지에서 구해낸 선행인 동시에 세계 최강국의 대통령 아이젠하워를 약소국의 대통령인 이승만 자신 앞에 굴복시킨 쾌사였다고 주장한 학자도 있었다.(梁大鉉 編著, 『歷史의 證言』 10, 13, 14, 15쪽 참고)

경찰관으로 특채되어 우리 공보계로 발령받은 6명도 이렇게 풀려나온 사람들이었다.

우리는 이들에게 숙소를 알선해주고, 타월과 치솔·치약·세숫비누 등, 생필품을 구입해서 나누어주는 온정을 베풀어 사선을 뚫고 자유의 품에 안긴 이들을 따뜻하게 환영했다.

휴전협정은 유엔군과 공산군 양 당사자의 조인만을 남겨놓고 있었다. 그런데 이 대통령의 반공포로 석방은 이 조인을 지연시키는 동시에 타오르고 있던 국민들의 휴전협정 반대 운동에 기름을 끼얹은 결과를 가져왔다.

온 국민들은 전국 방방곡곡에서 대중 집회를 갖고, 또 거리를 누비며 '휴전 조인 결과 반대'를 외쳤다. 정양원의 상이용사들도 거리로 뛰쳐나왔다. 그들은 잃어버린 내 다리, 내 팔에 대한 대가는 오직 통일뿐이라고, 잃어버린 내 눈의 대가는 멸공뿐이라고 울부짖었다.

국민들의 외치고 울부짖는 광경은, 눈물 없이는 차마 볼 수 없을 만큼 처절했다.

그러나 온 국민의 격렬한 휴전 반대 운동도 아무런 효과를 얻지 못했다.

1953년 7월 27일 오전 10시 정각, 판문점 '평화의 천막' 속에서 유엔군 수석대표 해리스와 공산군 대표 남일 사이에 휴전협정 조인이 이루어졌다.

조인 시각으로부터 12시간 이내, 즉 1953년 7월 27일 오후 10시 이후에는 양측 군대는 일체의 전투 행위를 정지하는 동시에 그 시각 현재의 양군 접촉선에서 각각 2마일씩 후퇴하고 그 공간을 비무장화하는 데 합의했다.

이리하여 전쟁 시작 후 3년 1개월 2일 18시간 만에 민주·공산 양측에 정말로 엄청난 인적·물적 손실을 남긴 채 '한국전쟁'은 역사의 수레에 실려 우리 앞에서 떠나갔다.

그러나 그것은 전쟁의 완전한 종식은 아니었다. 오직 그것의 일시적인 휴식일 뿐이었다.

성경 이사야 2장 4절에 적힌바 '……무리가 그 칼을 쳐서 보습을 만들고 그 창을 쳐서 낫을 만들 것이며 이 나라와 저 나라가 다시는 칼을 들고 서로 치지 아니하며 다시는 전쟁을 연습치 아니하는……' 평화의 완전 회복은 바랄 수도 없는 상황 아래에서 양측 대표는 '조인'이라는 하나의 요식 행위를 치렀을 뿐이었다.

칼을 갈고 활에 시위를 먹이는 남과 북 양쪽의 적대 행위는 조인의 순간부터 다시 시작되고 있었던 것이다.

노근리 사건 희생자 위령탑과 '평화·화합·추모의 비碑'
NOGEUN-RI

　노근리 사건은 1950년 7월 25일~7월 29일까지 5일간 충청북도 영동군 영동읍 하가리와 영동군 황간면 노근리 앞 철도로부터 서쪽으로 약 200미터 떨어진 경부선京釜線 철도 위와 산기슭 약 400m² 구역區域과 철도 밑 쌍굴 일대一帶에서 발생했다.

　또 한국에서 싸우고 있는 미군을 돕기 위해 파견된 호주(濠洲, 오스트레일리아) 공군 전투기 2기機가 멀리 남쪽에서 날아와 피난민들 머리 위로 접근해오자, 무고無辜한 피난민들을 향하여 기관총과 소총을 발사하며 잔학하게 살상하고 있던 미 지상군 병사들이 후다닥 먼 곳으로 피신했다.

　그 순간 피난민들 머리 위에서 전투기 2기가 선회旋回하면서 계속 폭탄을 투하·폭발하자 철도의 자갈·모래가 흩날리고, 인체의 다리와 팔뚝이 하늘 높이 날아오르는가 하면, 뙤약볕 밑에서 식사하던 사람들의 시체와 밥그릇 등이 범벅되어 나뒹굴었다.

　한국 정부는 2008년 12월 12일 사망자 150명, 행방불명자 13명, 후유장애자 63명, 총 226명을 희생자로 결정했다. 그러나 당시의 신문기사에서는 '400명이 희생되었다'라고 적은 기록을 볼 수 있었다.

　노근리 사건의 진상규명을 위한 첫 시도는 1960년 10월 이 사건으로 어린 아들 구필(5세)과 어린 딸 구희(2세)를 잃은 정은용과 서정구, 양해찬, 정구헌, 정구호 등 5명의 연명으로 서울 소재 미군 소청사무소에 미국의 사과와 손해배상을 청구하면서 시작되었다.

1994년 4월 15일에 내 졸저拙著 『그대, 우리의 아픔을 아는가』가 초판으로 도서출판 '다리미디어'에서 출간되었다.

이 책이 나오자 내 아들 정구도가 나서서 언론사 및 외국 언론사 지사를 방문, 취재를 요청함으로써 노근리 사건의 전모가 세상에 알려지기 시작했다.

1994년 6월, 나와 위에 그들의 이름을 적은 5명이 참여하는 '노근리 사건 미군 피난민 학살 대책위원회'가 결성되었다.

이 대책위는 1994년 7월 6일 김영삼 대통령과 국회의장, 정당 대표들에게 사건 해결을 위한 진정서를 제출하는 등 활동을 전개했다. 1994년 10월 5일 나를 비롯한 5명의 대책위원들이 주한 미국 대사관을 방문, 클린턴 대통령에게 보내는 진정서를 제출했으며, 이후에도 미국 대통령, 미국 상·하원 의장들에게 사과와 손해배상을 요청하는 청원서를 한 장씩 보냈다.

또 지난날 영동군 의회의원이었던 양해찬 의원의 제안으로 1997년 12월 29일 미국 정부에 '노근리 피난민 학살사건'에 대한 사과와 손해배상을 촉구하는 건의문이 영동군 의회에서 의결되었다.

1999년, 2000년에는 대책위원 5명이 미국으로 세 차례 건너가 클리블

랜드, 워싱턴, 필라델피아, 로스앤젤레스 등을 방문했으며 대책위원들은 워싱턴 내셔널프레스 클럽에서 언론사 기자들과 회견을 한 후 미국에 살고 있는 노근리 사건 수임 변호사들과 사건해결 방안을 토론, 모색했다.

한편, 대책위 정구도 기획위원은 노근리 사건의 문서자료를 찾고자 노력하여 1994년 8월, 노근리 사건 발생 직후에 학살 현장을 취재한 르포기사를 찾아내어 서울의 내외 언론사에 제공했으며, 그동안 언론사의 증언 요청에 양해찬 대책위부의장과 정구호 위원은 각각 50여 차례씩 증언을 했으며, 미국 본사와 한국 지사의 AP통신 기자들은 노근리 사건을 세계 각국에 상세히 보도, 1999년 9월 말, 퓰리처상을 받았다.

국내외에서 노근리 사건의 진상규명을 요구하는 여론이 비등하자 한·미 양국은 1999년 10월 진상조사에 착수, 1년 3개월 동안 조사를 실시했다.

한국 시간으로 2001년 1월 12일 새벽에 미국 클린턴 대통령이 노근리 사건 피해자와 한국 국민에게 유감을 표명하는 성명을 언론사들을 통해 세계 각국에 발표했다.

2004년 2월 9일 희생자 심사 및 명예회복에 관한 특별법이 국회를 통과 노무현盧武鉉 대통령에게 이송, 노 대통령이 서명, 공포하여 법률로 확정되었다. 이 특별법에 근거하여 노근리 사건 60년 만에 노근리 사건 희생자 위령탑이 건립되고, 그 하부下部에 '평화, 화합, 추모의 비碑'는 목원대학교 이창수 교수가 제작하고, 이에 소요되는 경비經費는 영동군에서 지출했다.

노근리 평화공원시설과 그 경비의 개략槪略

1. 위치 : 충청북도 영동군 황간면 노근리 산 62번지 일원

2. 부지면적 : 132,240㎡

3. 사업기간 : 2005~2010년(6년간)

    2005~2011년 8월 말(조경공사 완료시)까지 연장

4. 총사업비 : 191억 원(국계)

    ㈎ 공원시설 공사비 150억 원

    ㈏ 공원부지 매입비 25억 원

    ㈐ 기타(조경공사비, 조각공원 조각 재료비, 조각비 등 16억 원)

그 해 칠월의 노근리

_김인자

이 땅에
총포소리 멎은 지 어언 오십여 년
사상과 이념은 뒤로해도
평화롭게 살아가던 사람들
여기는 망초꽃 하얗게 부서지는 한적한 마을
충청북도 영동군 황간면 노근리
폭음 소리 공포에 떨며, 몸 숨기고 옷자락 감추려다
눈 먼 총알에 숨져간 사람들.

오십여 년 세월만큼 자란 아픈 상처
아직도 쌍굴다리 벽에는 그날의 섬뜩한 흔적이 선명합니다.
살아남은 자들의 목쉰 통곡 소리가
빈 굴다리를 향해 울부짖습니다.
올해의 노근리 숲은 유난히 푸릅니다.
가신 님들의 넋이 평화의 거름이 되어
남북의 서슬 퍼런 이념의 칼날들도
이제는 두 어깨를 이어주는 고리로 변해갑니다.

가신 님들이여.
다하지 못한 말 외치려
허공을 휘젓던 흰 무명 소맷자락
거두어 주소서.
그대들의 억울함을
우리 모두 말하고 외치며
오래도록 기억할 것입니다.
고이 잠드소서, 편히 쉬소서.

−2000년 7월 26일 노근리에서

김인자_ 1993년 〈창조문학〉 등단, 한국문인협회 회원, 한국문협 영동지부장, 시집 『서리꽃』

칠월이면 찾아오는 슬픈 이야기
_김우열

이곳 노근리 쌍굴다리
벽면에 깊이 파인 탄흔들
칠월의 슬픈 상처로 남아
가슴 아픈 이야기를 엮어 가고 있다.

생각만 해도 치가 떨리는 6·25전쟁

집채만 한 탱크 앞세우고
남쪽 땅 깊숙히 쳐들어 온
치욕스런 공산군의 밀물

살아남을 길 찾아서
남부여대 나선 피란길이
황천길로 이어질 줄 그 누가 알았던가

적을 향해 쏴야 할 총탄을
우리에게 쏟아부은 그들의 비정
불의를 저지른 총탄은
정의의 심판을 받으리라.

기관총 갈겨댄 쌍굴다리 밑
좁은 강에 흐르는 붉은 핏물
젖먹이 안고 죽은 한 많은 우리 어머니

젖을 빨며 보채는 아기의 울음
그 소리 강물 따라 애처로이 흐르는데
한 맺힌 어머니 어디에서 듣습니까

하늘에서 쏟아붓는 기총사격
칠월의 시체더미 헤집고
붉은 물 먹고 산 소년이
그때의 철길을 걷고 있다.

노근리 참사는 아비규환
지금도 냇물은 붉게 흐르고
저 푸르른 들판도 피로 물들어
칠월의 산하는 적막하구나

6·25전쟁은 뼈 시린 기억
승자도 없었네 패자도 없었네
져도 아팠네 이기고도 아팠네

산천은 서러워서 치를 떨었고
월류봉도 돌아앉아 목 놓아 울었다

한때의 불우한 시대를 살다가
비명에 가신 억울한 영혼들이여
천진무구한 그대들 영전에
삼가 위로의 뜻을 드립니다

반세기 앓아온 한 못 씻고
오늘도 북망의 한 음지에서
이승의 무능한 우리를 원망하며
후손들의 안부를 걱정하고 있을
주곡리 임계면 노근리의 원혼들이시여

이제 피에 맺힌 한 풀으시고
태양도 눈부신 양지로 나오소서
우리들의 추모의 뜻 받아주소서,
위령의 잔도 받아 드소서
천국으로 훨훨 비상하소서.

김우열_ 1932년 상촌면 출생, 동국대 행정대학원 수료

노근리 찔레꽃
_홍종태

여기 노근리 쌍굴다리에
해마다 칠월이 오면
신록 밟고 찾아오는
눈물 젖은 이야기가 있네

오십 년 긴 세월이
먹구름 속에서
그렇게 울어대며
가슴에서 가슴으로 저며온
한 서린 이야기가 있네

역사도 숨을 멈추고
돌아서서 눈물 삼킨
비분의 붉은 강

누가 알았던가

벗님인 줄 알았지
이웃인 줄 알았지
빨갱이 쳐들어 오면
방패되어 막아줄
기사인 줄 알았지

내 심장에
기관총 쏘아대고
어머니 가슴에서
더운 피 솟아
노근리 푸른 들판이
붉은 피로 넘칠 줄이야

싱그러운 녹음이
쓰러져 통곡하고

하얀 찔레꽃
꽃잎마다
우리 아기 새빨간 영혼이
방울방울 물들어
어린 울음조차
초연에 산화될 줄
생각이나 했다던가

억울한 개죽음
질긴 한을 여기에 묻고
원통한 혼백들이
천둥으로 우는구나

깨어져라 부서져라
징을 울려라
미친 듯이 두들겨라
장구를 쳐라
찢긴 육신 밟고서
덩실덩실 춤이라도 춰다오

태양도 숨을 거둔
머-ㄴ 세월의 깊은 침묵
그 침묵에 유폐되어 우는 망혼이여
그해 칠월의 가슴아픈 진실을
목 놓아 울어줄 우리들이
눈물의 자욱 딛고 서 있지 않은가

통곡을 멈춰주오
문이 열렸소

노여움을 푸소서
서린 한을 놓으소서
그들마저 용서하소서

손에 손잡고
하느님 손잡고
훨훨 승천하소서
땅에서 못 이루신 고운 꿈
하늘에서 이루소서,
영원으로 이루소서.

홍종태_ 1938년 경북 문경 출생, 1966년 중앙대 경제학과 졸업

그래도 노근리는 아름답네
_박화배

푸르름이 짙은 저 산하엔
잊지 못할 칠월의 몸부림이
푸른빛으로 침묵하고 있는데
잊혀져 간 시간들은
그 날의 요란했던 총성으로
다시 우리들 가슴속에서
탄환의 흔적으로 되살아나고

반세기
그 기나긴 세월 동안
노근리 원혼들은 숨도 쉬지 못한 채
가슴에 총탄 박혀
선혈이 낭자한 채
원한 맺힌
통곡의 구천을 떠도는데
누가 이 원혼을 달래줄 수 있단 말인가
누가 맺힌 이 한을 풀어줄 수 있단 말인가

그 날도 오늘처럼
찬란한 칠월의 녹음은
아름다웠다
우리들의 살아 있음이 아름다운 것처럼
그러나
아! 믿음의 눈빛
구원의 전사라고 여겼던 미군들의
영문 모를 배신
그 배반의 총탄에 찢겨져
망초꽃 하얗게 지천으로 핀
철길 옆에서
분노에 치를 떨며
끝내 눈을 감지도 못하고
죽어갔을 노근리 원혼들이여

그대들의 찢겨진 가슴에 박힌
배반의 총탄처럼
아픔 속에 지워지지 않을 원한이
구천을 떠도는
그대들의 가슴속에 살아 있어
통곡하며 눈물 흘릴지라도
역사의 흔적으로
이 나라 슬픈 역사의 흔적으로
흐르는 금강
그 맑은 물에
맺힌 한 풀어 놓고
부디 편안하소서.
……
……
그대들이 죽어간 자리 노근리
배반의 총탄이
노근리의 가슴을 관통했던
그 날처럼
역사는 흐르고
오늘도
칠월은 찬란한 녹음 속에서
그 날의 아픔을 잠재우고 있는데
그대들이 흘리고 간 눈물처럼
망초꽃 하얗게 지천으로 피어 있는
노근리는
그래도 아픔을 품어 안은 채 아름답다네.

박화배(본명: 박용배)_ 인천 출생, 한남대학교 영어영문학과 졸업, 추풍령중학교 재직,
월간 『한국시(韓國詩)』 신인문학상 당선, 월간 『한국시(韓國詩)』 '98년 12월의 시인'으로 선정,
한국 시 문학회 회원

그대, 우리의 아픔을 아는가

초판 1쇄 발행 1994년 4월 15일
2판 3쇄 발행 2007년 1월 2일
3판 1쇄 발행 2011년 8월 1일

지은이 | 정은용
펴낸이 | 강희철

펴낸곳 | 도서출판 다리미디어
주소 | 413-756 경기도 파주시 교하읍 문발리 출판도시 520-4
전화 | 031-955-0508 팩스 | 031-955-0509
출판등록 | 1993년 5월 13일 (제 406-2004-000008호)

ISBN 978-89-86346-54-1 03810

* 저자와 협의하여 인지를 붙이지 않습니다.
* 책값은 뒤표지에 표시되어 있습니다.
* 이 책 내용의 전부 또는 일부를 사용하려면 반드시 저작권자와
  도서출판 다리미디어 양측의 서면 동의를 받아야 합니다.